TAMER
BAKINER

MIT MATILDA WALZER

DAS GESTOHLENE KIND

True-Crime-Thriller

KNAUR

Besuchen Sie uns im Internet:
www.knaur.de

FSC
www.fsc.org
MIX
Papier aus verantwortungsvollen Quellen
FSC® C083411

Originalausgabe Dezember 2019
Knaur Taschenbuch

Ein Imprint der Verlagsgruppe
Droemer Knaur GmbH & Co. KG, München

Covergestaltung: ZERO Werbeagentur, München
Coverabbildung: © Spejsek / shutterstock.com
Satz: Adobe InDesign im Verlag
Druck und Bindung: CPI books GmbH, Leck
ISBN 978-3-426-52520-3

2 4 5 3 1

KNAUR

PROLOG

Das kleine Mädchen rannte los. Ihr *ta:* hatte ihr fünfzig Baht zugesteckt, damit sie sich in dem kleinen Laden vorn an der Hauptstraße ein Eis kaufte.

»Aber verrat's der *ya:y* nicht«, flüsterte er dem Mädchen heiser zu.

»Nein«, raunte sie verschwörerisch zurück. »Niemals!«

Sie liebte ihren Großvater, weil er immer mit ihr spielte und Geschichten erzählte, von den vielen verwunschenen Gärten, die er angelegt hatte. Wie in einem Märchenschloss. Bei ihrer Großmutter musste sie zum Frühstück immer Suppe essen, und das mochte das kleine Mädchen überhaupt nicht. Sie aß lieber Pfannkuchen.

Heute hatte sie mit ihrem Ta: schon den Rasen gemäht. Denn ihrer Mami hatte sie beim Abschied versprochen, ihm bei der Gartenarbeit zu helfen, weil er sehr krank war. Erschöpft hatte er sich vorhin in den hölzernen Liegestuhl auf dem Balkon gelegt. Sie hatte sich neben ihn gesetzt und mit ihren Buntstiften auf einem Zeichenblock gemalt. Plötzlich hörte sie seltsame Geräusche aus seinem Mund kommen. Er stöhnte, fasste sich an den Rücken und legte seine Stirn in tiefe Falten. Langsam und kraftlos hatte er das Geld aus seiner Tasche gezogen und sie fortgeschickt.

Da bekam es das Mädchen mit der Angst zu tun. Sie schnappte ihr Stofftier, verschob das Eis auf später und lief los, um ihre Großmutter zu holen. Fast wäre sie über die Treppen gestolpert, so eilig hatte sie es.

»Ya:y, Ya:y, komm schnell!«, rief sie aufgeregt. »Ta: hat irgendwas, er …«

Ruckartig erhob sich ihre Großmutter vom Sofa. »Ist er noch oben auf dem Balkon?«

Sie nickte und wollte mitgehen und nach ihrem Großvater sehen, als sie einen riesigen Mann erspähte, der an einem dicken Palmenstamm lehnte und telefonierte. Sie konnte sich kaum mehr bewegen, so war ihr der Schreck in die Glieder gefahren.

Ihre Ya:y ging schnell die Treppen nach oben, und sofort folgte ihr der große, Furcht einflößende Mann.

Das Mädchen drückte ihr Stofftier an die Brust, und in ihrem Bauch kribbelte es, als hätte sich ein ganzer Ameisenhaufen darin gebildet. »Wer ist das?«, fragte sie ganz leise ihren Plüschaffen, nachdem der Mann an ihr vorbeigehuscht war. Mit seinem orangefarbenen Kleid konnte er gar nicht richtig laufen.

Angsterfüllt blickte sie ihm nach. »Komm, Pinky, wir verstecken uns!« Sie sauste zur Vorderseite des Hauses, wo sie sich hinter einen Hibiskus-Busch kauerte. Hier hatte sie das Eingangstor im Blick und konnte sehen, wann der Mann endlich wieder verschwinden würde.

Nach einiger Zeit hörte sie ein Auto heranfahren, das Gartentor wurde aufgestoßen, zwei Männer stürmten herein und trugen ihren Großvater auf einer Bahre wieder hinaus.

»Ya:y!«, rief sie, lief los und prallte mit voller Wucht gegen den Mann in dem orangefarbenen Gewand. Er drängte sie zur Seite und lief den beiden Männern hinterher.

Plötzlich stand ihre Großmutter hinter ihr. »Wir gehen fort von hier«, sagte sie in strengem Ton.

»Nein«, schrie das kleine Mädchen, »nein, ich will hier nicht weg! Ich bleibe hier, bis mich meine Mami und mein Papi abholen!«

In einem unbeobachteten Moment rannte sie hinunter zu dem kleinen Fluss, wo das grüne Boot ankerte. Dort konnte sie sich verstecken. Sie musste sich nur ganz flach auf den Rücken legen und mucksmäuschenstill sein. Sie hielt ihr Stofftier fest an sich gedrückt und schaute ängstlich in den Himmel hinauf. Das Herz schlug ihr bis zum Hals, und sie zitterte am ganzen Körper. »Die haben uns angelogen, Pinky!« Ihre bebenden Lippen berührten das Fell des Stofftieres. »Die haben gesagt, die Mami kommt bald wieder. Und der Papi hätte angerufen. Aber das stimmt gar nicht.« Jeden Tag wartete sie darauf, dass die beiden sie abholen würden. Tränen strömten ihre Wangen herab. Und jetzt war dieser große Mann gekommen. Wollte der sie vielleicht mitnehmen? Und wohin brachten sie ihren Ta:?

Ihr Knie tat weh. Sie berührte es mit der Hand und spürte, dass es blutete. Das musste passiert sein, als sie vorhin an einem Ast hängen geblieben war.

»Wir dürfen keine Zeit verlieren.« Sie hörte eine tiefe Stimme, die immer näher kam. Und plötzlich war er über ihr. Wie ein fliegender Dinosaurier, der auf seine Beute starrte.

»Ich habe sie entdeckt«, rief der Mann, bückte sich herunter und zog sie nach oben.

»Hilfe! Hilfe! Mami, hilf mir! Papi! Papi!«

Der Riese umschlang sie mit seinen wuchtigen Armen und hüllte sie mit seinem orangefarbenen Gewand ein. Ihr blieb fast die Luft weg. »Komm schon!«, sagte er ungeduldig.

Sie strampelte, wehrte sich. Ihre Mami hatte ihr gesagt, dass sie schreien und weglaufen sollte, wenn ein fremder Mann sie mitnehmen wollte.

Das kleine Mädchen schrie um sein Leben.

»Gib endlich Ruhe!« Der Mann hielt ihr den Mund zu und schleppte sie nach oben. Dort stand ihre Großmutter mit einer braunen Tasche. »Wir müssen von hier fortgehen«, sagte sie noch einmal mit ernstem Blick. »Hör sofort auf zu heulen!«

KAPITEL 1

SHANGHAI, DONNERSTAG, 18. OKTOBER 2018

Malik Martens nahm seine Baseballkappe ab, fuhr sich durch sein kurzes schwarzes Haar und kontrollierte irritiert sein Handy. Er war an der verabredeten Stelle auf der Mitte der Century Avenue angekommen, doch von Jinjin fehlte jede Spur. Seltsam, der Mann kam nie zu spät. Er blickte sich um. Auch zu dieser späten Stunde drängten sich auf der Touristenmeile Pudongs im Finanzviertel von Shanghai noch Tausende von Menschen. Malik lehnte sich an das Brückengeländer und betrachtete das Lichtermeer der Reklametafeln, die an den Wolkenkratzern um den Oriental Pearl Tower hingen.

Zehn Minuten über der Zeit. Hatte sich die Situation ohne sein Wissen verschärft? Malik lockerte unauffällig seine Schultermuskulatur. Wenn Jinjin nicht bald auftauchte und mit den Informationen herausrückte, hätte Malik mit seinem deutschen Auftraggeber ein Problem. Zu Recht. Er hoffte für seinen Informanten, dass er gute Gründe für seine Verspätung hatte, sonst müsste Malik ihre sogenannte Geschäftsverbindung sofort beenden, auch wenn das zum jetzigen Zeitpunkt für ihn einen herben Rückschlag bedeuten würde. Aber Unzuverlässigkeit war in seinem Job nicht akzeptabel.

Ein elegantes Pärchen mit der großen Papiertüte eines Luxuslabels stieß ihn im Gedränge an. Mit schüchternen Gesten entschuldigte sich der Mann bei ihm, während die Frau Malik scheu anlächelte. Er nickte nur, anstatt den Anblick dieser Schönheit zu genießen. Warum musste Jinjin für ihre Treffen auch immer Hotspots wählen, Century Avenue auf Pudong, Wahnsinn, dachte Malik und checkte erneut sein Handy. Keine Nachricht.

Die Warterei fing an, ihn zu stressen. Kein gutes Zeichen! Er stand kurz vor der Lösung dieses riesigen Falls. Er hatte so viel Zeit und Geld investiert, um als *laowai,* als Ausländer, Zugang zu diesem äußerst lukrativen und streng geheimen Business zu bekommen. Markenpiraterie. Keiner fälschte so gut und so leidenschaftlich wie die Chinesen.

Sein Handy vibrierte, und er erkannte die deutsche Nummer: sein Auftraggeber. Verdammt! Malik räusperte sich und nahm den Anruf entgegen: »Hallo, Herr Doktor Bühler, darf ich Sie später zurückrufen, ich bin gerade …« Ehe er weitersprechen konnte und sich dabei suchend in alle Richtungen drehte, unterbrach ihn sein Klient.

»Wenn das Ihr Tempo ist, Herr Martens, bin ich mir nicht sicher, ob Sie der richtige Mann für diesen Job sind«, erboste sich sein Gesprächspartner.

»Keine Sorge, Herr Doktor Bühler«, beruhigte er den Justiziar, als er in der Menge plötzlich Jinjin entdeckte.

»Ich will in der nächsten Stunde einen Hinweis von Ihnen, Herr Martens«, tönte Bühlers Stimme an seinem Ohr. »Haben wir uns verstanden?!«

»Sie kriegen die gewünschte Information schnellstmöglich. Tut mir leid, ich muss jetzt auflegen.«

Mit steifen Schritten, fast feierlich, kam Jinjin auf ihn zu, sein schwarzer Bürstenhaarschnitt und seine randlose Brille ließen ihn zwischen den jungen, modebewussten Partygängern altmodisch wirken.

Er winkte seinem Informanten zu. »Was ist passiert?«

Doch anstatt Malik zu begrüßen, gab Jinjin mit regloser Miene zwei Männern in Uniform ein Zeichen, die wie aus dem Nichts plötzlich neben Malik standen. *Gongan* – Volkspolizei.

Verdammt! Er schloss für einen Augenblick die Augen. Flucht war keine Option, nicht hier, nicht in diesem Land. Malik starrte Jinjin an, dann musterte er die Beamten. Atmete tief ein und aus. So ruhig wie nur irgend möglich suchte er Blickkontakt mit einem der beiden Polizisten und sprach ihn auf Englisch an: »Was soll das? Was werfen Sie mir vor? Ich kann mich ausweisen. Ich bin Privatermittler.«

Doch der Beamte ignorierte seine Fragen. Wortlos legte er ihm die Kabelbinder-Handschellen an, während sein Kollege die Menge an Schaulustigen mit kurzen, harten Befehlen auseinandertrieb.

Jinjin ließ sich keine Sekunde dieses Spektakels entgehen. Obwohl seine Gesichtszüge wie eingefroren wirkten, verrieten seine betont aufrechte Körperhaltung, sein stolz gereckter Kopf, dass er die Situation zu genießen schien.

Maliks Handgelenke schmerzten, der Kabelbinder quetschte seine Handballen zusammen. Schweißtropfen liefen ihm über die Wangen, während er unter neugierigen Blicken und Getuschel hinter vorgehaltenen Händen durch die Menschenmenge abgeführt wurde.

In der Zelle war es dunkel. Malik lag auf einer Pritsche, deren Plastikbezug unangenehm nach Desinfektionsmittel roch. Gedämpfte Stimmen und das Surren eines Ventilators drangen vom Gang aus zu ihm. Es fiel ihm schwer, sich an die Details zu erinnern, zu tief saß der Schock.

Sie hatten ihn schweigend abgeführt, und auf dem Weg zum Polizeiwagen war Jinjin einfach verschwunden. Während der gesamten Fahrt zum Revier hatten die beiden Beamten auf seine Fragen mit keiner Silbe reagiert.

Wie hatte er sich in seinem Informanten nur so täuschen können? Oder zog im Hintergrund vielleicht jemand viel Gefährlicheres die Strippen? Markenpiraterie war kein Kavaliersdelikt, wen hatte er aufgescheucht? Oder war er nur Opfer eines wichtigtuerischen staatstreuen Günstlings geworden? Er hoffte inständig Letzteres, sonst würde er vielleicht nie wieder aus China ausreisen.

Erst auf dem Revier, nachdem sie ihm alle persönlichen Gegenstände abgenommen hatten, ließ sich derjenige, der ihm auch die Handschellen angelegt hatte, dazu herab, ihm in erstaunlich gutem Englisch mitzuteilen, dass Malik der Industriespionage beschuldigt wurde. Dann hatten die beiden ihn in die Obhut der Revierbeamten übergeben und sich entfernt.

Vergeblich hatte Malik eingefordert, seinen Anwalt anzurufen. »Tomorrow, tomorrow!«, war die Antwort gewesen, und ohne weitere Befragung oder Aufklärung war er in diese Zelle abgeführt worden.

Müdigkeit überfiel ihn, obwohl die Pritsche bei jeder seiner Bewegungen quietschende Geräusche von sich gab. Die Dunkelheit umhüllte ihn wie ein schwarzes Loch, das ihn immer tiefer in ein fernes Zentrum zog. Nur für einen kurzen Moment würde er die Augen schließen, entspannen und dann weiter nach einer Lösung suchen. Dann übermannte ihn der Schlaf.

Die Zellentür wurde geöffnet, gleißendes Licht strömte in den kleinen fensterlosen Raum, dessen Wände von den unzähligen Gefangenen sprachen, die hier schon die Nacht verbracht hatten: Kritzeleien, tiefe Kratzer, große undefinierbare Flecken bildeten ein ganz eigenes Muster, ein Wandbild der Verzweifelten, das er gestern Abend nicht mehr wahrgenommen hatte.

Ein Polizist sprach ihn ungehalten auf Chinesisch an. Erst als eine eindeutige Gestik seinem Wortschwall folgte, wusste Malik, was von ihm verlangt wurde, und schwang sich von der Pritsche. Er rieb sich seinen schmerzenden Nacken und folgte dem Beamten durch ein Labyrinth von Gängen. Die zahllosen Türen, die sie passierten, waren alle geschlossen. Malik schüttelte den Kopf, fuhr sich mit den Händen über seinen Dreitagebart. Er roch nach kaltem Schweiß. Seine Kehle war trocken, ein pochender Kopfschmerz breitete sich hinter seiner Stirn aus.

Sie betraten ein kleines Büro, in dem sich zwei graue Schreibtische gegenüberstanden, identisch ausgestattet mit Computer und Telefonanlage. Kein persönlicher Gegenstand lag herum, keine Akte, nichts. Nur vor dem Doppelfenster, das Ausblick auf einen gigantischen Häuserblock gab, stand eine halb leer getrunkene Tasse grüner Tee.

Der gedrungene Beamte, dessen Spitzbauch seine Uniformjacke nach oben rutschen ließ, stellte sich betont breitbeinig vor die verschlossene Tür und deutete immer wieder auf eine der beiden Telefonanlagen. Wies ihn an, den Anruf zu tätigen, um den er gestern Abend so eindringlich gebeten hatte.

Malik nahm zögerlich den Hörer in die Hand, ohne den Mann aus den Augen zu lassen, dem er körperlich weit überlegen war. Doch was nützte ihm das jetzt? Er konzentrierte sich und wählte aus dem Gedächtnis heraus die Nummer des einzigen Menschen, der ihn hier herausholen und diesen Albtraum beenden konnte.

KAPITEL 2

FRANKFURT,
SONNTAG, 21. OKTOBER 2018

Der Airbus A380 durchbrach die dichte Wolkendecke. Malik blickte aus dem Fenster und war froh, nach einem unruhigen Flug endlich auf dem Frankfurter Flughafen zu landen.

Er verstaute das iPad in seiner Umhängetasche und warf sich seine schwarze Lederjacke über die Schulter. »Ciao Yvette, wir sehen uns dieses Jahr bestimmt noch mal«, verabschiedete er sich beim Hinausgehen von der Purserin, »freu mich immer, dich zu sehen.« Ein bisschen in die Jahre gekommen, dachte er, aber sie ist immer noch äußerst attraktiv.

Malik war einer der Ersten, der die Maschine verließ und mit großen Schritten die Gangway hinaufeilte. Jetzt bloß nicht ewig in einer Schlange herumstehen müssen und Zeit verplempern. Aber es war noch früh am Morgen, und er hatte Glück. Innerhalb weniger Minuten ließ er die Passkontrolle hinter sich und steuerte auf das Gepäckband zu, allerdings nicht ohne vorher einen Blick in das kleine Büro hinter der Absperrung zu werfen. Mal sehen, wer heute Dienst hatte.

»Ohne Wenn und Aber, Faber«, begrüßte er grinsend den Zollbeamten, der gerade seinen PC hochfuhr. Thomas Faber hatte sich Malik bei ihrem ersten Treffen genau so vorgestellt. Seitdem schmetterte er ihm, wann immer er ihn sah, diesen Spruch entgegen, weil er so gut zu ihm passte.

Thomas Faber schaute ihn rasch über die Schulter hinweg an. »Malik! Bist du auch mal wieder im Land?« Und schon bediente er wieder die Tastatur an seinem PC. »Ich bin leider in Eile, hab Frühschicht und muss jetzt gleich los.« Er lachte. »Du kennst mich ja: Ohne Wenn und Aber …«

Malik hatte Thomas Faber vor einigen Jahren bei Ermittlungen in Zusammenhang mit Plagiatsfällen kennengelernt, und er hatte stets ein hervorragendes Gespür bewiesen, Reisende beim Schmuggel gefälschter Ware zu überführen.

»Ich will dich gar nicht länger aufhalten. Lass uns demnächst mal wieder einen trinken gehen. Ich melde mich«, verabschiedete sich Malik und ging zum Gepäckband.

Er holte sich eine Flasche Wasser aus dem Automaten und wollte gerade seine Nachrichten und Emails checken, als sich das Band in Bewegung setzte und binnen Sekunden sein Koffer erschien.

Nebelfetzen hingen über der Stadt, und für einen kühlen Sonntagmorgen im Herbst waren erstaunlich viele Menschen auf den Beinen. Malik erreichte das Parkdeck und lud seinen Koffer in den Kofferraum des Mercedes. Als er einstieg, klingelte sein Handy. Malik las den Namen auf dem Display, und seine Mundwinkel hoben sich zu einem Lächeln. Er nahm den Anruf entgegen.

»Hey Alter, lebst du noch? Wo erwische ich dich gerade?«, drang Philips Stimme an sein Ohr. Malik überlegte kurz, wann sie sich das letzte Mal gesehen hatten. Die Hochzeit musste jetzt ein Jahr her sein, und er war Philips Trauzeuge gewesen.

»Was treibt dich denn am Wochenende so früh aus den Federn?«

»Senile Bettflucht«, sagte Philip lachend. »Und dich? Sag bloß, du bist in Frankfurt?«

»Gerade gelandet. Ich bin ein paar Tage da.«

»Na, wenn das keine Vorsehung ist! Wie wär's, wenn du gleich heute Abend vorbeikommst? Halb acht? Ich schwinge den Kochlöffel.«

Diese Spontaneität war etwas, das Phil und ihn noch immer verband. Sie waren beide in ihren frühen Vierzigern und kannten sich seit Kindertagen, waren Nachbarjungen gewesen und zusammen zur Schule gegangen. Eine Zeit lang hatten sie sich aus den Augen verloren und sich zufällig wiedergetroffen, als sie beide ihre Eltern besuchten. Erst hatten sie sich mit einer Flasche Bier in der Hand über den alten Holzzaun hinweg unterhalten, um sich dann spontan für den nächsten Tag zu einer Motorradtour zu verabreden. Seit diesem Wiedersehen standen sie in losem, aber regelmäßigem Kontakt.

Malik hatte sich im Hilton City einquartiert, das sich in der Nähe von Philips und Claudias Wohnung befand. Außerdem hatte er am Mittwoch einen Termin bei Gericht und musste in den Tagen davor unbedingt ein paar Dinge im Büro erledigen. Gerichtstermine waren etwas, worauf er sich normalerweise freute, weil es ihm einen gewissen Kick verlieh, in die überraschten oder auch verwirrten Gesichter der Angeklagten zu blicken, denen langsam dämmerte, wer hier verantwortlich dafür war, dass ihnen der Prozess gemacht wurde. Aber seit einiger Zeit fühlte er sich ausgelaugt.

Seit das Hotel renoviert worden war, strahlte die Lobby mit den modernen Aufzügen aus Glas und den Stahlkonstruktionen etwas Futuristisches aus. Der alte Park, der dem Eingang gegenüberlag, stand dazu in eindrucksvollem Gegensatz. Im Vergleich zum Airport-Hotel der Kette hatte das Stadt-Hotel etwas Gediegenes, fast Heimeliges. Das gefiel Malik. Für ihn kam keine andere Hotelkette infrage – er gehörte zu dem kleinen exklusiven Kreis der Honors-Diamond-Card-Members. Er ging nach rechts zum Counter.

»Willkommen in unserem Haus, Herr Martens! Hatten Sie eine gute Reise?«, empfing ihn der Concierge.

»Alles bestens, Herr Sörensen, schön, Sie zu sehen! Sie haben Ihre Hüftoperation gut überstanden, vermute ich?«

»Ja, danke der Nachfrage, Herr Martens. Da habe ich wirklich Glück gehabt.«

Malik legte seine Hände auf den polierten Steintresen und

blickte gewohnheitsmäßig nach links und rechts. »Darf ich Sie gleich um einen Gefallen bitten, Herr Sörensen?«

»Immer zu Diensten, Herr Martens!«

»Besorgen Sie mir doch bitte eine Flasche exzellenten Rotwein. Am besten einen Barolo aus dem Piemont.«

»Der König der Weine«, sagte Sörensen lächelnd.

»Und einen Blumenstrauß.«

»Darf es etwas Bestimmtes sein?«

»Sie machen das schon, Sörensen. Was Herbstliches, würde ich sagen. Und wenn ich alles am späteren Nachmittag habe, reicht mir das.«

Neben ihm tauchte ein Gast auf. Malik scannte sein Gesicht. So wie er grundsätzlich alles und jeden in seiner nächsten Umgebung prüfte, eine lebenswichtige Begleiterscheinung seines Berufes.

»Geht in Ordnung, Herr Martens. Kann ich sonst noch etwas für Sie tun?«

»Danke! Wenn Sie mir jetzt noch die Suite 1213 reserviert haben, bin ich vollauf zufrieden«, antwortete Malik und steckte ihm diskret einen Fünfzig-Euro-Schein zu.

KAPITEL 3

FRANKFURT, SONNTAG, 21. OKTOBER 2018, ABENDS

Nachdem er im hoteleigenen Schwimmbad seine Bahnen gezogen und im Fitnessraum einige Gewichte gestemmt hatte, verließ Malik um halb sieben das Hotel zu Fuß. Nebel war heraufgezogen, und die Luft war ziemlich feucht. Der Tag schien aufzuhören, wie er angefangen hatte.

Philip besaß eine Wirtschaftsprüferkanzlei in Frankfurts Bankenviertel und hatte im selben Haus damals auch gleich eine Penthouse-Wohnung gekauft. Eine weise Entscheidung bei der derzeitigen Immobilienlage.

Als Malik im Aufzug, mit Weinflasche und Blumenstrauß bewaffnet, nach oben ins fünfundzwanzigste Stockwerk glitt, brach ihm plötzlich der Schweiß aus, und in seinen Ohren fing es an zu rauschen. Reflexartig drückte er die Weinflasche gegen seine Wange, um sich ein wenig Abkühlung zu verschaffen. Er schloss die Augen. Da ebbte das Rauschen genauso schnell wieder ab, wie es gekommen war. Erleichtert öffnete Malik in dem Moment die Augen, als die Aufzugtür den Blick in Philips Wohnung freigab und der Hausherr direkt vor ihm stand.

»Mensch! Du! Hier! Welch Glanz in unserer Hütte!«

Malik trat in den hellen großen Wohnraum, der mit einer gelungenen Kombination aus alten und modernen Möbeln sehr geschmackvoll eingerichtet war – Claudias Handschrift.

»Danke für die Einladung!« Malik setzte ein breites Lachen auf und überreichte seinem Freund die Flasche Wein und Claudia, die ihm entgegenkam, den Blumenstrauß.

»Wie schön!« Sie nahm die Blumen entgegen und roch daran. »Und wie schön, dich zu sehen«, sagte sie und umarmte ihn.

»Wie geht's, alter Freund?« Philip klopfte ihm auf die Schulter. »Du siehst ein bisschen angestrengt aus.«

»Alles gut. Na ja, vielleicht leide ich ein bisschen unter Jetlag. Ich komme gerade aus Shanghai«, redete sich Malik heraus. »Aber ich freue mich sehr, euch zu sehen.« Er sah die beiden abwechselnd an. »Hm, hier riecht es schon so gut«, wechselte er schnell das Thema.

»Dann lasst uns keine Zeit verlieren«, meinte Philip. »Ich verschwinde noch mal kurz in die Küche.«

Claudia hakte sich bei Malik unter und führte ihn zu dem langen Esstisch aus geöltem Massivholz.

»Eure Wohnung ist wirklich ein Schmuckstück.«

»Während mein Mann die Küche in Beschlag genommen hat, habe ich mich zur Deko-Queen entwickelt. Die perfekte Aufteilung«, erklärte Claudia lachend.

Philip war ein begnadeter Hobbykoch, etwas, das Malik an ihm bewunderte. »Was hat sich unser Chef denn heute Leckeres ausgedacht?«, fragte er neugierig in Richtung Küche.

Und wie auf Kommando erschien Philip mit zwei dampfenden Schüsseln und platzierte sie auf dem hübsch dekorierten Eichentisch.

»Sobald ich in meinem Kopf eine Zutatenliste erstellt habe, höre ich auf zu denken, und mein Bauch beginnt mit mir zu sprechen«, philosophierte er. Was auch immer das Ergebnis dieser Zwiesprache gewesen sein mochte, er servierte Malik an diesem Abend das beste Entrecote seines Lebens.

»Der Barolo muss ja noch ein bisschen liegen. Was hältst du von einem kräftigen Franzosen aus dem Languedoc?«

Philip entkorkte eine Flasche. Ein feines Aroma erfüllte den Raum.

»Malik«, fing Claudia an und prostete ihm dabei zu, »was hattest du Spannendes in Shanghai zu tun?«

Als ob er darüber Auskunft geben würde. Er sprach nie über seine Fälle. Und wenn er an die Verhaftung in Shanghai dachte, wurde ihm ganz anders. Er erzählte höchstens ab und an von den Ländern, in die er wegen seiner Fälle reiste. Es gab keinen Kontinent, auf dem er nicht schon gewesen war, wenig Länder, die er nicht gesehen hatte.

»Ich war das erste Mal auf dem Shanghai-Tower. In beeindruckenden sechshundertzweiunddreißig Metern Höhe. Nach dem Shanghai World Financial Center, das wegen seiner Form von allen nur ›Flaschenöffner‹ genannt wird, ist er momentan das zweithöchste Gebäude der Welt. Mit dem schnellsten Aufzug der Welt. Da muss eurer da draußen noch ein bisschen Gas geben.« Malik grinste.

»Ach, Malik, komm mir doch jetzt nicht damit! Ich will wissen, welchen brisanten Fall du gerade bearbeitest.«

Claudia und Philip gehörten zu den wenigen, die wussten, was er wirklich tat. Den meisten Menschen erzählte er, er sei Unternehmensberater von Beruf.

Malik wollte nicht unhöflich sein und die gute Stimmung nicht verderben. »Ich finde für dich heraus, ob du das echte Designerkleid gekauft hast oder ob man dich gelinkt hat und du für teures Geld ein Plagiat im Schrank hängen hast.«

Claudia war eine bildhübsche Frau, blonde kurze Haare, meergrüne Augen, schön geformter Mund, passte aber nicht in sein Beuteschema. Und das war auch gut so. Als Phil beschlossen hatte, Claudia einen Heiratsantrag zu machen, wollte er wissen, ob auch sie an diesem Punkt war. Malik sollte sie auf die Probe stellen. Aber das war eine andere Geschichte.

»Ich als Fashion Victim muss jetzt sofort wissen, welches Label das ist«, insistierte Claudia.

»Das kann ich natürlich nicht sagen, aber es handelt sich um ein weltbekanntes Designerlabel, und ich wurde beauftragt, in Sachen Markenpiraterie zu ermitteln.«

»Welche Summen sind da im Spiel?«, schaltete sich Philip ein.

»Markenpiraterie ist in der Textilbranche wirklich gang und gäbe, deshalb ist der Schaden, der durch Plagiate verursacht wird, entsprechend groß. Mein Auftraggeber spricht von einem zweistelligen Millionenbetrag im oberen Bereich.«

»Malik, bitte, kannst du nicht mal eine Ausnahme machen und mit dem Namen herausrücken?«, versuchte es Claudia noch einmal.

»Kann er nicht!« Philip gab seiner Frau einen Kuss auf die Nase und schenkte seinem Freund noch Rotwein nach. »Mir kam neulich zu Ohren, dass allein schon in der EU gefälschte Waren im Wert von rund hundertzwanzigtausend Milliarden Euro gehandelt werden, das entspricht fast sieben Prozent des Imports.«

Malik nickte zustimmend und wollte gerade antworten, als ihm der Schweiß aus allen Poren brach. Mit einem Mal fühlte sich sein Brustkorb an, als ob hundert Herzen gleichzeitig darin schlagen würden und ihn jeden Augenblick zerbersten ließen.

»Malik, was ist los?«, fragte Claudia entsetzt. »Ist dir schlecht?«

Sein weißes Hemd spannte über seinem muskulösen Oberkörper, und er knöpfte fahrig die oberen Knöpfe auf.

»Soll ich den Notarzt rufen?« Philip sprang auf. »Du bist ja aschfahl im Gesicht.«

»Nein, lass gut sein«, keuchte Malik und zitterte am ganzen Körper. »Lass mich kurz frische Luft schnappen.«

Philip ging auf die andere Seite des Tisches, nahm ihn am Arm und führte ihn auf die Dachterrasse. »Setz dich auf die Bank. Soll ich dir eine Decke bringen?«

»Passt schon. Danke.« Als Malik die kühle Nachtluft einatmete, löste sich langsam der Knoten in seiner Brust. Er schaute Philip mit müden Augen an. »Wahrscheinlich stecke ich die Fliegerei doch nicht mehr so einfach weg. Bin eben keine zwanzig mehr.« Er tat das Ganze vor seinem Freund als kleine Kreislaufschwäche ab.

Claudia brachte ihm ein Glas Wasser und stellte sich vor ihn hin. »So geht das nicht, Malik. Du musst zum Arzt. Vielleicht hast du dir irgendein Virus in Asien eingefangen.«

Malik starrte ein paar Minuten ins Leere, bemüht, wieder die Kontrolle über seinen Körper zu gewinnen. Er fröstelte.

»Nehmt es mir nicht übel, aber ich gehe jetzt ins Hotel zurück und schlafe mich richtig aus.« Er wollte seine Ruhe haben. Wollte keine gut gemeinten Ratschläge hören, sich nicht erklären, mit niemandem mehr reden müssen. Ihm war alles zu viel. Er hatte tatsächlich das Gefühl, sein Körper wäre mit einem Virus infiziert, seit er die Nacht in der chinesischen Zelle verbracht hatte.

»Könntet ihr mir bitte ein Taxi rufen?«

Philip wusste, dass er seinen Freund gewähren lassen musste. »Lass dich von deinem Arzt untersuchen. Versprich mir das!«, meinte er auf dem Weg zurück ins Wohnzimmer. »Und spann mal ein paar Tage aus.«

Malik lächelte erschöpft und war erleichtert, als es klingelte und das Taxi da war. »Vielen Dank für das köstliche Essen. Ich melde mich«, verabschiedete er sich von seinen Freunden, und die Aufzugtür schloss sich hinter ihm.

KAPITEL 4

FRANKFURT, MONTAG, 22. OKTOBER 2018

Malik war in einen tiefen traumlosen Schlaf gefallen, aus dem er am nächsten Morgen mit heftigen Kopfschmerzen erwachte. Daran war wohl der Alkohol schuld. Normalerweise trank er nur Kamillentee und stilles Wasser und machte ganz selten eine Ausnahme. Wie gestern Abend zum Beispiel. In einem vertrauten Kreis genehmigte er sich schon mal ein Glas Wein.

Zehn Uhr zeigte das Display seines Handys. Unfassbar. Unmengen neuer Nachrichten waren aufgelaufen. Er hatte vergessen, dass er den Klingelton bereits gestern vor dem Essen auf lautlos gestellt hatte.

Malik quälte sich aus dem Bett, ging ins Badezimmer und nahm als Erstes zwei Aspirin, die er mit Leitungswasser hinunterspülte. Er schlurfte zum Fenster und zog die schweren dunkelgrauen Vorhänge zurück. Sonnenstrahlen stachen in seine Augen. Als er sich an die Helligkeit gewöhnt hatte, blickte er auf die herbstliche Parkanlage des Hotels, deren Rasenfläche mit Laub bedeckt war. Dabei massierte er seine Schläfen, und glücklicherweise ebbte das Pochen langsam ab. Die Schmerztabletten zeigten Wirkung. Was war nur los mit ihm? Erst die ständige Erschöpfung, gegen die er seit Wochen ankämpfen musste, nun der Zusammenbruch gestern. Panisch hatte er gedacht, er hätte einen Herzinfarkt. Einen Durchhänger konnte er sich absolut nicht leisten, ganz zu schweigen davon, dass er sich eine Auszeit nehmen könnte. Nett gemeint von Phil. Selbst wenn ihm tatsächlich danach zumute war.

Er nahm sein Handy, und beim ersten Durchsehen hatten alle Nachrichten einen ähnlichen Inhalt: »Bitte melden Sie sich schnellstmöglich«, »Erwarte dringend Ihren Rückruf«, »Bitte um Terminbestätigung«.

Die Gerichtsverhandlung in Stendal am Mittwoch warf ihre Schatten voraus. Doch der Adrenalinschub, der ihn regelmäßig vor Gerichtsverhandlungen auf Hochtouren laufen ließ, blieb aus.

Achtlos warf Malik sein Telefon aufs Bett. Er erkannte sich nicht wieder – fühlte sich antriebslos, niedergeschlagen, unkonzentriert. Und das Allerschlimmste: Es passierte, dass er falsche Entscheidungen traf, Informanten falsch einschätzte, und sein wichtigstes Werkzeug, sein Netzwerk dadurch gefährdete. Jinjin war ein unverzeihlicher Fehler! Ob er jemals die genauen Hintergründe erfahren würde? Er konnte nur Vermutungen anstellen: Jinjin war einerseits regierungstreu, patriotisch, das war Malik von Anfang an klar gewesen. Er hatte sich auf dünnem Eis bewegt. Aber sein Informant war auch all die Jahre käuflich gewesen, das hatte er mehr als einmal unter Beweis gestellt. War die Summe in diesem Fall nicht hoch genug gewesen? Verdammt noch mal, er war doch lang genug im Geschäft, um zu wissen, wie sensibel das Thema Bestechungsgelder war! Malik donnerte mit der Faust auf das Sideboard.

Mit seinem Auftraggeber hatte er gleich am nächsten Tag, als er freigekommen war, telefoniert, ihn mit Informationen versorgt, die ihn zumindest besänftigt und verhindert hatten, dass die Situation völlig eskalierte. Noch hatte er den Auftrag nicht verloren. Aber der Fall hatte ihn eine Menge Kraft gekostet. Und eine ordentliche Stange Geld. Nicht zu sprechen von dem Schock, der ihm noch jetzt in den Gliedern saß.

Sein tägliches Sportprogramm würde Malik heute auf den Abend verlegen. Er zwang sich auf die Schnelle noch zu ein paar Sit-ups und ging dann unter die Dusche. Der warme Wasserstrahl entspannte seine Muskeln, und seine Lebensgeister kehrten zurück. Er musste seine Situation in den Griff bekommen und wieder der Alte werden.

Gerade als er seine Lederjacke vom Bügel nahm, vibrierte sein Handy.

Hans-Peter Langendorf, sein Bürovorsteher, wie er ihn spaßeshalber nannte, rief schon zum zweiten Mal an.

»Ich bin auf dem Weg«, sagte er kurz angebunden.

KAPITEL 5

FRANKFURT,
MONTAG, 22. OKTOBER 2018,
FRÜHER NACHMITTAG

»Ich bin dann weg.« Alexander Bergmann ging aus seinem Büro im oberen Stockwerk die Treppe herunter in den lichtdurchfluteten Verkaufsraum.

»Prinzessinnen-Nachmittag, ich weiß«, flötete Marianne Heinze. »Was steht denn heute auf dem Programm?«

»Wenn ich das so genau wüsste. Es war einfach zu viel los in den letzten beiden Tagen, um mir was Spannendes auszudenken. Aber mir wird auf dem Weg zur Kita bestimmt etwas einfallen.«

»Davon bin ich überzeugt. Wirklich toll, dass Sie diese Vater-Tochter-Nachmittage eingerichtet haben. Das ist nicht selbstverständlich. Wenn ich da an meinen Mann denke.« Sie seufzte.

»Das war in meinem ersten Leben auch nicht selbstverständlich, wie Sie wissen.« Alexander nannte die Ehe mit Sabine immer sein erstes Leben. »Ich versuche, bei meiner kleinen Tochter wiedergutzumachen, was ich bei meinen Söhnen versäumt habe.« Alexander Bergmann schnappte seine Daunenjacke und zog sie sich im Gehen über. »Ich habe das Wiener Auktionshaus nicht mehr erreicht und bin leider ein bisschen spät dran. Könnten Sie dort bitte wegen des Kerzenständers nachfragen? Der muss spätestens am Freitag geliefert werden.«

»Mach ich! Wir wollen doch Herrn von Löwenstein bei Laune halten.« Marianne Heinze verdrehte die Augen.

»Ich möchte mir nicht vorstellen, was passiert, wenn er am Samstag nicht dieses Monstrum in Händen hält. Das ultimative Geburtstagsgeschenk für seine Frau!«

»Würde ich so ein Geschenk zum Fünfzigsten kriegen, wäre das ein Scheidungsgrund«, sagte Marianne Heinze und schüttelte belustigt ihren Pagenkopf. »Aber ich bin ja Gott sei Dank nicht mit diesem Herrn verheiratet. Und werde den Wienern jetzt mal Beine machen.«

Diese Frau ist ein Segen, dachte Alexander Bergmann beim Hinausgehen. Sie waren in den letzten fünf Jahren ein gutes Team geworden. Nachdem er seine Frau Sabine verlassen hatte, war sie eine der wenigen gewesen, die zu ihm gehalten und ihn nicht verdammt hatte. Sie hatte ihm auch geraten, sich zunächst auf den Verkauf von Antiquitäten und modernen Kunstwerken im In- und Ausland zu konzentrieren und seine Malerei ruhen zu lassen. Sie hatte zwar einen Sinn für Kunst, aber im kaufmännischen Bereich machte ihr keiner so schnell etwas vor.

Er öffnete die Wagentür seines SUV. Umwelt hin oder her, es nervte ihn einfach, auf öffentliche Verkehrsmittel angewiesen zu sein.

»Herr Bergmann, hallo!«

Plötzlich fuchtelten zwei Arme vor ihm herum.

»Haben Sie eine Minute?«

Wie aus dem Nichts war der Vermieter des Mehrfamilienhauses, in dem er das Ladengeschäft mit zwei angrenzenden Büroräumen gemietet hatte, vor ihm aufgetaucht.

»Ich hatte eigentlich damit gerechnet, Sie im Laden anzutreffen.«

»Ich bin leider sehr in Eile, Herr Huber«, hob Alexander abwehrend die Hände. »Ist es dringend?«

»Nun ja, ich wollte mit Ihnen über die Mieterhöhung sprechen. Sie haben auf mein Schreiben nicht reagiert.«

Die Mieterhöhung – Mannomann, dieses Thema hatte er komplett verdrängt. »Ich rufe Sie morgen an. Versprochen!«

Alexander stieg in den dunkelblauen Volvo, manövrierte ihn aus der Einfahrt und reihte sich in den Verkehr ein. Kurz nach vierzehn Uhr hielt sich das tägliche Verkehrschaos noch in Grenzen.

Zwei Nachmittage in der Woche hatte er für seine kleine Tochter Elara reserviert. Diese Zeit war ihm heilig. Komme, was da wolle.

Früher hatten sie den Laden an Montagen geschlossen. Aber seit er das Geschäft in die Frankfurter Innenstadt verlegt hatte, war daran nicht mehr zu denken. Obwohl ihn der Umzug viel Geld gekostet hatte und er vor allem im Vordertaunus in Bad Homburg, Kronberg und Königstein seine reiche Stammklientel sitzen hatte, war es die richtige Entscheidung gewesen.

»Die von Löwensteins dieser Welt kommen auch nach Frankfurt in die Braubachstraße«, hatte Marianne Heinze ihm damals Mut zugesprochen. Und sie hatte recht behalten. Vorzugsweise kamen sie an den Wochenenden und kombinierten eine Shopping-Tour in Frankfurts Nobelgeschäften mit einem Besuch bei ihm in der Galerie. Deshalb hatte er die Öffnungszeiten ausgeweitet und viel Energie in sogenannte Kundenbindungsmaßnahmen investiert. An jedem ersten Samstag im Monat offerierte er seiner anspruchsvollen Kundschaft ein kleines Buffet, und einmal im Vierteljahr fand ein Event statt: eine Vernissage oder ein Vortrag eines Künstlers über sein Werk.

Wer hingegen einfach so hereinschneite, wurde begrüßt mit einem Espresso oder auch einem Gläschen französischem Crémant, von dem mehrere Flaschen im Kühlschrank lagerten.

Seine Kunstgalerie galt mittlerweile als Geheimtipp in Kennerkreisen, und so mancher Kunstfreund aus dem Ausland war auch unter den Interessenten.

Seine Webpage wurde stark frequentiert, und seit Kurzem war er auch auf Instagram. Wenn man den Likes und Kommentaren Glauben schenken durfte, hatte er eine beträchtliche Fangemeinde. Und darauf war er mächtig stolz, auch wenn seine künstlerische Kreativität dabei auf der Strecke blieb. Früher hatte er sich in jeder freien Minute seinen Bildern gewidmet und sich durch und durch als Künstler gefühlt. Doch sein Schwerpunkt hatte sich verlagert, seit Elara auf der Welt war.

Vielleicht hatte er auch eine Schaffenskrise? Sich das jedoch einzugestehen, fiel ihm besonders schwer. Immerhin hatte er mit seinen Bildern ganz ordentliche Summen verdient.

Auch jetzt lief das Geschäft gut, aber er schrieb unterm Strich nur eine schwarze Null. Seine privaten Ausgaben waren zu hoch. Sie gaben zu viel Geld aus. Suna gab zu viel Geld aus.

Sie war äußerst fordernd. Seit ein paar Wochen redete sie immer wieder auf ihn ein, dass er ihr zusätzliches Geld für ihren Vater zur Verfügung stellen solle, der schwer nierenkrank war und dringend eine Spenderniere brauchte. Und die Transplantation solle am besten hier in Deutschland stattfinden. Wie sollte das gehen?! Das würde Unsummen kosten. Wie sollte er sich das leisten können?

Daraufhin hatten sie einen heftigen Streit gehabt, weil Alexander meinte, sie könne doch im Geschäft mitarbeiten. Marianne Heinze unterstützen. Ihnen wenigstens an Samstagen zur Hand gehen. Die reichen Stammkunden betreuen. Aber nein, dafür war sie sich als studierte Kommunikationswissenschaftlerin anscheinend zu schade. Es war in Ordnung gewesen, dass sich Suna ausschließlich um Elara kümmern wollte, solange sie klein war. Darüber waren sie sich nach der Geburt einig. Aber da ihr Kind längst in die Kita ging, wo es sich ausgesprochen wohlfühlte, und nächstes Jahr bereits in die Schule kam, sprach überhaupt nichts dagegen, in der Galerie mit anzupacken. Wenn es schon unmöglich war, einen geeigneten Teilzeitjob zu finden, wie Suna immer betonte, könnte sie ihm wenigstens unter die Arme greifen. Stattdessen versuchte sie sich als Bloggerin. Er musste dringend mit ihr reden.

Kaum war Alexander in der Kita angekommen und den gepflasterten Weg durch den Vorgarten entlanggegangen, wurde auch schon die Tür aufgerissen, und Elara rannte ihm entgegen. Ihre schwarzen Zöpfe, die von zwei pinkfarbenen Gummis gehalten wurden, wippten auf und ab.

»Papi, da bist du ja endlich! Komm schnell, ich muss dir zeigen, was ich gemalt habe.«

»Hallo, meine kleine Prinzessin.« Er hob sie hoch und wirbelte sie einmal im Kreis herum. »Da bin ich aber sehr gespannt.«

Alexander war froh, dass Elara intuitiv und schon ganz früh mit dem Malen begonnen hatte. Vielleicht hatte sie von ihm das künstlerische Talent mitbekommen; ganz offensichtlich aber hatte sie die Schönheit ihrer Mutter geerbt.

Suna und Alexander hatten sich damals für eine private Kindertagesstätte mit multilingualem Angebot entschieden, die etwas außerhalb der Innenstadt am Rand eines Wohngebietes lag und von einem weitläufigen Garten umgeben war.

Er betrat den großen hellen Raum und wurde von einem wilden Stimmengewirr aus deutschen, englischen, französischen und spanischen Worten empfangen. Die unterschiedlichen Nationalitäten, die hier vertreten waren, schafften eine Weltoffenheit, die sich Alexander und Suna für ihre Tochter wünschten. Zumindest in diesem Punkt waren sie sich einig gewesen.

»Hallo, Herr Bergmann«, begrüßte ihn Linda Petersen, eine der Erzieherinnen, und wandte sich dann umgehend in strengem Ton an seine Tochter. »Und du, Elara Wirbelwind, solltest dir etwas überziehen, bevor du in die Kälte rausgehst. Das weißt du ganz genau.«

Elara nickte betroffen, sauste dann aber an ihr vorbei zu einem Tisch im hinteren Teil des Raums, um ihre Zeichnung zu holen.

Alexander nickte Linda entschuldigend zu und holte Anorak, rosa Sneakers und die Kindergartentasche seiner Tochter aus dem Garderobenschrank.

»Komm, mein Schatz, beeil dich ein bisschen.« Alexander wollte los, damit noch genügend Zeit blieb, etwas zu unternehmen.

»Ich habe Pinky gemalt. Und Mami und dich und mich.« Elara hielt ihm ihre Zeichnung hin.

»Das ist ja toll geworden, mein Schatz!«

Elara strahlte ihn an.

»Was hältst du denn davon, wenn wir heute ins Spaßbad gehen«, schlug Alexander vor und nahm ihr behutsam das Bild ab, sodass sich Elara Schuhe und Anorak anziehen konnte.

»Au ja, das machen wir«, freute sie sich und presste ihren linken Fuß in den nicht geöffneten Turnschuh. »Und ich rutsche wieder die große Rutsche runter.«

»Dann lass uns jetzt schnell nach Hause fahren und die Schwimmtasche packen.« Alexander öffnete den Klettverschluss des zweiten Turnschuhs und half Elara, sich vollends anzuziehen. Dann nahm er sie an die Hand und verließ die Kita.

»Krieg ich heute Pommes?«

»Wie wäre es, wenn du heute noch mal probierst, ohne Schwimmflügel zu schwimmen. Letztes Mal hast du's ja schon ganz gut ohne geschafft. Und du kommst im Sommer in die Schule und bist dann schon ein großes Mädchen, das schwimmen können sollte.«

»Okay, und danach krieg ich Pommes mit Ketchup.«

Alexander hob Elara hoch und verfrachtete sie in den Kindersitz.

»Ganz schön schlau, du kleiner Racker!« Er gab ihr einen Kuss auf den Scheitel und klickte ihren Sicherheitsgurt zu.

Alexander hatte die Zeichnung auf den Beifahrersitz gelegt. Aus dem Augenwinkel heraus betrachtete er sie und war gerührt. Elaras pinkfarbener Stoffaffe saß auf einer Palme im Garten ihrer Großeltern. Schwarze Tränen kullerten aus seinen Augen, die den gesamten Rasen übersäten.

»Wir sollen alle zusammen nach Bangkok fliegen und Pinky abholen«, tönte Elara plötzlich in die Stille hinein.

Sie hatte das Stofftier zu ihrem vierten Geburtstag bekommen und liebte es heiß und innig. Den Affen mit dem flauschigen pinkfarbenen Fell nahm sie überallhin mit. Und im letzten Bangkok-Urlaub mit Suna hatte sie ihn dann bei den Großeltern vergessen. Ein Drama, als es Elara im Flieger gemerkt hatte.

»Wir sorgen dafür, dass Pinky ganz schnell wieder bei dir ist«, tröstete Alexander seine kleine Tochter. »Mami hat bestimmt schon mit der Oma telefoniert.«

Er startete den Motor und hoffte, dass Suna das auch tatsächlich getan hatte.

KAPITEL 6

FRANKFURT, MONTAG, 22. OKTOBER 2018, ZUR GLEICHEN ZEIT

Malik bog aus der Tiefgarageneinfahrt des Hotels links ab in die Hochstraße und fuhr weiter auf die Eschersheimer Landstraße. Hier in der Nähe hatte er einst eine Etage bewohnt, die Wohnung und Büro vereinte. Doch nach einem äußerst komplizierten Fall vor ein paar Jahren, als er ein entführtes Kind aus Sibirien zurück nach Deutschland gebracht hatte – über zehn Monate war er ausschließlich unterwegs und nur ganze sechs Tage zu Hause gewesen –, hatte er Bilanz gezogen und beschlossen, alles zu vereinfachen und die komplizierten Strukturen mit mehreren Angestellten aufzulösen. Im digitalen Zeitalter war das kein Problem. Klar war die Kennedyallee eine feine Adresse und hinterließ bei seinen Kunden einen entsprechenden Eindruck, wenn er sie dorthin zum Gespräch gebeten hatte. Aber wie oft hatte das stattgefunden? Es kristallisierte sich immer deutlicher heraus, dass er seine Auftraggeber außerhalb traf, vorzugsweise in ihrer Umgebung. »Sage mir, wie du lebst, und ich sage dir, wer du bist«, lautete das Motto, das er sich zu eigen gemacht hatte.

Auch wenn er sich nach Jahren harter Arbeit den Luxus leisten konnte, nicht mehr akquirieren zu müssen, sondern nur noch auf Empfehlung zu arbeiten, machte er sich von Anfang an am liebsten selbst ein Bild. Das erste Treffen mit einem Kunden war die erste entscheidende Information. Und Informationen waren sein Geschäft. Es gab Zeiten, da hätte er gesagt, seine Droge.

Nachdem er ein kurzes Stück auf der Bundesstraße gefahren war, steuerte Malik auf ein unscheinbares Mietshaus in der

Adolf-Miersch-Straße in Niederrad zu. Er fand gleich unmittelbar davor einen Parkplatz und stieg aus.

Obwohl die Sonne das Innere des Wagens aufgewärmt hatte, war die Luft draußen ziemlich kühl. Als er auf die Haustür zulief, hörte er schon den Türsummer. Hans-Peter Langendorf erwartete ihn.

Der muffige Geruch im Treppenhaus stieg Malik in die Nase und ließ ihn zwei Stufen auf einmal nehmen, damit er schneller im dritten Stock anlangte.

»Das wurde aber auch Zeit, dass du auftauchst«, sagte HPL, wie er sich selbst nannte, und nahm ihn grußlos in Empfang. Die abgewetzten braunen Cordhosen und der beige Rollkragenpullover hingen schlaff an seinem Körper. Die grauen Haare waren raspelkurz geschnitten, und in seinem ausgemergelten Gesicht sprießten vereinzelt ein paar Bartstoppeln. »Seit gestern warte ich auf dich! Was ist los mit dir? O Mann, wie siehst du denn aus?«

Malik trat in den kleinen Flur der Zweizimmerwohnung, von dem zwei etwa gleich große Zimmer abgingen. Das eine diente als Wohn-Schlafraum. Das andere als Büro, in dem ein großer Schreibtisch stand, auf dem zwei Bildschirme platziert waren. Auf einem davon war immer eine Partie Schach im Gange – sei es, dass HPL im Internet gegen sich selbst spielte, sei es, dass er auf einer der Chess-Bases online an einem Turnier teilnahm, das gerade irgendwo auf der Welt stattfand.

Malik ließ sich auf einem der drei Stühle nieder, die um den Schreibtisch herumstanden. »Mir ist etwas dazwischengekommen.« Er zog seine Jacke aus. »Aber tatsächlich was Privates und nicht der Knast in China.«

»Ach, sieh an. Etwa eine Frau?«

»Ich war spontan bei Philip und Claudia zum Essen eingeladen. Wir haben uns seit der Hochzeit nicht mehr gesehen.«

»Na ja, da kann ich ja noch mal ein Auge zudrücken. Ich bin vor allem froh, dass du deine chinesische Knast-Erfahrung gut überstanden hast.«

»Danke, Alter, dass du mich da rausgeholt hast.«

»Aber gern doch! Ich habe ja nur telefoniert.«

»Mit den absolut richtigen Leuten. Nach zwei Stunden war August zur Mühlen da. Am nächsten Tag war ich auf freiem Fuß. Wenn auch unter Bewachung.«

»Ja«, bestätigte HPL, »August war schon im Studium eine Granate und hat eine Bombenkarriere hingelegt. Ganz im Gegensatz zu mir«, bemerkte er sarkastisch.

Hans-Peter Langendorf arbeitete jetzt seit knapp zwei Jahren für Malik. Philip hatte das eingefädelt. Er war sein Senior-Partner in der Wirtschaftsprüferkanzlei gewesen und ein begnadeter Jurist. Ein regelrechter Kriminalist in allen wirtschaftlichen Belangen. Bis zu dem Tag, an dem er das Leben seiner Frau und Tochter auslöschte. Ein Sekundenschlaf hatte ihn bei hoher Geschwindigkeit auf der Autobahn übermannt und den tödlichen Unfall verursacht. Danach hatte sich HPL nur noch von Alkohol und Tabletten ernährt und war monatelang im Dauerdelirium gewesen. Philip hatte ihn röchelnd auf dem Boden gefunden – fast wäre er an seinem eigenen Erbrochenen erstickt. Und dann hatte er ihn zu einem Entzug überredet und in eine Klinik gebracht.

Mit einer Flasche Kognak in der Hand stand HPL zwei Wochen später stark angetrunken vor Philips Wohnungstür. »Ich ertrage es nicht, am Leben zu sein.« Philip hatte ihn hereingebeten, doch HPL hatte auf dem Absatz kehrtgemacht und war wochenlang verschwunden gewesen. Wieder war es Philip gewesen, der ihn gefunden und ihn zu einem erneuten Entzug überredet hatte. Ihm war nach einem Treffen mit Malik, der ihm von seinen Umstrukturierungsplänen erzählt hatte, die Idee gekommen, ob HPL nicht für ihn arbeiten könne.

»Malik? Hörst du mir zu? Hier hat sich ein Berg Post angesammelt. Und du musst noch ein paar Verträge unterzeichnen.« Malik blickte auf die schwarzen USM-Regale und -Container im hinteren Teil des Zimmers, wo seine Unterlagen untergebracht waren. Ein Relikt aus einer vergangenen Zeit. Sein Büro war nun seit zwei Jahren in der Wohnung von Hans-Peter Langendorf angesiedelt. Eine Zwischenlösung, die immer mehr zum Dauerzustand wurde. Vielleicht musste er doch noch einmal sein Loft in der Kennedyallee reaktivieren und HPL umtopfen. Kommt Zeit, kommt Rat.

Malik ging zu der Regalwand und nahm eine Papierakte und mehrere Ordner heraus.

»Wo sind die Akten für die Gerichtsverhandlung?«, fragte er.

»Die liegen hier, ich bin alles noch einmal durchgegangen. Der Müll-Skandal ist immerhin schon über zehn Jahre her. An einigen Stellen siehst du gelbe Marker, die sollten wir besprechen.«

HPL war der Einzige, dem er Einblick in seine Arbeit gewährte. Der Einzige, von dem er ab und an einen Ratschlag annahm.

»Gut, dann lass uns damit anfangen. Ich schaue nur noch kurz, was sonst noch da ist.«

»Dann kann ich in der Zwischenzeit ja doch noch meinen imaginären Gegner schachmatt setzen.«

Während sich HPL in seine laufende Schachpartie einklinkte, blätterte Malik den Stapel Unterlagen durch.

»Endlich – die neuen Leasingverträge«, murmelte er vor sich hin. Er hatte seinen Fuhrpark auf zwei Mittelklassefahrzeuge, einen Geländewagen und zwei Motorräder reduziert. Wobei die schwarze Ducati, die er sich schon vor fünf Jahren zugelegt hatte, sein ganz persönliches Schmuckstück war. »Muskulös und kraftvoll«, pries der Hersteller die Monster 1200 an. Da war eindeutig seine Motorradleidenschaft mit ihm durchgegangen.

»Ich bin mir nicht sicher, ob ich den Vortrag zum Thema Wirtschaftskriminalität bei der Deutschen Bank halten kann.« Malik hielt die Informationsbroschüre in der Hand. »Kannst du da nicht für mich einspringen?«, sagte er in Richtung HPL.

»Die Gesichter möchte ich sehen, wenn bei denen anstelle des gewieften Star-Detektivs ein trockener Alkoholiker in Frührente aufläuft.« HPL fuhr sich über sein Kinn. »Schachmatt«, sagte er zu seinem Bildschirm.

»Ich muss auf jeden Fall schnellstmöglich nach Istanbul. Die Geschichte mit Jinjin hat mich echt zurückgeworfen.« Malik fuhr sich über den Kopf. »Hätte ich gleich auf mein Bauchgefühl gehört, hätte ich diese Schleife über China gar nicht gedreht. Denn die Türkei ist nun mal das Mekka der Plagiate! Aber nein, ich bin erst den Hinweisen meines Auftraggebers nachgegangen, dass die falschen Waren angeblich in Shanghai produziert werden. Und jetzt ist er auf hundertachtzig!« Malik knüllte ein Stückchen Papier zusammen und warf es in den Papierkorb. »Ich treibe das Ganze jetzt über meine Kontakte in der Türkei voran. Habil wird mich in eine der Fabriken einschleusen. Aber wir müssen den richtigen Zeitpunkt erwischen.« Langsam redete er sich in Rage. »Ich ermittle jetzt schon über fünf Monate, und nichts geht voran!«

»Woran hängt's denn?«, wollte HPL wissen.

»Ich muss an die Hintermänner rankommen. An die komplette Organisation. Je tiefer ich einsteige, desto klarer ist, dass wir uns hier im Bereich organisierter Kriminalität bewegen. Mafiöse Strukturen sind das!«

Gedankenverloren drehte Malik ein Blatt nach dem anderen um, bis er plötzlich auf ein Kuvert stieß, das an ihn persönlich adressiert war. »Was ist das?« Er hielt den Briefumschlag in die Höhe.

»Keine Ahnung, du weißt, dass ich mich nicht an deinen persönlichen Sachen vergreife.«

Malik riss den Briefumschlag auf und faltete das DIN-A4-Papier auseinander.

PASS AUF!
DU BIST ZU WEIT GEGANGEN!

KAPITEL 7

FRANKFURT, MITTWOCH, 24. OKTOBER 2018

Sie saß im Schneidersitz auf dem cremefarbenen Leinensofa und fühlte, dass eine Erkältung im Anmarsch war. Der Ingwertee, den sie mit viel Zitrone und Honig zubereitet hatte, wärmte sie innerlich auf. Suna Bergmann bearbeitete ein paar Mails, als sie ihr Klingelton, Chers *Strong Enough*, aus ihren Gedanken riss. Sie ließ ein paar Takte des Songs verstreichen, um sich zu konzentrieren und Haltung anzunehmen, dann griff sie zum Telefon und meldete sich.

»Ich freue mich, dass ich dich gleich erreiche, Joy«, sagte der Anrufer, und seine tiefe Stimme klang sympathisch. Oftmals die Eintrittskarte für einen Kunden. »Und nun hoffe ich natürlich, dass du auch gleich Zeit für mich findest? Man schwärmt in den höchsten Tönen von dir.«

Das war einer der Gründe, warum sie den Namen »Joy« wieder benutzte: Ihr Ruf eilte ihr voraus. Das war vor drei Monaten ihre Eintrittskarte in ein Business gewesen, aus dem sie vor Jahren ausgestiegen war. Sie hatte es vermieden, bei einer Agentur anzudocken, die in der Regel vierzig Prozent Provision nahm. Das konnte und wollte sich Suna nicht leisten. Sie war damals so gut im Geschäft gewesen, dass sie es diesmal aus eigener Kraft bewerkstelligen würde. Außerdem sollte es ja nicht für lange sein.

Sie fühlte sich geschmeichelt und spürte, dass das Kompliment von Bedeutung für sie war. »Mit wem spreche ich denn?«, fragte sie zurück.

»Entschuldige bitte, ich habe mich noch gar nicht vorgestellt. Justus ist mein Name.«

»Justus, ich glaube, ich habe Zeit für dich.«

»Brillant. Ich möchte, dass du mich in meinem Hotel besuchst«, sagte Justus freundlich, aber bestimmt. »Kannst du in einer halben Stunde da sein?«

Es war kurz vor drei, und ein paar Sonnenstrahlen blitzten durch die Wolken. Um diese Zeit von einem Kunden ins Hotel bestellt zu werden, war eher ungewöhnlich. Aber sie hatte heute ihren freien Nachmittag und war flexibel. Ihre Gesellschaft für die nächsten beiden Stunden war ihm tausendfünfhundert Euro wert. Das klang nach einem lukrativen Geschäft.

»Hast du besondere Wünsche?«, hakte sie nach.

»Das wird sich herausstellen, wenn du da bist.«

»In Ordnung«, meinte sie und wurde ein wenig hellhörig.

»Ich freue mich auf dich. Und bitte sei pünktlich«, verabschiedete sich Justus von ihr.

Normalerweise empfing sie ihre Kunden in ihrem Appartement in Niederrad oder machte von da aus »ihre Hausbesuche«, wie sie es immer genannt hatte. In ihrem Studio hatte sie alles, was sie brauchte. Doch um dort noch vorbeizugehen, wäre die Zeit zu knapp gewesen. Und das Honorar erstickte jede Diskussion im Keim. Für Notfälle dieser Art hatte sie im Keller des sanierten Altbaus, in dem sie mit ihrem Mann und ihrer Tochter wohnte, eine Tasche mit entsprechenden Kleidungsstücken, High Heels und Dessous deponiert, die sie jetzt rasch nach oben holte, um sich für ihren Kunden zurechtzumachen.

Sie steckte ihre langen Haare zu einem lockeren Chignon-Knoten auf und entschied sich aus Zeitgründen für ein dezentes Make-up. Das einzig Auffällige, das sie wählte, war ein dunkelroter Lippenstift.

Nachdem sie den Balconette-BH geschlossen und die schwarzen Strumpfhosen vorsichtig nach oben geschoben hatte, erblickte sie sich im Spiegel. Sie erschrak. Gab es wirklich keine andere Möglichkeit? Von der aufreizenden Suna, die ihren Körper für Geld feilbot, hatte sie sich vor vielen Jahren bewusst abgewandt. Damals in der Hoffnung, es wäre für immer. Aber mit Alexander war offensichtlich nicht zu rechnen. Erst letzte Woche hatten sie wieder wegen des Geldes gestritten. Er hatte ihr sogar vorgeworfen, dass sie geldgierig sei. »Das lasse ich mir kein zweites Mal sagen«, sagte sie zu ihrem Spiegelbild und riss das Etuikleid vom Kleiderbügel. Schnell packte sie die High Heels in die Handtasche, schlüpfte in ihre Loafer und schnappte sich ihren Trenchcoat von der Garderobe. Als sie den Schlüssel im Schloss umdrehte, traute sie ihren Ohren nicht. Sie hörte die Stimme ihrer kleinen Tochter unten an der Eingangstür.

»Wenn Pinky da wäre, würde ich ihn auch mit ins Schwimmbad nehmen.«

Suna hielt unwillkürlich die Luft an. Sie war wie paralysiert. Wusste nicht, ob sie vor- oder zurückgehen sollte. Fieberhaft überlegte sie, was sie tun könnte.

»Ja, das nächste Mal nehmen wir ihn mit«, vertröstete sie Alexander.

Auch das noch. Suna musste mit ihrer Mutter unbedingt wegen Elaras Schmusetier sprechen.

Die Treppenstufen knarzten, als sich die beiden langsam Stufe für Stufe nach oben bewegten. Das war ihre Chance. Sie drückte sich an der Wand entlang und schlich so leise wie möglich ein Stockwerk höher. Vor der Wohnungstür von Familie Stockmann blieb sie stehen. Sie verharrte, und das Herz schlug ihr bis zum Hals. Würden die Nachbarn jetzt die Tür öffnen, wäre sie geliefert.

»Wird das heute noch was mit dir, Prinzesschen?«, rief Alexander nach unten. Suna hörte, wie er den Schlüssel ins Türschloss steckte. Sie biss sich auf die Lippen. Sollte sie wirklich zu diesem Kunden gehen? Sie schloss die Augen. Ja, du musst, ermutigte sie sich. Du tust das für deinen Vater.

Nach einer gefühlten Ewigkeit schien ihre kleine Tochter oben angekommen zu sein. Die Wohnungstür fiel ins Schloss. Suna wartete noch einen Moment und lief dann so leise wie möglich das Treppenhaus hinunter.

Zwei rote Ampeln und eine Vollbremsung später fuhr sie in die Tiefgarage des exklusiven Hotels auf dem Frankfurter Messegelände. Im Rückspiegel ihres weißen MINI prüfte sie nochmals Frisur und Make-up, zog sich die Lippen nach und zog ihre High Heels an. Sie atmete tief ein und aus, dann stieg sie entschlossen aus.

Der Mann, der sich Justus nannte, hatte ihr per SMS den Code geschickt, den sie auf der Tastatur neben der Garagentür eingeben sollte, um zu ihm in den fünfzehnten Stock zu gelangen. 1569.

Sie schritt den langen Flur entlang, der dunkelgraue Teppichboden verschluckte das Klacken ihrer zehn Zentimeter hohen Pumps. Der Trenchcoat hing locker über ihrem Arm. Das ärmellose schwarze Etuikleid setzte ihren schlanken Körper perfekt in Szene.

Wie von Geisterhand öffnete sich die Tür von Zimmer 1569, als sie gerade anklopfen wollte.

»Du bist spät, Joy!«

Justus war groß und kräftig gebaut. Der Mann konnte durchaus als attraktiv bezeichnet werden. Er trug einen gepflegten Vollbart, und einzelne graue Strähnen fielen ihm in die Stirn. Irritierend waren seine kalten blauen Augen, die so gar nicht zu seiner weichen Stimme passen wollten.

»Bitte schön«, bat er sie mit einer ausladenden Armbewegung herein. Während sie auf ihn zuging, musterte er sie von oben bis unten.

»Na, entspreche ich deinen Erwartungen?«, fragte sie kokett.

»Mehr als das. Und ich glaube, du kannst einiges für mich tun.« Er setzte ein breites Grinsen auf und lockerte den Knoten seiner Krawatte. »Möchtest du einen Drink?«

»Nein danke.« Sie ließ ihren Mantel über den Stuhl gleiten und stellte ihre nudefarbene Prada-Handtasche auf dem Sideboard ab, während er sich eine kleine Flasche Wodka aus der Minibar holte und einen großen Schluck daraus trank.

»Ich hatte einen anstrengenden Vormittag«, fing er an. »Und nun will ich mich entspannen.«

»Dabei bin ich dir gern behilflich, aber lass uns zuerst die finanzielle Seite unseres Arrangements regeln.« Sie setzte sich auf die Bettkante und schlug aufreizend die Beine übereinander.

Während er drei Fünfhundert-Euro-Scheine aus seinem Portemonnaie zog und sie neben ihre Handtasche legte, ließ er seinen gierigen Blick über ihren Körper gleiten.

»Danke.« Sie nahm das Geld an sich und setzte sich wieder aufs Bett.

»Trägst du unter dem Kleid die Ouverts mit der aufregenden Öffnung zwischen den Beinen?«

Sie konzentrierte sich auf einen Punkt im Raum, atmete unmerklich mehrere Male ein und aus und wechselte auf eine andere Bewusstseinsebene.

»Erraten«, flüsterte sie in seine Richtung.

Jetzt kam Justus ganz nah heran, und sie nahm seinen leichten Schweißgeruch wahr. Ein Gefühl des Ekels durchströmte sie, und ihr wurde übel. Sie war wirklich nicht mehr die Alte.

»Zieh dich aus!«, befahl er plötzlich in barschem Ton und setzte sich in den Sessel, der dem Bett gegenüberstand.

Spätestens an diesem Punkt betätigte sie den Schalter in ihrem Kopf. Bei jedem Kunden. Bei jedem Treffen. In jeder Situation. Immer. Spätestens an diesem Punkt war sie darauf bedacht, ihre Seele von ihrem Körper loszulösen. Abzuspalten. Sie spürte, wie sich etwas in ihrem Inneren verselbstständigte und aus ihrem Körper wich, um über der Szenerie in einer anderen Dimension zu schweben. Auf einem Beobachtungsposten, wo ihre Seele in Sicherheit schien. Vorübergehend.

Sie stand langsam auf, öffnete den seitlichen Reißverschluss und entledigte sich in einer fließenden Bewegung ihres Kleides.

»Hinsetzen! Sofort!«, befahl Justus.

Sie bekam eine Gänsehaut.

»Mach die Beine breit! Zeig mir, ob du das Geld wert bist.«

Joy erteilte die Befehle an ihren Körper, der sich nun mit gespreizten Beinen vor Justus drapierte.

Starr hielt er seinen Blick auf ihre Vagina gerichtet und nestelte an seiner Hose herum.

Sie blieb bewegungslos sitzen, bis er seinen erigierten Penis zum Vorschein brachte.

»Komm her!«

Langsam bewegte sich Joy auf ihn zu und blieb mit etwas Abstand vor ihm stehen.

»Auf die Knie!« Grob packte er sie an ihrem linken Arm und drückte sie nach unten.

Sie stützte sich mit den Händen ab und schaute ihn teilnahmslos an.

»Nimm das Kondom!« Schweiß stand auf seiner Stirn.

Sie fasste in seinen Schritt, stülpte ihm das Kondom über und befriedigte ihn mechanisch. Jemand hatte einmal berechnet, dass ein Orgasmus maximal zehn Sekunden dauert. Joy zählte langsam auf zehn, und dieser Jemand hatte recht.

»Hier, prallvoll«, sagte Justus in die Stille hinein und hielt ihr das Kondom hin. »Ich will, dass du es austrinkst. Aber dalli!«

In diesem Augenblick merkte sie, wie eine Urgewalt in ihr nach oben stieg und sie die Beherrschung verlor. Sie sprang auf, riss die Lampe vom Sideboard und knallte sie dem Kunden auf den Schädel. Sie schnappte ihre Tasche, griff nach ihrem Mantel und rannte aus dem Zimmer. Stolperte, kickte ihre Pumps von den Füßen und rannte den Hotelflur entlang. Während sie ihren Mantel überzog, blickte sie panisch nach hinten, ob er ihr folgte. Als sie das grüne Zeichen für den Notausgang entdeckte, bog sie nach rechts ab. Wie eine Besessene rüttelte sie an der schweren Feuerschutztür und stürmte das Treppenhaus hinunter. Nach schier endlosen Spiralen erreichte sie die Tiefgarage. Ihr Körper bebte. Ihre Lungen brannten. Mit zitternden Händen suchte sie ihren Autoschlüssel. Sie öffnete den Wagen, stieg ein und verriegelte die Tür von innen.

Suna schloss die Augen, ließ den Kopf aufs Lenkrad sinken und weinte.

KAPITEL 8

STENDAL,
MITTWOCH, 24. OKTOBER 2018,
ZUR GLEICHEN ZEIT

Auf der Höhe von Göttingen hatte es angefangen, in Strömen zu regnen, und die Sicht war denkbar schlecht.

Malik kontrollierte immer wieder im Rückspiegel, um sich zu vergewissern, ob ihm jemand folgte.

Er war heute Morgen um fünf Uhr in Frankfurt losgefahren, die Verhandlung im Landgericht von Stendal war auf zwölf Uhr anberaumt. Um es potenziellen Verfolgern nicht allzu leicht zu machen, hatte er beschlossen, nicht auf direktem Weg nach Sachsen-Anhalt zu fahren. Also nahm er den einen oder anderen Umweg in Kauf, um sicher in der Hansestadt anzukommen.

Malik fuhr mit der linken Hand an seinem Nacken entlang. Seit gestern plagten ihn starke Schmerzen im Nackenwirbelbereich. Eine kleine falsche Bewegung beim Fitnesstraining, und schon hatte sich ein Nerv eingeklemmt. Das war früher nicht so gewesen, er kam echt in die Jahre. Aber er wollte unter allen Umständen im Prozess gegen die Betreiber der Tongrube Vehlitz aussagen.

Monatelang hatte Malik damals in Sachsen-Anhalt mit seinem Team Müllhalden observiert. Ein Knochenjob. Den bestialischen Gestank würde er nie vergessen, allein die Erinnerung ließ seine Nase kribbeln. Wie um ihn loszuwerden, öffnete er die Fensterscheibe, kühler Fahrtwind strömte herein, und er holte die Packung mit den Pfefferminzbonbons aus dem Handschuhfach. Mit Hochdruckreinigern hatten sich er und seine Leute in Autowaschanlagen die Gummistiefel und Schutzanzüge abspritzen müssen, ehe sie am Abend in ihre Unterkünfte zurückgingen.

Manche Hotels hatten sie sogar abgewiesen, weil sie so gestunken hatten. Aber dann, nach über sieben Monaten, war sie ihm ins Netz gegangen – eine Müllmafia, die Abfälle illegal in Tongruben in Ostdeutschland entsorgt hatte.

Malik war sich seines Risikos in diesem Verfahren sehr wohl bewusst. Umso wichtiger war es ihm, dass die Schuldigen endlich ihrer gerechten Strafe zugeführt wurden. Er hatte ein äußerst lukratives Geschäft zerstört, und das passte einigen Leuten nicht in den Kram. Er musste auf der Hut sein, denn mit der Müllmafia war definitiv nicht zu spaßen, wie man sehen konnte.

Jetzt flatterten ihm Drohungen ins Haus. Was brachte Menschen dazu, so zu handeln? Wann kam das Böse in einem Menschen zum Vorschein? Fragen, die er sich im Lauf seines Berufslebens immer wieder stellte. Malik hatte das Gefühl, in den vergangenen zwanzig Jahren in so ziemlich jedem Dreckhaufen, den es auf diesem Planeten gab, gewühlt zu haben. Neid, Missgunst, Gier führten zu Lügen, Korruption, Betrug – so einfach war das.

Natürlich bekam einer wie er regelmäßig Drohungen. Seine Ermittlungen führten dazu, dass er Existenzen zerstörte, jemand seinen Job verlor und nicht selten ins Gefängnis kam.

Die letzte Morddrohung hatte er vor zwei Jahren erhalten. Das war, als er das Kind aus Sibirien nach Deutschland zurückgeholt hatte. Rückentführt. Die Drohungen hatten sich damals über Monate hingezogen.

PASS AUF!
DU BIST ZU WEIT GEGANGEN.

Malik parkte seinen schwarzen Mercedes in unmittelbarer Nähe des Gerichtsgebäudes. Der Starkregen war einem feinen Sprühregen gewichen. Er nahm sein Sakko von der Rückbank, band sich einen dunkelblauen Wollschal um und stieg aus. Routiniert scannte er seine Umgebung und lief mit großen Schritten auf den Haupteingang des Stendaler Landgerichts zu.

Im Gerichtssaal hätte man eine Stecknadel fallen hören können, als er den Zeugenstand betrat. Die Angeklagten – sieben Männer – saßen mit ausdruckslosen Mienen auf ihren Plätzen. Siebzehn Anwälte waren zu ihrer Verteidigung anwesend.

Malik fühlte immer noch eine tiefe Genugtuung, weil er sie zu Fall gebracht hatte, gleichzeitig spürte er, wie ihm die Galle hochstieg. Wie er wütend wurde. Diese blasierten Typen, dachte er. Die haben auf Kosten anderer Millionen verdient. Und dass der Giftmüll im Boden das Grundwasser verseuchte und ein Gesundheitsrisiko für die Menschen darstellte, scherte sie einen Dreck. Die Skrupellosigkeit und Gier mancher Unternehmen und ihrer Handlanger waren erschreckend. Das machte ihn noch nach über zehn Jahren fassungslos.

»Herr Martens, die Fotos, die hier auf den großen Bildschirmen eingeblendet sind, stammen von Ihnen. Berichten Sie doch einmal, was Sie damals erlebt haben«, forderte ihn die Staatsanwältin auf.

Achtzehn Stunden lang haben wir im Dreck gelegen. Tag für Tag. Mit einer stinkenden Brühe haben wir uns eingeschmiert, um nicht von den Wachhunden der stündlich patrouillierenden Sicherheitskräfte entdeckt zu werden ..., das wollte er allen im Gerichtssaal am liebsten ins Gesicht schleudern.

»Ich habe im Herbst 2007 mit fünf Mitarbeitern das Vorgehen in der Tongrube Vehlitz beobachtet«, antwortete Malik stattdessen so sachlich wie möglich. »Dort sind diese Fotos entstanden.«

»Wer hat Sie beauftragt?«, wollte die Staatsanwältin wissen.

Als ob du das nicht weißt, begann sich Malik erneut innerlich aufzuregen.

»Ein großer Energiekonzern«, fuhr er mit betont ruhiger Stimme fort. »In den Verbrennungsanlagen, die für viel Geld mit Fördermitteln der Regierung gebaut worden sind, kam plötzlich weniger Müll an. Und es wurde vermutet, dass der Müll irgendwo illegal in Ostdeutschland verbuddelt worden ist. Möglicherweise in Tongruben.«

»Wie sind Sie bei Ihren Ermittlungen vorgegangen?«

»Ich bin bei Dunkelheit in die siebzig Meter tiefe Tongrube hinuntergestiegen und habe Müllproben entnommen.« Dass er dabei fast von einem Radlader erfasst worden war, erwähnte er nicht. »Es waren fünfzig kleine Säckchen mit Proben«, erklärte er. »In der Tongrube waren mineralische Stoffe erlaubt: Bauschutt, Steine, Erde. Und jetzt raten Sie mal, was sich in der vorgefundenen Mischung befand?« Er machte eine Pause und warf einen Blick auf die Angeklagten. »Hausmüllähnlicher Gewerbeabfall. Auf Deutsch: Plastikmüll. Geschredderter Plastikmüll wurde dort reingekippt. Das ergaben die Analysen der Experten.« Er atmete aus. »Der gehört aber offiziell in Verbrennungsöfen. Und das ist teuer. Sehr teuer. Viel teurer als die heimliche Verklappung.« Sein Puls beschleunigte sich.

Zwei endlose Stunden lang stand er Richter, Staatsanwältin und Verteidigern Rede und Antwort. Dabei war er immer wieder äußerst emotional geworden. Und war zwei Mal ermahnt worden, bei der Sache zu bleiben. So kannte er sich nicht. Es war kurz nach vierzehn Uhr, als er das Gerichtsgebäude schweißgebadet verließ, mit den Nerven am Ende. Seine Hände zitterten, und die feuchtkalte Luft ließ ihn frösteln. Die Enge in seiner Brust erschwerte ihm das Atmen.

Mit fahrigen Bewegungen nahm Malik den Wollschal von seinem Hals, öffnete das Sakko, um dem bedrohlichen Gefühl der Enge entgegenzuwirken. Bemüht, keine Aufmerksamkeit zu erregen, ging er, so schnell er konnte, zu seinem Wagen, holte eine Flasche Wasser aus dem Kofferraum und trank in kleinen Schlucken. Als die kühle Flüssigkeit zentimeterweise jede Zelle seines Körpers eroberte, entspannte sich sein Brustkorb merklich. Erschöpft lehnte er sich an die Fahrertür seines Wagens und nahm seine Umgebung wahr. Ein paar wenige Passanten eilten vorbei.

Allmählich machte er sich Sorgen um sich selbst. War er nur dehydriert? Hatte ihn dieser Müll-Skandal doch stärker belastet als vermutet? Oder steckte ihm der brisante Zwischenfall mit Jinjin noch in den Knochen? War er einfach komplett überarbeitet? Was, verdammt noch mal, war los mit ihm? Ja, gut, er hatte keine Pausen eingelegt in den letzten Jahren, einen Auftrag nach dem anderen angenommen und abgearbeitet. Erfolgsquote neunzig Prozent. Das musste ihm erst mal einer nachmachen.

Malik streckte seinen Rücken durch, bevor er sich ans Steuer setzte. Fünfeinhalb Stunden würde die Fahrt zurück nach Frankfurt dauern.

Er fuhr los, stoppte jedoch abrupt am Ende der Straße und tippte eine Nachricht ins Handy:

KOMME HEUTE ABEND NOCH VORBEI.

Die Antwort kam binnen Sekunden.

OKAY!

KAPITEL 9

FRANKFURT, MITTWOCH, 24. OKTOBER, SPÄTERER NACHMITTAG

Die Dämmerung brach langsam herein. Suna hatte kein Gefühl dafür, wie lange sie im Auto gesessen hatte, irgendwann war sie einfach davongefahren. Sie war nicht in der Lage gewesen, einen zusammenhängenden Gedanken zu fassen, und hoffte nur, dass sie den Mistkerl nicht ernsthaft verletzt hatte.

Nachdem sie eine Weile ziellos durch die Stadt gefahren war, stellte sie ihren MINI in die nächstbeste Parklücke. Sie war im Westend gelandet und beschloss, ein wenig im Palmengarten spazieren zu gehen. Sie knöpfte ihren Mantel zu und schlüpfte in ihre Loafer, die sie vorhin achtlos auf den Beifahrersitz geworfen hatte.

So, wie sie sich im Moment fühlte, konnte sie Alexander auf keinen Fall unter die Augen treten. Geschweige denn Elara in die Arme schließen, ihr über den Kopf streicheln und sie erzählen lassen, wie sie mit ihrem Papi den Nachmittag verbracht hatte. Sie seufzte.

Suna ging ein paar Meter durch den Park und setzte sich auf eine Bank. Das mochte sie an Frankfurt: dass es keine Beton-Stadt war, sondern dass es überall urbane Oasen gab. Die Ruhe und die Weite des Geländes ließen einen fast vergessen, dass man in einer Großstadt war. Und das Palmenhaus beherbergte eine exotische Landschaft mit tropischen Pflanzen. Einige der Palmen waren über hundert Jahre alt. Sie dachte an ihren kranken Vater in Thailand, der leidenschaftlicher Gärtner war. Eine tiefe Traurigkeit überfiel sie.

Langsam wurde ihr kalt, und es fing wieder zu nieseln an. Sie schnürte den Gürtel ihres Trenchcoats enger um die Taille und lief los. Vom Park aus eilte sie den Grüneburgweg entlang. Als der Regen stärker wurde, spürte sie die Wassertropfen, die durch die feinen Seidenstrümpfe an ihre Waden spritzten. Sie bog in die Myliusstraße ein. Mittlerweile goss es wie aus Kübeln. Hektisch hielt sie nach einem Unterschlupf Ausschau und konnte sich gerade noch in eine kleine überdachte Fußgängerpassage retten.

Eine Horde Jugendlicher, die auf dieselbe Idee gekommen waren, versperrte ihr den Weg. Sie schlängelte sich an ihnen vorbei und schaute sich um. Am hinteren Ende der Passage entdeckte sie eine kleine Bar.

Ein Drink wäre jetzt genau das Richtige für ihr angeschlagenes Nervenkostüm. In der Hoffnung, dass sie sich danach endlich bereit dazu fühlte, nach Hause zu gehen. Sie öffnete die große Glastür, schob den Windfang beiseite und betrat den Raum. Die Gäste schienen die Happy Hour zu nutzen, denn alle Plätze waren belegt. Lounge-Musik spielte im Hintergrund.

Suna fühlte sich, als ob sie allein auf einer Party auftauchte, und überlegte, ob sie auf dem Absatz kehrtmachen sollte.

Zu spät. Der Mann hinter dem Tresen drehte sich zu ihr. »Was darf's denn bei dir sein?«, rief er ihr zu.

Sie legte ihren Kopf schief, rubbelte mit einer Hand in ihrem Haar wie mit einem imaginären Handtuch und bestellte einen Gin Tonic.

Zwei Männer machten ihr Platz.

»Ganz schön nass geworden, was!«, meinte der Kleinere von beiden und überließ ihr einen Hocker.

»Das ist nett«, bedankte sie sich und setzte sich.

Als sie auf den Barhocker steigen wollte, merkte sie, wie feucht und schwer der Mantel durch den Regen geworden war und an ihr klebte. Keine Chance, ihn auszuziehen. Außer ihrem BH und ihren Ouverts trug sie nichts darunter. Ihr Kleid war im Hotelzimmer geblieben. Sollte dieser Typ doch damit machen, was er wollte. Sie schüttelte sich innerlich. Spürte wieder dieses Ekelgefühl und die leichte Übelkeit. Das hatte sich verändert, dachte sie. Nein, sie hatte sich verändert. Seit Elara auf der Welt war, hatte sie sich verändert.

Der Barkeeper brachte den Gin Tonic.

Sie nahm einen kräftigen Schluck. Der Alkohol brannte in ihrem Magen. Ein angenehmes Gefühl, verglichen mit dem Brennen ihrer Lungen vorhin. Ihr Körper fühlte sich langsam wieder wärmer an. Gedankenversunken blickte sie auf die Schiefertafel, auf der die Happy-Hour-Drinks gelistet waren.

ZEHN JAHRE ZUVOR

Lieber Callgirl als Callcenter, hatte Isabell gegen Ende des Studiums zu ihr gesagt, als sie sich wieder einmal den ganzen Tag um bekloppte Kundenanfragen gekümmert hatten. Wir sind jung, hübsch, intelligent, da muss doch was anderes möglich sein!

Sie studierten beide Kommunikationswissenschaften und wohnten zusammen in einer WG. Aus einer Laune heraus recherchierten sie eines Abends die Escort-Seiten im Internet. Und plötzlich ging alles ganz schnell, und aus dem Callcenter-Job wurde ein Nebenjob de luxe – eine Bezeichnung, die Isabell kreiert hatte.

Sie waren beide auf der Suche nach dem besonderen Kick.

Manche nehmen deshalb regelmäßig Drogen, und wir vergnügen uns eben mit Männern. Und werden dafür auch noch bezahlt. Wie cool ist das denn!, hatte sie gesagt und aufgeregt in die Hände geklatscht.

Sie hatten sich bei einer exklusiven Agentur unter Vertrag nehmen lassen und gehörten zu den meistgebuchten Ladys.

»Ich kann mich leider nicht zweiteilen.« Suna tuschte gerade

ihre Wimpern, als Isabell neben ihr stand und am Handy einen Job für sie ablehnte.

»Was hältst du davon, wenn wir uns ein Tattoo stechen lassen, und zwar eines, das uns für immer verbindet?« Isabells Augen blitzten, und sie deutete auf die linke Seite des Spiegels, wo eine Karte klebte: Brave Frauen machen selten Geschichte.

Beim Thema »ewige Verbindung« zuckte Suna innerlich zusammen – dazu hatte sie ihren eigenen Standpunkt –, fand aber Idee und Spruch so klasse, dass sie ein paar Tage später in ein Tattoo-Studio gingen und sich beim Stechen gegenseitig Händchen hielten. Seit dieser Zeit stand in zarten Lettern auf der Höhe ihres jeweiligen Höschenbunds der Spruch von Eleanor Roosevelt.

»Was den einen ihre Kaiserschnittnarbe, ist den anderen ihr Tattoo«, scherzte Isabell müde, als sie am Abend zu Hause waren und ihre Wunden mit Kamillenpads pflegten.

Fürs Escort-Business hatten sie sich aus ganz unterschiedlichen Motiven entschieden, wie sie irgendwann einmal feststellten. Isabell war einfach experimentierfreudig in Sachen Sex. Es forderte sie heraus, Männer immer wieder aufs Neue zu entdecken.

»So wie mich Kommunikationstheorien reizen, reizt mich auch die Spezies Mann. Vielleicht hätte ich eher Psychologie studieren sollen.« Isabells glockenhelles Lachen schallte durch den Raum.

Suna hingegen hatte Spaß an der Verführung. Ich kriege jeden rum, war ihr Credo. Sie wollte Männern gefallen. Wollte angebetet werden. War regelrecht besessen davon. Vielleicht lag es daran, dass sie ihren leiblichen Vater so früh verlassen musste, erklärte sie sich ihre Sucht nach Anerkennung.

Wenn Suna daran dachte – die Aufregung, das Prickeln. Nichts mehr war davon übrig geblieben.

Jemand stieß ihr den Ellbogen in den Rücken, und sie zuckte zusammen.

»Oh, verzeihen Sie bitte, das wollte ich nicht. Habe ich Ihnen wehgetan?«

Sie wandte sich um und schaute in zwei Augen, die ihr irgendwie vertraut vorkamen.

Ihrem Gegenüber musste es ähnlich ergangen sein, denn lachend meinte er: »Dass zwei Menschen asiatischer Herkunft an einem Tag wie diesem in einer Bar wie dieser aufeinandertreffen, sieht mir weniger nach einem platten Zufall als vielmehr purem Schicksal aus.«

Sie stimmte in sein Lachen ein. Aus vollem Herzen. Das erste Mal seit langer Zeit.

»Darf ich mich zu Ihnen setzen? Oder darf ich Du sagen?«

Suna hatte gar nicht bemerkt, dass der Hocker neben ihr frei geworden war. »Sehr gern, und das betrifft beide Fragen.« Sie lächelte ihn an. »Suna.«

»Keno.« Er reichte ihr die Hand, die sich warm und weich anfühlte.

»Dir scheint der Regen im Gegensatz zu mir ja nicht viel angetan zu haben.« Sie wrang noch mal ein paar Tropfen aus ihren nassen Haaren und hoffte, dass sie nicht allzu schlimm aussah.

»Du machst Thorani, der buddhistischen Göttin der Erde, mit deinen Haaren ja fast schon Konkurrenz.«

»Oh, bei buddhistischen Gottheiten bin ich leider nicht so bewandert.«

»Der Legende nach soll sie die entscheidende Rolle gespielt haben, als Buddha die Erleuchtung erlangte. Weil sie den bösen Dämon Māra, der ihn von der Erleuchtung abhalten wollte, mit dem Wasser ertränkt hat, das aus ihren langen dunklen Haaren strömte«, erklärte Keno und lächelte sie an. »Aber um deine Frage zu beantworten: Ich bin nur von einem Termin drei Häuser weiter hierhin gerannt.« Er zog sich seinen schwarzen Wollschal vom Hals, schüttelte ihn aus und legte ihn auf den Tresen. »Der hat ein bisschen was abgekriegt.«

Sie nahm den Duft seines Rasierwassers wahr und überlegte,

was ihn wohl nach Frankfurt verschlagen hatte. »Bist du beruflich in der Stadt, oder lebst du hier?«

»Ich lebe hier. Seit vielen Jahren. Doch um genau zu sein, pendele ich mittlerweile zwischen Frankfurt und Bangkok hin und her.«

»Das kommt mir bekannt vor.«

Er sah auf ihr leeres Glas. »Darf ich dir noch etwas zu trinken bestellen?« Er gab dem Barkeeper ein Zeichen. »Ein Helles bitte und …«

»… noch einen Gin Tonic, bitte«, vervollständigte sie den Satz.

»Ich bin in Bangkok geboren und mit zehn Jahren nach Deutschland gekommen«, fuhr er fort. »Mein Vater ist Deutscher und meine Mutter Thailänderin. Aber es war eine Liebesheirat«, setzte er schnell nach und lachte. »Das betonen meine Eltern immer ganz besonders, wenn sie aus ihren Thailand-Urlauben zurückkommen.«

Suna räusperte sich. »Ich bin im Alter von fünf Jahren von einem deutschen Paar adoptiert worden und in Frankfurt aufgewachsen.« Sie fühlte plötzlich einen Kloß im Hals.

»Wenn ich deine traurigen Augen sehe, scheint mir das keine glückliche Kindheit gewesen zu sein.«

»Wie man's nimmt«. Sie sah durch ihn hindurch. Tränen stiegen ihr in die Augen. »Ich habe mich als Kind ziemlich verloren gefühlt, obwohl mir meine Adoptiveltern vieles ermöglicht haben.« Sie rutschte auf dem Barhocker hin und her. »Während des Studiums habe ich mich dann mit ihnen überworfen und mich von einem Tag auf den anderen auf die Suche nach meinen leiblichen Eltern begeben.«

»Das klingt fast abenteuerlich.« Keno nahm einen kräftigen Schluck von seinem Bier und wischte sich die Lippen ab. »Und? Hast du sie gefunden?«

»Es ging schneller als gedacht.« Sie hielt inne. »Aber warum erzähle ich dir das alles? Ich kenne dich doch gar nicht.« Sie schüttelte den Kopf.

»Schicksal«, sagte er mit seiner tiefen melodischen Stimme, die ihr durch und durch ging.

»Was hat es denn mit deinem Schicksal so auf sich?«, wollte Suna jetzt von sich ablenken.

»Das scheint mir lange nicht so interessant zu sein wie deines. Warum hast du dich denn mit deinen Adoptiveltern zerstritten?«, überging Keno geschickt ihre Frage.

Suna schwieg eine Weile und konnte sich nicht recht erklären, was gerade mit ihr geschah. Mit einem Mal fühlte sie sich fiebrig. Hatte sie sich durch den Regen und den feuchten Mantel nun doch noch eine Erkältung geholt? Sie berührte ihre Stirn, um zu prüfen, ob sie heiß war.

»Ist alles in Ordnung mit dir?«, fragte Keno.

Irgendwann hatte ihr Isabell einmal erzählt, dass die Stimme das Ausschlaggebende war, wenn man sich verliebte. Sie war wichtiger als Attraktivität, Alter oder Status. Und Keno sah auch noch umwerfend aus.

Auch Alexander war attraktiv und hatte sie damals fasziniert. Aber auf eine ganz andere Art. Seine Entschlossenheit hatte sie berührt und sehr für ihn eingenommen. Und wenn sie ehrlich war, sah sie damals ihre große Chance gekommen, mit Anfang dreißig endlich das Escort-Business hinter sich zu lassen und ein normales Leben zu beginnen.

Das hier fühlte sich ganz anders an. Keno berührte sie in einer Tiefe, die sie sich nicht erklären konnte. Und als ob seine Stimme und seine bloße Gegenwart alle Gesetze außer Kraft setzten, alle Schleusen in ihr öffneten, brachen sich ihre zurückgehaltenen Tränen Bahn.

»Ich habe mich mit meinen Adoptiveltern überworfen, weil sie herausgefunden hatten, dass ich als Escort arbeite.«

Keno hatte einen Ellbogen auf dem Tresen aufgestützt, zeigte aber keinerlei Bestürzung.

»Und ich habe ihnen vorgeworfen, dass sie nie ein Kind hätten adoptieren dürfen, weil sie emotional dazu gar nicht in der Lage waren. Meine Adoptivmutter war einfach überfordert.« Suna wusste, dass sie ein hartes Urteil über ihre Adoptiveltern fällte, und schaute Keno an. »Aber das Schlimmste war, dass mich meine leiblichen Eltern zwei Jahre nach der Adoption zurückholen wollten, was ihnen meine Adoptiveltern verweigert haben«, schluchzte sie. »Ich fühle mich manchmal wie ein Gefäß ohne Boden und wünschte mir, jemand würde mich bis zum Rand füllen.«

»Das kann ich mir sehr gut vorstellen«, sagte Keno leise und nahm sie in den Arm.

Ein Sturzbach aus Tränen brach aus ihr heraus. Als sie sich ein wenig beruhigt hatte, erzählte sie weiter. »Mein leiblicher Vater leidet an einer schweren Nierenerkrankung, und sein Leben kann letztlich nur durch eine Transplantation gerettet werden. Das ist unbezahlbar für meine thailändische Familie, wie du dir vorstellen kannst. Aber mein Mann zeigt keinerlei Verständnis und ist nicht bereit, mich finanziell zu unterstützen.«

Keno hatte sie nur angeschaut und ihr still zugehört. Als sie in ihrer Handtasche vergeblich nach einem Taschentuch suchte, winkte er den Barkeeper herbei und bat um ein paar Servietten.

Sie schnäuzte sich kräftig. Dann stand sie ruckartig auf.

»Nein, bleib.« Keno berührte sie sanft am Arm und hielt sie zurück.

»Erzähl mir alles von dir.«

Als sie zwei Stunden später die Bar verließen, war nichts mehr, wie es war. Suna schnürte den Gürtel ihres Mantels enger und band ihr langes Haar im Nacken zusammen.

»Meine Thorani«, sagte Keno und strich ihr eine einzelne Strähne aus dem Gesicht. Er wickelte ihr seinen schwarzen Schal um den Hals und gab ihr zum Abschied einen sanften Kuss auf die Nase.

Beinahe hoffte Suna, sie hätte sich eine saftige Erkältung eingefangen, um den Schal in den nächsten Tagen nicht mehr ablegen zu müssen. Sie hätte niemals geglaubt, dass fünf Sekunden ihr Leben verändern konnten. Als sie die überdachte Passage verließ, blickte sie in den schwarzen Nachthimmel hinauf und wollte am liebsten ein paar silberne Sterne pflücken.

KAPITEL 10

FRANKFURT,
MITTWOCH, 24. OKTOBER 2018,
FRÜHER ABEND

Malik nahm die Drohungen ernst, die ihn nach großen abgeschlossenen Fällen erreichten. Und gerade häuften sie sich wieder.

Den dicksten Berufsverkehr hatte er schon hinter sich gelassen, als er gegen neunzehn Uhr in Niederrad ankam, um HPL zu treffen. Nach den heftigen Regengüssen der letzten Stunden standen überall Pfützen auf den Straßen. Die Luft war wie reingewaschen und angenehm kühl.

Malik parkte nicht direkt vor der Wohnung, sondern ein paar Ecken weiter in der Lyoner Straße.

Er schaltete den Motor ab, blickte routinemäßig in den Rückspiegel und stieg aus. Sein Handy klingelte. Anonym. Dennoch ging er dran. »Martens, du bist zu weit gegangen!«, hörte er eine technisch verzerrte Stimme sagen, drückte den Anrufer weg und atmete hörbar aus. Kaum hatte er sein Handy in die Jackentasche seines zerknitterten Sakkos gesteckt, nahm er einen Schatten aus dem Augenwinkel wahr. Wie aus dem Nichts war ein bulliger Typ vor ihm aufgetaucht. Die Mütze tief ins Gesicht gezogen. Starre Miene. Lederjacke. Schnürstiefel. Bei Malik schrillten sofort alle Alarmglocken. Er spannte seine Muskeln an, drehte sich um und rannte davon. An einer Häuserzeile entlang, in eine kleine Stichstraße, die zur Rückseite des Gebäudes führte. Er hörte, wie die schweren Stiefel seines Verfolgers auf den Asphalt klatschten. Malik beschleunigte, lief über das lange Rasenstück hinter dem Haus und auf der anderen Seite auf die Hauptstraße zurück. Das Wasser spritzte nach allen Seiten weg. Er drehte sich um. Der Kerl war schnell. Noch zwanzig Meter. Malik hastete zwischen hupenden Autos hindurch. Ein Schwall Dreckwasser landete in seinem Gesicht. Sein Verfolger war ihm dicht auf den Fersen. Dann entdeckte er einen offenen Hauseingang, stürmte darauf zu, packte die ältere Frau, die gerade aus der Tür trat, drängte sie in den Hausflur zurück und drückte die Tür hinter sich zu. Seine Lungen brannten.

»Hilfe!«, schrie die Frau mit schreckverzerrtem Gesicht und wich langsam zurück.

»Gibt es hier einen Hinterausgang?«, fragte Malik, hatte jedoch die Tür zum Hinterhof schon gesehen.

Er sprang die drei Treppenstufen hinunter, riss die Tür auf, um geradewegs in die Arme seines Verfolgers zu laufen. Instinktiv duckte sich Malik weg, drehte sich um die eigene Achse, holte aus und verpasste dem Typen einen gezielten Schlag ins Genick.

Der hochgewachsene Mann taumelte stöhnend zu Boden.

Malik beugte sich über ihn und sagte: »Du kannst deinem Boss ausrichten, diesmal ist ER zu weit gegangen.«

»Wie siehst du denn aus? Hat's dich auf die Schnauze gehauen?«

»Kurze Begegnung der dritten Art«, antwortete Malik, zog sein ruiniertes Sakko aus und hängte es über einen der Bürostühle und schlüpfte aus den ruinierten Lederschuhen. »Ich muss mal schnell dein Badezimmer benutzen.«

»Du kennst ja den Weg. Willst du was trinken?«

»Kamillentee, falls du hast.«

Malik verschwand im Bad. Er wusch sich Hände und Gesicht und betrachtete die tiefen dunklen Ringe unter seinen Augen. Dass seine schwarzen Haare grau an den Schläfen waren, hatte er so auch nicht in Erinnerung. Malik hatte das Gefühl, in den letzten Tagen um Jahre gealtert zu sein.

»Weilst du noch unter den Lebenden?«, meldete sich HPL plötzlich durch die Tür hindurch. »Der Kamillentee wird kalt.«

Malik kam ins Büro zurück und setzte sich HPL gegenüber an den Schreibtisch.

»Was ist los? Du siehst echt angeschlagen aus.«

»Mich hatte irgend so ein Gorilla im Visier. Den musste ich mir vom Leib halten.«

»Willst du damit sagen, dass die Müll-Mafiosi ihre Drohung wahr gemacht haben?«

»Sieht so aus.« Malik streckte seine Beine aus und betrachtete seine verdreckte Anzughose. »Und kurz davor hatte ich einen anonymen Anruf.«

»Da scheint jemandem der Arsch auf Grundeis zu gehen«, kommentierte HPL lapidar.

»Der Anrufer kannte meine Privatnummer. Wie auch immer das passieren konnte. Irgendein verdammter Hacker ist da durchgekommen.«

HPL sah besorgt aus und rückte seinen Stuhl nach vorn. »Durch deine Ermittlungen sind eine Menge Leute an den Pranger gestellt worden. Und du hast ein Millionengeschäft zerstört. Ist ja klar, dass die von der Müllmafia dir nicht gerade den roten Teppich ausrollen.«

»Du weißt, dass mich die Morddrohungen im Grunde kaltlassen, aber wenn Politik und Justiz beteiligt sind, muss ich einfach mit allem rechnen.« Malik trank in kleinen Schlucken den Kamillentee. »Da ist der hochgelobte Privatermittler, der alles rausgefunden hat, ganz schnell mal der unbequeme Schnüffler.«

»Willst du dieses Mal die Polizei einschalten?«

»Nein, natürlich nicht!«, erwiderte Malik und wischte damit HPLs Frage vom Tisch. »Vor dem Gesetz bin ich ein stinknormaler Bürger und habe keine Sonderrechte und genieße keine Immunität. Egal, welchen Gefallen ich meinen Auftraggebern mit meinen Ermittlungen erwiesen habe. Wenn ich hopsgehe, interessiert das keinen. Alles auf eigenes Risiko.« Malik war aufgestanden und ging im Zimmer auf und ab.

»Du sagst doch immer, dass dein privates Leben in einen Samsonite-Koffer passt, dein berufliches in ein paar USM-Container. Tauch doch unter für eine Weile, bis sich die Sachlage beruhigt hat.«

Malik blieb stehen und schaute aus dem Fenster. »Stimmt!« Er schwieg eine Weile. »Eigentlich habe ich ein ganz anderes Problem.« Er drehte sich um.

»Endlich rückst du raus mit der Sprache, irgendwas stimmt doch nicht?«

»Ich habe Herzrasen, Schweißausbrüche und Erstickungsgefühle. Und ich kann nicht mehr klar denken.«

HPL schaute ihn überrascht an. »Was sagt dein Arzt?«

»Nichts. Der hat sich eine Auszeit genommen und ist erst in drei Monaten wieder zurück.«

»Verstehe. Und jetzt?«

»Ich würde normalerweise zu keinem anderen gehen – du kennst meine Einstellung.«

»Ja, Ärzte und Psychologen sind Halsabschneider. Ausnahmen bestätigen die Regel.«

»Genau, die Frage ist, ob ich in diesem Fall doch eine Ausnahme machen muss.«

»Soll das etwa heißen, ich soll dir einen Arzt empfehlen?«

Malik zuckte mit den Schultern. »Ich kann es mir nicht leisten, dass meine Pumpe in brenzligen Situationen nicht mitmacht. Verdammte Scheiße! Ich fühle mich wie ein alter Mann.«

HPL senkte den Blick, wollte etwas sagen, ließ ihn dann aber weiterreden.

»Also, kennst du einen hier in Frankfurt, an den ich mich wenden könnte? Der mich nicht drei Stunden in einem Wartezimmer mit fünfunddreißig anderen Leuten herumhocken lässt. Der vor allem nicht diese bekloppten Ich-bin-ein-Gott-in-Weiß-Allüren an den Tag legt. Und der mich nicht von einem Facharzt zum nächsten schickt. Und der mir nicht sagt, dass ich sterbenskrank bin. Denn für so was habe ich definitiv keine Zeit.«

HPL schüttelte den Kopf.

»Rede ich chinesisch, oder warum schaust du mich so entgeistert an?«

»Du sitzt auf einem ziemlich hohen Ross und machst dir gleichzeitig wie ein kleines Kind vor Angst in die Hosen.«

»Jetzt komm mir nicht mit deinen Spitzfindigkeiten.«

HPL strich sich mehrere Male über die Bartstoppeln. »Jetzt sag ich dir mal meine Theorie zu dem Ganzen: Ich habe ein paar Psycho-Anstalten von innen gesehen, wie wir wissen, und kenne mich ein bisschen aus.« Er kratzte sich am Kopf. »Du hast nichts an der Pumpe, wenn du mich fragst.« Er machte eine Pause. »Du hast Panikattacken. Und ich weiß, wovon ich rede, denn die hatte ich selbst zur Genüge.«

»Panikattacken. Hast du sie noch alle! Ich und Panik, das sind natürliche Feinde.«

»Du hast mich gefragt.«

»Ich habe dich nach einem Arzt gefragt. Und du willst mich zum Psychologen schicken. Geht's noch!«

»Ich will gar nichts.«

»Psychologen haben nichts anderes im Sinn, als einem einzureden, dass man nicht mehr alle Tassen im Schrank hat. Und dafür kassieren sie dann eine Menge Geld. Kommt nicht infrage!«

»Das ist doch Bullshit«, sagte HPL. »Vorsintflutlich.«

Malik schaute HPL mit ernstem Blick an. »Hör zu, ich muss wieder der Alte werden. Und zwar schnell. Ganz schnell.«

KAPITEL 11

FRANKFURT,
MONTAG, 29. OKTOBER 2018,
FRÜHER MORGEN

Florentine Fuchs lehnte an ihrer Balkontür, hielt eine dampfende Tasse Tee in der Hand und blickte zufrieden auf ihre neu bepflanzte kleine Terrasse – ihr Wochenendwerk. Das hatte sie gerade noch geschafft, ehe die richtig kalte Jahreszeit begann. Natürlich war es etwas anderes gewesen, Lavendel, Efeu und Gräser in Kästen und Kübel zu pflanzen, als in einem Garten Löcher zu buddeln. Aber wenigstens das beruhigende Gefühl, mit den Händen in der Erde zu wühlen, hatte sie aus der alten Zeit herüberretten können.

Nach den heftigen Regenschauern letzte Woche hatte der Wettergott nun endlich ein Einsehen und bescherte ihnen heute einen herrlichen goldenen Herbsttag. Sie spürte die ersten Sonnenstrahlen, die ihr ein Lächeln aufs Gesicht zauberten.

Ein Kind weinte in der Nachbarschaft. Wahrscheinlich hatte es keine Lust, in die Schule zu gehen. Dieser morgendliche Kampf war ihr erspart geblieben. Vielleicht hatte das ja etwas Gutes.

Mittlerweile hatte sie sich in Frankfurt eingelebt und wusste, dass es die beste Entscheidung gewesen war, ihrem alten Leben den Rücken zu kehren und sich in der kleinsten Metropole der Welt, wie die Hessen ihre Stadt gern nannten, niederzulassen. Vor knapp einem Jahr hatte sie Alexanders Anruf in Berlin erreicht, wo sie an einem Kongress zum Thema »Angststörungen« teilgenommen hatte. Er hatte ihr von einer Bekannten erzählt, die ihre psychologische Praxis aufgeben und sich in den vorzeitigen Ruhestand verabschieden wollte. Florentine hatte nicht lang überlegt.

Sie fühlte sich wohl in Metropolen. Am wohlsten, wenn sie am Meer lagen. Aber Mainhattan hatte immerhin den Main, und der war Luftlinie dreißig Meter von ihrer Wohnung entfernt.

Das rote Haus, in dem sich ihre Praxis befand, war schmal wie ein Handtuch und in eine Häuserzeile eingepresst. Es lag in der Frankfurter Altstadt und hatte es ihr gleich angetan. Und als Florentine herausfand, dass die darüberliegende Wohnung ebenfalls zu mieten war, konnte sie ihr Glück kaum fassen. Nun wohnte und arbeitete sie in drei Zimmern übereinander.

Sie sah auf die Uhr. Halb acht. Sie musste sich langsam sputen. Um neun Uhr würde sie ihren ersten Klienten empfangen, und sie wollte noch ihre täglichen Yoga-Übungen praktizieren und meditieren. Wer meditierte, war ruhiger, gelassener und entspannter. Und wer regelmäßig meditierte, war am Ende oft auch glücklicher. Das zumindest behaupteten alle, die sich mit Meditation beschäftigten. Im Lauf des letzten Jahres hatte sie das tatsächlich auch erfahren. Den unaufhörlichen Gedankenstrom endlich versiegen zu lassen, die Frage nach dem Warum – warum alles so gekommen war – langsam zur Ruhe zu bringen.

Sie ging ins Schlafzimmer, legte Yogamatte und Sitzkissen bereit und zündete eine Kerze und Räucherstäbchen an. Zwanzig Minuten nahm sie sich jeden Morgen Zeit dafür – zehn Minuten Yoga, zehn Minuten Meditation. Sie ließ den Atem durch ihren Körper strömen und konzentrierte sich auf die Abfolge ihrer Übungen.

Malik Martens hatte es am Telefon letzte Woche äußerst dringend gemacht und stand ihr nun gegenüber. Es war nicht seine Wortwahl, die Florentine in Erinnerung hatte, es war vielmehr seine Stimme, die sie unmittelbar berührt hatte.

Sie war einen kurzen Augenblick damit beschäftigt, seine Telefonstimme und sein äußeres Erscheinungsbild in Einklang zu bringen. Und ihr Unterbewusstsein entschied in dieser Zeit auch darüber, ob er ihr sympathisch war oder nicht. Sein trainierter Körper, sein gepflegtes Äußeres, der Dreitagebart und seine dunklen Augen strahlten Selbstbewusstsein und Stärke aus.

»Sehr nett von Ihnen, dass Sie so schnell einen Termin gefunden haben«, begrüßte Malik Martens sie und schaute sich mit prüfendem Blick in dem großen lichtdurchfluteten Zimmer um. Vielleicht irritierte ihn die dunkelblaue Wand.

»Sie hatten einfach Glück, dass jemand wegen Krankheit abgesagt hat.«

»Das Quäntchen Glück, das man eben braucht im Leben«, sagte er wie einer, der es wissen musste.

»Bitte, nehmen Sie doch Platz.«

Florentine hatte vier farbige Sessel um einen runden Holztisch gruppiert, auf dem eine Vase mit frischen Astern stand. Malik Martens schien kurz zu überlegen und suchte sich dann den roten Sessel aus. Gelb, Grün und Orange hätten noch zur Verfügung gestanden.

Florentine machte sich in der Tat einen Spaß daraus, zu beobachten, ob ihre Klienten in die Farbkomposition ihres Praxiszimmers etwas hineininterpretierten und sich im Lauf des Gesprächs darauf bezogen. Bei Malik Martens war sie fast überzeugt davon gewesen, dass er es nicht tun würde.

Sie selbst maß dem Ganzen auch relativ wenig Bedeutung bei, mal abgesehen davon, dass sie Farben liebte und Ittens Farbtheorie, seine Erklärungen des Zusammenwirkens von Form und Farbe, faszinierend fand. Aber immerhin konnte der Mensch ungefähr zwanzig Millionen Farben unterscheiden.

»Was führt Sie zu mir, Herr Martens?«

»Das hatte ich Ihnen doch schon am Telefon gesagt«, klang seine Antwort jetzt fast unfreundlich. Er schien sich auf einmal nicht mehr wohl in seiner Haut zu fühlen.

»Aber es sind ja ein paar Tage vergangen, vielleicht hat sich ja etwas an Ihrem Zustand verändert.«

»Eine Vermutung.« Malik Martens schaute ihr in die Augen.

»Verstehe ich Sie richtig, dass Sie hier sind, weil Sie eine Vermutung haben?«

»Ich fühle mich ausgelaugt, müde, unkonzentriert, hatte sogar einmal die Befürchtung, an einem Herzinfarkt zu sterben.«

»Das klingt dramatisch. Sind Sie sicher, dass Sie bei mir richtig sind, Herr Martens? Sollten Sie nicht besser einen Kardiologen aufsuchen?«

»Zerbrechen Sie sich mal nicht meinen Kopf, Frau Fuchs, auf die Idee bin ich selbst schon gekommen.« Er lehnte sich zurück und nestelte an seiner Armbanduhr.

Florentine schwieg und betrachtete ihn. Malik Martens war ein attraktiver Mann. Das war auf den ersten Blick ersichtlich. Aber es schien ihr, als habe er sich einen Schutzpanzer zugelegt. Allerdings wäre es vermessen, ihm das bei einem Erstgespräch zu sagen. Stattdessen fragte sie ihn noch einmal: »Was kann ich für Sie tun, Herr Martens?«

»Sie sollen eine Spezialistin für Panikattacken sein und können mir sagen, wie ich sie schnell wieder loswerden kann.«

»Wer sagt denn, dass Sie unter Panikattacken leiden?«

»Ein Freund sagt das«, antwortete er unwirsch.

Florentine nahm das leise Surren seines Handys wahr.

»Hören Sie, ich bin kein Freund von diesen psychologischen Frage-Antwort-Spielchen. Das dauert mir alles zu lang. Es wäre also gut, wenn wir schnell zur Sache kommen könnten.«

»Wie äußern sich denn Ihre Panikattacken?«

»Herzrasen, Enge in der Brust, Atemnot, Erstickungsanfälle, Schweißausbrüche, Schlaflosigkeit – das ganze Programm.«

»Ich verstehe. Nach neuesten Erkenntnissen leiden allein im deutschsprachigen Raum über zwei Millionen Menschen unter Panikattacken. Sie sind also nicht allein mit Ihrem Problem.«

»Ob ich damit allein bin oder nicht, interessiert mich herzlich wenig«, unterbrach er sie. »Ich will, dass ich schnellstmöglich weitermachen kann wie bisher.«

»Ängste generell, und dazu gehören auch Panikattacken, sind

eine gesunde und richtige Reaktion unseres Körpers. Angst hat die Aufgabe, uns zu schützen.«

»Reden Sie Klartext mit mir, Frau Fuchs!«

»Panikattacken sind oft Warnsignale unseres Körpers, weil wir unser Bauchgefühl ignorieren.« Florentine verschränkte die Finger ineinander. »Unser Unterbewusstsein meldet sich und will uns darauf hinweisen, dass wir etwas verändern müssen.«

»Psychologenkauderwelsch«, meinte Malik Martens nur. »Bauchgefühl hin, Unterbewusstsein her, das klingt mir alles zu schwammig.«

»Würden Sie Ihr Leben verändern? Und wenn ja, wie?«, fragte sie ihn dann.

»Diese Frage stellt sich mir nicht.« Malik Martens lehnte sich nach vorn. »Wer sein Warum kennt, hat nie Schwierigkeiten mit dem Wie.« Er machte eine kurze Pause. »Nietzsche«, sagte er und taxierte sie. »Und eines, Frau Fuchs, versichere ich Ihnen: Ich kenne mein Warum ganz genau.«

Florentine nickte ein paarmal, während Martens seinen Blick starr auf sie gerichtet hielt.

»Was machen Sie beruflich, Herr Martens?«

»Ich bin Unternehmensberater und viel unterwegs.«

»Was bedeutet das?«

»Ich würde mich jetzt gern mit der Lösung meines Problems beschäftigen und keine unnötigen Fragen mehr beantworten.«

Florentine schwieg einen Moment und atmete tief ein. »Ich spüre eine gewisse Härte bei Ihnen, Herr Martens. Die haben Sie nicht nur anderen gegenüber, sondern auch sich selbst, vermute ich. Darin könnte Ihr Problem liegen. Im Klartext: Das verursacht in meinen Augen Ihre Panikattacken.« Sie streckte ihren Rücken durch. »Wenn Sie daran etwas ändern wollen, können wir weitermachen.«

Malik Martens blieb reglos sitzen und musterte sie durchdringend.

»Aber unsere Zeit ist jetzt leider um.« Florentine stand auf.

Er machte keinerlei Anstalten, sich ebenfalls zu erheben.

»Es tut mir leid, aber ich habe in fünf Minuten den nächsten Termin.«

»Was schulde ich Ihnen?«, fragte er dann nur.

»Machen Sie sich keine Gedanken. Betrachten Sie es als Orientierungsgespräch. Wir rechnen ab, wenn Sie sich endgültig entschieden haben.«

Florentine komplimentierte ihn hinaus und spürte, wie sich seine Wut förmlich wie Pfeile in ihren Rücken bohrte.

»Meditieren Sie ein bisschen. Das baut inneren Stress ab«, riet sie ihm zum Abschied. »Ich gebe regelmäßig Meditationskurse. Jeden Dienstag und Donnerstag um zwanzig Uhr hier in diesem Raum. Kommen Sie doch mal vorbei.«

KAPITEL 12

FRANKFURT,
MONTAG, 29. OKTOBER 2018,
VORMITTAGS

Kopfschüttelnd verließ Malik das Haus von Florentine Fuchs. Er hastete die schmale Gasse entlang. Meditieren, um Stress abzubauen? In räucherstäbchengeschwängerter Luft herumhocken, ins Leere starren und dabei das große Ommh singen. »So weit kommt's noch«, murmelte er vor sich hin.

Ihre bohrende Fragerei hatte ihn wütend gemacht. Wenn jemand Fragen stellte, dann war er das.

»Was würde es für Sie bedeuten, wenn Sie etwas in Ihrem Leben verändern müssten?«

Er hatte keine Zeit, in seinem Leben etwas zu verändern, und er wollte in seinem Leben auch nichts verändern. Warum auch?

Über eintausend Fälle hatte er allein in den letzten fünfundzwanzig Jahren erfolgreich gelöst. DAX-Unternehmen, Staranwälte, Banken, Versicherungen, Prominente, vermögende Privatleute waren seine Kunden. Er, der auf der ganzen Welt ermittelte, ein gigantisches Netzwerk aufgebaut hatte, sollte sein Leben verändern? Malik schüttelte den Kopf und hätte fast einen älteren Herrn über den Haufen gerannt.

Er liebte das Abenteuer, die Herausforderung, wurde beauftragt, wenn andere nicht mehr weiterwussten. Und warum? Weil er mit Informationen jonglieren konnte wie kein anderer. Weil er sie beschaffen konnte wie kein anderer. Klar bewegte er sich dazu auch in einem Graubereich. Musste manchmal skrupellos vorgehen. Durchaus auch unmoralisch. Wobei er allerdings immer penibel darauf achtete, dass sich die rechtlichen Grauzonen eher im Hellgrauen bewegten, während die moralischen Grauzonen schon mal ins Schwarze abdriften konnten.

Weil er die Täter oftmals nur mit ihren eigenen Waffen schlagen konnte. Ja, und – wenn er damit einem Menschen zu seinem Recht verhelfen konnte. Wo hörte moralisches Verhalten auf und fing Unmoral an? Darüber hatten sich schon ganz andere den Kopf zerbrochen. Er war ein Gerechtigkeitsfanatiker, ein Wahrheitsjäger. Bei Malik Martens zählte die Wahrheit, die reine Wahrheit und nichts als die Wahrheit. Und die erlaubte keine Schwächen.

»Da muss man auch mal eine gewisse Härte an den Tag legen, verehrte Frau Fuchs, gegen andere und gegen sich selbst«, sagte er laut vor sich hin, und sein Schritt beschleunigte sich.

Malik schüttelte erneut den Kopf. Hätte sie ihn nicht mit ihren Psycho-Fragen so genervt, hätte sie ihm fast gefallen. Blödsinn, drehte er jetzt völlig durch? Was war diese sogenannte Expertin? Diplomierte Psychologin?

Die Panikattacke nach der Gerichtsverhandlung in Stendal hatte keiner mitbekommen, und beim Abendessen mit Philip und Claudia konnte er alles auf den Jetlag schieben. Ob er sich nicht doch ein paar Pillen verschreiben lassen sollte? Wäre ja nur vorübergehend. Und noch eine Woche ausspannen? Da müsste das Ganze doch wieder in den Griff zu kriegen sein. Bisher hatte er seine Probleme auch allein gelöst. Wenn er überhaupt welche hatte.

Er passierte das Mainufer und stand endlich vor seinem Wagen. Allein die Parkplatzsuche für diesen Termin hatte ihn schon den letzten Nerv gekostet. Plötzlich spürte er wieder diese Enge in der Brust. So eine verdammte Scheiße aber auch. Ein paar Meter weiter entdeckte er eine Bank. Er setzte sich hin.

»Panikattacken«, sagte er zu sich selbst und starrte ins Leere. Er und Panik, lächerlich. Angst, ein Gefühl, das ihm fremd geworden war. Ein Gefühl, das er vor langer Zeit abgeschüttelt hatte wie eine lästige Fliege. So wie er alle Gefühle abgeschüttelt hatte – sie behinderten ihn bei seiner Arbeit.

Er atmete ein paarmal tief durch, bis sich sein Brustkorb langsam wieder entspannte. Dass sein Zustand ein bedrohliches Ausmaß angenommen hatte, wollte er sich noch lange nicht eingestehen.

Das Handy in seiner Jackentasche vibrierte. Er hatte glatt vergessen, die Nachricht von vorhin zu lesen.

Noch während er den Text las, ging er auf sein Auto zu und betätigte die automatische Türöffnung. Habil, sein türkischer Informant, war nur noch eine halbe Stunde zu erreichen.

KAPITEL 13

FRANKFURT, DIENSTAG, 30. OKTOBER 2018, NACHMITTAGS

Elara stand auf einem kleinen Hocker in der Küche, und ihr pinkfarbenes T-Shirt war über und über mit Mehl bestäubt. Vorsichtig kippte sie die Milch in die Rührschüssel und schaltete die KitchenAid an. Gebannt schaute sie eine Weile zu, wie der Rührbesen die Zutaten vermengte, und machte sich dann daran, die Eier aufzuschlagen.

»Oh, oh! Prinzessin, das Eigelb gehört aber in den Pfannkuchenteig und nicht auf den Fußboden.«

»Das weiß ich selber, Papi.« Elara war um eine Antwort nicht verlegen. »Die Schale ist aber so hart.«

»Soll ich dir nicht doch lieber helfen?« Alexander zupfte ein paar Blätter von der Küchenrolle.

»Nein, das kann ich allein.« Und schon nahm sie sich das nächste Ei vor, das diesmal treffsicher in der Rührschüssel landete.

Alexander wischte die Eimasse vom Boden auf und war froh darüber, wie unempfindlich das alte Fischgrätparkett doch war. Es war in der ganzen Wohnung verlegt worden und ziemlich gut erhalten geblieben. Auch die dunkle Arbeitsplatte aus Schiefer hatte sich bewährt. Nach über fünf Jahren wirkte sie noch wie neu und bildete außerdem einen schönen Kontrast zu der mattweißen Einbauküche. Suna hätte am liebsten alles in Weiß haben wollen. Gut, durch die kleine Balkontür, die nach Norden ausgerichtet war, kam wirklich nicht genug Tageslicht in die Küche, aber die weiße Platte hätte daran auch nicht viel geändert. Aber das war der einzige Wermutstropfen. Es war ein riesiger Glücksfall, dass sie diesen Altbau aus der Gründerzeit in Sachsenhausen erstehen konnten. Hundertzwanzig Quadratmeter groß, frisch renoviert und perfekt für die neue kleine Familie.

»Na, was fehlt jetzt noch bei deinem Teig?«

»Nutella«, rief Elara aus voller Kehle und sprang vom Hocker zu dem großen Einbauschrank auf der gegenüberliegenden Seite. Ihm ging jedes Mal das Herz auf, wenn er sein kleines Mädchen in Aktion sah, und war seinem Schicksal überaus dankbar, dass es ihm mit Anfang fünfzig noch ein solches Geschenk gemacht hatte.

Er schaute auf die Uhr. Wo Suna nur blieb? Es war gleich sieben, und sie wollten zusammen zu Abend essen. Als er heute am späten Nachmittag nach Hause gekommen war, hatte sie ihn mit der Nachricht empfangen, dass sie sich spontan mit ihrer Freundin Isabell verabredet habe. Ihr würde die Decke auf den Kopf fallen, und sie müsse endlich mal raus, nachdem sie seit Donnerstag letzter Woche mit einer schlimmen Erkältung im Bett gelegen hatte.

Kein Wunder, so wie sie letzten Mittwochabend nach Hause gekommen war. Feuchter Mantel, nasses strähniges Haar und einen fiebrigen Glanz in den Augen. Keine Umarmung, nichts. Er hatte schon befürchtet, ihr sei etwas zugestoßen, aber sie war anscheinend in der Stadt unterwegs gewesen, als es angefangen hatte, wie aus Kübeln zu schütten. Sie hatte sich in die nächstgelegene Bar gesetzt und dort zufällig eine Arbeitskollegin getroffen, mit der sie sich verquatscht hatte. Kaum war sie in der Wohnung gewesen, war sie in voller Montur ins Bad gerauscht, hatte geduscht, noch eine Viertelstunde mit Elara in ihrem Zimmer gespielt und sich dann ins Bett verkrochen. Aber er hatte ihr komisches Verhalten auf sich beruhen lassen. Auch weil er an jenem Abend das Gespräch mit dem Vermieter der Braubachstraße hatte vorbereiten wollen und wenig aufnahmebereit gewesen war.

Suna hatte auch in den folgenden Tagen fast kein Wort mit ihm gewechselt, immerzu gehustet und gemeint, sie hätte fürchterliche Halsschmerzen. Als er ihr heißen Pfefferminztee gekocht und den schwarzen durchgeschwitzten Wollschal hatte abnehmen wollen, hatte sie sich mit einem entschiedenen »Nein, auf keinen Fall!« dagegen gewehrt und ihn fast aus dem Schlafzimmer geworfen.

Wirklich seltsam, dachte er jetzt noch im Nachhinein.

Dennoch würden sie heute Abend über ihre Finanzen sprechen müssen. Die Mieterhöhung war nicht mehr abzuwenden, und sie mussten überlegen, ob sie irgendwo Geld einsparen konnten, anstelle noch mehr auszugeben. Er musste immerhin auch noch für Paul und Anton aufkommen, die zwar fast erwachsen, aber trotzdem noch in der Ausbildung waren. Ein Ding der Unmöglichkeit, auch noch Geld für die Nierentransplantation von Sunas Vater aufzubringen.

»Mami, da bist du ja«, holte ihn Elara aus seinen Gedanken. Er hatte gar nicht bemerkt, wie Suna durch den langen Flur in die Küche gekommen war.

»Hallo, ihr beiden.«

Alexander hatte den Eindruck, dass ihr das Treffen mit Isabell gutgetan hatte, und ging auf sie zu, um sie zu küssen. Dabei stieg ihm der Moschusduft in die Nase, den er so an ihr mochte. Aber sie wandte sich nur rasch Elara zu.

»Na, hast du heute für uns zu Abend gekocht?«

»Es gibt Pfannkuchen mit Nutella. Aber ich weiß, dass ich erst Gemüse essen muss«, ereiferte sich Elara.

»Da hast du völlig recht, mein Schatz. Dann lass uns mal schnell die Pfannkuchen backen.« Suna stellte sich an den Herd und gab ein Stück Butter in die Pfanne.

»Karotten, Erbsen und die Sauce Hollandaise stehen auch schon bereit«, mischte sich Alexander ein.

Normalerweise aßen sie im Esszimmer, das der Küche gegenüberlag, aber wenn es mal schnell gehen musste, dann setzten sie sich an den kleinen Küchentisch, der in die Ecke vor der Balkontür passte.

»Dir scheint es wieder besser zu gehen, Liebes? Wie schön.«

Auf Alexanders Fragen hin, wie denn ihr Tag war und wie es Isabell ginge, antwortete Suna ziemlich einsilbig, während Elara munter drauflosplapperte und gerade ihren zweiten Pfannkuchen mit Nutella bestrich. Da glitt ihr plötzlich das Messer aus der Hand und landete auf ihrer Jeanshose.

»Pass doch auf! Schau dir die Schweinerei an«, fuhr Suna hoch und warf Alexander einen bösen Blick zu. »Du lässt ihr einfach zu viel durchgehen«, zischte sie ihn an. »Nutella zum Abendessen, wo gibt's denn so was!« Abrupt stand sie vom Tisch auf und räumte die Teller ab.

»Sag mal, welche Laus ist dir denn über die Leber gelaufen? Dampfst hier einfach ab, überlässt es mir, alles vorzubereiten, und beklagst dich dann noch.« Er stand auf. »Wo gibt's denn so was!«, äffte er sie nach.

»Elara, du gehst jetzt sofort ins Bad, Hände und Gesicht waschen, Zähne putzen und ab ins Bett. Es reicht für heute!«, richtete sich Suna mit strengem Ton an ihre Tochter.

Elara stürzte heulend aus der Küche.

»Wir müssen heute Abend dringend sprechen«, sagte Alexander, als Suna dabei war, Elara ins Bad zu folgen.

»Muss das sein? Ich bin immer noch nicht ganz auf der Höhe.«

»Ja, das muss sein! Nachdem du fast eine Woche lang nicht zu greifen warst. Und immerhin konntest du heute mit deiner Freundin schon einen Drink nehmen. Da wirst du ja wohl eine halbe Stunde Zeit für mich haben.«

»Jetzt dreh mir daraus nur mal keinen Strick. Ich hatte eine heftige Grippe.« Wie auf Kommando hustete sie. »Und falls du über das Thema Geld reden willst, ist doch längst alles gesagt.« Suna wollte schon aus der Küche gehen, drehte sich aber im Türrahmen nochmals zu Alexander um. »Du bist nicht bereit, meine thailändische Familie zu unterstützen, was gibt es da noch zu reden? Du bist für keines meiner Argumente zugänglich, also was willst du?«

»Was ist denn nur los mit dir?« Alexander konnte Sunas Verhalten nicht nachvollziehen. »*Du* bist doch für keines *meiner* Argumente zugänglich! Du hörst sie dir ja noch nicht mal an.«

Suna wollte sich wieder abwenden, doch Alexander redete weiter auf sie ein. »Ich muss die Galerie am Laufen halten, in die du dich übrigens mit null und nichts einbringst, habe das Gehalt für eine Angestellte zu bezahlen, muss Unterhalt für meine beiden Söhne und für meine Ex-Frau aufbringen, Elara, du und ich sind auch zu finanzieren, wobei du auch nicht gerade bescheiden lebst, und jetzt soll ich auch noch für die Operation deines thailändischen Vaters aufkommen.« Alexander war wütend aufgestanden. »Geht's noch? Ich kenne diesen Mann nicht einmal.«

Suna blieb im Türrahmen stehen, während sich Alexander nun an der Küchenzeile abstützte. »Und du hattest übrigens lange Zeit auch keinen Kontakt zu ihm, wenn ich das mal so sagen darf.«

Suna senkte den Blick, um sich zu sammeln. »In Thailand wird der Respekt für die Ältesten in der Familie von klein auf gelehrt und ist ein Leben lang tief in einem verwurzelt«, begann sie ganz ruhig. »Der Zusammenhalt innerhalb einer thailändischen Familie gilt weit mehr als der in den westlichen Kulturen. Es gibt in Thailand keine Altersversicherung wie hier in Deutschland. Es ist normal, dass Kinder später für ihre Eltern sorgen. Das ist eine herausragende Eigenschaft des thailändischen Familienkonzepts.«

»Deinen Vortrag über die thailändische Gesellschaft kannst du dir sparen. Du bist nicht in Thailand aufgewachsen, sondern in Frankfurt.«

»Ich habe die ersten fünf Jahre meines Lebens in Thailand verbracht, und die sind prägend im Leben eines Kindes.«

»Aha, von der Kulturwissenschaft über die Soziologie zur Psychologie – heute Abend lassen wir ja nichts aus«, kommentierte Alexander zynisch.

»Ich würde alles für meinen Vater tun, um ihn zu unterstützen. Ich finde es auch nicht unbequem, für älter werdende Eltern aufkommen zu müssen. Schon gar nicht, wenn sie krank sind.« Suna war nun wieder in die Küche hereingekommen.

»Dafür bist du aber wahrlich nicht zimperlich mit deinen Forderungen und Wünschen an mich.« Alexander kam immer mehr die Galle hoch. »Das mag ja sein, dass sich Deutschland für deine thailändische Familie wie ein Schlaraffenland anfühlt, meine Realität ist aber aus genannten Gründen eine ganz andere.«

»Lass gut sein, du kannst das einfach nicht nachvollziehen.« Suna ließ ihren Blick in die Ferne schweifen. »Ein thailändischer Mann würde sofort verstehen, was ich meine.« Sie drehte sich um und wäre fast über Elara gestolpert, die plötzlich vor ihnen stand.

»Ihr sollt nicht streiten.« Sie hatte den kleinen weißen Teddybären im Arm, der keineswegs einen Ersatz für ihren Pinky darstellte.

»Ich komm schon, mein Schatz«, sagte Suna, »und bring dich ins Bett.«

Als Alexander ein paar Minuten später aus der Küche am Kinderzimmer vorbei ins Wohnzimmer ging, hörte er seine kleine Tochter ihre Mutter fragen, wann sie denn endlich nach Bangkok fliegen und Pinky holen würden.

»Ganz bald, mein Schatz«, antwortete Suna mit weicher Stimme. Die Stimme, die er kannte und liebte.

Er ging an die kleine Minibar, die sie im Bücherregal untergebracht hatten, und goss sich einen Laphroaig ein. Einen schottischen Whisky, den er das erste Mal an seinem fünfzigsten Geburtstag getrunken hatte und der wie Medizin schmeckte. Aber das war jetzt genau das Richtige. Er schnappte sich die *FAZ,* die auf dem Esstisch lag, setzte sich in den cognacfarbenen Ledersessel und legte die Beine auf den dazugehörigen Hocker.

Er fing bereits zum dritten Mal an, den Leitartikel zu lesen, und kam über die ersten Zeilen einfach nicht hinaus, weil seine Gedanken ständig abschweiften.

Was passierte hier gerade? Warum war Suna so abweisend?

KAPITEL 14

ISTANBUL,
MITTWOCH, 31. OKTOBER 2018

Malik hielt sich für einen brillanten und furchtlosen Autofahrer, aber die Kunststücke, die die türkischen Taxifahrer zeigten, wenn sie auf der achtspurigen Autobahn vom Flughafen Atatürk in die Innenstadt jonglierten, nahmen sogar ihm manches Mal den Atem. Diesmal jedoch hatte er einen Fahrer erwischt, der den Fuß nicht wirklich auf dem Gas hatte. Begleitet von Hupkonzerten, schlängelten sich die anderen Taxis an ihnen vorbei, immer auf der Suche nach einer Lücke weiter vorn, immer bestrebt, im Stau schneller voranzukommen als die anderen. Er merkte, wie er immer gereizter und ungeduldiger auf die entspannte Trödelei seines Fahrers reagierte. Ich habe keine Zeit für solche Spielchen, dachte er und wies den Fahrer in seiner Landessprache an, sich zu beeilen.

»Ich habe keine Zeit für solche Spielchen«, hatte er HPL auch vor seiner Abreise in die Türkei noch an den Kopf geschleudert und einen handfesten Streit vom Zaun gebrochen, weil er ihm Florentine Fuchs empfohlen hatte. Diese sogenannte Expertin! Die ihm überhaupt nichts gebracht hatte. Totale Zeitverschwendung!

Wenn es hart auf hart kam, arbeitete sein Kopf anscheinend mit der gewohnten Präzision. Gestern hatte er hochtourig alle Fäden zusammengeführt, um in Istanbul in die finale Phase der Ermittlungen einzusteigen, den Fall endlich zu den Akten legen zu können. Er würde diese Panikattacken einfach beiseiteschieben. Sie niederkämpfen. Und das würde ihm auch ohne Psychotante gelingen.

Mit Jasmin hatte sich Malik im Café Midpoint am Taksim-Platz verabredet. Sie kannten sich seit vielen Jahren, aber es lag schon eine Zeit zurück, dass sie für ihn gearbeitet hatte. Wenn es bei einem Fall in irgendeiner Weise um Textilien ging, war sie seine erste Wahl. Und Jasmin Melek war der perfekte Lockvogel. Sie hatte langes rotbraunes Haar, eine ätherische Aura umgab sie, und sie strahlte etwas Schutzbedürftiges und gleichzeitig Trotziges aus. Eine Mischung, die an Erotik in seinen Augen kaum zu überbieten war.

Sie hatte zunächst gezögert, als Malik sie vor achtundvierzig Stunden kontaktiert hatte. Sie wäre schon zu lange raus, war ihre Begründung gewesen, aber Malik hatte sie überzeugen können, dass sie immer noch die Beste für diese Fälle war.

Jasmin hatte während ihres Studiums und in den Anfängen ihrer Selbstständigkeit für ihn gearbeitet. Mittlerweile war sie Modedesignerin mit eigenem Label. Die wenigen Details, die er ihr noch genannt hatte, hatten sie am Ende überzeugt, ihn wenigstens zu treffen.

Malik hatte über Tage an den Legenden für den Fall gefeilt, und nun konnte er endlich in die Umsetzung gehen. Die »Legende«, die er für diesen Fall gestrickt hatte, beziehungsweise die Rollen, in die sie beide schlüpfen würden, dachte Jasmin den Part einer jungen Frau zu, die in Kürze in Frankfurt eine Boutique eröffnen wollte und auf der Suche nach preisgünstiger Markenbekleidung und dazu passenden Accessoires für ihren Laden war. Maliks Rolle war die des Freundes und vermögenden deutschen Geschäftsmanns, der seine türkische Freundin unterstützen würde, aber nur an einem lohnenden Investment interessiert war.

Nachdem er mit seinem chinesischen Informanten dieses Pech gehabt hatte, war der Zeitdruck nun immens. Der Anruf seines türkischen Kontaktmanns Habil war die Rettung in letzter Sekunde gewesen, denn nun bestand die große Chance, an den Produzenten von Plagiaten in Istanbul heranzukommen.

Nach eineinhalb endlosen Stunden hatte Malik im Hotel eingecheckt, sich noch kurz unter die Dusche gestellt und machte sich nun auf den Weg ins Midpoint, das in gut fünfzehn Minuten mit dem Taxi erreichbar war.

Als er das Café kurz nach sechzehn Uhr betrat, entschied er sich, einen Platz auf der Terrasse zu suchen – milde achtzehn Grad und die letzten Sonnenstrahlen des Tages luden dazu ein. Das Stimmengewirr auf der Terrasse lenkte ihn ab, und er genoss den Blick über den Bosporus, der dunkelblau in der Abendsonne glänzte. Einer der seltenen Momente, in denen er es sich erlaubte, sich kurz gehen zu lassen und seinen Gedanken nachzuhängen.

Jasmin und er waren einmal ein Paar gewesen, als Malik noch gedacht hatte, sein Job sei mit einem Privatleben vereinbar, aber das hatte nicht funktioniert. Obwohl Jasmin seiner Vorstellung von Frau und Lebenspartnerin entsprach.

Sie war Türkin, und ihr gemeinsamer Wohnort damals war Istanbul gewesen. Davor hatte Jasmin viele Jahre in Shanghai gelebt, wo sie sich auch kennengelernt hatten. In Istanbul, der Metropole, die durch den Bosporus Europa und Asien miteinander verband, schien sie die perfekte Symbiose für ihre Idee von Mode gefunden zu haben. Sie traf sich noch regelmäßig mit Kunden aus Fernost, um die neuesten Stoffe in die Türkei zu exportieren. Und nebenbei dozierte sie an einer privaten Universität in Istanbul.

Mode muss wild sein, sagte sie immer. Mode muss den Menschen erlauben, sich frei zu fühlen, unterschiedliche Stilrichtungen, Einflüsse, Farben, Muster zu mixen. Obwohl Jasmin selbst von zarter Statur war, faszinierte sie die Idee, etwas zu entwerfen, das jede Frau tragen konnte, und entschied sich für den asiatischen Kimono in allen Spielarten.

Jasmin liebte die Vielfalt der Megacity Istanbul und lebte mittlerweile im kosmopolitischen Viertel Ortaköy. Nach dem Anschlag auf den Nachtclub Reina in der Silvesternacht 2017, bei dem einer ihrer besten Freunde ums Leben gekommen war, hatte sie allerdings überlegt, nicht nur ihrem Viertel, in dem der Anschlag passiert war, sondern auch Istanbul den Rücken zu kehren.

»Malik, ich freu mich so, dich zu sehen!« Eine Hand berührte ihn sanft an der Schulter und holte ihn die Gegenwart zurück.

»Jasmin!« Er stand auf, und sie umarmten sich herzlich. »Wie geht's dir?«

»Bestens! Und dir?«

Sie schaute ihn prüfend an. »Lüg deine alte Freundin nicht an.« Sie nahm ihre Sonnenbrille ab und verstaute sie in einer großen roten Handtasche. »Wie lange kennen wir uns jetzt? Zehn Jahre? Deine Augen sprechen eine völlig andere Sprache.«

»Okay, ich bin ein bisschen müde, bin in den letzten Wochen gefühlt einmal um den halben Erdball geflogen und habe nur wenig geschlafen, die Flüge waren streckenweise ziemlich unruhig.«

»Na, dann will ich mal glauben, dass das der Grund ist.« Sie setzte sich auf den weißen Korbsessel ihm gegenüber. »Entschuldige bitte, dass ich zu spät bin, ich musste einen Vortrag über die neuesten Modetrends aus Asien halten. In der Salt Galata.«

Er grinste sie an. Jasmin war noch nie pünktlich zu einem ihrer Treffen erschienen. »Womit wir ja schon beim Thema wären. Ich freu mich wirklich, dass du zugesagt hast.«

»Hab ich das?«

»So gut wie.«

Malik bestellte Wasser und grünen Tee. Er ging davon aus, dass das auch noch so wie früher war.

»Dann erzähl doch mal genauer, worum es geht.«

»Ich habe dir doch schon das Wichtigste gesagt.«

»Komm, lass mich mehr über den Fall wissen. Du weißt, ich brauche ein bisschen Input, wenn ich in eine Rolle schlüpfen soll.« Jasmin nahm seine Hand. »Die Legende allein reicht mir einfach nicht. Dazu kenne ich mich in der Branche zu gut aus.«

»Und du weißt, dass ich nicht über meine Fälle spreche. Geheimnisse zu wahren ist meine Geschäftsgrundlage.«

»Ja, ich weiß. Und trotzdem brauche ich mehr Infos.«

»In diesem Fall eher schwierig und gefährlich.«

»Das sagst du immer, Malik. Diese Diskussion hatten wir früher auch schon.«

Malik geriet ins Wanken. Er verstand Jasmin immer noch ohne Worte. Sie kam aus der Branche. Und er brauchte sie. Das machte die Sache aber nicht leichter. Er würde so wenig wie möglich preisgeben, sie aber halbwegs zufriedenstellen.

»Es geht um ein amerikanisches Designerlabel. Wer, wenn nicht du, weiß, dass mit Designerware extrem viel Geld verdient werden kann und die Gewinnspanne sehr hoch ist. Ein T-Shirt der entsprechenden Marke kostet in der Herstellung zwischen ein und vier Euro«, fing Malik an.

»In Deutschland wird es zwischen achtzig und dreihundertachtzig Euro verkauft«, setzte Jasmin Maliks Rede fort.

»Im Herstellpreis ist alles enthalten: Stoff, Lohnkosten, Betriebskosten, Verpackung – plus Gewinne der Produzenten von Plagiaten.«

Jasmin nickte.

»Selbst bei einem Herstellpreis von einem Euro machen diese Leute noch Gewinn. Kein Wunder also, dass der Handel mit Plagiaten so gut läuft. Den Unterschied bemerkt sowieso kaum einer. Selbst Fachleute kommen da ins Straucheln.«

»Weltweit werden gefälschte Waren im Wert von knapp vierhundertsechzigtausend Milliarden Euro gehandelt, hat neulich einer meiner Kunden gesagt«, entgegnete Jasmin. »Ein Desaster für meine Branche und die Kreativen, die alles geben, um ein geniales Produkt zu schaffen.« Jasmin nahm einen Schluck Tee. »Das predige ich auch immer meinen Studenten, dass wir dafür kämpfen müssen, das zu verhindern. Nachhaltigkeit, recycelbare Kleidung, Entschleunigung, auch in der Modebranche.«

Malik verdrehte innerlich die Augen. »Ich will dich nicht enttäuschen, meine Liebe, da gibt's aber Leute in deiner Branche, die das anders sehen.«

»Wie meinst du das?«

»Die sind der Meinung, dass ihnen die Plagiate im Grunde nicht schaden. Im Gegenteil. Wenn alle Leute ganz heiß auf deren Produkte sind, zeigt das der Firma, wie gefragt ihre Marke ist. Nur muss die Anzahl der Fälschungen im Rahmen bleiben.«

»Hauptsache, die Kohle stimmt. Immer das Gleiche.« Jasmin schüttelte den Kopf.

Und Malik dachte, wie schön sie doch war.

»Und wie bist du auf die Türkei gekommen?«

»Hey, jetzt hab ich aber genug erzählt.«

»Jetzt zier dich nicht so! Ich bin schließlich nicht irgendjemand.«

Ja, genau, und das ist das Problem, dachte Malik und lehnte sich zurück, um ein bisschen Zeit zu schinden. Als er noch am Anfang seiner Ermittlerarbeit gestanden und vor allem der Abenteurer in ihm regiert hatte, fand er es weniger problematisch, Geschäftliches und Privates zu verbinden. Er hatte darin sogar einen gewissen Reiz verspürt. Aber mit den Jahren war er zu dem Schluss gekommen, dass ihn Gefühle bei seiner Arbeit nur behinderten.

»Meine Recherchen haben ergeben, dass die gefälschte Ware mit hoher Wahrscheinlichkeit in der Türkei hergestellt wird, denn die Qualität der Fälschungen in der Türkei ist unschlagbar. China und Taiwan standen zwar ebenfalls zur Debatte, aber der eigentliche Übeltäter sitzt in Istanbul.« Er lehnte sich wieder nach vorn. »Außerdem bist du ja hier.« Er grinste sie breit an und wollte vom Thema ablenken.

»Alter Charmeur, bleib bei der Sache!«

»Mein Auftraggeber lässt sehr viel Ware in der Türkei produzieren, da liegt der Verdacht nahe, dass auch von dort eine Vielzahl der Plagiate stammen könnte.«

»Ihr habt doch bestimmt Testkäufe gemacht?«

»Haben wir, zum Beispiel in den Touristenhochburgen – Basaren, Strandverkäufern, stationären Shops. Schätze mal, mit welchem Ergebnis.«

Jasmin zuckte die Schultern. »Keine Ahnung.«

»Über achtzig Prozent waren Plagiate.«

»Das ist echt schockierend!« Jasmin verschränkte die Arme und überlegte kurz. »Jetzt bin ich dabei.«

»Wusste ich's doch, dass du die Richtige bist.« Erleichterung machte sich in Malik breit.

»Jetzt müssen wir die Produktionsstätten ausfindig machen, in denen die Plagiate hergestellt werden?«

»Richtig kombiniert. Wobei ich dir einen Großteil der Arbeit schon abgenommen habe«, scherzte er. »Es gibt zwei Händler mit einem besonders großen Produktangebot an Plagiaten. Die habe ich schon rund um die Uhr observieren lassen. Und meine Nase sagt mir, dass einer der beiden der große Fisch ist. Und den müssen wir jetzt an die Angel kriegen.«

»Und was hast du dir da ausgedacht?«

»Du mit deinem Sachverstand fürs Textilwesen und deiner unbestrittenen Fähigkeit, Männer zu bezirzen, bist mein Lockvogel.«

»Bedeutet im Klartext?«

»Ich brauche deine Unterstützung, um an die Hintermänner ranzukommen.«

Jasmin blies die Luft aus ihren Lungen. »Und wie soll das genau gehen?«

»Wir treffen uns übermorgen früh auf dem Großen Basar.«

»Auf dem Kapali Çarşi? Übermorgen! Das hattest du bisher mit keiner Silbe erwähnt.«

Vor lauter Sprachlosigkeit zeichneten Jasmins Hände Linien in die Luft, und ihr weites Oberteil aus lila Rohseide rutschte ein wenig nach oben, sodass ein Streifen ihrer zarten Porzellanhaut sichtbar wurde.

Malik merkte, wie er allein bei diesem Anblick schwach wurde.

»Der Große Basar, die dunkle, verborgene Stadt voller Wunder und Schätze.« Er lächelte sie an und winkte die Bedienung herbei, um die Rechnung zu begleichen.

KAPITEL 15

STEINBACH,
DONNERSTAG, 1. NOVEMBER 2018

Sabine Bergmann starrte an die weiße Decke ihres Schlafzimmers. Es war fast siebzehn Uhr, und sie war den ganzen Tag über im Bett geblieben. Dieses Novembergrau konnte einen sowieso nicht hinter dem Ofen hervorlocken. Aber egal, welche Wetterbedingungen da draußen vorherrschten, der erste November würde für den Rest ihres Lebens grau bleiben. Dunkelgrau. Schwarz. Tiefschwarz.

Der Tag, an dem sie vor sechs Jahren gestorben war. Zumindest innerlich.

Sie knipste die kleine weiße Nachttischlampe an und schlug die Bettdecke zurück. Ihr Magen knurrte. Sie sollte endlich aufstehen und sich wenigstens eine Kleinigkeit zu essen machen. Getrunken hatte sie auch viel zu wenig.

Sie hatte sich heute Morgen kurz von Anton verabschiedet und einen Migräneanfall vorgetäuscht. Gott sei Dank würde er heute bei einem Freund übernachten. Davor würde er sich allerdings mit seinem Vater zu ihrem legendären Männerabend treffen.

Meine Güte, sechzehn war er vor einem Monat geworden, ihr kleiner Anton. Und heute wollte Alexander ihn zum Essen einladen und danach noch auf ein *Fort-Minor*-Konzert mit ihm gehen. Sein Geburtstagsgeschenk. Es war ihr ein Dorn im Auge, dass sich die beiden so gut verstanden.

Sabine, halt dich da raus, hatte ihre Freundin Lena sie gewarnt. Trag deinen Groll nicht auf dem Rücken der Kinder aus. Wie verständlich er auch sein mag. Sabine hielt sich größtenteils daran.

Ihr älterer Sohn Paul war da aus einem ganz anderen Holz geschnitzt. Er war damals, als Alexander Hals über Kopf die Familie verlassen hatte, in einen ähnlichen Schockzustand wie sie verfallen. Sechs Jahre war das jetzt her. Sechs unfassbar lange Jahre. Und dieses Jahr fühlte sie sich wieder besonders schlecht und wünschte sich ein weiteres Mal, alles hinter sich zu haben, keine seelischen Qualen mehr zu leiden.

Sie drückte den Knopf, um die Jalousien waagrecht zu stellen, und ging ins angrenzende Bad. Das war damals ihre Idee gewesen, einen intimen, kinderfreien Bereich zu gestalten. Schlafzimmer, Bad, Ankleide, die ineinander übergingen. »Dumm gelaufen«, murmelte sie vor sich hin.

Als sie sich beim Zähneputzen im Spiegel betrachtete, dachte sie, dass man ihr die zweiundfünfzig Jahre deutlich ansah. Ausgemergelt war das einzige Wort, das ihr dazu einfiel. Ihr Handy klingelte, wo auch immer es lag. Sei's drum. Sie würde sich jetzt erst einmal einen Earl Grey kochen. Der würde sie vielleicht ein bisschen beleben. Vielleicht würde sie noch einen Spaziergang machen. Sie sollte etwas Bewegung in ihre schlaffen Glieder bringen. Ob sie noch ins Fitnessstudio gehen sollte? Nein, sie wollte heute niemandem begegnen. Jahrestag. Trauertag. Trauriger Jahrestag. Wie auch immer.

Als sie das große Wohn-Esszimmer im unteren Stockwerk betrat, stellte sie auch hier die Jalousien waagrecht und schaltete die Hängelampe ein, ein dänischer Designklassiker, der ein angenehm warmes Licht verbreitete. Skandinavische Möbel gab es einige im Haus, ein Einrichtungsstil, über den Alexander und sie sich damals einig gewesen waren, als sie das Haus hier in Steinbach gebaut hatten. Und niemals ohne die finanzielle Unterstützung ihrer Eltern gebaut hätten. Keine Frage, dass sie mit den Kindern dort wohnen geblieben war. Nach der Trennung hatte Alexander nur seine persönlichen Sachen mitgenommen. Und einige ausgewählte Bilder, an denen er besonders hing.

Aber das war Schnee von gestern.

Draußen dämmerte es, und ihr graute schon vor den kalten Tagen. Sie müsste den Garten dringend winterfest machen. Aber allein der Gedanke daran ließ sie schon frösteln. Vielleicht sollte sie dieses Jahr einfach den Gärtner kommen lassen. So viel war es ja nicht – ein paar Bäume und Sträucher zurückschneiden und den Rasen nochmals mähen. Das war das Gute an ihrem Garten – ein Garten für Faule.

Sabine entdeckte ihr Telefon auf dem langen Esstisch und sah nach, wer angerufen hatte.

HI MUM, WOLLTE DIR NUR SAGEN,
DASS ICH AN DICH DENKE …
DU WEISST SCHON … HIER ALLES SUPER.
BIN MITTLERWEILE IN BYRON BAY GELANDET. P

Ja, das war ihr Paul. In diesen Augenblicken wusste sie, dass es einen guten Grund gab, am Leben zu bleiben. Ihre beiden Söhne. Einzig und allein ihrer beiden Söhne wegen war es besser gewesen, sich nicht die Pulsadern aufzuschneiden. Und sie hoffte, dass sie alles in allem doch eine gute Mutter war.

Sabine war froh, dass es Paul mit seiner Work&Travel-Tour so gut getroffen hatte. Dieser Australien-Trip war genau das Richtige für ihn. Nach dem Abitur erst mal die große Freiheit schnuppern. Eine Entscheidung, die sie im Familienverbund getroffen hatten. Sie hatten sich zu viert an einem Sonntagnachmittag zusammengesetzt, um alles auszudiskutieren. Anton sollte ebenfalls die Gelegenheit bekommen, nach dem Abitur ins Ausland zu gehen, wenn er das wollte. Alexander hatte die Flugkosten übernommen und ein großzügiges monatliches Taschengeld zugesichert. Man hätte an jenem Nachmittag meinen können, sie seien eine richtige Familie, so harmonisch war das Ganze verlaufen.

Mir ist es wichtig, dass ihr alle das Gleiche bekommt. Auch Elara, hatte Alexander zum Schluss noch angefügt. Das war das

Ende der Harmonie gewesen. Zumindest für Sabine. Dieser Name wäre besser nicht gefallen.

Vier Monate lag ihr Vierertreffen nun zurück. Und seit jenem Tag hatte die Düsternis sie wieder eingeholt. Sabine wollte sich verkriechen und die Welt um sich herum vergessen. Eine Traurigkeit hatte von ihr Besitz ergriffen, aus der es kein Entrinnen gab.

Sie blickte auf ihr Handy. Lena war die Anruferin gewesen, hatte aber keine Nachricht hinterlassen. Sabine würde sie später oder am besten morgen oder vielleicht auch gar nicht zurückrufen. Sie öffnete den Kühlschrank, um die Kanne mit dem gefilterten Wasser herauszuholen, und entdeckte noch einen Rest Suppe vom Vortag. Die könnte sie ja aufwärmen. Während sie umrührte, drangen plötzlich die Erinnerungen mit einer Macht nach oben, als sei es gestern gewesen.

SECHS JAHRE ZUVOR

»Yeah!« Anton reckte die Arme in die Höhe und freute sich königlich, weil er gegen Paul beim Basketball mit drei Punkten Vorsprung gewonnen hatte. Er war mit seinen zehn Jahren fast schon so groß wie sein zwölfjähriger Bruder.

Die Kirchturmuhr schlug fünf. Sie hatten heute noch einen herrlichen Spätherbsttag erwischt. Zwitschernd flog ein Schwarm Vögel am Himmel gen Süden, um dem herannahenden Winter zu entfliehen. Sabine war gerade vom Joggen nach Hause gekommen, hatte Obst in den Mixer gefüllt und bereitete Smoothies zu, während sie die beiden Jungs vom Küchenfenster aus beobachtete. Das war schon ein großes Glück, ihre Familie, ihre beiden Kinder, Alexander – ja, sie konnte mit Fug und Recht behaupten, dass sie glücklich war.

Anton kam nach ihr. Sie überragte mit einem Meter achtund-

siebzig immer alle anderen Frauen im Raum und natürlich auch einige Männer. Früher hatte sie hier und da gemodelt, um sich was dazuzuverdienen, aber die ganz große Karriere hatte sie nie angestrebt. Sie war eher familiär ausgerichtet, wollte ihren Freundeskreis pflegen und ihre sportlichen Aktivitäten betreiben.

Alexander hatte auf ihren Wunsch einen Basketballkorb über dem Garagentor angebracht, damit die Jungen nach Herzenslust trainieren konnten. Sie hatten bewusst auf eine aufwendige Gartengestaltung verzichtet und sich für Natur pur entschieden, wie sie es nannten, so hatten die Kinder auch rund ums Haus genügend Spielfläche.

»Kommt mal langsam rein, ihr seid ja total verschwitzt, und es wird jetzt schnell kühl«, rief sie in den Garten hinaus. »Und ihr schreibt beide morgen Schulaufgaben.«

Paul und Anton stürmten herein, rissen den Kühlschrank auf, holten sich die Fruchtsäfte heraus und liefen dann die Treppen nach oben in ihre Zimmer.

Es war kurz nach neun, als Alexander den Wagen in der Einfahrt parkte. Er schien noch auf seinem Handy telefoniert zu haben, denn es dauerte eine Zeit lang, bis er zur Tür hereinkam und sich an den Tisch setzte.

»Hallo, du bist ja spät«, begrüßte sie ihn.

»Ja, tut mir leid, dass ich nicht Bescheid gegeben habe.«

Sabine hatte schon ausgeschöpft und ihm den Teller hingestellt und sich dann zu ihm an den Tisch gesetzt.

»Schmeckt dir die Suppe nicht?«, fragte sie verwundert, als sie sah, wie Alexander im Teller herumrührte und fast nichts aß.

»Doch, doch, sie ist lecker. Ich habe nur keinen Hunger heute.«

»Das ist aber ungewöhnlich. Bei Kartoffelsuppe bist du ja normalerweise nicht zu bremsen.«

Nachdem Alexander so spät aus der Galerie nach Hause gekommen war, hatte Sabine mit den beiden Jungs schon vorab gegessen und sie auch rasch ins Bett geschickt.

»Gab's Ärger mit einem Kunden?«

»Nein, alles okay.«

»Was ist denn los mit dir? Ich spüre doch, dass dich etwas bedrückt.« Sabine ging zu Alexander hinüber und schlang die Arme um ihn.

»Findest du es auch so stickig hier drinnen? Können wir die Balkontür öffnen?« Alexander stand vom Tisch auf.

»Mir ist es nicht zu warm. Wir können aber gern Durchzug machen, um den Kochgeruch aus dem Raum zu kriegen.«

Alexander ging zur großen Schiebetür und öffnete sie einen Spalt. »Mir wäre es lieber, wenn die Küchentür geschlossen bliebe. Sicherheitshalber. Ich möchte nicht, dass die Kinder aufwachen.« Er setzte sich wieder.

Sabine betrachtete ihren Mann irritiert und streichelte ihm über den Kopf. »Du hast noch immer dieselben dichten Haare wie früher.«

»Die Farbe hat sich ja nun erheblich verändert«, wehrte Alexander ab.

»Ich finde Männer mit grauen Haaren sehr attraktiv.«

Alexander wehrte ihre Berührung ab. »Ich bin viele Jahre mit dir glücklich gewesen, Sabine.«

»Das klingt gerade so, als ob du es jetzt nicht mehr wärst.«

Alexander senkte den Blick, rang mit sich und sah sie dann an. »Ich werde dich verlassen, Sabine.«

Schweigen. Stille. Totenstille. Die sich ihr wie eine Faust in den Magen rammte.

»Unsere Ehe besteht doch ohnehin nur noch auf dem Papier.«

Sabine schnappte nach Luft, konnte nicht fassen, was sie da gerade gehört hatte.

»So siehst du das also.« Sie grub sich die Fingernägel in die Handflächen, um bei Verstand zu bleiben. »Ich sehe das anders«, sagte sie knapp und kämpfte die Tränen nieder. Schweigend und mit wässrigen Augen sah sie ihn an und fragte dann nach einer Weile: »Warum, Alexander? Warum?«

Er schwieg.

»Gibst du uns noch eine Chance?«

Alexander knetete seine Hände. »Das kann ich mir im Moment nicht vorstellen.«

»Willst du mir damit sagen, dass du fünfzehn Jahre einfach wegwirfst?«

»Ich werfe sie nicht weg.«

»Was machst du dann?«

»Ich möchte meinem Leben eine neue Richtung geben.«

Alexander formulierte Sätze, die Sabine nicht verstand, benutzte Wörter, die für sie keinen Sinn ergaben. Und irgendwann dämmerte es ihr. Es schob sich ein Bild vor ihr geistiges Auge, das sie offensichtlich verdrängt hatte, denn vor ein paar Wochen hatte sie Flecken auf Alexanders Hemd entdeckt, die ihre Ahnung nun bestätigten – Lippenstift.

»Gibt es eine andere Frau?«

Er zögerte, setzte zu einer Antwort an und nickte dann nur.

Unter Sabine tat sich der Erdboden auf, und ein Schrei zerriss die Luft.

Am nächsten Morgen sprach Alexander mit Paul und Anton, erst mit jedem einzeln und dann nochmals mit beiden zusammen.

»Ihr müsst heute nicht in die Schule, wenn euch das lieber ist«, sagte Sabine und versuchte, die Gefühle der Kinder abzufangen, aber sie erhielt keine Antwort.

»Ich bin immer für euch da, vergesst das nicht!«, beteuerte Alexander, aber Paul schnappte seine Schultasche und rannte wortlos an seinem Vater vorbei aus dem Haus, während Anton die Umarmung über sich ergehen ließ, um es dann seinem Bruder gleichzutun.

Gegen elf Uhr verließ Alexander mit zwei gepackten Koffern, zwei Bildern und ein paar Bücherkisten das Haus.

Die darauffolgende Zeit bewegten sich alle drei wie in Trance und versuchten, ihren Alltag zu bewältigen. Paul und Anton hatten sich nach einigen Wochen scheinbar wieder gefangen, auch weil sie merkten, dass sie nicht die Einzigen waren, deren Eltern sich trennten. Die Hälfte ihrer Schulfreunde erlebte das gleiche Schicksal.

Typische Midlife-Crisis! Das legt sich wieder, waren Lenas tröstende Worte gewesen. Der Mann hat gerade seinen fünfzigsten Geburtstag gefeiert. Wenn der sich erst mal an die Zahl gewöhnt hat, kommt alles wieder ins Lot.

Nichts kam mehr ins Lot. Im Gegenteil. Nach und nach kam alles ans Licht.

Alexander hatte seine Familie wegen einer zwanzig Jahre jüngeren Asiatin verlassen, die er auf der Kunst&Antiquitäten-Messe in München kennengelernt hatte. Oder vielleicht war's auch danach bei einer seiner »kreativen Auszeiten«.

Du weißt, dass ich nach den anstrengenden Messetagen eine kreative Auszeit brauche, um meine Batterien wieder aufzuladen, pflegte er immer zu sagen, wenn er wieder mal einen Kurzurlaub ohne Familie geplant hatte. Wie sie das hasste. Wer weiß, was sich hinter diesen »kreativen Auszeiten« noch so alles verbarg. Hätte er seine grauen Zellen mal besser dafür genutzt, sich um seine Familie zu kümmern. Trotz der »Quality time«, die er mit Paul und Anton hatte, wie er immer betonte. Auch so ein Schwachsinn! Sie hatte ihm über Jahre den Rücken frei gehalten, damit er an seiner Selbstverwirklichung arbeiten konnte. So sah's aus! Was für ein unerträgliches Klischee.

Eine Zeit lang kämpfte sie um ihn, zeigte Verständnis, machte Vorschläge, wie sie ihre Ehe retten könnten. Bat und bettelte, dass er ihnen doch noch eine Chance geben sollte. Dann wieder war sie tieftraurig, weinte tagelang oder schrie wutentbrannt ins Telefon, was für ein Schwein und Verräter er doch sei.

Nach ein paar Monaten kam die Stunde der endgültigen Wahrheit.

An einem Sonntagnachmittag im Mai des darauffolgenden Jahres tauchte Alexander plötzlich unangemeldet auf. Sabine dachte schon, er käme reumütig zurück. Weit gefehlt. Er teilte ihnen mit verklärtem Blick mit, dass er wieder Vater geworden war und mit der neuen Frau eine Tochter namens Elara bekommen hatte. Da hatte er es also doch noch bekommen, sein drittes Kind, das sie ihm anscheinend verweigert hatte. Das heiß ersehnte Mädchen.

Ab dieser Stunde senkte sich eine bleierne Schwere über Sabine, und sie war nur noch ein Schatten ihrer selbst.

KAPITEL 16

ISTANBUL,
FREITAG, 2. NOVEMBER 2018

»Es fühlt sich ein bisschen an wie früher«, neckte Jasmin Malik, als sie Hand in Hand durch den Kapali Çarşi spazierten, den großen Basar, der im alten Istanbuler Stadtteil Eminönü lag, zwischen Universität, dem Areal der Süleymaniye-Moschee und dem Beyazıt-Platz.

»Meine Konzentration ist aber leider auf ganz andere Dinge gerichtet.« Er drückte ihre Hand. »Denn ich muss zufällig in einem komplizierten Fall ermitteln. In dem du übrigens mit von der Partie bist, falls du das schon vergessen haben solltest«, grinste er.

»Ist ja gut! War nur ein spontanes Gefühl«, verteidigte sie sich und sah ihn belustigt an. »Ich bin voll und ganz bei der Sache. Immerhin hatte ich einen Tag Zeit, um mich auf meine Rolle der jungen, hippen, quirligen Frankfurter Boutiquen-Queen vorzubereiten. Auch wenn du heute eher wie ein deutscher Tourist aussiehst in deinem karierten Freizeithemd. Seit wann trägst du so was?«

»Seit heute, liebe Jasmin, und du wirst auch gleich sehen, warum.«

Maliks Plan war es, heute an ihrem ersten Tag durch den Basar zu bummeln, die Situation und Lage des ausgewählten Geschäfts sowie der umliegenden Läden zu erforschen und die Aufmerksamkeit des Händlers zu erregen, den er im Visier hatte. Mit dem Ziel, an mehreren Tagen hintereinander bei ihm einzukaufen. Jeden Tag für größere Summen. Um ihn am Ende zu ködern. Das war Schritt eins.

Das Geschäftsleben unter den Dächern des Großen Basars

pulsierte. Der Kapali Çarşi war das Einkaufsmekka schlechthin. Hier tummelten sich auf einem Areal von über dreißigtausend Quadratmetern mit viertausend Geschäften täglich bis zu einer halben Million Menschen. Die über sechzig Handelsstraßen waren nach Branchen sortiert und in Handwerk und Gewerbe unterteilt. Außerdem fanden sich hier Banken, Devisenbüros, Moscheen, Brunnen, Hamams, Restaurants, Kaffeehäuser.

Sie starteten am Eck der Sahaflar Caddesi und bummelten durch ein Labyrinth malerischer Ladengassen, die ihnen die ganze Pracht von orientalischen Teppichen, Leder- und Seidenwaren, Stoffen, Antiquitäten, Gold und Silber, Designerkleidung, kopiert und echt, Einrichtungsgegenständen, Lebensmitteln, Ölen, Tees, Heilkräutern, Süßwaren, orientalischen Accessoires bis hin zu Imitaten aller Art präsentierte.

Die Händler standen vor ihren Geschäften und Auslagen und versuchten, die Menschen zum Kaufen zu animieren.

»Hier, Madame, diese Farbe würde Ihnen besonders gut stehen«, hielt ein Händler Jasmin ein gelbes Seidentuch hin. »Und ich habe noch viel mehr im Laden. Kommen Sie herein. Ich kann Ihnen alles zeigen. Ich mache das gern für Sie«, bekräftigte er. Als Malik verneinte, rief er ihnen nach: »Gucken kostet nichts!«

Jasmin blieb an einer riesigen Auslage mit Gürteln stehen, zog einen Gucci-Gürtel heraus und inspizierte ihn genau.

»Je nach Design kostet ein echter Gucci-Gürtel zwischen drei- und sechshundert Euro, bei einem Fake kommst du gerade mal auf zehn Euro«, meinte Malik.

»Ich würde die Fälschung immer erkennen«, protestierte Jasmin.

»Ich würde es nicht drauf ankommen lassen«, konterte er.

Es war gar nicht so einfach, sich nicht in den Wirren und dem Getümmel des Basars zu verlieren, obwohl er einer bestimmten Ordnung folgte. Langsam näherten sie sich dem Laden der Zielperson.

»Alles klar?«

Jasmin nickte.

»Buyrun, hereinspaziert«, lockten sie die Verkäufer in den Laden, und Jasmin und Malik traten ein.

Während sich Jasmin alle Kleider mit lautstarker Begeisterung anschaute, überprüfte Malik mit eher gelangweiltem Gesichtsausdruck den Laden. Er wollte sich von der gesamten Szenerie einen Eindruck verschaffen und ging im Geiste seine Liste mit den Verdachtsmomenten durch. Die Produzenten, die auch ein Ladengeschäft betrieben, setzten in der Regel mehrere Leute ein. Jemanden, der Touristen in den Laden holte, und mindestens zwei Männer für den Verkauf. Außerdem hatten sie eine größere Auswahl an Ware, was sich hier deutlich zeigte. Jeder verfügbare Zentimeter in diesem ungefähr vierzig Quadratmeter großen Raum war über und über mit Kleidern, Tüchern, T-Shirts und Taschen der bekanntesten Designerlabels vollgestopft.

»Sie haben ja eine fantastische Auswahl. Diese Farben, so intensiv«, schwärmte Jasmin und sprach mal mit dem einen und dann wieder mit dem anderen Verkäufer, beide Mitte vierzig und leger gekleidet mit Karohemd und Jeans.

»So etwas Schönes habe ich hier auf dem Basar noch nirgendwo gesehen! Jede Frau muss so ein Wickelkleid in ihrem Schrank haben. Gibt es das mit den pinkfarbenen Blumen auch noch in Größe sechsunddreißig?«, wandte sie sich an den Verkäufer mit dem schmalen Gesicht und der Stoppelfrisur, den Größeren der beiden, und fuhr aufreizend an ihrem Körper entlang.

Malik hatte sich in der Zwischenzeit in die hintere Ecke des Ladens verzogen, wo es eine kleine Sitzecke mit Polstersesseln gab. Wahrscheinlich bewusst dort platziert für alle Männer, die den Einkaufswahn ihrer Ehefrauen über sich ergehen lassen mussten. Eine ältere Frau mit Kopftuch kam aus einer kleinen Kammer heraus, die sich im hinteren Teil des Ladens befand, und brachte ihm ein kleines Glas schwarzen Tee.

»Das ist sehr nett«, bedankte sich Malik auf Türkisch, ließ jedoch deutlich einen deutschen Akzent durchblitzen. Er sprach ausgezeichnet Türkisch, wollte dem Händler jedoch das Gefühl geben, dass dieser mit Jasmin vertraute Gespräche führen konnte. Er lehnte sich in dem schäbigen Polstersessel zurück und schloss die Augen, um den Eindruck zu erwecken, als interessiere ihn das Ganze eher wenig.

»Ist das Teetrinken nicht ein wunderbarer Brauch hier? Auch wenn er oft sehr stark und extrem gezuckert ist. Den mit Apfelgeschmack liebe ich ganz besonders.« Jasmin strahlte den Händler mit großen dunklen Augen an. Sie plauderte nun abwechselnd mit den beiden Männern und fand ganz nebenbei heraus, wer von den beiden der Chef war und wie er hieß.

Yusuf, der Kleinere von beiden, war korpulent, hatte eine Glatze und trug Vollbart. Jasmin schmachtete ihn an, was Yusuf sichtlich schmeichelte.

Ihm widmete sie sich von nun an intensiver. »Yusuf, die Farben sind einfach wunderschön, wie schaffen Sie das? Wissen Sie, ich bin gerade dabei, in Deutschland eine Boutique zu eröffnen, und mein Freund finanziert mir das Ganze.« Sie drehte und wendete sich. »Wo ist er denn plötzlich abgeblieben? Ah, dahinten sitzt er ja«, sagte sie und winkte. »Pablo, Pablo, schau, was das für ein tolles Wickelkleid ist. Und hier gäbe es noch das passende Tuch dazu.«

Mehmet, der Größere der beiden Männer, brachte noch eine grüne Tasche aus der vorderen Auslage, die das Grün der zarten Blätter im Kleid aufnahm.

»Das ist ja perfekt«, juchzte Jasmin.

Malik nickte nur müde, und Jasmin kam mit Designerkleid und -tuch zu ihm und wedelte damit vor seinem Gesicht herum.

»Schön«, sagte er gelangweilt, öffnete sein Portemonnaie, holte langsam hundertfünfzig türkische Lira heraus und drückte sie Jasmin in die Hand. Jasmin im Gegenzug drückte ihm einen Kuss auf den Mund und wandte sich wieder Yusuf zu.

Malik beobachtete mit gesenkten Lidern weiter das Geschehen.

Allein die Tatsache, dass eine Frau attraktiv war, sorgte schon für eine völlig andere Atmosphäre zwischen den Beteiligten, dämpfte die Aufmerksamkeit der männlichen Zielpersonen um ein Vielfaches, denn die verwendeten ihre Energie darauf, der Dame zu gefallen. Der Mann war ein Jäger. Malik lächelte in sich hinein, während Jasmin im vorderen Teil des Ladens alle Register zog, um die Herren der Schöpfung zu umgarnen.

»Yusuf, Sie sind so ein toller Mann, und Sie geben sich so viel Mühe.« Und schon schien der kleine Mann um ein paar Zentimeter größer und wuchs förmlich über sich hinaus, indem er noch einen Stapel Designer-T-Shirts aus einem der unteren Regale zutage förderte.

Wie empfänglich die meisten Männer doch für Komplimente und Bestätigung waren. Und das war nun die einfachste psychologische Technik, um beim Gegenüber Sympathie zu erzeugen. Auch dieser Kerl hier fühlte sich unwiderstehlich und war beflügelt, weil ihm eine attraktive Frau schöne Augen machte. Dass sie ihn für ihre Zwecke missbrauchte, bemerkte er nicht.

Schuld ist einzig und allein das männliche Imponiergehabe, dachte Malik und lachte innerlich über seine eigene Spezies.

Inzwischen konnte er das alles mit einer gewissen Distanz betrachten.

KAPITEL 17

ISTANBUL,
SONNTAG, 4. NOVEMBER 2018

Nachdem sie den Samstag in einem ähnlichen Shopping-Rausch verbracht und Malik die neuesten Informationen analysiert und seinen Kontaktmann Habil nochmals auf Yusuf und Mehmet angesetzt hatte, traf er Jasmin in den frühen Morgenstunden in seinem Hotel, um die letzten Details zu besprechen.

»Heute geht's ums Ganze!« Malik nahm Jasmins Hand. »Nachdem du Yusuf in den letzten beiden Tagen schon ordentlich den Kopf verdreht hast und die Dollarzeichen in seinen Augen immer größer wurden, lassen wir die Falle heute zuschnappen.« Er schaute sie an. Heute trug sie ein korallenrotes Wickelkleid mit verführerischem Ausschnitt, den sie nochmals betonte, indem sie ihre langen Haare zu einem lockeren Knoten steckte. »Bist du bereit?«

»Evet!«, beteuerte Jasmin. »Ich gebe mein Bestes.«

Sie gingen ein weiteres und hoffentlich letztes Mal in den Laden und wurden bereits wie Stammkunden behandelt. Malik wurde zu seinem Platz in der Sitzecke komplimentiert und mit Tee versorgt, während sich Yusuf gleich auf Jasmin stürzte und ihr neue Ware zeigte. Malik beobachtete alles von seinem Sessel aus und machte einen genervten Eindruck, was Mehmet, dem jüngeren Verkäufer, nicht entging.

»Frauen wollen einem immer nur ans Geld«, murmelte Malik vor sich hin, sodass es Mehmet mitbekam. Er verstand Deutsch, weil er ein paar Jahre in Berlin gelebt hatte, so viel wusste Malik in der Zwischenzeit.

Jasmin ihrerseits beschwerte sich bei Yusuf, dass Pablo so wenig Interesse an Mode hätte, wo Mode für sie doch das Tollste war.

»Ich bin restlos begeistert, dass man bei dir die ganzen Markenklamotten so günstig bekommen kann.« In der Zwischenzeit waren sie beim Du gelandet. »Sag mal, hast du diesen Rock auch in Orange? Und zum Probieren auch noch mal eine Nummer kleiner?«

Yusuf gab Mehmet ein paar Anweisungen und vertröstete Jasmin, dass er den Rock aus einem anderen Lager besorgen müsse.

»Diese Designerkleider in meiner neuen Boutique«, sie machte eine ausladende Geste, »ich schwöre dir, die Frauen werden mir alles aus den Händen reißen.«

»Und was ist mit ihm?« Yusuf deutete mit dem Kopf in Maliks Richtung.

Sie trat näher an Yusuf heran und sprach etwas leiser. »Pablo will Geschäfte machen. Das ist das Einzige, was ihn interessiert. Der hat mit Shoppen nichts am Hut. Ich bin ja froh, dass er überhaupt mitgekommen ist.«

Malik stand auf einmal bei ihnen und sagte: »Ich habe Hunger. Schatz, lass uns was essen gehen.« Mit Jasmin hatte Malik besprochen, dass er einen Köder auslegen und je nach Situation entscheiden würde, wann es so weit wäre. Entsprechend hatten sie einen sprachlichen Code vereinbart.

»Oh, jetzt schon?«, schmollte Jasmin. »Können wir nicht noch warten, bis Yusuf mir den Rock gezeigt hat? Mehmet ist doch bestimmt gleich wieder da.« Sie zwinkerte Yusuf verschwörerisch zu.

Währenddessen zog Malik ein T-Shirt aus einem Stapel und betrachtete es lustlos.

»Pablo, das ist genau deine Farbe. Zieh's doch mal an.« Jasmin breitete das T-Shirt vor Malik aus. »Ach, bitte!«, bettelte sie. »Die Sachen wirken total echt, sind super verarbeitet und gleichzeitig supergünstig.« Sie hielt ihm ein paar Kleider unter die Nase. »Niemals würde jemand etwas anderes vermuten.«

Jasmin und Malik sprachen Deutsch miteinander und so laut, dass Mehmet es mitbekommen musste und Yusuf alles berichten würde.

»Du machst das Geschäft deines Lebens, Darling, wenn du hier einen Großauftrag abgibst. Ich kann meine Boutique in Frankfurt bestücken und die meiner Freundin in Düsseldorf gleich mit. Und wir können einen Online-Vertrieb aufziehen.« Jasmin war ganz aufgeregt.

»Ich will jetzt erst mal etwas essen gehen«, sagte Pablo alias Malik ungerührt.

Jasmin zuckte mit den Schultern und schien sich zunächst zufriedenzugeben. Beim Abschied zwinkerte sie Yusuf zu. Sie verließen den Laden und mischten sich unter die Besucher in den Straßen und Gassen des Basars.

Als sich die beiden in einem Café fernab des ganzen Trubels für eine kurze Zeit aus ihren Rollen befreiten, spürte Malik einen Anflug von Erschöpfung. Er nahm seinen Panamahut ab und putzte seine Brille aus Fensterglas. Die einzige Verkleidung, die er sich gönnte. Er wischte sich den Schweiß von der Stirn.

»Ist alles in Ordnung mit dir, Malik?« Jasmin schaute ihn besorgt an.

»Ja, geht schon«, wehrte Malik ab.

»Ganz schön anstrengend, diese Schleifen zu drehen und das Ganze so dermaßen in die Länge zu ziehen«, meinte Jasmin. »Ich bin wirklich schon lange draußen, merke ich.«

»Ja, ich weiß, aber das ist die Strategie. Und du machst das immer noch brillant.« Malik gab dem Ober ein Zeichen. »Willst du auch einen Mokka?«

»Ja, und eine Flasche Mineralwasser extra.«

»Wenn besonders viel auf dem Spiel steht, musst du dir besonders viel Zeit lassen«, fuhr er fort. »Und immer dann, wenn du das Gefühl hast, die nächste Schleife ist genau die Schleife zu viel, musst du erst recht weitermachen.«

Der Ober brachte den Kaffee und schenke ihnen Mineralwasser ein.

»Auch wenn du eine bestimmte Information am liebsten

gleich loswerden willst, darfst du dem nicht nachgeben.« Malik rührte in seinem Mokka.

»Ja, ich musste da vorn ganz schön rumwirbeln, damit du dahinten den desinteressierten Schweiger abgeben konntest.«

»Das hast du vorhin perfekt gemacht. Du hast mir die Gelegenheit gegeben, im Hintergrund Herr der Situation zu bleiben und den richtigen Moment abzupassen.«

»Welchen Moment meinst du jetzt? Ich war so mit meiner Rolle beschäftigt.«

»Einen Break genau jetzt anzusetzen, um die beiden zappeln zu lassen. Ist ein Teil der Strategie.«

»Das verstehe ich nicht.«

»Es gibt die ganz einfache Regel: Wenn ich jemandem vertraue, dann helfe ich ihm. Es geht also bei der ganzen Sache um nichts anderes als darum, Vertrauen aufzubauen. Und diese Basis muss ich schaffen.«

»Ich erinnere mich, eine deiner wichtigsten Strategien.«

»Zunächst muss ich Vertrauen zu Yusuf aufbauen, weil er die Schlüsselperson ist, um an die Organisation dahinter zu kommen. Yusuf muss dir am Anfang vertrauen, um mich am Ende mit in die Produktionsstätte zu nehmen.« Malik schenkte ihnen beiden Wasser nach, und Jasmin nahm einen großen Schluck.

»Je zuverlässiger wir bei ihm auftauchen«, fuhr Malik fort, »je klarer ihm wird, dass er und ich das Gleiche wollen, nämlich ein gutes Geschäft machen, desto größer ist die Chance, dass er mir die Fabrik zeigt.« Malik wischte sich erneut den Schweiß von der Stirn. »Wie du weißt, hat das alles wenig mit Zufall zu tun, sondern ist weitgehend durchgeplant.«

Eine Stunde später erschienen Malik und Jasmin wieder bei Yusuf im Laden. Malik nahm dieses Mal nicht in der Sitzecke Platz, sondern blieb in Jasmins Nähe. Nachdem sie nochmals ein paar Kleider und Röcke anprobiert hatte und er zustimmend nickte, ging Jasmin auf Yusuf zu.

»Kann ich bei dir auch Ware in großen Mengen ordern? Ich habe mit meinem Freund gesprochen und ihm klargemacht, dass das Preis-Leistungs-Verhältnis der Markenkleidung hier bei dir unschlagbar ist.«

»Was heißt das?«, wollte es Yusuf genauer wissen.

»Sagen wir es so«, sagte Jasmin, lächelte ihn an und berührte ihn dabei wie zufällig am Arm. »Er wäre vielleicht bereit, bei dir für meine neue Boutique zu investieren.«

Yusuf schwieg einen Moment und kraulte seinen Vollbart. Dann verschwand er für ein paar Minuten in dem Raum im hinteren Teil des Ladens.

Jasmin schaute Malik an, der ihr durch Augenkontakt zu verstehen gab, einfach abzuwarten.

Als Yusuf wieder nach vorn kam, hatte er die ältere Frau im Schlepptau, die am Vortag den Tee serviert hatte, und schickte sie nach draußen. Dann flüsterte er Mehmet etwas zu, woraufhin der sich vor der Ladentür postierte.

Nun bat er Malik und Jasmin in die Kammer, wo drei Gläser mit Apfeltee und eine Auswahl an türkischem Honig bereitstanden.

Yusuf bot ihnen einen Platz auf einem kleinen Sofa an, während er sich gegenüber auf einen Stuhl setzte. Ein intensiver Geruch von Zimt durchströmte den Raum. Was sich draußen im Laden in einem mehr oder weniger geordneten Durcheinander an Kleidern, Röcken, Hosen, T-Shirts, Tüchern, Taschen darbot, wurde in diesem kleinen Raum zum völligen Chaos: Stoffe in jeglicher Art und Form – Stoffballen, -bahnen und -reste –, Körbe mit Knöpfen und Nähgarn, aufgerissene Kisten, Papiertüten und Plastiksäcke voll bis oben hin mit T-Shirts, Hosen und Gürteln. Auf der einen Seite des Raums waren kleine Säckchen mit Gewürzen gestapelt, auf der anderen Seite stand eine abschließbare Vitrine mit Uhren und Schmuck, die die gesamte Breite des kleinen fensterlosen Raums einnahm. Rechts von der Tür befand sich eine alte Nähmaschine.

Während Malik den Blick schweifen und sich zumindest äußerlich nicht aus der Ruhe bringen ließ, rührte Yusuf unablässig in seinem Teeglas.

»An welche Summe denkst du?«, fragte er plötzlich in die Stille hinein.

Jasmin saß ganz dicht bei Malik, sodass sich ihre Schenkel berührten. Malik gab ihr durch ein Räuspern zu verstehen, dass sie die Frage übersetzen sollte.

»Zwischen vierzig- und fünfzigtausend Euro«, antwortete Malik dann auf Deutsch. »Ich bin aber hauptsächlich an T-Shirts interessiert und werde mich da auf wenige Marken konzentrieren.«

Wieder ein Schweigen, das lediglich durch das Rührgeräusch des kleinen Löffels im Teeglas unterbrochen wurde. Die Luft war heiß und stickig, und plötzlich spürte Malik wieder diese beängstigende Enge in seinem Brustkorb. Er versuchte, die Nerven zu bewahren, so unauffällig wie möglich einen Knopf an seinem Hemd zu öffnen und leise kontrolliert ein- und auszuatmen. Während er seinen Kopf zwingen musste, präzise weiterzuarbeiten, schob er seinen Hut ein Stück zurück und rückte seine Brille zurecht.

»One minute, please«, unterbrach Yusuf sein Rühren schließlich. Der Wechsel in die englische Sprache war ein Zeichen dafür, dass er Malik direkt ansprechen wollte. Er ging hinaus.

Malik interpretierte das als einen ersten Vertrauensbeweis ihm gegenüber.

»Ach, Darling, du würdest mir eine große Freude machen, wenn wir hier gleich mehrere Sachen für meine Boutique einkaufen würden. Und wenn wir große Mengen bestellen, bekommen wir vielleicht einen Rabatt.« Jasmin schmiegte sich an Malik und spielte ihre Rolle weiter.

Malik hatte ihr das aufgetragen, denn man wusste nie, ob nicht irgendwo eine versteckte Kamera oder ein Aufnahmegerät installiert worden war. Sein Gesicht blieb unterdessen reglos. Scheinbar in Gedanken bei dem eventuellen Deal, hielt er Jasmin im Arm, bis Yusuf wieder hereinkam.

»Was willst du bestellen?«, fragte er konkreter, und sein Fokus richtete sich nun deutlich auf Malik.

»Zwanzig- bis dreißigtausend T-Shirts verschiedener Marken in den gängigen Größen«, antwortete Malik, und Jasmin dolmetschte. »Zwei Euro pro Shirt.«

»Ich will fünf«, antwortete Yusuf.

Malik blickte zu Boden und sah ihn nach einer Weile direkt an. »Drei Euro. Das ist mein letztes Angebot.«

Ruckartig erhob sich Yusuf. »One minute, please«, und er ließ die Tür mit einem lauten Knall ins Schloss fallen.

Malik und Jasmin behielten abermals ihre Rollen bei.

»Jetzt geht's ums Geschäft, mein Schatz. Das ist Männersache. Wenn der Preis stimmt, dann investiere ich für dich.«

»Du bist mein Held!« Jasmin strahlte.

Yusuf hatte den Anflug eines Lächelns im Gesicht, als er wieder hereinkam, und nickte nur. »More tea?«, fragte er und hob sein Glas mit Blick in Richtung Malik an.

»No, thank you.« Malik lehnte sich nach vorn. »Aber, my friend, bevor ich den Deal mache, möchte ich wissen, wo du die Ware produzierst.«

Jasmin wurde nicht müde, lächelnd an seiner Seite zu sitzen und zu übersetzen.

»Ich will, dass du mir deine Fabrik zeigst. Damit ich sehen kann, wie ihr arbeitet.«

»Das ist unmöglich. Du kannst doch die ganze Ware hier anschauen und fühlen, wie alles verarbeitet ist.« Er deutete mit dem Finger auf die vollgestopften Auslagen und Regale.

»Mein Freund«, begann Malik von Neuem, »ich möchte wissen, worauf ich mich einlasse. Fünfzigtausend Euro sind eine Stange Geld. Ich bin Geschäftsmann. Das verstehst du doch bestimmt!« Malik lehnte sich zurück.

»Nein, das ist nicht möglich«, betonte Yusuf noch einmal und strich mit der linken Hand an seinem Vollbart auf und ab.

Nach einem kurzen Schweigen sagte Malik: »Tut mir leid,

dann haben wir keinen Deal«, und stand auf. Er reichte Jasmin die Hand.

»One minute, please«, schossen die englischen Worte erneut aus Yusufs Mund, und er verließ zum dritten Mal den kleinen Raum.

Ein letztes Mal, wie Malik hoffte.

Gleich darauf war er wieder da. Die Aussicht auf fünfzigtausend Euro und eine neue Geschäftsbeziehung war für die Hintermänner offensichtlich interessant.

»Morgen früh. Um neun Uhr hier. Ohne deine Freundin.«

KAPITEL 18

FRANKFURT, SONNTAG, 4. NOVEMBER 2018

Das Handy klingelte und riss Sabine aus ihren Gedanken. Sie stellte es auf Lautsprecher und zog den Suppentopf vom Herd.

»Na endlich! Du hast dir in den letzten Tagen wohl wieder die Bettdecke über den Kopf gezogen? Deshalb komm ich jetzt gleich vorbei und hol dich ab. Es gibt ein schickes Restaurant in der Innenstadt, von dem alle schwärmen. Dorthin entführ ich dich«, brach ein Wortschwall über Sabine herein. »Keine Widerrede! Ich bin in einer halben Stunde bei dir.«

»Ich kann in diesem Zustand nicht unter Menschen sein. Du weißt doch, wie ich mich fühle.« Keine Reaktion am anderen Ende. Lena hatte aufgelegt, was bedeutete, dass sie in fünfundzwanzig Minuten an ihrer Tür Sturm klingeln würde.

Lena war in schwarzer Röhrenjeans und schwarzen Stiefeletten im Stechschritt hereinmarschiert, ihre Locken wirbelten um ihr Gesicht herum, und sie war in eine Duftwolke aus ihrem Lieblingsparfüm gehüllt. Sie hatte nicht lange gefackelt, ein beiges eng anliegendes Wollkleid aus Sabines Kleiderschrank gezogen, die blonden Haare ihrer Freundin zu einem lockeren Dutt frisiert und sie in ihr Auto verfrachtet.

»Schluss mit Traurigkeit! Jetzt brechen andere Zeiten an.«

Eine Stunde nach Lenas Anruf betraten sie das Restaurant in der Fußgängerzone.

»Wow, wie cool!«, begeisterte diese sich, als sie am Eingang darauf warteten, dass ihnen ein Tisch zugewiesen wurde.

Das Restaurant wirkte wie ein riesiges Loft mit sichtbaren Stahlkonstruktionen und teilweise verspiegelten Wänden. Das

Zentrum bildete eine gigantische Bar, die über und über mit Spirituosen aus aller Herren Länder bestückt war. Industrial Look und Shabby Chic – die perfekte Vintage-Location.

Sie wurden in eine der vielen Nischen im hinteren Teil des Restaurants geführt und nahmen jede auf einer Sitzbank aus dunkelrotem Leder Platz. Überall hingen Lampen, die aussahen, als wären sie aus bunten Luftballons geschnürt.

»Ich bin ganz froh, dass wir ein bisschen abseits sitzen, hier ist der Geräuschpegel erträglicher. Wenn das Essen jetzt auch noch so schmeckt wie angepriesen, dann bleiben heute Abend keine Wünsche offen. Und du bist selbstverständlich eingeladen, meine Liebe!« Lena drückte Sabines Hand.

Lena war eine ihrer langjährigen und engsten Freundinnen. Ihre Mütter waren schon befreundet gewesen, und sie waren fast wie Schwestern aufgewachsen.

»Das habe ich aber nicht verdient«, meinte Sabine auf die Einladung hin.

»Doch, das hast du! Und wenn du mir jetzt noch versprichst, dass du heute Abend mindestens drei Mal lachst, dann bin ich hochzufrieden.«

Nun schenkte Sabine Lena ein Lächeln, selbst wenn sie wusste, dass es nicht aus vollem Herzen kam.

»Na, siehst du, und ich weiß, dass es dich einige Mühen kostet. Aber Schicksalsschläge erleiden wir alle. Und irgendwann muss sich das Tief auch mal wieder verziehen.«

»Mir fehlt mittlerweile die Kraft, ich kann mich zu nichts mehr aufraffen«, jammerte Sabine.

»Mensch, Sabine, du warst mal ein solches Energiebündel, eine Powerfrau sondergleichen, hast ein Fitnessstudio geleitet, bist Marathon gelaufen. Diese depressive Phase geht nun wirklich schon zu lange«, ermahnte Lena sie.

»Da siehst du mal, was ein Mann mit einem Satz alles anrichten kann.«

»Da machst du es dir aber zu leicht! Mit dieser Einstellung

gibst du Alexander eine Macht über dein Leben, die ihm wahrlich nicht zusteht.«

»Winston Churchill nannte seine Depression den schwarzen Hund, einen düsteren Begleiter mit der Fähigkeit, das Alltagsleben zu beherrschen«, meinte Sabine daraufhin trocken.

»Jetzt hör aber mal auf!« Lena schlug mit der flachen Hand auf den Tisch.

Wie auf Kommando kam die Bedienung angelaufen. »Was darf ich Ihnen bringen?«, fragte die junge Kellnerin mit einem charmanten französischen Akzent.

»Ich habe noch gar nicht in die Karte geschaut«, sagte Sabine.

»Ich auch nicht«, meinte Lena, »aber die Freundin, die neulich hier war, hat den Cabernet Sauvignon, die gegrillten Austernpilze als Vorspeise und das Thunfisch-Steak als Hauptgericht empfohlen. Und das nehme ich jetzt einfach auch«, gab Lena ihre Bestellung auf.

»Für mich dann bitte das Gleiche«, sagte Sabine.

»Sie sind aber wirklich très vite«, erwiderte die Kellnerin lachend und tippte in Windeseile alles auf ihrem Tablet ein.

Kaum hatte sie auf dem Absatz kehrtgemacht, redete Lena unerbittlich weiter. »Warum nimmst du dir keine Auszeit? Immerhin gehörst du zu den glücklichen Menschen, die finanziell privilegiert sind. Deine Söhne sind alt genug. Du brauchst dir also um niemanden Gedanken zu machen, außer um dich selbst.«

»Wenn's so einfach wäre«, widersprach Sabine.

»Es ist so einfach.« Lena ließ sich den Wind nicht aus den Segeln nehmen.

»Ach, ich weiß nicht. Ich kann Anton nicht allein lassen.«

»Das ist eine Ausrede, damit du deine depressive Komfortzone nicht verlassen musst.« Lena schwieg, das erste Mal an diesem Abend, und lehnte sich zurück.

»Was ist los?«, fragte Sabine irritiert.

»Verzeih meine harten Worte, aber das musste ich heute

Abend loswerden. Es tut mir in der Seele weh, dich so leiden zu sehen.« Lena schaute sie mit ihren warmen braunen Augen an.

»Ist schon in Ordnung.« Sabine hielt Lenas Blick stand. »Wahrscheinlich hast du recht. Und ich muss mich einfach nur zusammenreißen.«

Sie hatten gar nicht bemerkt, dass die Kellnerin vor ihnen stand. Der Wein, den sie ihnen reichte, hatte eine wunderschöne dunkelrote Färbung.

Lena hob das Glas. »Prost, my dear! Auf dich, das Leben und einen neuen Mann.«

Sabine leerte ihr Glas in einem Zug. »So, und das war erst der Anfang. Bestell uns doch noch ein Glas dieses samtweichen Zungenlösers. Wir lassen dein Auto stehen und nehmen uns später ein Taxi.«

Lena strahlte sie an und hielt nach der Bedienung Ausschau.

»Ich muss mal kurz für kleine Mädchen«, sagte Sabine und erhob sich.

Als sie das Restaurant durchquerte, musste sie sich bemühen, nicht zu schwanken. Immer wieder zuckte sie unwillkürlich zusammen, wenn sie sich in einem der vielen Spiegel erkannte. Sabine ging die Treppe zu den Waschräumen hinunter und musste aufpassen, nicht zu fallen. Was so ein Glas Rotwein doch bewirken konnte. Aber sie spürte, wie sich eine wohlige Wärme in ihrem Körper ausbreitete.

Sie wusch sich die Hände über dem Waschbecken und betrachtete dann ihr Spiegelbild erneut. Gut, das Gesicht war zu blass, die Augen lagen zu tief in ihren Höhlen, aber die Lippen waren immer noch schön voll. Und die längeren Haare machten ihr Gesicht weicher, selbst wenn sie zu einem Dutt zusammengebunden waren. Sie kramte in ihrer Handtasche und fand einen Lippenstift. »Lena hat recht!«, sagte sie zu ihrem Spiegelbild und presste die Lippen aufeinander, um die Farbe zu verteilen. »Diese depressive Phase muss jetzt ein Ende haben.«

Als sie nach oben ging, starrte sie ein Mann an, erst da bemerkte sie, dass ihr Wollkleid an ihren Feinstrumpfhosen hängen geblieben war und einen Blick auf ihre Oberschenkel freigab. Immerhin bemerkte sie überhaupt, dass jemand sie anschaute. Dass ein Mann sie anschaute.

Ein Paar, das an einem der hohen Bartische etwas abseits saß, rückte in ihr Blickfeld. Sie hielt inne. Irgendetwas erregte ihre Aufmerksamkeit, und sie bewegte sich automatisch auf die beiden zu. Hier vorn standen die Gäste dicht gedrängt, und es war deutlich lauter als im hinteren Teil des Restaurants. Neben ihr lehnten zwei Männer mit Biergläsern in der Hand und riefen sich gegenseitig etwas ins Ohr.

Jemand rempelte den einen an, und das Bier schwappte über Sabines Ärmel. Der Mann bat tausendmal um Verzeihung und versuchte, den Ärmel sauber zu wischen. Sie winkte ab. »Ist schon okay.«

Wie von einem Magneten angezogen, bewegte sie sich auf das Paar zu. Von überall drangen einzelne Worte, Gesprächsfetzen, Lachsalven in ihr Bewusstsein. Der Mann und die Frau waren so aufeinander fixiert, dass sie anscheinend nichts um sich herum wahrnahmen. Der Mann nahm das Gesicht der Frau zwischen seine Hände und küsste sie zärtlich.

Sie berührte fast schon den Rücken der Frau und blieb plötzlich wie elektrisiert stehen. Diesen Geruch würde sie nie vergessen. Dieses penetrante Parfum hatte sie auch getragen, als sie sich das erste Mal begegnet waren.

»Weil du der erste Mann bist, der sich nicht mit mir trifft, um sich sexuell abzureagieren«, hörte sie Suna mit zarter, fast atemloser Stimme sagen. »Ein Mann, der sich wirklich für mich interessiert. Der mich versteht. Das ist ein wundervolles Gefühl.«

Sabine wich langsam zurück und blieb an der Bar stehen, um sich zu sammeln. Ein paar Frauen neben ihr tuschelten.

Sie versuchte zu rekapitulieren, was sie da eben gehört hatte. Ihr Körper pulsierte. In ihrem Kopf purzelten Millionen von Bildern durcheinander. Ein Gedanke jagte den nächsten. Was bedeutete das? Wusste Alexander, dass sich Suna mit einem anderen Mann traf? Niemals! Da war sich Sabine hundertprozentig sicher.

In jedem Fall sind es spektakuläre Neuigkeiten, dachte sie. Da wird sich Alexander bestimmt freuen! Wenn sie ihn damit überraschte. Oder sollte sie zuerst Suna damit konfrontieren?

Als sie zu ihrem Tisch zurückging, entschied sie, Lena zunächst nichts von ihrer Entdeckung zu erzählen.

Der bleierne Nebel der Depression, der seit sechs Jahren beharrlich über ihrer Welt hing, schien sich tatsächlich zu lichten. Wenn auch aus einem ganz anderen Grund als vorhin gedacht.

KAPITEL 19

ISTANBUL,
MONTAG, 5. NOVEMBER 2018

Ein milder Wind wehte durch Istanbul, als Malik am frühen Morgen das Hotel verließ. Er lief an parkenden Autos, streunenden Katzen und verdorrten Blumenkübeln vorbei und stieg ein paar Straßenecken später in ein Taxi, das ihn direkt nach Beyazit in die Kalpakçılar Caddesi Sorguçlu zum Großen Basar brachte.

Malik hatte sich gegen einen Peilsender entschieden, obwohl er damit ein Risiko einging, weil niemand wusste, wo er sich aufhalten würde. Aber mit seinem Handy hatte er bisher gute Erfahrungen gemacht, und es könnte notfalls geortet werden. Sorgfältig überprüfte er die Mechanik an seiner Uhr, mit der er filmen konnte, und griff nach dem präparierten Kugelschreiber in seiner Jackentasche, mit dem er Gespräche aufnehmen konnte. Diesmal würde er Bühler die Beweise liefern, die er wollte. Ein Gespräch wie auf der Century Avenue würde es definitiv nicht mehr geben.

Es war kurz vor neun Uhr, als das Taxi am Haupteingang des Kapali Çarşi eintraf und das Tor gerade geöffnet wurde. Malik drückte dem Taxifahrer fünfzig türkische Lira in die Hand und stieg aus. Betont lässig schlenderte er auf Yusufs Laden zu und wurde dort kurzerhand von zwei Männern abgepasst.

»Wo ist dein Handy?«

Malik zog es aus seiner Hosentasche und hoffte, dass die zwei Schwergewichte es ihm nicht abnehmen würden. Doch sie waren zufrieden, als er es abschaltete, und führten ihn durch mehrere Gassen und kleine Straßen hinweg zu einem schwarzen Sprinter, in dem Yusuf und ein Fahrer schon auf sie warteten.

Während sie Malik auf die kürzere mittlere Bank verwiesen, setzten sich die beiden Kolosse auf die Rückbank.

»Good Morning, Yusuf«, sagte Malik noch, als der Fahrer bereits losfuhr und eindrucksvoll bewies, dass seine Fahrkünste denen der türkischen Taxifahrer in nichts nachstanden.

Sie fuhren Richtung Westen, passierten das Handwerksviertel in Karaköy, das wie der Große Basar nach Branchen sortiert war. Schlosser-, Schweißer-, Malerbedarf, hier gab es alles. Malik gab sich entspannt, cool, war aber gleichzeitig hoch konzentriert. Er prägte sich die Strecke ein. Auf der Schnellstraße Richtung Norden standen sie im Stau, und der Fahrer fluchte ohne Unterlass, bis er die Straße in Bağcilar, einem Stadtteil im Nordwesten von Istanbul, verlassen konnte. Nach schätzungsweise zehn Kilometern landeten sie in einem Viertel, das Malik nicht kannte. Der Fahrer deichselte den sperrigen Wagen durch schmale Gassen, überfuhr dabei fast eine Katze und blieb dann vor einem unscheinbaren Mehrfamilienhaus stehen.

Yusuf stieg aus, umrundete das Auto und schob die Schiebetür auf, um Malik herauszulassen.

»Here we are«, sagte er knapp. »Aussteigen!«

Die zwei finsteren Typen drängten sich an ihm vorbei und gingen voraus, um eine Metalltür aufzuschließen, die sich neben dem offiziellen Hauseingang befand. Sie bedeuteten ihm hineinzugehen. Mit einem schnellen Blick nach oben konnte Malik zehn Stockwerke ausmachen. Er trat in einen Korridor, der von einer schwachen Deckenlampe beleuchtet wurde. Es war eng und dreckig, und es stank nach Urin. Der Putz bröckelte von den Wänden ab, und der Steinboden war teilweise aufgeschlagen. Einer der Bodyguards sperrte einen Holzverschlag auf und schob Malik hindurch, als ob er ihn in ein Polizeiauto bugsierte. Sie stiegen im Halbdunkel eine steile Treppe hinunter, bis sie vor einer weiteren Metalltür ankamen.

Die Tür wurde von innen entriegelt. Ein Sicherheitsmann versperrte Malik den Weg und tastete ihn ab. Der Mann zog den

Kugelschreiber aus seiner Jackentasche und betrachtete ihn. Malik hielt unmerklich die Luft an.

»Was ist das?«

Malik tat so, als ob er nichts verstehen würde, und schaute sich nach Yusuf um.

»Lass ihn durch, der ist sauber.«

Langsam atmete Malik aus und betrat einen riesigen fensterlosen Raum, der die Dimension eines halben Fußballfeldes hatte.

Das also ist die Fabrik, dachte er. Ein fensterloses Kellergeschoss, das sich bei dieser Größe über mehrere Häuser erstrecken musste. Von der Straße aus absolut nicht zu erkennen. Für Außenstehende war es unmöglich, diese Produktionsstätte aufzuspüren. Er war am Ziel. Fast.

In einem von Neonröhren hell erleuchteten, lang gezogenen Areal saßen mindestens fünfzig Frauen und Männer hintereinander an Näh- und Strickmaschinen, die ihre Arbeit in Stakkato-Bewegungen ausführten. Zwei Stoffbahnen übereinandergelegt, einmal darüber genäht, zur Seite gelegt. Nächstes Teil. Die Geräte verursachten einen Höllenlärm, und keiner von den Arbeitern trug einen Gehörschutz. Im Sekundentakt ratterten die Nadeln und strickten Baumwollfäden zu bunten Bahnen, aus denen Pullover, Kleider, Röcke gefertigt wurden. Auf den ersten Blick schien ihm das gesetzliche Mindestalter von sechzehn Jahren erfüllt zu sein, bis er in zwei junge Gesichter blickte, die sofort wieder verstohlen nach unten auf ihre Stoffbahnen sahen. Staub und Fasern der verarbeiteten Fäden und Garne bildeten eine zentimeterdicke Schicht auf dem Boden.

Malik hustete, checkte dabei unauffällig die Umgebung und entdeckte vier Videokameras.

Trotz der vielen Ventilatoren an der Decke war es entsetzlich stickig hier drin, aber Malik entdeckte keine Klimaanlage. Im Sommer musste es unerträglich heiß sein. Menschenunwürdig.

Malik spürte, wie Yusuf ihn beobachtete, und nickte anerkennend. Yusuf hob den Arm und deutete zu einer Tür, die sich am

Ende des langen Werkraums befand. Durch die engen Zwischenräume zwängte sich Malik an den Tischen vorbei und wurde von zwei weiteren Sicherheitsmännern in Empfang genommen, während Yusuf zurückblieb. Hier trennt sich also die Spreu vom Weizen, dachte er. Yusuf war zwar eine Schlüsselperson, aber in der Hierarchie weiter unten, als er vermutet hatte.

Sie gingen ein paar Stufen nach oben und erreichten dann eine dritte Metalltür. Malik sollte sich auf einen der vier weißen Plastikstühle setzen, die davorstanden. Obwohl es unwahrscheinlich war, dass sie ihn jetzt noch einmal genauer inspizieren würden, war ihm klar, dass ihn auch nur der kleinste Fehler hier nicht lebend wieder herausbringen würde. Adrenalin durchflutete seinen Körper. Es war genau dieser Moment, der über Erfolg oder Misserfolg eines Auftrags entschied.

Und diesmal kannte niemand seinen Aufenthaltsort, den kannte er nicht einmal selbst. Habil hatte er per SMS in Kenntnis gesetzt, dass er keinen Peilsender tragen und sich jetzt auf den Weg zu Yusufs Laden begeben würde. Sobald alles wunschgemäß verlaufen wäre, würde er sich melden. Von Jasmin hatte er sich gestern nach ihrem gemeinsamen Abendessen schon verabschiedet. Sie hatte großartige Arbeit geleistet, wie immer. Und er hatte sich zwingen müssen, sie allein nach Hause gehen zu lassen. HPL wusste über sein Vorgehen durch ihr tägliches Update Bescheid, saß aber gute zweitausend Kilometer entfernt im warmen Büro.

Die Metalltür wurde von innen geöffnet, der Bodyguard deutete mit dem Kopf in seine Richtung und sagte nur: »Patron.«

Malik atmete tief ein und stand auf. Er betrat ein ebenfalls fensterloses Büro und stand einem Hundert-Kilo-Mann und einem Dobermann gegenüber. Zwei feindselige Augenpaare starrten ihn an, während er sofort die Gefahrenlage einschätzte: Der Hund war ein Problem, der Mann keins, es sei denn, der Typ trug eine Waffe.

Malik besaß zwar einen Waffenschein, trug aber niemals eine

Waffe. Auch ein Grund, warum er damals nach der Ausbildung bei der Polizei den Dienst quittiert hatte. Wer eine Waffe trägt, provoziert sein Gegenüber und begeht im schlimmsten Fall eine Straftat. Seine Waffe war das Wort. Außerdem war er in der chinesischen Kampfkunst WingTsun ausgebildet und konnte sich auf diese Weise wehren.

Schließlich bedeutete ihm der Patron mit einer kleinen Geste, auf einem dunkelbraunen Ledersessel Platz zu nehmen, während er sich auf seinen Chefsessel gegenüber setzte. Sie trennte ein riesiger Schreibtisch aus schwarzem Massivholz. Bisher war noch kein Wort gefallen. Nur der Dobermann knurrte.

Der Patron entsprach der gängigen Vorstellung eines Mafiabosses. Er war mittelgroß, trug einen grau gestreiften Anzug mit rotem Einstecktuch und eine schwarze Krawatte. An seinem linken Handgelenk prangte eine große goldene Uhr.

Während Malik in den letzten beiden Tagen mit Jeans und gestreiftem Hemd in Yusufs Laden erschienen war und sich so auf eine Stufe mit ihm stellte, hatte er sich heute für eine dunkelblaue Leinenhose und ein weißes Hemd entschieden, sodass er einen seriösen, aber legeren Eindruck machte. Die intuitiv richtige Wahl.

»Türkische Produzenten erlauben normalerweise keine Besuche«, fing der Patron plötzlich an und schien die deutsche Sprache relativ gut zu beherrschen.

»Nun bin ich aber trotzdem hier«, antwortete Malik.

Ganz im Gegensatz zu der Werkstatt und Yusufs Hinterzimmer war das Büro des Patrons ordentlich und geputzt, so wie der ganze Mann sehr aufgeräumt wirkte.

Wieder knurrte der Dobermann.

»Emir!« Der Patron schnalzte mit den Fingern.

Malik betrachtete das Tier: aggressiv und gefährlich, wenn es falsch erzogen wurde. Das Zusammenwirken von Hund und Halter stellte die Gefahr dar, niemals die Rasse an sich.

Ein Wachhund dieses Kalibers neben sich – das war auch eine

Strategie, allerdings eine ganz andere als seine, dachte Malik. Er wollte Vertrauen aufbauen, der Patron Angst einjagen.

Jede falsche Bewegung, jeder falsche Laut könnte das Tier dazu veranlassen, ihn zu zerfleischen.

»Hier, sehen Sie, Mr Pablo, ich überlasse nichts dem Zufall!«

Der Patron deutete auf zwei Monitore und drehte einen in Maliks Richtung. »Die Werkstatt ist videoüberwacht, sodass ich jeden einzelnen Handgriff meiner Arbeiter am Bildschirm überwachen kann.«

»Da bin ich ganz bei Ihnen, Mr Patron. Vertrauen ist gut, Kontrolle ist besser.« Malik ließ seinen Blick über den Schreibtisch schweifen, ob sich irgendetwas Verräterisches darauf befand, woran er erkennen könnte, mit was für einer Art Mensch er es zu tun hatte. Er wollte ein Gefühl für den bulligen Mann entwickeln, einen Zugang zu seiner Welt finden, um ihn am Ende zu knacken. Dabei musste er so viele Ähnlichkeiten wie möglich mit seinem Gegenüber identifizieren.

Weiter links auf dem Schreibtisch war ein Samowar aus Edelstahl platziert, daneben standen auf einem silbernen Tablett mit Verzierungen vier kleine bauchige Teegläser. In einem silbernen Rahmen war auf einem Schwarz-Weiß-Foto eine junge Frau mit einem kleinen Jungen abgebildet. Und dann entdeckte Malik hinter dem zweiten Computermonitor das Modell der Ducati Monster 1200, das auf einem roten Lederuntersetzer thronte. Seine Chance. »Eine schwarze Ducati – der schwarze Teufel aus Italien.«

Der Patron hob den Kopf und lächelte versonnen. »Die Monster 1200 – hundertsiebenundvierzig PS bei neuntausenzweihundertfünfzig Umdrehungen. Steht nicht nur hier, sondern auch in meiner Garage.«

»Ein Statement.« Malik lächelte zurück. »Ich habe sie auch.« Und das ist noch nicht mal gelogen, dachte er.

»Wunderschön!« Der Patron berührte das Modell sanft mit seiner Hand und fuhr ein paarmal über es hinweg, als ob er es streichelte. Er hatte anscheinend ein beinahe sinnliches Verhältnis zu seinem Gefährt.

Plötzlich wechselte er abrupt das Thema. »Die Textilproduktion gehört zu den wichtigsten Wirtschaftssektoren der Türkei. Nach China sind wir der zweitgrößte Lieferant für den deutschen Markt. Die meisten großen Marken und Handelsketten lassen hier produzieren. Haben Sie das gewusst, Mr Pablo?«

»Ich habe mich ein wenig schlaugemacht, ich bin Geschäftsmann. Und bevor ich ein Investment tätige, möchte ich wissen, worauf ich mich einlasse.«

»Aber alle drohen damit, die Produktion nach China zu verlegen, weil dort alles viel billiger ist. Es ist fast unmöglich, mit der Konkurrenz aus Fernost mitzuhalten.«

»Das hört sich nicht gut an.« Malik musste die Kontrolle über das Gespräch be- und den Patron bei Laune halten. »Aber Sie, Mr Patron, sind doch bestens im Geschäft, produzieren wunderschöne Markenbekleidung, meine Freundin ist völlig begeistert«, lobte Malik seine Arbeit und versuchte unterdessen, neben den gemeinsamen Interessen, sich auch noch der Stimme des Patrons anzupassen, indem er Tonfall und Tempo imitierte.

»Möchten Sie einen Tee, Mr Pablo?«

Der Patron bediente den Samowar mit der gleichen Hingabe, wie er zuvor schon das Motorradmodell berührt hatte, und goss schwarzen Tee in zwei bauchige Gläser.

Die Atmosphäre entspannte sich wieder, während der Dobermann erneut ein Knurren von sich gab und der Patron mit den Fingern schnalzte.

»Ich glaube, wir können ins Geschäft kommen, Mr Pablo, ich vertraue Ihnen«, sagte er plötzlich und reichte Malik das Glas mit dem Tee. Der knallharte Patron verwandelte sich langsam in einen gutmütigen Patriarchen. Der Anflug eines Lächelns und sein rundes Gesicht verliehen ihm jetzt fast etwas Großväterliches. Er rief nach einem Mitarbeiter und befahl ihm, ein paar Muster und Modelle zu bringen.

Malik atmete durch. Das Gespräch entwickelte sich in die richtige Richtung.

»Schauen Sie, Mr Pablo, die aktuelle Kollektion.« Der Patron deutete auf die Kleiderständer, die ein Mitarbeiter soeben hereingefahren hatte.

»Ich bin beeindruckt.« Malik blickte sich anerkennend um, während seine Armbanduhr auf Hochtouren filmte und sein präparierter Kugelschreiber ihm die nötigen Tonaufnahmen lieferte. Er hatte einen Volltreffer gelandet. Gerade wurden ihm die Modelle und die Musterware seines Auftraggebers präsentiert.

»Farblich sortiert auf Kleiderständern. Rot, gelb, grün, lila, pink, gepunktet, gestreift, geblümt. Mit Stickereien, Applikationen oder uni. Die Trendfarben der kommenden Saison«, sagte der Patron mit stolzgeschwellter Brust. »Und hier«, er deutete auf einen Nebentisch, auf dem der Mitarbeiter schwarze, weiße und beigefarbene Hosen ausgelegt hatte, »haben wir noch einen Sonderauftrag erfüllt.«

»Wie kriegen Sie das alles so schnell hin, Mr Patron?«

»Wir erfahren übers Internet, wie die neuen Modelle aussehen und wann sie draußen sind. Dann beginnen wir sofort mit unserer Arbeit.« Er grinste Malik an. »Die Originale und die Kopien liegen fast zeitgleich in den Geschäften, und die Verkäufe beeinflussen und bedingen sich gegenseitig.«

»Klug gemacht«, kommentierte Malik.

»Und Sie, Mr Pablo, was haben Sie vor?« Die Stimme des Patrons hatte jetzt wieder einen leicht argwöhnischen Klang. Malik durfte sich offensichtlich noch nicht zu sicher fühlen.

»Ich bin, wie gesagt, an guten Geschäften interessiert. Und es scheint mir eine sehr gute Idee zu sein, bei Ihnen zu investieren, Mr Patron. Das macht alles einen sehr guten Eindruck hier. Und meiner Freundin, die eine Boutique eröffnen möchte, tue ich damit auch noch einen Gefallen. Eine Win-win-Situation.«

»Wo befindet sich das Geschäft?«

»Chez Madame, Berliner Straße in der Altstadt von Frankfurt.«

Bei einer Legende musste alles bis ins letzte Detail abgestimmt sein. Normalerweise richtete Malik Scheinadressen ein, das hatte er in diesem Fall nicht getan. Die Boutique gab es wirklich. So, wie er sich gegen das Risiko, einen Peilsender zu tragen, entschieden hatte, hatte er anderseits das Risiko in Kauf genommen, dass ein Produzent in Istanbul nicht einzelne Boutiquen oder insbesondere deren Besitzer in Frankfurt kannte.

Der Patron stand auf und schnippte mit dem Finger einmal nach rechts. Der Dobermann wechselte den Platz und setzte sich rechts neben Malik.

Es gab hier im Keller wohl keinen WLAN-Empfang, was Malik auch gewundert hätte. Der Patron ging nach draußen, öffnete im Vorbeigehen nonchalant sein Jackett, damit Malik den Revolver, der in einem Halfter darunter steckte, erkennen konnte.

Der Patron überprüfte ein letztes Mal, ob er vertrauen konnte.

Nun würde sich herausstellen, ob es ein Fehler gewesen war, keine Scheinadresse eingerichtet zu haben. Ein Fehler würde seinen Tod bedeuten. Der Dobermann knurrte.

Malik rührte sich nicht vom Fleck.

KAPITEL 20

ISTANBUL, MONTAG, 5. NOVEMBER 2018, EINE STUNDE SPÄTER

Der Patron blieb verschwunden. Malik zählte die Sekunden und verharrte nahezu bewegungslos, seine Nerven waren zum Zerreißen gespannt. Die einzigen Bewegungen, die er sich erlaubte, waren minimale Kopf- und Augenbewegungen. Aus Angst, der Dobermann wäre darauf abgerichtet worden, auf jede noch so kleine Bewegung zu reagieren, wenn sein Halter nicht in der Nähe war.

Malik war gefangen. Auf sich allein gestellt. Ohne Netz und doppelten Boden. Das hier geschah alles auf sein Risiko, seine Verantwortung. Wie er seine Fälle löste, war seine Sache. Ob er dabei in Lebensgefahr schwebte, kratzte keinen. Hauptsache, er erledigte seinen Job, und sein Auftraggeber war am Ende glücklich.

Was, verdammt noch mal, passierte da draußen? Sollte der Patron auf seinen Trick mit dem Laden in der Frankfurter Altstadt, der tatsächlich existierte, nicht hereinfallen, war er geliefert. Dann war er in den Augen des Patrons ein Verräter. Und Malik wusste, was diese Leute mit Verrätern anstellten.

Malik atmete tief durch, ein Hustenreiz quälte ihn. Er spürte, wie ihm der Schweiß den Rücken herunterlief und seine Furchtlosigkeit langsam Risse bekam. Sein Schutzschild bröckelte.

Plötzlich dachte er an Florentine Fuchs. Sah sich in ihrem Praxisraum sitzen und erinnerte sich an die hellen Sonnenstrahlen, die von der blauen Wand reflektiert wurden. Erinnerte sich an ihre durchdringenden Augen, die so dunkelblau waren wie die Wand. Der Gedanke an diese Szenerie hatte etwas Beruhigendes.

Das Unterbewusstsein meldet sich und will uns darauf hinweisen, dass wir etwas verändern müssen, rief er sich das Gespräch ins Gedächtnis.

Unweigerlich dachte er über diesen Satz nach und wurde jäh aus seinen Gedanken gerissen, als die Tür hinter ihm geöffnet wurde.

»Ich werde Sie jetzt zurückbringen lassen, Mr Pablo.«

»In Ordnung?«, sagte Malik und sah den Patron fragend an.

»Wir arbeiten mit zehn Händlern zusammen, die unsere Produkte weltweit vertreiben. Ich werde Sie über einen von ihnen beliefern lassen, Mr Pablo, und Sie bleiben mit Yusuf in Kontakt.«

»Emir!« Er schnalzte mit den Fingern, und der Dobermann wechselte die Seite.

Der Patron rief nach einem der Wachmänner und ließ Malik über denselben Weg, den er gekommen war, wieder aus dem Gebäude schleusen.

Wie kann ich auf den letzten Metern durch die Werkstatt auf einen Hinweis stoßen, wo genau sich die Fabrik befindet, dachte Malik fieberhaft nach. Er brauchte hieb- und stichfeste Beweise. Sein Auftraggeber würde sich erst zufriedengeben, wenn er zu den Film- und Tonaufnahmen auch die exakten Koordinaten des Mietshauses liefern würde. Nur dann konnten sie die nächsten Schritte in die Wege leiten und den ganzen Laden auffliegen lassen.

Malik wurde zu dem schwarzen Sprinter gebracht. Von Yusuf weit und breit keine Spur. In Windeseile scannte er die Gegend. Es muss doch irgendwo ein verdammter Straßenname zu erkennen sein, fluchte Malik innerlich.

Als sie losfuhren, saß er allein im Wagen mit den beiden Schwergewichten, die ihn schon vor Yusufs Laden in Empfang genommen hatten.

Nichts als schwarze Flächen links und rechts, es war zum Kotzen. Unauffällig beugte sich Malik ein wenig nach vorn, um sich irgendetwas einzuprägen, als sie durch die schmalen Gassen kurvten. Plötzlich tat es einen dumpfen Schlag, der Fahrer legte eine Vollbremsung hin und scherte ruckartig nach rechts aus. Malik schoss kopfüber nach vorn.

»Kedi!, Kedi!«, fluchte der bullige Kerl. »Ich habe eine Scheißkatze überfahren.«

»Weiter«, schrie der andere. »Gib Gas!«

Als sich Malik aufrichtete, wagte er kaum zu atmen, denn er blickte direkt auf ein Straßenschild, das lose an einer Hauswand baumelte. Alişan Sokak. Er hatte es geschafft.

»Everything okay?«, fragte er die beiden Kolosse und schob sich wieder auf die Rückbank.

Sie würdigten ihn keines Blickes, und Malik entspannte sich ein wenig. Im Geiste war er schon mit den nächsten Schritten beschäftigt, die er sofort in Angriff nehmen würde, sobald er im Hotel angekommen war. Doch nach ein paar Minuten beschlich ihn ein seltsames Gefühl, denn er realisierte, dass die Umgebung draußen immer ländlicher wurde. Wohin brachten sie ihn?

»Sie fahren in die falsche Richtung. Ich will ins Zentrum zurück«, sagte Malik bestimmt.

»Halt's Maul!«, blaffte der Beifahrer auf Türkisch zu ihm nach hinten.

»Was haben Sie vor?«

»Wir machen einen kleinen Ausflug. Lass dich überraschen! Wird dir bestimmt gefallen.«

Verdammte Scheiße, dachte Malik. Adrenalin pumpte sich durch seine Venen. Was war schiefgelaufen?

Er musste aus dem Wagen raus. Sofort! Vorsichtig tastete er nach der Schiebetürverriegelung, als der Fahrer erneut beschleunigte.

Sie verließen bereits die Hauptstraße und bogen auf die Zufahrtsstraße zum Belgrad Ormanı, dem berüchtigten Belgrader Wald, ab. Immer tiefer fuhren sie hinein.

Jeder in Istanbul kannte den Belgrad Ormanı und wusste, sobald er auch nur in die Nähe käme, würde seine letzte Stunde schlagen. Morde, Vergewaltigungen, Misshandlungen, Verstümmelungen, ungeklärte Todesfälle – ein komplettes Schreckensszenario tauchte vor Maliks innerem Auge auf. Das war sein Todesurteil!

Wann, verdammte Tat, hatte er einen Fehler gemacht? Im Zeitraffer lief das Gespräch mit dem Patron in seinem Kopf ab. Der hatte ihn freundlich entlassen. Spielten die beiden Jungs hier ihr eigenes Spiel?

Vor einem kleinen See kam der Sprinter abrupt zum Stehen. Der Beifahrer stieg aus, riss die Schiebetür auf, packte Malik am Arm und zog ihn aus dem Wagen. Er stieß ihn in Richtung Ufer.

Malik stolperte, konnte sich aber gerade noch abfangen, bevor er im Morast gelandet wäre.

»Hände hinter den Kopf!«

Malik nahm langsam die Hände nach oben. Einer der beiden trat näher an ihn heran. Malik spürte den kalten Lauf einer Pistole an der Schläfe. Sein Herz raste, er zitterte unaufhörlich am ganzen Körper. Aber er würde diesen Dreckskerl nicht anflehen. Um sein Leben betteln. Niemals. Seine Würde verlieren. Niemals. Malik schluckte und schloss die Augen.

»Du warst nie in der Fabrik. Kapiert!«

Die Worte drangen langsam in sein Bewusstsein. Er nickte. Und verstand.

Erst als sich die beiden Typen hämisch lachend entfernten, sank er langsam auf die Knie. Der Schweiß triefte ihm aus allen Poren.

Der Motor des Sprinters heulte auf, die Räder drehten durch, und der Schlamm spritzte nach allen Richtungen weg.

***

Malik schaltete sein Handy aus und lehnte sich in seinem Sessel zurück. Er hatte mit Bühler, seinem Auftraggeber, telefoniert, dessen Anwälte sich umgehend mit den örtlichen Behörden in Verbindung setzen würden. Die Datenübermittlung lief noch, aber einer Razzia stand nichts mehr im Weg. Die Tage des Patrons waren gezählt. Er würde seine Ducati Monster vermissen, davon war Malik überzeugt.

Dreieinhalb endlose Stunden hatte er gebraucht, um sich aus dem Labyrinth des Belgrad Ormanı herauszuschleppen, ein Taxi zu finden und ins Hotel zurückzukommen.

Er lebte. Aber dieses Mal war es verdammt knapp gewesen. Der Patron hatte ihm nicht nur mit dem Dobermann Angst einjagen wollen, sondern ihm auch mit Nachdruck vermittelt, was passieren würde, wenn er sich jemals seinen Anordnungen widersetzte. Wer Menschen zu etwas bewegen möchte, muss sie überzeugen. Und Angst ist eines der effektivsten Argumente.

Doch er hatte es geschafft. In letzter Sekunde! Und sein Kunde war hochzufrieden, wie er ihm mitgeteilt hatte. Bühler hatte ihm gestanden, dass er nicht mehr an einen Erfolg geglaubt hatte, nun aber wüsste, warum Malik der Ruf vorauseilte, unlösbare Fälle zu lösen. Bühler würde ihn weiterempfehlen, das war klar, und es würden neue brisante Aufträge folgen.

Doch Malik musste jetzt erst einmal diesen Fall verarbeiten. Er war an seine Grenzen gekommen. Seine Nerven lagen blank. Mit zittrigen Händen öffnete er eine Flasche Wasser und starrte auf den stetig ansteigenden grünen Balken, der den Stand des Dateitransfers abbildete – achtzig Prozent.

KAPITEL 21

STEINBACH,
DIENSTAG, 13. NOVEMBER 2018

Marianne Heinze hatte ein paar Tage Urlaub, und Alexander pendelte ständig zwischen dem Büro oben und der Galerie unten hin und her. Wenn kein Kunde im Laden war, packte er oben im Büro Kartons und Kisten aus und katalogisierte die neue Lieferung, die Masken und kleine Skulpturen aus Afrika enthielt, die heute Morgen eingetroffen war. Das war tatsächlich nicht seine Lieblingsbeschäftigung, und es wäre doch wirklich nicht zu viel verlangt gewesen, wenn ihm Suna in diesen Tagen ausgeholfen hätte. Er hatte sie gebeten, wenigstens an den Nachmittagen vorbeizukommen, solange Marianne Heinze in den Ferien war. Sie hätten sich abwechseln können, um Elara vom Kindergarten abzuholen. Aber Suna war nicht dazu zu bewegen. Sie hatte einfach keine Lust, ihn in seinen Belangen zu unterstützen. Das frustrierte ihn täglich aufs Neue. Zumal es keine vernünftige Erklärung dafür gab. Immerhin arbeitete sie seit Kurzem halbtags in einer Werbeagentur, wie sie sagte, das musste er respektieren.

Vorsichtig wickelte er eine Maske aus der Luftpolsterfolie. Was für ein schönes Stück – wenig verziert und in warmen Gelb- und Rottönen gefärbt. Er hielt sie zwischen beiden Händen. Aber – »So ein Mist!«, kam es ihm laut über die Lippen, jetzt hatte die auch noch eine kleine Macke. Und die Kundin wartete schon seit Wochen darauf. Er neigte dazu, sofort den Hörer in die Hand zu nehmen und in Kapstadt eine Beschwerdearie loszulassen. Da musste per Express sofort ein Ersatz her. Das würde ein Akt werden.

Sein Handy vibrierte.

ES WÄRE GUT, WENN WIR UNS IN DEN
NÄCHSTEN TAGEN SEHEN KÖNNTEN.
AM BESTEN HIER IN STEINBACH.
LG, SABINE

Das war ungewöhnlich. Sie hatten doch beim letzten Treffen vor vier Monaten, kurz vor Pauls Abreise nach Australien, alles geklärt. Das monatliche Taschengeld für ihn war überwiesen. Mit Anton hatte Alexander letzte Woche einen netten Abend verbracht. Zwar gab es nur einen Burger zu essen, danach waren sie aber noch eine Runde Billard spielen gegangen und hatten viel Spaß gehabt. Der Junge hatte ein enormes Ballgefühl bewiesen. Beim Basketball ja sowieso, und Alexander war stolz auf ihn. Natürlich war er auf seine beiden Söhne stolz, aber Anton stand ihm näher, so wie Paul Sabine näherstand. Das bedeutete nicht, dass er den einen mehr liebte als den anderen. Es war eine Sache der Chemie, denn in seinem Verhalten und rein äußerlich waren Paul und er sich ähnlicher. Aber bis Paul nach der Trennung wieder mit ihm gesprochen hatte, war bestimmt ein Jahr ins Land gegangen.

Obwohl Anton der Jüngere von beiden war, hatte er immer das Gefühl gehabt, dass er die Trennung irgendwann akzeptiert hatte.

»Du bist mir ja nicht verloren gegangen, Papa«, hatte er einmal zu ihm gesagt und ihn dabei mit ernster Miene angeschaut. »Sondern du lebst ja nur in einer anderen Wohnung.« Dieser nahezu weise Satz seines damals erst elfjährigen Sohnes trieb ihm die Tränen in die Augen. Da konnte sich seine Mutter ein Stück davon abschneiden. Anton war auch der Einzige, der Suna und Elara kennengelernt hatte, auch kennenlernen wollte. Sie hatten ihren Männerabend einfach mal zu ihnen in die Wohnung verlegt. Und am Ende stillschweigend vereinbart, dass das unter ihnen bliebe und Sabine und Paul es nicht erfahren sollten.

Was also könnte Sabine für einen Grund haben, ihn nach Steinbach zu beordern? Am besten, er brachte es so schnell wie möglich hinter sich.

OKAY! GLEICH HEUTE ABEND?

SUPER! ICH FREU MICH!

kam kurze Zeit später die Antwort.

Sonderbar, dieser ungewohnt überschwängliche Ton, dachte Alexander, und ein mulmiges Gefühl breitete sich plötzlich in seiner Magengegend aus.

Um halb sieben parkte er den Wagen vor dem Haus in Steinbach. Äußerlich hatte sich nichts verändert. Über der Garage hing noch immer der Basketballkorb, den er damals für die beiden Jungs angebracht hatte.

Er blieb noch ein paar Minuten sitzen, ehe er ausstieg. Zur Einstimmung. Denn die Treffen mit Sabine gestalteten sich meist schwierig, obwohl ihre Trennung schon sechs Jahre zurücklag. Aber hierherzukommen fühlte sich immer noch vertraut an. Kein Wunder, er hatte entscheidende Jahre seines Lebens in diesem Haus verbracht. Wenn er an den Aufbau seines Geschäfts dachte, an die vielen entbehrungsreichen Jahre, in denen er versucht hatte, einerseits seinen Kunsthandel voranzutreiben und andererseits als Maler Fuß zu fassen. Und dabei noch seine Familie zu ernähren. Das war oft kräftezehrend gewesen. Aber in seinen Augen hatte er es damals für Sabine und seine beiden Söhne an nichts fehlen lassen. Na ja, Sabine hatte das anders gesehen und ihm vorgeworfen, er befände sich auf einem Ego-Trip und würde die Familie vernachlässigen.

Die Scheiben in seinem SUV beschlugen. Es war kalt geworden in den letzten Tagen, und gestern Nacht gab es den ersten Frost in diesem Herbst. Der Winter kündigte sich an. Er vergrub die Hände in den Jackentaschen, als er die paar Meter bis zur Haustür ging.

»Alexander, schön, dass du da bist. Komm rein«, begrüßte Sabine ihn mit offenen Armen.

Wie groß sie doch ist, dachte Alexander wieder einmal, ein androgyner Typ mit Model-Qualitäten. Ihre schulterlangen blonden Haare waren leicht gestuft, und sie verkörperte wirklich das komplette Gegenteil von Suna.

»Das ist ja mal ein freundlicher Empfang!« Alexander streifte die Schuhe an der Fußbodenmatte im Windfang ab. Sollte Sabine nach all den Jahren mittlerweile doch noch Vernunft angenommen haben? Er hängte seine Daunenjacke an der Garderobe auf und ging in den großen Wohn-Essbereich. »Ist Anton gar nicht da?«

»Nein, der ist doch beim Training und hat im Anschluss daran noch ein Freundschaftsspiel.«

»Ach, richtig, das hatte er mir letzte Woche erzählt.«

»Was möchtest du trinken? Einen Wein vielleicht?« Sie klapperte mit den Gläsern im Hintergrund. »Und stell dir vor, die News von gestern sind, dass Anton für die Jugendnationalmannschaft rekrutiert werden soll. Unser Prachtjunge!«

Alexander konnte gar nicht fassen, dass ihm Sabine heute so zugewandt war. »Wir wissen ja auch, woher diese Begabung kommt«, meinte er und lächelte sie an. »Und gern eine Apfelschorle, ich bin ja mit dem Auto gekommen.«

»Ja, klar«, flötete sie.

Alexander setzte sich in den dunkelroten Ohrensessel, den Sabine mit einem Fell ausgelegt hatte, und betrachtete die Bücherwand zu seiner Linken. Er machte immer noch ein paar Lücken aus, die er damals hinterlassen hatte. Sie brachte ihm die Schorle und hatte sich ein Glas Rotwein eingegossen. Sie setzte sich auf das dunkelblaue Sofa ihm gegenüber.

»Erzähl, wie geht es dir?«

Alexander fragte sich langsam, ob sie womöglich betrunken war. Denn eine Zeit lang hatte sie ziemlich dem Alkohol zugesprochen und auch Beruhigungstabletten genommen. Er hatte auch mal versucht, sie zu Florentine zu schicken. Seit seine Psychologenfreundin ihre Praxis in Frankfurt hatte, wäre das zumindest mal ein Gespräch wert gewesen. Doch damit war er kläglich gescheitert. Er war natürlich der falsche Absender für derartige Ratschläge. Das war ihm im Nachhinein auch klar geworden.

»Alles in Ordnung. Danke! Was gibt's denn zu besprechen?«

»Ich habe so eine aufregende Woche hinter mir«, sagte Sabine und gestikulierte ausladend mit ihren Händen.

»Das hört sich gut an. Ich freu mich, dass du viel unternimmst. Es gab ja auch schon andere Zeiten.«

»Also, am Sonntag vor einer Woche war ich mit Lena in einem neuen Restaurant. Eine tolle Location, da solltest du unbedingt auch mal hingehen. In der Fußgängerzone.«

Das konnte jetzt nicht sein, dass sie ihn über ihre Aktivitäten aufklären wollte.

»Du errätst nie, wen ich da getroffen habe.«

»Du wirst es mir sicherlich gleich erzählen.«

»Ich hatte sie bis dahin ja noch nicht so oft gesehen, genau genommen, erst ein Mal.« Sabine schaute Alexander an, nahm das Glas Wein und trank es in einem Zug bis zur Hälfte leer.

»Du machst es aber spannend.« Alexander kam das Ganze langsam merkwürdig vor.

»Damals im Einkaufscenter auf der Zeil, erinnerst du dich?« Sabine hob erneut das Glas an, schwenkte es ein paarmal, um es dann wieder auf dem Couchtisch abzustellen. Sie lächelte versonnen. »Und am Ende hat sie sich in diesem Restaurant durch ihr Parfum verraten.«

»Du sprichst in Rätseln, Sabine.«

»Dieser zitronig moschusartige Duft war damals ziemlich penetrant. Diese Überparfümierung ist doch wirklich billig. Da kann selbst der angenehmste Duft richtig unangenehm werden. Und letzte Woche wieder. Wie erträgst du das nur?«

Alexander dämmerte es.

»Du kommst der Sache auf die Spur. Ich sehe es an deinen Augen.« Sabine klatschte in die Hände. »Suna! Stell dir vor, ich habe Suna gesehen«, schmetterte sie Alexander entgegen. »So war doch ihr Name, oder täusche ich mich?«

»Ja, so heißt meine jetzige Frau«, antwortete Alexander kühl. »Du hast also Suna in einem Restaurant gesehen. Das kann vorkommen, wenn man in derselben Stadt wohnt.«

»Langsam, langsam. Ich bin doch erst bei der Hälfte der Geschichte angelangt. Vielleicht noch nicht einmal«, fuhr Sabine unbeirrt fort und hatte etwas Diabolisches im Blick.

Alexander ließ sich nicht aus der Ruhe bringen, spürte aber, dass er sich jetzt rüsten musste.

»Suna saß dort in Begleitung eines äußerst attraktiven Mannes. Asiatischer Herkunft, wohlgemerkt. Ich schätze mal, mindestens zehn Jahre, wenn nicht fünfzehn Jahre jünger als du.« Sie grinste ihn an. »Wie gut kennst du deine neue Frau eigentlich?«, fragte Sabine plötzlich völlig unvermittelt. »Weißt du, was sie den ganzen Tag so treibt?«

»Was willst du damit sagen?«, fragte Alexander empört.

»Da kann man Überraschungen erleben. Da denkt man an nichts Böses, und binnen Sekunden ist nichts mehr, wie es war.« Sie trank ihr Glas leer, ging an den Küchentresen und goss sich neuen Wein ein. »Ich weiß, wovon ich rede. Das kannst du mir glauben.« Sie blieb am Tresen stehen.

»Sabine, es reicht jetzt. In jeder Hinsicht.« Alexander war im Begriff aufzustehen.

»Jetzt sei doch nicht so! Du hast dir immer deine kreativen Auszeiten gegönnt, und ich gönne mir jetzt mal einen kleinen Exkurs.« Ihre Stimme triefte vor Zynismus.

Alexanders Gedanken überschlugen sich in immer neuen Erklärungsversuchen. Was, zum Teufel, ging hier vor?

»Wo war ich stehen geblieben?« Sie schaute in den dunklen Garten hinaus, um sich dann wieder Alexander zuzuwenden.

»Ach ja, ich gehe also in diesem Restaurant nichts ahnend auf die Toilette und entdecke auf dem Rückweg Suna mit diesem attraktiven asiatischen Mann und höre, wie sie zu ihm sagt: ›Weil du der erste Mann bist, der sich nicht mit mir trifft, um sich sexuell abzureagieren. Ein Mann, der sich wirklich für mich interessiert.‹ Dann hat er sie geküsst.« Sabines Augen funkelten. »Willst du nicht doch einen Wein, mein Lieber? Oder einen Schnaps vielleicht?« Sabine setzte sich wieder aufs Sofa.

»Was fällt einem zu so einem Satz ein? Was fällt dir zu so einem Satz ein, Alexander?« Sie sah ihn herausfordernd an.

Er konnte keinen klaren Gedanken fassen und schwieg.

»Vermutlich nichts. Habe ich mir fast gedacht. Deshalb sagte ich mir: ›Sabine, fackle nicht lang, finde es heraus!‹ Und genau deshalb hatte ich vor einer Woche die Idee – oder war's eher ein Drang? –, Suna ein wenig auf den Zahn zu fühlen.«

Alexander war völlig perplex. »Wie meinst du das?«

»Ich habe ihr hinterherspioniert.«

»Wie bitte?«

»Ich habe sie beobachtet, um eine Antwort darauf zu bekommen, warum sie sich mit einem anderen Mann trifft und derartige Sätze von sich gibt. Eigentlich wäre das dein Job gewesen. Aber was soll's.« Sie winkte ab und nahm erneut einen kräftigen Schluck.

»Ich habe mich also letzten Dienstag um acht Uhr vor eurem Haus postiert. Nachdem du dann mit dem kleinen mandeläugigen Mädchen die Wohnung verlassen hattest – das Mädel hat ja nicht sonderlich viel Ähnlichkeit mit dir, aber das nur nebenbe –, habe ich mich an Sunas Fersen geheftet. Und jetzt solltest du vielleicht doch einen Schnaps trinken.«

Alexander fühlte, wie sich ein Abgrund vor ihm auftat. Sabine schoss ihre Sätze wie Pfeile ab. Aus einem Impuls heraus hätte er sich am liebsten die Ohren zugehalten, während sie weiterredete.

»Und wo bin ich gelandet? Vor einem Appartementhaus in Niederrad. Nicht gerade die feinste Gegend. Aber anonym. Und das mag für ihre Zwecke genau das richtige Viertel sein, wie mir im Nachhinein klar wurde.« Sabine lächelte süffisant. »Wie dem auch sei, deine Suna bewohnt dort eine nette kleine Wohnung. Und jetzt wird's noch mal richtig spannend: Nicht dieser attraktive asiatische Mann ging dort täglich ein und aus, sondern gleich mehrere Männer.« Sie machte eine Pause und taxierte ihn. »Was sagst du dazu?«

Alexander sackte in sich zusammen. Er war wie paralysiert.

»Spürst du jetzt auch die Faust, die sich dir in den Magen rammt?« Sabines Augen sprühten.

Alexander starrte auf den Couchtisch.

»Diese hochinteressanten Erkenntnisse habe ich natürlich nicht an einem Tag gewonnen, wie du dir vorstellen kannst, dazu brauchte ich die ganze letzte Woche. Und dann musste ich nur noch eins und eins zusammenzählen«, schloss sie ihre Ausführungen.

Alexander war fassungslos. Sabine wusste nicht, dass Suna als Escort gearbeitet hatte. Und sie wusste auch nicht, dass er sie über einen Escort-Service kennengelernt hatte.

Was für eine Ironie des Schicksals! Er fühlte sich wie im freien Fall, würde wahrscheinlich gleich mit einem dumpfen Schlag auf dem Erdboden landen.

Sabine rückte plötzlich näher an ihn heran. »Was machen wir zwei denn jetzt mit diesen Erkenntnissen? Oder wäre es dir lieber gewesen, ich hätte zuerst Suna von meiner Entdeckung erzählt?«

Alexander drehte sich weg.

»Aber du kannst doch unmöglich mit einer asiatischen Hure zusammenbleiben wollen«, rief sie entsetzt und kräuselte die Nase.

Plötzlich hörten sie, wie die Haustür aufgeschlossen wurde und Anton nach Hause kam.

Alexander sah Sabine mit flehendem Blick an.

KAPITEL 22

FRANKFURT, DIENSTAG, 13. NOVEMBER 2018, ZUR SELBEN ZEIT

»Pinky sitzt bei Ya:y und Ta: im Gartenstuhl und denkt ganz fest an dich.« Suna streichelte ihrer kleinen Tochter über den Kopf. »Und jetzt schlaf schön. Morgen geht's dir bestimmt schon wieder besser.«

»Aber Pinky soll trotzdem wieder da sein«, krächzte Elara mit heiserer Stimme, und es fielen ihr langsam die Augen zu.

Suna knipste die kleine Nachttischlampe aus und strich die Bettdecke glatt. Sie hatte Elara heute früher vom Kindergarten abgeholt, weil sie sich eine Grippe eingefangen hatte. Das fiebersenkende Mittel würde sie hoffentlich in einen tiefen Schlaf fallen lassen, aus dem sie morgen früh erholt aufwachte.

Suna blieb lächelnd auf der Bettkante sitzen und betrachtete ihr kleines Mädchen liebevoll. Ein Geschenk, dachte sie und war sehr dankbar dafür, dass Elara auf der Welt war. Es hatte auch schon Zeiten gegeben, da der Gedanke an ein eigenes Kind unvorstellbar gewesen war. Manchmal überfiel Suna allerdings aus heiterem Himmel ein Gefühl von Panik, Elara könnte einmal erfahren, dass sie im Escort-Business aktiv gewesen war. Es lauerte ohnehin immer eine heimliche Angst in ihr, irgendwo erkannt zu werden oder zufällig einem ihrer Kunden auf offener Straße zu begegnen oder plötzlich im Kindergarten vor jemandem zu stehen. Ganz zu schweigen davon, was passierte, wenn Alexander erfahren würde, dass sie wieder eingestiegen war. Das wollte sie sich lieber gar nicht vorstellen.

Suna hatte das Deckenlicht gedimmt, das aus einem großen Blütenballon bestand, und blickte sich um. Das Kinderzimmer war fast ganz in Rosa, Pink und Weiß gehalten und übervoll mit Spielsachen, aber alles aufgeräumt und ordentlich in kleinen Kisten und Schachteln übereinandergestapelt. Dafür sorgte Alexander mit seinem Sinn für Ästhetik; er versuchte, auch seine kleine Tochter in dieser Hinsicht zu prägen.

Neben dem Bett stand ein kleines Bücherregal, und an der Wand gegenüber hing über der Kommode ein großformatiges Bild von Alexander – das letzte, das er gemalt hatte. Eine Blumenwiese in expressiven Farben. Als Elara es vor Kurzem im Lagerraum seiner Galerie entdeckt hatte, bettelte sie so lange, bis er das Bild mit nach Hause gebracht und in ihrem Zimmer aufgehängt hatte.

Suna bückte sich und hob zwei Bücher vom Fußboden auf, um sie ins Regal in die Reihe mit den Kinderbüchern in thailändischer Sprache zurückzustellen. An der Regalseite zu Elaras Bett hin hing eine bunte Falttafel des thailändischen Alphabets, denn Suna war bemüht, ihre Tochter zweisprachig zu erziehen, und Elara sprach mittlerweile fließend Thailändisch. Sie sollte sich in beiden Kulturen beheimatet fühlen, deshalb hatte sie Elara mittlerweile auch einen thailändischen Pass ausstellen lassen. Das allerdings hatte Suna Alexander bisher verschwiegen. Mächtig stolz war sie auf ihre kleine Tochter. Suna lächelte. Dachte sie an ihre eigene Kindheit, wuchs Elara im Vergleich sehr behütet auf.

VIELE JAHRE ZUVOR

Es war ein heißer Novembertag, und sie streunte durch die dörflichen Gassen. Ihrem neugierigen Blick entging nichts. Sie bestaunte die vorbeihuschenden Passanten und davonbrausenden Tuk-Tuk-Fahrer und überlegte, wie sie wohl als Erwachsene sein würde.

Ihre Hütte lag am Ufer eines Khlongs und war von einem kleinen Garten umgeben, um den sich ihr Vater Somchai liebevoll kümmerte, wenn er zu Hause war. Suna steuerte auf die Holzbrüs-

tung hinter der Hütte zu, kletterte hinauf und balancierte wie eine Seiltänzerin hin und her. Sie übte kleine Sprünge und Drehungen, bis ihr schwindelig wurde und sie sich hinsetzen musste. Ihre Beine baumelten an der einen Seite, die zum Wasser ging, herab. Sie schloss die Augen und spürte, wie die Sonne ihre Nase kitzelte.

Meist trug sie ihre Haare zu zwei lustigen Zöpfen gebunden. Am liebsten mochte sie es, wenn die Zöpfe so lang waren, dass sie damit wie mit einem Pinsel ihr Gesicht streicheln konnte. Du hast so viele Haare. Sie fühlen sich an wie Seide, sagte Bun Ma immer.

Suna wusste nicht, was Seide war, aber sie ahnte, dass es etwas Außergewöhnliches sein musste. Sie nahm die Spangen heraus und schüttelte den Kopf. Er fühlte sich ganz leicht an.

Sie vergrub ihre Handflächen unter den Schenkeln, bildete damit eine Wippe und schaukelte so lange, bis sie das Gleichgewicht verlor, nach vorn fiel und ins Wasser plumpste. Sie hatte eine kleine Insel mit Wasserhyazinthen entdeckt und schwamm darauf zu.

»Suna«, hörte sie es aus der Ferne rufen, und sie erkannte die Stimme ihrer Mutter. War sie etwa aus dem Krankenhaus zurück? Nach so langer Zeit? Rasch zupfte sie eine Blüte ab, tauchte mit dem Kopf unter und schwamm zurück.

Als sie aus dem Wasser stieg, stand eine Frau, die sie noch nie im Dorf gesehen hatte, neben Bun Ma.

»Komm her, meine Kleine, ich muss dir etwas sagen.«

Bis zu ihrem fünften Lebensjahr hatte Suna mit ihren Eltern Bun Ma und Somchai und ihrem jüngeren Bruder Liem in dem kleinen Dorf Baan Klang in der Provinz Pathum Thani, nördlich von Bangkok, gelebt. Sie waren arm gewesen, und das Geld reichte hinten und vorn nicht. Sie hatten keine Chance auf eine gute Schulbildung gehabt, und die meisten Kinder mussten sowieso nach der Grundschule schon arbeiten, um die Familie mit zu versorgen. Einige der jungen Männer fanden in Bangkok, Pattaya oder auch auf den bekannten Touristen-Inseln Phuket oder Koh Samui eine Anstellung. Die jungen Frauen wurden oft sehr früh schwanger und bekamen mit siebzehn schon ihr erstes Kind. Auch Sunas Eltern Bun Ma und Somchai waren damals fast selbst noch Kinder gewesen – siebzehn und achtzehn Jahre alt –, als sie geboren wurde. Und nach der Geburt ihres Bruders Liem, ein Jahr später, war Bun Ma so schwer krank geworden, dass sie lange Zeit nicht wussten, ob sie überleben würde. Während dieser Zeit fassten ihre Eltern schweren Herzens den Entschluss, sie zur Adoption freizugeben und ihren Bruder Liem in ein örtliches Kloster zu bringen. Sie wollten ihren beiden Kindern eine sichere Zukunft bieten.

Als Suna bei ihren Adoptiveltern ankam, die in einem kleinen Reihenhaus in Oberursel lebten, fühlte sie sich unendlich verloren. Was das schockartige Eintauchen in diese fremde Kultur für sie als kleines Mädchen bedeutet hatte, konnte sie bis heute kaum in Worte fassen. Dass man hier Toilettenpapier statt Wasser benutzte, mit Messer und Gabel statt mit Löffel und Gabel aß und es entsetzlich kalt war, waren ihre geringsten Probleme gewesen.

Sie erinnerte sich noch an die erste Nacht, die sie bei völliger Dunkelheit in einem Dachzimmer mutterseelenallein verbrachte. Sie lag völlig verängstigt zwischen monströsen Kissen, schluchzte und wimmerte ununterbrochen: Ma, wo bist du?

Die Erinnerungen daran waren so traumatisch und schmerzvoll, dass Suna die meisten davon völlig aus ihrem Bewusstsein verdrängt hatte. Sie war so früh verlassen worden, dass sie nie begreifen konnte, was mit ihr geschehen war. Ihre Adoptiveltern waren freundlich distanziert und hatten ihr eine hervorragende Ausbildung ermöglicht. Da zumindest war die Hoffnung ihrer Mutter voll und ganz erfüllt worden.

Später hatte Suna Briefe ihrer leiblichen Eltern an ihre Adoptiveltern gefunden mit der eindringlichen Bitte, ihre Tochter nach zwei Jahren wieder zurückholen zu dürfen. Weil sich Bun Mas gesundheitliche Situation erheblich verbessert und Somchai eine gute Anstellung gefunden hatte.

Suna hatte ihren Adoptiveltern nie verziehen, dass sie diese Briefe stillschweigend ignoriert hatten. Obwohl es ein Abkommen mit der Adoptionsstelle auf Widerruf gab, wie sie später herausgefunden hatte. Das ist menschenverachtend und kriminell, hatte sie ihren Adoptiveltern ins Gesicht geschrien. Das hatte zum endgültigen Bruch mit ihnen geführt.

Suna schloss die Tür zum Kinderzimmer, ging in die Küche und kochte sich einen Tee. Sie schnitt frischen Ingwer in Scheiben, übergoss ihn mit heißem Wasser und gab einen Löffel Honig dazu. Beim Umrühren verschüttete sie etwas von der heißen Flüssigkeit. Sie rieb die dunkle Arbeitsplatte ab. Alexanders Ordnungssinn, sein Geschmack hatte sich wie durch eheliche Osmose auf sie übertragen. Hier in der Küche hatte sie einmal versucht, ihre Wünsche durchzusetzen, um einen Gegenpol zu Alexanders männlicher Ästhetik zu bilden, der sie sich untergeordnet hatte. Wie sie sich bei allem immer untergeordnet hatte. Bis sie von der Nierenerkrankung ihres Vaters erfahren hatte. Das hatte alles verändert. Und die Begegnung mit Keno vor drei Wochen.

Ihr Herz weitete sich fühlbar in ihrem Körper, als sie an ihn dachte, sie hatte jedoch keine Vorstellung, wie sich diese Geschichte weiterentwickeln würde. Aber sie fürchtete, dass sie sich ernsthaft in ihn verliebt hatte. Alles war so vertraut mit ihm, das hatte sie noch nie zuvor mit einem Mann erlebt. Seine Worte, seine Bewegungen, sein Aussehen, sein Geruch – all das entsprach so sehr ihrer Seele, dass sie völlig durcheinander war. Den ganzen Tag schwankten ihre Gefühle zwischen himmelhochjauchzend und zu Tode betrübt. Ja, ihr ganzes Leben war aus den Fugen geraten. Wieder einmal.

Alexander hatte ihr heute am späteren Nachmittag eine SMS geschrieben, dass er noch schnell zu seiner Ex-Frau fahren würde, die ihn um ein Treffen gebeten hatte. Wahrscheinlich ging's um die beiden Söhne. Sie kannte nur den jüngeren, Anton, und das war ein wirklich lieber Junge. Weder Sabine noch sein älterer Sohn Paul wollten »ihr und Elara unter die Augen treten«, wie

Sabine einmal über Alexander hatte ausrichten lassen. Sollten die das doch handhaben, wie sie wollten, sie verfolgte da keinerlei Interessen. Die erste und einzige Begegnung mit Sabine war vor fünf Jahren zufällig im Einkaufszentrum auf der Zeil kurz nach Elaras Geburt gewesen. Und da hatte sie auf Suna einen völlig verstörten Eindruck gemacht und war extrem abweisend gewesen. Alexander hatte nie viel erzählt, aber die Trennung musste ein entsetzlicher Schock für sie gewesen sein.

Plötzlich klingelte jemand Sturm und polterte heftig gegen die Tür. War das Alexander? Oje, sie hatte versehentlich den Schlüssel innen im Schloss stecken lassen.

»Ich komme«, rief sie.

»Hallo, warum …« Er stürmte zur Tür herein, ohne sie eines Blickes zu würdigen, ging an die Minibar, goss sich einen Whisky ein und stürzte ihn hinunter. Dann drehte er sich um.

»Das hätte ich niemals gedacht, dass du uns das antust. Deinem Kind das antust. Mir antust. Nach allem, was ich für dich aufgegeben habe.« Er spie die Worte nur so aus.

»Alexander, ich bitte dich, was ist denn passiert?« Suna spürte, wie sich ihr Magen verkrampfte.

»Was passiert ist!«, schrie er. »Das fragst du noch!«

Sie war ihm in der Zwischenzeit ins Wohnzimmer gefolgt und hatte die Tür hinter sich geschlossen. Sie wollte unter allen Umständen vermeiden, dass Elara aufwachte. »Nun sag mir doch endlich, was los ist.«

Alexander riss die Knöpfe seiner Daunenjacke auf und schaute sie verächtlich an. »Ich frage mich, was du für ein Mensch bist, Suna? Ob du jemals auch nur eine Sekunde ehrlich zu mir warst?« Er zog die Jacke aus und warf sie über einen Stuhl. Er ließ sich aufs Sofa fallen und schlug sich beide Hände vors Gesicht.

Suna setzte sich mit einigem Abstand neben ihn.

»Wie meinst du das?«

Eine graue Haarsträhne fiel ihm ins Gesicht, als er abrupt den Kopf zu ihr drehte. »Frag doch nicht so scheinheilig!«

Suna ahnte mittlerweile, dass ihre schlimmsten Befürchtungen wahr geworden waren und Alexander Bescheid wusste. Sie konnte sich nur noch nicht erklären, warum. »Kommst du jetzt gerade von Sabine?«

»Ja, ich komme von Sabine.« Er nickte mehrere Male hintereinander, bis er fast weinerlich fortfuhr: »Ich fasse es nicht, Suna, ich fasse es einfach nicht.« Er schüttelte den Kopf. »Und wenn es stimmt, was sie erzählt hat, wovon ich ausgehe, dann bist du wieder voll im Geschäft.« Alexander starrte sie an. »Du hast ein Appartement in Niederrad. Stimmt das?«

Suna knetete ihre Hände und senkte den Blick. Sie schwieg.

»Hast du mich jemals geliebt?«, fragte Alexander plötzlich und verschränkte die Arme vor der Brust. »Vielleicht stimmt das Klischee über thailändische Frauen ja doch? Geldgierig und gefühlskalt!«

Suna versuchte, die Ruhe zu bewahren, und überlegte, was sie am besten antworten könnte, damit Alexander nicht völlig die Beherrschung verlor.

»War es Taktik, eine Beziehung mit mir anzufangen? Dich von mir schwängern zu lassen?«, fragte er verächtlich.

»Du warst der erste Mann, bei dem ich mir vorstellen konnte, aus dem Escort-Business auszusteigen und endlich ein normales Leben zu beginnen«, meinte Suna ehrlich. »Und als ich dann schwanger wurde, habe ich mich unendlich gefreut. Elara ist ein Glück!«

Alexander legte den Kopf in den Nacken, als ob er auf eine Eingebung von oben hoffte.

»Ich habe mir die momentane Situation nicht ausgesucht«, redete sie weiter. »Und ich möchte dir auch nicht noch einmal einen ›Vortrag über die thailändische Gesellschaft‹ halten, wie du es neulich formuliert hast. Aber thailändische Kinder werden nun mal nach dem Motto erzogen: Ich sorge jetzt für dich, und wenn ich alt oder krank bin, sorgst du für mich.«

»Du bist adoptiert worden, verdammt noch mal! Für dich hat

in Thailand keiner gesorgt. Du bist in Deutschland aufgewachsen und hier sozialisiert.«

»Da irrst du dich. Ich bin erst in Thailand und dann in Deutschland aufgewachsen und bin deshalb auch in beiden Ländern sozialisiert.«

»Ich kapiere nicht, wovon du sprichst.«

»Ich war fünf Jahre alt, als ich zur Adoption freigegeben wurde, und habe bis dahin alles über die thailändischen Lebensverhältnisse mitbekommen und bin entsprechend erzogen worden. Du siehst doch, wie Elara, die jetzt im selben Alter ist, von uns und ihrer Umwelt geprägt ist.«

Alexander schüttelte immer wieder wortlos den Kopf und starrte vor sich hin.

»Für mich ist es eine Selbstverständlichkeit, meine Familie in Thailand zu unterstützen. Ich fühle mich schuldig, wenn ich das nicht tue. Es würde mich in einen Gewissenskonflikt stürzen.«

»Deine Eltern haben dich weggegeben. Die sollten sich schuldig fühlen.«

»Meine Eltern hatten ihre Gründe, warum sie mich zur Adoption freigegeben haben, und in guter Absicht gehandelt.« Suna stand auf und sah ihn von der Seite an. »Du hast wirklich nichts von dem verstanden, was ich dir die ganze Zeit versucht habe zu erklären.« Sie ging zum Fenster und schaute auf die Straße hinunter, die um diese Zeit fast menschenleer war. Sie drehte sich um. »Ich habe nach einer Lösung gesucht, wie ich meinem kranken Vater helfen kann.«

»Aber deshalb kannst du doch nicht in die Prostitution zurück«, schrie Alexander entsetzt. »Du hast doch auch eine Verantwortung für deine Familie hier. Du hast eine kleine Tochter. Du hast einen Ehemann. Du hast ein Sozialleben. Bedeutet dir das alles nichts?«

»Das war der schnellste Weg«, erwiderte Suna kühl. »Es ist ein Business wie viele andere auch. Du weißt ja, wie es funktioniert –

du warst immerhin auch schon in diesen Gefilden unterwegs.« Sie konnte sich einen sarkastischen Unterton nicht verkneifen. »Und wenn du mich entsprechend finanziell unterstützt hättest, dann würden wir jetzt nicht in diesem Dilemma stecken.«

»Dilemma! Was erwartest du von mir? Bin ich Krösus?« Alexander war nun ebenfalls aufgestanden. »Warum hast DU dich nicht eingeschränkt? Ein Prada-Täschchen hier, ein Manolo-Blahnik-Schühchen dort und regelmäßige wochenlange Thailand-Aufenthalte bei deinen Eltern in den letzten drei Jahren. Ist das etwa nichts?«

»Ich habe damit gerechnet, oder sagen wir, gehofft, dass du als mein Ehemann meine Familie mitversorgst.«

»Menschen, die ich noch nie gesehen habe«, sagte Alexander spöttisch.

»Denkst du etwa, dass es für mich einfach ist?«, konterte Suna. »Letztendlich haben mich die Umstände dazu gezwungen. Hast du mich dazu gezwungen.«

»Wie bitte? Hast du den Verstand verloren? Wie kannst du so etwas behaupten?« Er war so aufgebracht, dass Suna fürchtete, er könnte sie attackieren.

»Wer ist der Mann aus der Bar?«, fragte er wie aus dem Nichts heraus.

»Welcher Mann, in welcher Bar?«, fragte Suna reflexartig, wusste jedoch im selben Augenblick, dass Sabine sie mit Keno gesehen haben musste.

»Ach so – ein Kunde«, antwortete sie so ruhig wie möglich.

»Ein Kunde.« Alexander sah sie durchdringend an und kam langsam auf sie zu. »Entweder du hörst sofort auf damit, oder das ist das Ende unserer Ehe.« Er stand jetzt ganz nah vor ihr. »Und eines schwör ich dir: Elara bleibt bei mir! Ich lasse nicht zu, dass das Leben meiner Tochter zerstört wird, nur weil ihre Mutter auf perverse Abwege geraten ist.«

Suna wich einen Schritt zurück. »Halt Elara da raus!« Ihre Stimme bebte.

»Einmal Escort, immer Escort!«

Wutentbrannt schlug ihm Suna ins Gesicht. »Sag das nie wieder! Nie wieder! Hörst du!« Sie machte auf dem Absatz kehrt und rannte aus dem Zimmer.

KAPITEL 23

FRANKFURT,
DIENSTAG, 13. NOVEMBER 2018,
NACHTS

Die Straßenlaternen spendeten nur wenig Licht im Raum. Suna lag bewegungslos auf ihrem Sofa und starrte in die Finsternis. Sie hatte sich in eine Wolldecke gehüllt, die sie in ihrem Schrank gefunden hatte, und nippte immer wieder an ihrem Mineralwasser. Es war ein beklemmendes Gefühl, nicht beruflich in diesem Appartement zu sein. Noch nie war Suna vorher aus privaten Gründen hierhergekommen.

Das Lyoner Quartier hatte sie für ihr Studio, ganz bewusst ausgesucht, ein Neubaukomplex mit hundertvierunddreißig Wohneinheiten – große lichtdurchflutete Zimmer mit überdachten Balkonen zu einem moderaten Preis. Sie hatte sich modern eingerichtet und hätte nie in einem heruntergekommenen Etablissement arbeiten können. Glücklicherweise hatte ihr Isabell finanziell unter die Arme gegriffen. Hier konnte sie eine gewisse Anonymität wahren und lief wenig Gefahr, erkannt zu werden. Scheinbar. Bis jetzt.

Suna stöhnte. Was war nur los mit ihr? Sie hatte sich nicht mehr im Griff. Vor drei Wochen hatte sie bei einem Kunden die Nerven verloren und vorhin bei Alexander. Wie kam er dazu, ihr zu drohen? Ihr Elara wegnehmen wäre eine Katastrophe! Dieses völlige Unverständnis für ihre Situation brachte sie zur Weißglut. Als würde jemand Salz in eine offene Wunde streuen. Sie fühlte sich geradezu bestraft von ihrem Schicksal. Und das alles nur, weil sie ihren kranken Vater unterstützen wollte! Tränen liefen ihr die Wangen herunter.

In ihrem Leben stand wirklich seit ein paar Wochen kein Stein mehr auf dem anderen. Aber sie musste einen kühlen Kopf bewahren.

Dass ausgerechnet Alexanders Ex-Frau sie in der Bar erkannt hatte, war schon unglaublich. Immerhin hätte sie mit einem Landsmann verabredet gewesen sein können. Konnte es tatsächlich sein, dass sie ihr Gespräch belauscht hatte? Suna konnte sich nicht an Sabines Gegenwart erinnern. Wie auch? Keno hatte sie komplett in seinen Bann gezogen. Was für ein faszinierender Mann!

»Aber woher wusste sie von diesem Appartement?«, fragte Suna in den dunklen Raum hinein. Das würde ja bedeuten, dass sie sie gestalkt hätte. War das möglich? Je länger sie darüber nachdachte, desto mehr kam sie zu dem Schluss, dass es ihr zuzutrauen wäre. Suna trank einen Schluck und schloss die Augen.

Und Alexander war zuzutrauen, dass er ihr Elara wegnehmen würde. Das bereitete ihr die meisten Sorgen. Das verursachte einen regelrechten Krampf in ihrem Magen. Er würde einen Weg finden, ihr das Kind zu entziehen, wenn sie im Escort-Business weiterarbeitete. Davon war sie überzeugt. Aber sie musste weitermachen. Wie sollte sie sonst auf die Schnelle an das Geld für die Transplantation kommen? Sollte sie eine Bank ausrauben? Sie schniefte. Es muss doch eine Lösung geben, dachte sie verzweifelt und rieb sich die Augen.

Sie spürte, dass die kulturellen Unterschiede zwischen ihr und Alexander mittlerweile eine unüberbrückbare Kluft darstellten. Es war wirklich eine andere Art, zu denken und zu fühlen, das war ihr in den letzten Tagen mehr und mehr bewusst geworden. Durch die Krankheit ihres Vaters war sie in einen Konflikt geraten, der diese Unterschiede mit einer unbändigen Macht an die Oberfläche gespült hatte. Sie bewegte sich in zwei unterschiedlichen Welten, von denen sie nicht wusste, wie sie sie vereinen konnte. Würde sie sie jemals vereinen können?

Es hatte ihre Kindheit in Baan Klang gegeben, und die Zeit mit ihren Adoptiveltern in Oberursel. Und nun gab es ihre eigene kleine Familie in Frankfurt und ihre Eltern in Thailand, an deren Leben sie ebenfalls teilhaben wollte. Manchmal fühlte sie sich so verloren, vermisste ihre Eltern so sehr, dass sie auf der Stelle in den nächsten Flieger steigen wollte. Das erinnerte sie an die Nächte ihrer Kindheit. Als sie sich immer einen Ausweg erträumt hatte und am liebsten auf einem fliegenden Teppich nach Baan Klang zurückgeflogen wäre. So wie bei *Aladin und die Wunderlampe,* dem Märchen aus *Tausendundeiner Nacht,* das sie sich immer selbst vorgelesen hatte. Die emotionale Distanz ihrer Adoptiveltern hatte sie nur mit dem Gedanken ertragen können, irgendwann ihre leiblichen Eltern zu finden.

Sind das zwei Seelen in einer Brust?, fragte sich Suna. Sie fühlte sich innerlich völlig zerrissen. »Ich ertrage das alles nicht mehr.« Die Worte kamen ihr leise über die Lippen. Und wenn ich an Elara denke, wird alles noch viel schlimmer. Seit sie auf der Welt war, betrachtete sie die Welt ohnehin mit anderen Augen. Reagierte viel emotionaler auf alles. Sie schluchzte.

Sollte sie Isabell anrufen? Oder vielleicht Keno? Nein, der war in Bangkok auf Geschäftsreise. Ihn konnte sie damit wirklich nicht behelligen.

Mit einem Mal überkam sie eine unbändige Sehnsucht nach ihren Eltern. Ihre Ursprungsfamilie wiedergefunden zu haben bedeutete, endlich den Ort ihrer Sehnsucht gefunden zu haben. Die Reisen zu Bun Ma und Somchai in den letzten Jahren waren jedes Mal Entdeckungsreisen zu ihren eigenen Wurzeln gewesen. Sie war endlich angekommen.

Weil man sich so ähnlich ist, ist man sich einfach vertraut, hatte ihre Mutter gesagt, als sie sich das erste Mal nach zwanzig Jahren wiedergesehen und die ersten Fremdheitsgefühle überwunden hatten. Suna war froh, dass sie noch während des Studiums mit Thailändisch-Kursen begonnen hatte, und war erstaunt, wie schnell sie ihre Muttersprache wieder sprechen konnte.

Es hat mir das Herz gebrochen, als wir damals entschieden hatten, dich zur Adoption freizugeben. Auch wenn wir gute

Gründe hatten, hatte Somchai ihr bei einem ihrer letzten Besuche mit wässrigen Augen gebeichtet.

Und als Bun Ma ihr einmal erklärt hatte, warum sie sie weggegeben hatten, nämlich weil sie sich etwas für sie gewünscht hatten, was sie ihr nie hätten geben können, war in Suna ein Knoten geplatzt, und sie konnte sich für eine Beziehung öffnen. Das war der Zeitpunkt gewesen, als sie Alexander kennengelernt hatte.

Als Suna dann mit Elara das erste Mal nach Bangkok gereist war, hatte sich das Gefühl der Zugehörigkeit noch verstärkt. Und der selbstverständliche Umgang zwischen Großeltern und Enkelin rührte sie jedes Mal zu Tränen.

Plötzlich kribbelte ihr ganzer Körper, und Suna fühlte sich wie elektrisiert. Abrupt setzte sie sich auf. Bangkok! War das die Lösung, um Elara aus der Schusslinie zu nehmen? Sollte sie das Kind zu ihren Eltern nach Thailand bringen?

KAPITEL 24

FRANKFURT,
MITTWOCH, 14. NOVEMBER 2018

Malik hatte die letzten zehn Tage in der Türkei verbracht, um den Fall in Absprache mit Bühlers Anwälten und den örtlichen Behörden zu Ende zu bringen und schließlich ad acta zu legen.

Er hatte täglich mit HPL korrespondiert. Ihm allerdings erst nach einigem Hin und Her die ganze Geschichte erzählt. Dass er dem Tod von der Schippe gesprungen sei. Auch dass er überlegen würde, Florentine Fuchs noch einmal zu kontaktieren. HPL hatte ihm daraufhin ins Gewissen geredet, dass er ihr und somit auch sich eine Chance geben sollte. Danach war Malik für ein paar Tage abgetaucht. Er hatte ein Segelboot gechartert und sich aufs Meer verzogen. Hatte tagelang auf den Horizont gestarrt. Auf der Suche nach seinem Antrieb, seiner Neugier, seiner Abenteuerlust.

Heute Nachmittag war er nach Frankfurt zurückgekehrt. Fünf Grad über null und ein trübes Novembergrau spiegelten seine Stimmung perfekt wider. Er hatte im Hotel eingecheckt und war noch paar Bahnen geschwommen, mehr ließ sein Körper an Anstrengung gerade noch nicht zu. Malik lief die Gasse zu Florentine Fuchs' Praxis entlang und würde sich heute kooperativer als das letzte Mal zeigen. Im schlimmsten Fall musste er ein wenig Abbitte leisten. Nicht gerade seine Spezialität.

Ehe er vor dem schmalen roten Haus anhielt, prüfte er mit einem schnellen routinemäßigen Blick die Lage. Sein Gefahren-Radar lief immer noch auf Hochtouren. Dann stieg er die paar Stufen nach oben und drückte den Klingelknopf.

»Ich hätte nicht gedacht, dass ich Sie noch einmal wiedersehe, Herr Martens.« Sie bat ihn herein.

»Ich hätte auch nicht gedacht, dass ich noch einmal einen Fuß in Ihre Praxis setze.«

»Jetzt bin ich natürlich umso neugieriger, warum Sie Ihre Meinung geändert haben.«

Der Praxisraum wirkte am Abend ganz anders als am Morgen, dachte Malik. Höhlenartiger, aber nicht weniger einladend. Eine Hängeleuchte, die über den kleinen ineinander verlaufenden Holztischchen angebracht war und aus mehreren Kugeln bestand, spendete ein warmes Licht.

»Nehmen Sie Platz. Wollen Sie mir Ihre Jacke geben?«

»Ich lege sie über den Sessel, danke.« Er hatte sein Handy und seinen Autoschlüssel gern in seiner Nähe und wollte beides nicht offen hinlegen.

»Wie geht es Ihnen?«, fragte sie, nachdem er sich auf einem Sessel niedergelassen hatte.

Malik fühlte sich ein wenig unbehaglich und kämpfte mit sich, ob er dem Gefühl stattgeben oder doch lieber den coolen Kerl mimen sollte. Aber da erinnerte er sich an HPLs Mahnungen und seine eigenen Einsichten und war bereit, Florentine Fuchs einen Vertrauensvorschuss zu geben. Er räusperte sich. »Ich bin ein harter Hund«, begann er, »das haben Sie ja schon festgestellt.«

»Na ja, wie man's nimmt.«

»Mir ist im Lauf der letzten beiden Wochen Einschneidendes passiert, und ich habe in diesem Zusammenhang über Ihre Veränderungsthese nachgedacht. Und darüber, was mir die Panikattacken über mein Leben sagen könnten.« Malik blickte auf die blaue Wand, die ihm erneut etwas Behagliches vermittelte. »Und deshalb bin ich hier. Um mit Ihnen darüber zu sprechen.«

»Ich freue mich, dass Sie diesen Schritt gehen, und bin sicher, dass Sie das nicht bereuen werden.« Sie schenkte ihm ein Lächeln. »Was haben Sie denn erlebt?«

»Ich habe … Ich bin …« Malik lehnte sich zurück und merkte, wie schwer es ihm fiel, über seine Erlebnisse zu sprechen, entschied sich jedoch, offen zu reden und sofort zum Kern vorzudringen. »Ich wurde verfolgt und massiv bedroht. Ich hatte das Gefühl, mein Leben hängt nur noch an einem seidenen Faden.«

»Bedroht?«, fragte Florentine Fuchs entsetzt. »Von wem?«

»Von einem Mafiaboss, einem Dobermann und zwei Schlägertypen. Einer davon hatte seine Waffe im Anschlag und hat sie mir an den Kopf gehalten.« Malik schwieg einen Moment, um dann mit rauer Stimme fortzufahren. »Das hat eine Panikattacke ausgelöst, die über Tage nicht mehr enden wollte. Ich war zu der Zeit allein auf einem Segelschiff vor der türkischen Küste. Die Angst schnürte meinen Körper ein, drückte meine Kehle zu, meine Lider waren schwer wie Blei.«

»Das ist ja schrecklich!« Florentine Fuchs schüttelte fassungslos den Kopf. »Eine Panikattacke ist da aber wahrlich nichts Ungewöhnliches. Ganz im Gegenteil. Wo war denn das? Und wieso, um Himmels willen, sind Sie überhaupt bedroht worden?«

»Ich habe in Istanbul einen Fall zu Ende gebracht.«

»Das verstehe ich nicht ganz.« Sie schaute ihn überrascht an. »Sie sind Unternehmensberater, wenn ich mich richtig erinnere?«

»Ich habe Sie belogen«, antwortete Malik ohne Umschweife.

»In welchem Zusammenhang?« In ihren Augen spiegelte sich Irritation.

»Ich sage grundsätzlich allen Menschen, dass ich als Unternehmensberater tätig bin, und lasse mein Gegenüber über meine wahre Identität meistens im Unklaren. Mein berufliches Dasein spielt sich eher im Verborgenen ab.«

»Aha«, meinte Florentine Fuchs verwundert, »das wird wohl seinen Grund haben. Was machen Sie denn beruflich? Möchten Sie mich aufklären?«

»Ich bin Privatermittler, Profi-Ermittler – nennen Sie es, wie Sie wollen.«

»Oh!«

»Ich habe mich auf zwei Bereiche spezialisiert: Wirtschaftskriminalität und Kindesrückführungen. Und da werde ich in der Regel beauftragt, wenn alle anderen schon gescheitert sind.«

»Ich bin ein bisschen sprachlos.«

»Da sind Sie nicht die Erste.«

»Unter Wirtschaftskriminalität kann ich mir ja noch etwas vorstellen, aber was meinen Sie denn mit Kindesrückführungen?«

»Bei Eltern unterschiedlicher Nationalitäten werden Kinder nach Trennungen manchmal von einem Elternteil ins Ausland verschleppt. Die deutschen Behörden sind in diesen Fällen oft machtlos. Ich verhelfe dem verlassenen Elternteil zu seinem Recht, indem ich das Kind unter teilweise extremen Bedingungen sozusagen zurück-entführe.«

»Das klingt nach einer ungemeinen Herausforderung. Davon höre ich zum ersten Mal.« Florentine Fuchs blickte ihn neugierig an. »Vielleicht können wir das später noch einmal zum Thema machen. Lassen Sie uns zunächst auf Ihr Angstgefühl und Ihre Panikattacke zurückkommen. Der Grund, warum Sie hier sind.« Sie fügte ihre Finger ineinander. »Ich hatte Ihnen ja schon beim letzten Mal angedeutet, dass Ängste und Panikattacken Warnsignale des Körpers sind. Beides hat die Aufgabe, uns zu schützen.«

»Angst ist ein Gefühl, von dem ich dachte, dass ich es vor langer Zeit abgelegt hätte«, antwortete Malik kühl. »Emotionen sind bei meiner Arbeit eher fehl am Platz.«

»Warum das denn?«

»Ich habe keine andere Wahl, als mich ausschließlich an der Realität zu orientieren, und die ließ mich im Lauf der Zeit zum Pragmatiker werden. Ich verlasse mich auf den gesunden Menschenverstand und kontrolliere meine Emotionen.«

Florentine Fuchs schwieg einen Moment und dachte nach. »Wie hat sich Ihre Panikattacke geäußert, Herr Martens?«

»Ich habe mich über Tage in einer Art komatösem Zustand befunden. Konnte nicht essen, nicht schlafen, meinen Kopf nicht mehr bewegen. Mein ganzer Körper schmerzte. Und auf der anderen Seite hämmerte mein Herz ununterbrochen gegen meinen Brustkorb.«

»Das hört sich wirklich schlimm an. Sie müssen durch die Hölle gegangen sein.«

Malik schluckte.

Florentine Fuchs sah ihn durchdringend an. »Und dass sich Ihre verdrängten oder ›abgelegten‹ Gefühle, wie Sie es nennen, mit einer derartigen Wucht einen Weg an die Oberfläche bahnen, damit hätten Sie wohl nicht gerechnet. Da hat die Vergangenheit wohl an die Tür geklopft.«

Malik nickte zunächst, um dann aber nachzufragen, wie sie das meinte.

»Sie können froh sein, dass sich Ihre Angst zurückmeldet. Das halte ich für eine gesunde Reaktion Ihres Körpers.«

»Wollen Sie mich provozieren?«

»Nein, ganz und gar nicht. Ich bin Ihren Panikattacken auf der Spur. Aber ich gebe Ihnen recht, es könnte missverständlich sein. Das Herz hat seine Gründe, die der Verstand nicht kennt. Eine Weisheit von Blaise Pascal.« Sie schaute ihm in die Augen. »Nachdem Sie sich bei unserer letzten Sitzung mit Nietzsche erklärt haben, erkläre ich mich heute mit einem französischen Philosophen.«

»Diese Aussage ist nicht minder provokant«, gab Malik zurück.

»Lassen Sie mich ein bisschen weiter ausholen, dann wird Ihnen vielleicht klarer, was ich meine. Diese Warnsignale können sowohl psychischer als auch körperlicher Natur sein. Man spricht in diesem Zusammenhang auch von psychosomatischen Störungen, die oft nichts weiter als Warnsignale unseres Unterbewusstseins an das Bewusstsein sind. Eine Panikattacke ist die stärkste Form eines psychischen Warnsignals mit all den körperlichen Auswirkungen, die Sie zu spüren bekommen haben. Sie können es auch so betrachten: Sie haben von Ihrem Unterbewusstsein einen Hinweis bekommen, etwas in Ihrem Leben zu verändern. Etwas zu verändern, das Ihnen nicht guttut.« Sie schaute ihn herausfordernd an. »Und an diesem Punkt stelle ich Ihnen wieder die Frage vom letzten Mal: Was müssten Sie in Ihrem Leben verändern? Was tut Ihnen nicht gut?«

»Darauf kann ich Ihnen keine Antwort geben.«

»Dann lassen Sie uns gemeinsam danach forschen, deshalb sind Sie doch gekommen«, lächelte Florentine Fuchs ihn an, und Malik spürte mit einem Mal, wie er sich entspannte.

Sie lehnte sich in ihrem grünen Sessel zurück. »Wie muss ich mir Ihre Arbeit vorstellen, Herr Martens?«

»Eine Frage, die mir schon lange niemand mehr gestellt hat«, sagte Malik und lehnte sich ebenfalls zurück. Er hielt einen Augenblick inne, um nachzudenken. »Das Leben eines Ermittlers ist aufregend, kreativ, vielfältig, mitunter auch ziemlich gefährlich, wie Sie gerade erfahren haben. Meine Ermittlungen haben mich rund um den Erdball geführt und mir Welten eröffnet, von denen ich am Anfang meiner Karriere nicht dachte, dass sie existierten. In positiver wie in negativer Hinsicht.«

Florentine Fuchs schwieg und hörte zu.

»Ich blicke in Abgründe. Manchmal in die tiefsten und dunkelsten des menschlichen Daseins. Ich treffe auf Menschen mit krimineller Energie, die zu allem fähig sind. Als Ermittler muss ich mit ihrer Denkweise vertraut sein, um sie zu entlarven. Und ich brauche einen Informationsvorsprung, um einen Kriminellen am Ende mit seinen eigenen Waffen zu schlagen.«

»Das erfordert sicherlich eine Menge Mut und Erfindungsreichtum.«

»Zum Beispiel. Aber auch Improvisationsvermögen, Beharrlichkeit, strategisches Denken. Und mein eigentliches Geschäft sind Informationen: Ich deale mit Informationen. Informationen sind meine Droge. Ich bin ein Informationsjunkie, um im Bild zu bleiben.«

Florentine Fuchs blickte ihn fragend an.

»Ich tue alles, um an die Informationen zu kommen, die sonst keiner hat, und ich tue alles, um sie ungefiltert zu beschaffen. Denn eines habe ich gelernt und verinnerlicht: Informationen sind der Schlüssel zu einem Menschen.«

»Können Sie konkreter werden?«

Malik merkte, wie sehr er mit seinem Job verbunden war. »Ich stricke Legenden und schlüpfe in die Rollen, die ich entwickelt habe. Dabei bemühe ich mich, meine Rollen nicht nur perfekt einzustudieren und meine Figuren nicht nur zu spielen, sondern sie tatsächlich zu sein. Ob als Versicherungsmakler, Sporttrainer, Banker, Bauträger, Vermögensberater, Taxifahrer, Nachtclubbesitzer oder Scheich schleuse ich mich in das Leben fremder Menschen ein, genauer gesagt, meiner Zielpersonen, und komme so – unauffällig, aber direkt – an die Informationen, die ich brauche, um einen Fall zu lösen.

»Wie schaffen Sie das mit den Rollen?«

»Ich durchleuchte im Vorfeld die Zielperson regelrecht, um herauszufinden, was für ein Mensch sie ist, welche Hobbys, Leidenschaften, Vorlieben sie hat. Und dann tauche ich in ihrem Leben auf und täusche ihr vor, was sie sucht, weil sie mich dann in ihr Leben lässt.«

»Hm, unglaublich! Ist das nicht extrem anstrengend?«

»Ich habe einerseits die Chance, viele Leben leben zu können und in die entsprechenden psychologischen Zustände einzutauchen, muss aber andererseits auch die entsprechenden Voraussetzungen dafür mitbringen. Muss stark sein, belastbar, wandlungsfähig.«

»Und es bedeutet, Emotionen intensiv zu erleben, auch wenn es nicht Ihre eigenen sind«, sagte Florentine Fuchs. »Das erinnert mich an Method Acting, eine Methode, die aus den USA kommt. Filmschauspieler machen das, wenn sie sich so intensiv in die Personen, in die Rolle, die sie spielen, hineinversetzen, dass das eigene Ich komplett unterdrückt wird.« Sie beugte sich nach vorn. »Aus psychologischer Sicht durchaus kritisch zu betrachten, wenn man sich dabei nicht fachgerecht begleiten lässt.«

Malik wurde nachdenklich und saß einen Augenblick schweigsam da. »Das für mich bisher Extremste war meine letzte Kindesrückführung aus Sibirien vor drei Jahren. Als ich über viele Monate in die Rolle eines österreichischen Immobilienmaklers geschlüpft bin, um mich in das Leben meiner Zielperson, einer Hotelfachfrau, einzuschleusen. Sie hat ihre kleine Tochter in ihre Heimat Nowosibirsk entführt, weil sie sich von ihrem deutschen Mann trennen wollte. Das bedeutete einerseits, über einen langen Zeitraum eine falsche Identität anzunehmen, andererseits zwei Leben zu leben – das des Ermittlers Malik Martens und das eines Immobilienmaklers aus Innsbruck.«

»Was hat das mit Ihnen gemacht?«

»Ich hatte Angst, im Knast in Sibirien zu landen, wo man keine Woche überlebt.« Malik schaute an die blaue Wand, um dann fortzufahren. »Aber ganz im Ernst: Der Fall hat mich an meine Grenzen gebracht. Psychisch, physisch, juristisch, moralisch.«

»Das kann ich mir vorstellen! Was für eine Leistung!«, sagte sie anerkennend.

»Kindesrückführungen werfen immer viele Fragen auf«, redete Malik weiter. »Es handelt sich meistens um Verzweiflungstaten. Kinder werden instrumentalisiert. Das ist emotional extrem belastend. Und ich war kaum zu Hause.«

»Ich erlaube mir, den Satz abzuwandeln«, kommentierte Florentine Fuchs: »Sie waren kaum Sie selbst.«

Er schaute sie an. Und nickte.

»Wer unterstützt Sie, nach so einem schwierigen Unterfangen, wieder in der Realität anzukommen, Sie selbst zu sein?«

Malik senkte den Blick und schwieg. Nach einer Weile antwortete er: »Danach war ich eine Zeit lang ziemlich ausgepowert, antriebslos.«

»Das haben Sie aber ignoriert, so, wie ich Sie einschätze.«

»Was meinen körperlichen Zustand anging, ja. Aber ich habe etwas verändert, fällt mir gerade auf.« Er lächelte sie an.

»Was denn?«

»Ich habe meine Bürostrukturen vereinfacht.«

»Sicherlich ein erster Schritt. Aber offensichtlich hat das nicht gereicht.« Florentine Fuchs betrachtete ihn mit ernster Miene. »Denn Ihr Körper hat in Sachen Warnsignale noch mal eine Schippe draufgelegt und belästigt Sie mittlerweile mit Panikattacken.«

Malik war irritiert. Diese Frau war ihm gleichermaßen sympathisch wie unheimlich.

»Wie endet ein Fall normalerweise?«

»Wenn ich einen Fall gelöst, meine Auftraggeber zufriedengestellt habe, verschwinde ich wieder in der Unsichtbarkeit.«

Jetzt schien Florentine Fuchs irritiert zu sein. »Wie meinen Sie das?«

»Ich habe mich am Anfang meiner Karriere dafür entschieden, ein Leben im Schatten zu leben. Habe mir einen Job ausgesucht, der einerseits sehr aufregend ist und andererseits ein wenig einsam macht. Trotz der vielen Kontakte, die ich habe«, sagte Malik ehrlich. »Vielleicht war mir das bisher gar nicht so bewusst … Ich dachte …« Er zögerte einen Moment. »Ich dachte, ich würde dieses Leben wollen.« Malik lehnte sich in seinem Sessel zurück und war über sich selbst und seine Aussage erstaunt.

Florentine Fuchs schaute ihn mit einem vielsagenden Blick an, den er jedoch nicht zu deuten wusste.

»Ich verstehe bisher noch nicht so viel von Ihrer großen weiten Welt da draußen, Herr Martens. Aber Ihr Leben scheint mir ziemlich außergewöhnlich zu sein. Geradezu spektakulär in mancher Hinsicht!« Sie lehnte sich nach vorn. »Aber von Ihrer kleinen Welt da drinnen«, sie legte ihre Hand auf ihr Herz und lächelte, »davon verstehe ich etwas. Die hat sich mir durch unser heutiges Gespräch ein wenig eröffnet.« Sie schaute ihn mit ihren tiefgründigen dunkelblauen Augen an. »Und dazu gäbe es noch eine Menge zu sagen. Aber das besprechen wir ein nächstes Mal, wenn Sie mögen.« Nun lachte sie, und eine Reihe schöner, ebenmäßiger Zähne kam zum Vorschein. »Eines möchte ich Ihnen allerdings schon heute mit auf den Weg geben: Denken Sie über eine Auszeit nach. Lassen Sie die Seele baumeln, lernen Sie zu meditieren und seien Sie mal eine Weile Sie selbst. Das wird Ihnen helfen!«

Malik blickte sie eine Weile an und merkte, wie er sich von Minute zu Minute besser fühlte. Er konnte sich nicht genau erklären, warum. Es war, als ob ihm Florentine Fuchs eine Erlaubnis erteilte, die er sich selbst nicht gegeben hätte. Er spürte, dass er diese Frau mochte. Auf eine andere Art als die Frauen, denen er sonst begegnete.

Malik atmete die kühle Herbstluft ein und ging langsam zu seinem Wagen. Er fasste einen Entschluss. Auf dem Weg zurück ins Hotel machte er einen Stopp bei HPL.

»Ich komme, um gleich wieder zu gehen«, begrüßte er ihn.

»Mal was ganz Neues«, antworte HPL mit leichtem Zynismus in der Stimme.

»Florentine Fuchs hat's echt drauf«, sagte Malik nur, während HPL ihm ein paar Dokumente unter die Nase hielt.

»Wenn du die hier unterschrieben hast, kannst du dich wieder vom Acker machen.«

Malik stellte sich an HPLs Schreibtisch, blätterte rasch ein paar Verträge durch und setzte seine Unterschrift darunter. »Das war's.« Er reichte HPL die Unterlagen zurück. »Ich bin in der nächsten Zeit nur morgens von zehn bis elf übers Handy erreichbar. Und auch nur für dich. Halt mir alles andere vom Leib. Bei den wichtigsten Leuten melde ich mich jetzt noch kurz telefonisch ab.« Malik stand schon wieder an der Wohnungstür.

»Was soll das denn jetzt? Und was heißt ›in der nächsten Zeit‹?« HPL schaute ihn verwundert an. »Was hat diese Frau denn mit dir angestellt? Dass sie gut ist, wusste ich ja, aber so gut, dass sie innerhalb einer Stunde einen anderen Menschen aus dir macht, Respekt!«

»Bis dann!«, verabschiedete sich Malik, lief die Treppen hinunter, verließ das muffige Mietshaus und atmete die klare Nachtluft ein.

KAPITEL 25

AYUTTHAYA,
DIENSTAG, 20. NOVEMBER 2018,
NACHMITTAGS

»Mami, hier ist's so schön warm!« Elara war schon aus dem Taxi gesprungen und hatte sich dem Eingangstor der Lodge genähert, als sie sich noch einmal umdrehte. »Hast du auch meine ganzen Sommersachen eingepackt?«

»Keine Sorge, mein Schatz, ich habe alles dabei.« Wie viel Wahrheit dieser Satz enthielt, konnte ihre kleine Tochter nicht im Mindesten erahnen.

Der Taxifahrer wuchtete die beiden großen Koffer und die Reisetasche aus dem Wagen.

Ihr habt aber viel Zeug für die zwei Wochen dabei, hatte sich Alexander von ihnen am Flughafen verabschiedet.

Suna hatte sich herausgeredet, dass ein Koffer fast nur aus Mitbringseln für ihre Eltern bestünde. Sie war letzte Woche nach ihrem heftigen Streit noch in derselben Nacht in die Wohnung zurückgekehrt, um ihren Plan schnellstmöglich in die Tat umzusetzen. Sie hatte Alexander angefleht, ihr zu verzeihen. Beteuert, dass ein solcher Ausbruch nie mehr vorkommen würde, und versprochen, mit dem Escort-Business aufzuhören und mit ihren Eltern nach einer Lösung zu suchen. Sie hatte sich in seinen Arm geschmiegt und ihm erklärt, dass sie mit den Ärzten in Bangkok sprechen wollte. Und dass sie ihm nach ihrer Rückkehr in der Galerie helfen würde.

Alexander hatte sie versöhnlich angelächelt und geküsst.

Suna war erleichtert gewesen, dass sie Alexander recht schnell hatte überzeugen können. Die erste Hürde war genommen. Dann hatte sie sich gedanklich auf die nächsten Schritte konzentrieren können. Am nächsten Tag hatte sie ihre Eltern angerufen und ihr Kommen angekündigt.

Sie drückte dem Taxifahrer fünfhundert Baht in die Hand und sah ihre Mutter schon neben Elara am Tor stehen.

»Wie schön, dass du so schnell wiederkommst. Damit haben wir gar nicht gerechnet.«

»Ich weiß, Ma, dass ich euch überfalle«, meinte Suna und ging auf sie zu.

»Es ist besser, du kommst öfter. Wir wissen bei deinem Vater nie, was morgen ist. Aber heute hat er einen guten Tag und mäht gerade den Rasen.« Sie warf ihr durch die rechteckige Brille einen ernsten Blick zu. Bun Ma wirkte oftmals ein wenig streng und lebte den typischen Thai-Pragmatismus. Klare Entscheidungen und unermüdlicher Tatendrang gehörten zu ihren Stärken. Und sie trug immer lange schwarze Baumwollhosen und Poloshirts. Meist in Hellblau oder Grau.

»Hier ist Pinky!«, juchzte Elara. »Ich habe ihn gleich entdeckt. Im Gartenstuhl, wie du gesagt hast, Mami.« Elara hielt ihr den pinkfarbenen Plüschaffen entgegen und strahlte bis über beide Ohren.

»Wie gut, dass du ihn wiederhast, mein Schatz. Geh doch mit Oma mal nach Opa schauen. Ich kümmere mich so lange ums Gepäck.«

Suna nahm die beiden Koffer und zog sie den gepflasterten Weg entlang, der von Oleander, Hibiskus und duftenden Orchideen gesäumt wurde. Sie fühlte sich auf Anhieb zu Hause, obwohl ihre Eltern in der Lodge nur nach dem Rechten sahen, wenn Barbara und Bruno, die beiden Pächter, ihre Kinder in der Schweiz besuchten. Wie jedes Jahr während der Regenzeit. Sie warf einen Blick in den Wohnbereich mit den beiden bunten Sofas und dem kleinen Schreibtisch. Hier hatte sich Elara bei ihrem letzten Besuch vor sechs Wochen während der Regentage getummelt, um zu malen oder auch Kindersendungen im Internet anzuschauen.

Suna atmete die warme Luft ein und spürte, wie sie aufblühte. Wie die nahezu unerträgliche Anspannung der letzten Tage von ihr abfiel. Sie stellte die beiden Koffer vor der schmalen Holztreppe ab, die ins Obergeschoss zu den Schlafzimmern führte. Als sie wieder nach vorn ging, um die Reisetasche zu holen, kam ihr auf dem Rückweg ihr Vater entgegen. Sie umarmten sich.

»Wie geht es dir, Pa?«, fragte sie besorgt.

»Mal so, mal so. Aber ich freue mich sehr, mein Kind, dass du wieder da bist.«

Zu ihrem Vater Somchai hatte sie schon früher das herzlichere Verhältnis gehabt. Ihre Mutter war ein geradliniger und freundlicher Mensch, ihr Vater hingegen strahlte stets Warmherzigkeit aus und war die Sanftmut in Person.

»Wie prächtig der Garten ist!« Suna zeigte mit einer ausladenden Geste auf die üppige Natur um sie herum. »Während der Monsunzeit konnten wir das gar nicht so genießen.«

»Jaja«, meinte ihre Mutter aus dem Hintergrund. »Dein Vater kümmert sich um den Garten, als ob's sein eigener wäre. Wenn man ihm zusieht, könnte man meinen, er würde mit dem Rasen sprechen und vor jeder Pflanze meditieren.«

»Es ist mein Garten. So wie alle Gärten, die ich angelegt habe, meine Gärten sind. Ich habe ihn von der ersten bis zur letzten Pflanze geplant.«

Die Lodge, die am Nebenarm eines Khlongs – eines kleinen Kanals – lag, hatte es ihm besonders angetan. Der Zugang zum Wasser ließ ihm freie Hand, und deshalb konnten die Pflanzen ausreichend bewässert werden. Dattel- und Kokospalmen schienen mit Gummibäumen um die Wette zu wachsen. Bodendecker schlangen sich wild wuchernd und doch sanft gebändigt durch die dicken Palmenstämme nach oben. Ein dichter Rasenteppich erstreckte sich bis zum Ufer, das teilweise von Farnen und Sumpfgräsern eingesäumt war.

»Lasst uns drüben an einem der Esstische sitzen«, meinte Suna. »Du hast doch bestimmt noch Nudelsuppe vom Frühstück heute übrig? Auf die habe ich mich schon die ganze Zeit gefreut.«

Ihre Mutter nickte und ging in die Garküche, die sich gegenüber dem Essplatz hinter dem Empfangstresen befand.

Suna ließ sich auf einem der geschwungenen Gartenstühle aus Teakholz nieder und lauschte dem Zwitschern der Vögel. Wie sie es liebte, dass sich hier in Thailand das ganze Leben im Freien abspielte!

Der lange Flug steckte ihr noch in den Gliedern, und sie gähnte. Kurz vor achtzehn Uhr. In Deutschland war es jetzt um die Mittagszeit. Sie schrieb Alexander eine SMS, um ihn in Sicherheit zu wiegen und weiter in dem Glauben zu lassen, dass alles in Ordnung war.

WIR SIND GUT ANGEKOMMEN UND
VERMISSEN DICH SCHON JETZT!
KÜSSE! SUNA UND ELARA

Hoffentlich hatte er auf dem Flughafen ihre Nervosität nicht gespürt. Sie hatte kurz einen Schreck bekommen, als er sie auf die Menge des Gepäcks angesprochen hatte, und war heilfroh, dass er sich mit ihrer lapidaren Entschuldigung zufriedengegeben hatte.

Sie sah sich nach Elara um und entdeckte sie mit ihrem Pa auf einem der Sofas. Sie blätterten in einem Buch. Er trug sein Haar mittlerweile etwas länger, sodass es auf dem Kragen seines Shirts aufstand. Ein Spitzbart und ein kleines Muttermal zierten sein Gesicht. Er muss einmal ein sehr attraktiver Mann gewesen sein, dachte Suna. Und wenn sie ihn anschaute, dann wusste sie, dass sie mehr von seinen Genen abbekommen hatte. So wie Elara mehr Ähnlichkeit mit ihr als mit Alexander hatte. Sie lächelte in sich hinein.

»Das Essen ist fertig!«, rief Bun Ma aus der Küche herüber. Suna ging ihr zur Hand und brachte Suppenschüsseln, Teller und Teetassen zum Tisch.

Ihr Vater machte sich gleich über die Sommerrollen her. »Eine absolute Spezialität deiner Mutter.« Er kaute genüsslich vor sich hin.

»Elara, was magst du denn?«

»Pfannkuchen mit Nutella«, antwortete ihre Tochter wie aus der Pistole geschossen.

»Keine Chance«, antwortete Suna streng. »Du isst von der Suppe, und dann gibt dir Ya:y noch ein paar Kräcker.«

Bun Ma schob Elara eine Schüssel hin, und ihr Vater zwinkerte ihr zu.

»Was wolltest du denn mit uns besprechen«, fing ihre Mutter an. »Du hast ja am Telefon schon angedeutet, dass es Probleme mit deinem Mann gibt ... du warst ganz schön aufgelöst.«

Eine Windböe fegte ein paar Blätter von den Bäumen. Eines davon verirrte sich in Sunas Tasse. »Ich würde lieber später darüber reden, wenn Elara im Bett ist.«

»Warum muss ich schon ins Bett?«, fragte Elara enttäuscht.

»Du musst noch nicht ins Bett, mein Schatz.«

»Wir haben auch Neuigkeiten zu berichten«, mischte sich Bun Ma ein.

»Ich spiel noch ein bisschen mit Pinky, weil ich ihn so lange nicht gesehen hab.« Elara stand vom Tisch auf und verzog sich in die Sofaecke.

Suna schenkte sich Jasmintee nach. »Jetzt bin ich erst mal auf eure Neuigkeiten gespannt.«

Bun Ma schaute Sunas Vater an und rückte ihre Brille zurecht. »Du weißt ja, dass wir uns zusätzlich zum Garten auch um das Guesthouse kümmern, wenn Barbara und Bruno in ihrer Heimat sind«, begann ihre Mutter. »Und jetzt haben sie beschlossen, ganz dorthin zurückzukehren, um ihren Enkelkindern näher zu sein.« Bun Ma sah an ihr vorbei und blickte zu Elara hinüber. »Nachdem sie über zehn Jahre hier in Ayutthaya gelebt haben.«

»Das ist ja eine weitreichende Entscheidung«, meinte Suna. »Und was bedeutet das für euch?« Sie nahm ein Streichholz aus der Schachtel, um die Citronella-Kerze anzuzünden, die auf dem Tisch stand. Es dämmerte, und die Stechmücken trieben langsam ihr Unwesen. »Ich habe mich nämlich schon gewundert, warum das Guesthouse jetzt geschlossen ist, wo doch die Touristensaison beginnt.«

»Die Lodge gehört Lee Kantawong. Das ist der thailändische Unternehmer, für den ich arbeite«, antwortete ihr Vater.

»Er hat mitbekommen, dass dein Pa immer schwächer wird und die Arbeit mittlerweile zu viel für ihn ist. Obwohl ich schon mithelfe, wo ich kann«, erklärte Bun Ma.

Suna nickte verständnisvoll und fühlte sich schuldig, dass sie bisher so wenig tun konnte.

»Er schätzt deinen Vater sehr. Schon immer. Er war es auch, der sich damals für ihn eingesetzt hatte. Du weißt schon …« Sie senkte den Blick und knetete ihre Hände.

Suna wusste in der Zwischenzeit, dass die Kantawongs reiche thailändische Industrielle waren, denen eine Schifffahrtsgesellschaft in Bangkok gehörte. Mit ihren Ausflugsbooten beförderten sie Touristen entlang der Khlongs. Ihr Vater hatte sich zwei Jahre nach ihrer Adoption bei den Kantawongs als Gärtner beworben. Lee Kantawong hatte schnell sein Talent erkannt und ihm die Gestaltung und Pflege seiner Anwesen übertragen. Und vor zehn Jahren kam dann noch die Lodge hier in Ayutthaya dazu.

»Du hast es ja bei deinen Besuchen selbst erlebt, mit welcher Hingabe dein Vater bei der Arbeit ist. Jeden Morgen hat er mit dem Tuk-Tuk seine Tour gemacht – von unserem Häuschen in Baan Klang zum Anwesen der Kantawongs und zum Golfplatz etwas außerhalb. Und zwei Mal in der Woche ist er mit dem Wagen hier heraus nach Ayutthaya gefahren. Bis er krank geworden ist.« Bun Ma rückte erneut ihre Brille zurecht und zog die Nase hoch.

»Und wir haben uns gefragt, ob du nicht die Lodge pachten könntest? Vielleicht … vielleicht gäbe es ja Möglichkeiten, dass du öfter ... für immer herkommst? Mit Elara ... wenn das mit deinem Mann schwierig ist ... Dann könnten wir alle zusammen sein, und du könntest uns unterstützen«, meinte ihr Vater mit einem Glanz in den Augen.

Suna wusste nicht, wie ihr geschah. Sie war sprachlos und schaute von ihrem Vater zu ihrer Mutter, um dann den Blick weiter in den Garten schweifen zu lassen. In der Zwischenzeit war es dunkel geworden, und einzelne Bäume wurden von zarten Lichtkegeln erhellt. Als sie sich der Tragweite dieser Aussage bewusst wurde, wusste sie nicht, ob sie lachen oder weinen sollte.

Ihre Eltern sahen sie erwartungsvoll an.

»Ich bin völlig überwältigt von euren Neuigkeiten und muss das alles erst mit dem in Einklang bringen, was ich euch sagen wollte.« Sie sah die beiden abwechselnd an. »Lasst mich Elara ins Bett bringen, dann reden wir weiter.«

Sie stand auf und ging zu ihrer kleinen Tochter hinüber, die in einer kleinen Kissenburg auf dem Sofa lag. Sie war eingeschlafen, Pinky fest im Arm.

KAPITEL 26

AYUTTHAYA,
MITTWOCH, 21. NOVEMBER 2018,
UND DIE TAGE DANACH

Suna hatte Elara in das Dachzimmer getragen, wo sie beide in den nächsten Tagen untergebracht waren. Sie legte ihr kleines Mädchen behutsam in das Doppelbett mit dem rosaroten Baldachin und breitete das Moskitonetz über ihr aus. Was für ein Unterschied, wenn sie dieses liebevoll ausgestattete Dachzimmer mit dem großen, kalten Raum ihrer Kindheit verglich.

Wenig später war Suna nach unten gegangen, um ihren Eltern eine gute Nacht zu wünschen. »Lasst uns gleich morgen früh sprechen, ich bin wirklich ein bisschen durcheinander und ziemlich müde.«

Bun Ma und Somchai waren Frühaufsteher, und Suna hoffte, dass Elara durch die Zeitverschiebung in einen anderen Rhythmus fallen und später aufwachen würde.

Leise packte sie noch einen Koffer aus und verstaute die Sachen in den Schränken. Anschließend ging sie unter die Dusche.

Als sie sich gerade abtrocknete, blinkte eine Nachricht von Alexander auf:

NA, IHR BEIDEN HÜBSCHEN,
WIE WAR DENN EUER TAG?
MEIN ZWEITER OHNE EUCH BEGINNT GERADE.
IHR FEHLT MIR!

Suna schaltete das Handy ab und legte sich aufs Bett. Sie betrachtete ihre schlafende Tochter und fragte sich, ob es richtig war, wie sie entschieden hatte. Würde sich Elara in den nächsten Wochen oder Monaten oder vielleicht sogar für immer in Thailand wohlfühlen?

Sie war sich sicher, dass ihre Eltern für ihre Tochter sorgen würden. In Thailand wuchsen Enkelkinder häufig bei den Großeltern auf, wenn die Eltern arbeiteten. Das war nichts Ungewöhnliches. Das beruhigte Suna. Sie musste es einfach schaffen, dass ihr Vater schnellstmöglich wieder gesund wurde.

Elara aus ihrem gewohnten Umfeld herauszunehmen und sie in ein neues hineinzubringen war eine Sache, sie Alexander zu entziehen eine andere. Es würde einen großen Einschnitt in ihrem Leben bedeuten, und Suna hatte noch keine klare Haltung dazu entwickelt. Man steckte nie in der Haut des anderen. Elara liebte ihren Vater. Aber Eltern trennten sich nun einmal. Und ihre Beziehung zu Alexander war zu Ende, seit sie Keno getroffen hatte, das spürte Suna sehr deutlich. Sie liebte Alexander nicht in einer Tiefe, wie sie es sich wünschte. Und solange er so verächtlich und verständnislos über sie und ihr Handeln dachte, so lange würde sie Elara von ihm fernhalten. Bis sich alle Wogen geglättet hatten. Und nun würde sie seiner Drohung eben zuvorkommen, überlegte sie und schlief über ihren Grübeleien ein.

Suna war in einen tiefen, traumlosen Schlaf gefallen, aus dem sie Punkt sechs Uhr erwachte. Sie warf sich einen Kimono über und huschte nach unten, wo Bun Ma und Somchai schon am Tisch saßen und ihren Tee tranken.

Ihre Eltern hatten sie wirklich völlig überrascht mit der Idee, die Lodge zu pachten. Sie spürte, wie sehr sie sich wünschten, dass sie zurückkäme, und wie sehr sie ihre Enkeltochter liebten. Vor allem ihr Vater. Suna war sich sicher, dass er in Elara sie als kleines Mädchen erkannte und jetzt erlebte, was er nicht hatte haben können. Letztlich wollten sie alle dasselbe – die vielen verlorenen Jahre nachholen und so viel Zeit wie möglich gemeinsam verbringen.

Selbst ihr Bruder Liem hatte ausrichten lassen, dass er in den nächsten beiden Wochen einmal aus dem Kloster vorbeikommen würde. Der Name Liem war noch so in ihr verankert, dass sie immer wieder vergaß, dass er nach seiner Ordination und nachdem er entschieden hatte, im Kloster zu bleiben, einen neuen Namen angenommen hatte.

»Setz dich zu uns«, deutete ihre Mutter auf den Platz ihr gegenüber und goss Suna grünen Tee in eine Tasse.

»Was bedrückt dich, mein Kind?«, fragte ihr Vater, und Suna merkte, wie ihr die Tränen in die Augen schossen.

»So vieles«, sagte sie mit belegter Stimme. »Und andererseits war ich gestern so glücklich bei der Vorstellung, mit Elara und euch hier in der Lodge zu leben. Das wäre etwas, was ich mir für die Zukunft wünschen würde.« Sie wischte sich eine Träne aus dem Augenwinkel und sah ihre Eltern direkt an.

»Ich werde mich von Alexander trennen«, fiel sie gleich mit der Tür ins Haus. »Wir sind zu verschieden. Unsere beiden Welten prallen gerade heftig aufeinander.« Sie nickte, wie um sich selbst zu bestätigen. »Und bezeichnenderweise kennt ihr ihn nicht einmal.«

»Er wollte uns wohl auch nicht kennenlernen. Sonst wäre er bestimmt einmal mitgekommen«, meinte Bun Ma.

Suna schwieg und beobachtete zwei schwarze Vögel, die Samen aus dem Erdreich pickten. Zwischen Alexander und ihr war es nie ein Thema gewesen, dass er sie nach Thailand zu ihren Eltern hätte begleiten wollen. Sie hatte ihn nie darauf angesprochen. Und er umgekehrt auch nicht. Ihr war es von Anfang an wichtig gewesen, dass zwischen Elara und ihren Großeltern eine enge Bindung entstand. Aber Alexander hatte in diesem Zusammenhang keine Bedeutung gehabt. Warum auch immer. Sie hatte es nie hinterfragt.

»Ich habe einen anderen Mann kennengelernt«, erzählte Suna weiter. »Er heißt Keno und ist Deutsch-Thailänder.« Sie schaute von einem zum anderen, ohne wirklich eine Reaktion zu erwarten. »Mehr kann ich dazu noch nicht sagen, außer dass ich mich bei ihm sehr geborgen fühle und mir sehr wünsche, ihn besser kennenzulernen.« In ihrem Bauch flatterten plötzlich Schmetterlinge, als sie an ihn dachte. »Vielleicht liegt es daran, dass er thailändische Wurzeln hat.«

»Das passt doch sehr gut«, meinte Bun Ma, deren pragmatische Haltung sich mal wieder deutlich zeigte. Somchai hielt sich mit Äußerungen zurück.

»Ja, so weit würde sich alles bestens fügen. Nur müssen wir auch den Problemen ins Auge blicken«, wandte sich Suna an ihre Mutter. »Alexander würde gar nicht auf die Idee kommen, dass ich ihn verlassen will. Und noch weniger würde er akzeptieren, dass ich Elara mit nach Thailand nehme. Er hängt sehr an seiner Tochter, und sie auch an ihm. Das muss ich der Fairness halber sagen.« Sie machte eine Pause, ehe sie weitersprach. »Und es gibt ein weiteres Problem – Elara weiß von alldem noch nichts.«

Ihre Mutter legte die Stirn in Falten, und ihrem Vater entfuhr ein Seufzen. Suna stützte den Kopf in beide Hände. »Und trotzdem habe ich beschlossen, Elara auf ein Leben hier in Thailand einzustimmen.«

Wie soll ich denn jetzt weiterreden, ohne mich zu verraten und das Escort-Thema und den Streit mit Alexander zu erwähnen?, überlegte Suna.

»Könnte ich Elara für eine Zeit lang bei euch lassen? Schafft ihr das? Schaffst du das?« Sie schaute ihre Mutter an. »Ich würde dann ohne sie nach Deutschland zurückfliegen. Auch weil ich mich ganz und gar darauf konzentrieren möchte, den letzten Rest des Geldes für Pas Operation zusammenzubekommen.« Suna hoffte, dass ihre Eltern niemals erfuhren, womit sie es verdiente. Denn Bun Mas großes Bestreben war es gewesen, dass sie nie so endete wie die anderen armen Mädchen aus ihrem Dorf, die irgendwann dazu getrieben wurden, ihre Körper in den Bars der Touristenhochburgen zu verkaufen.

Dass Suna nun ebenfalls der Prostitution nachging, war die Unbekannte in dieser Rechnung. Bun Ma und Somchai hatten so viel aufs Spiel gesetzt, und Suna hatte studieren können und konnte einen hervorragenden Abschluss vorweisen. Etwas, das sich Bun Ma immer für sie gewünscht hatte. Allein deswegen wollte Suna das Escort-Business wieder so schnell wie möglich hinter sich lassen.

Und dennoch stand fest: Ihre Eltern rechneten damit, dass sie sie finanziell unterstützte und der thailändischen Tradition gemäß für sie sorgte.

»Ich glaube, heute noch besser zu verstehen, in welchem Konflikt ihr euch damals befunden habt.« Suna schaute ihre Eltern an. Ihre Adoption vor dreißig Jahren und Elaras geplanten Aufenthalt in Thailand konnte man nun wahrlich nicht vergleichen. Aber ihre Eltern hatten damals schweren Herzens eine Entscheidung getroffen, und das stand ihr nun auch bevor. Ihre Eltern hatten nach bestem Wissen und Gewissen gehandelt, und auch Suna war bestrebt, das zu tun.

»Was willst du deinem Mann sagen, wenn du plötzlich ohne Elara zurückkommst?«, fragte Somchai.

Suna räusperte sich. »Dass du deine Enkelin um dich haben willst, solange du noch halbwegs bei Kräften bist.«

Ihr Vater nickte.

»Du weißt, dass wir jede deiner Entscheidungen mittragen werden. Und nichts würde uns mehr freuen, als dich und Elara bei uns zu haben«, bestätigte ihre Mutter das Nicken ihres Vaters. »Aber was dein Mann zu alldem sagen wird, vermag ich mir nicht vorzustellen. Ich weiß, wie es ist, wenn das eigene Kind nicht mehr nach Hause kommt.«

Suna schluckte den Kloß in ihrem Hals herunter und stand auf, um sich ein wenig die Beine zu vertreten. Sie ging zu dem kleinen Sonnendeck, das ihr Vater am Ufer des Flusses gebaut hatte, und blickte in den strahlend blauen Himmel hinauf. Hinter den weit ausladenden Baumwipfeln ragte über den Dächern der Stadt golden der Stupa von Ayutthaya hervor. Sie atmete tief ein und aus und spürte, dass es trotz allem der richtige Weg war.

Heute Nachmittag würde sie die nötigen Behördengänge planen. Sie musste in Erfahrung bringen, was das alles bedeutete. Schon allein die Vorstellung, dass Alexander plötzlich vor der Tür stehen und Elara nach Deutschland holen könnte, jagte ihr eine Heidenangst ein.

Sie drehte sich um, um vom Fluss aus auf die Lodge zu blicken. Das Wohnhaus bestand ausschließlich aus Holzplanken, an denen Kletterpflanzen emporrankten. Das Dach war mit Schindeln gedeckt, und zwei Balkone boten hübsche Aussichtsplattformen. Das ockerfarbene Nebengebäude mit den sieben Gästezimmern war nachträglich an das Haupthaus angebaut worden. Die vier Zimmer unten und die drei Suiten oben waren allesamt im klassischen Thai-Stil sehr geschmackvoll und nicht überladen eingerichtet.

»Ich weiß, dass diese Lodge das Zuhause für dich sein könnte, was du nie hattest.« Somchai war neben sie getreten.

Suna lächelte ihn an. »Da könntest du recht haben.« Sie schaute auf den Khlong, der mit Lotosblüten übersät war. »So etwas Wunderschönes habe ich wirklich selten gesehen«, sagte sie zu ihrem Vater.

»Ich habe mit nur drei Lotosblüten begonnen, und innerhalb kurzer Zeit war ein ganzes Lotosblütenmeer daraus erwachsen.« Er strich sich über seinen kleinen Spitzbart.

Ein weißer Seidenreiher schwebte über den kleinen Fluss hinweg und suchte eine Stelle, um auf einem Lotosblumenblatt zu landen.

»Diese Natur ist betörend schön, fehlt nur noch ein Bodhi-Baum.«

»Lee Kantawong wollte auch immer einen Bodhi-Baum in seinem Garten haben. Doch der Baum, unter dem Buddha die Erleuchtung fand, darf nur in Tempeln gepflanzt werden«, erklärte Somchai.

Suna betrachtete es als ein Geschenk des Himmels, dass die Schweizer Pächter die Lodge aufgeben würden. Sie konnte sich sehr gut vorstellen, dafür aufzukommen, ihren Eltern zur Hand zu gehen und die Werbetrommel kräftig zu rühren, damit noch mehr Touristen kämen und sie die Rentabilität der Lodge noch steigern konnten. Obwohl sie bei den einschlägigen Internetportalen bereits mit den höchsten Punktzahlen bewertet worden war. Wenn ihr Vater wieder gesund war, dann konnte er sich weiter um den Garten kümmern, etwas, das er immer lieben würde. Ihre Mutter war schon immer eine gute Köchin gewesen, hatte lange im Golfclub-Restaurant ausgeholfen und könnte den Gästen kleine feine Thai-Gerichte anbieten. Und Elara könnte in Ayutthaya zur Schule gehen, während sie selbst in Bangkok bei einer deutschen Firma eine Anstellung suchte. Alles wäre wie bei einer echten Thai-Familie. Suna könnte endlich ein neues Leben beginnen. Ihr eigenes.

»Hier möchte ich bleiben«, brach es aus ihr heraus, und eine Träne lief an ihrer Wange entlang. Sie drehte sich zu Somchai. »Wir werden das alles irgendwie schaffen.«

Ihr Vater strahlte sie aus vollem Herzen an.

Am Abend des übernächsten Tages ging es Somchai plötzlich von Stunde zu Stunde schlechter. Suna hatte an seinem Bett gewacht, ihm die Hand gehalten und ihn am nächsten Morgen ins Krankenhaus gebracht. Das Ergebnis des Bluttests war niederschmetternd gewesen – lange würde das mit der Dialyse nicht mehr gehen. Er brauchte dringend eine Spenderniere.

Suna stand am Fenster der kleinen Dachkammer und blickte in die sternenklare Nacht hinaus. Die Lichter im Garten waren erloschen. Sie lauschte den leisen regelmäßigen Atemzügen ihres Kindes, als sie mit einem Mal die nächsten Schritte glasklar vor sich sah. Sie fasste sich ein Herz und entschied, früher als geplant nach Deutschland zurückzukehren. Sie musste ein letztes Mal mit ganzer Kraft in die Welt des Escort eintauchen. Unkomplizierte Begleiterin, Kurtisane, Hetäre, Geisha der Neuzeit, gekaufte Seelentrösterin, gebildete Geliebte auf Zeit – nenn es, wie du willst, hatte Isabell einmal gesagt, ich bin eine Geschäftsfrau und verkaufe das Wertvollste, was ich habe, nämlich mich. Und das lass ich mir teuer bezahlen.

Sie musste unbedingt mit Isabell reden. Da gab es eine Sache, in der sie sich von ihr noch instruieren lassen wollte.

Suna hätte sich gewünscht, Elara sanfter bei ihren Eltern einzugewöhnen, aber die restliche Summe für die Transplantation musste schnellstmöglich verdient werden.

Am nächsten Morgen setzte sie sich mit Elara in die Sofaecke, um ihr zu erklären, warum sie bei Ya:y und Ta: bleiben sollte, während ihre Mami allein nach Frankfurt zurückreisen würde.

»Dein Ta: ist sehr schwach, mein Schatz, und er würde sich sehr freuen, wenn du noch eine Weile bei ihm bleiben würdest.« Sie hielt Elaras Hand. »Vielleicht kannst du ihm sogar ein bisschen bei der Gartenarbeit helfen. Und er freut sich bestimmt, wenn du ihm ein paar neue Bilder malst.« Suna deutete auf den Schreibtisch, wo eines von Elaras Bildern an einer Schublade klebte.

Elara schaute erst das Bild und dann Suna mit ernstem Blick an. »Und wann kommst du wieder, Mami? Und kommt Papi dann mit?«

»Ich komme so schnell wie möglich wieder.« Die halbe Wahrheit muss für den Moment reichen, dachte Suna.

Sie brachte ihre Tochter zu ihrem Vater, der am Tisch saß und eine heiße Glasnudelsuppe löffelte.

Dann ging sie zu ihrer Mutter in die Küche. »Ich reise morgen nach Deutschland zurück, um alles Notwendige für die Operation von Pa in die Wege zu leiten.« Sie nahm eine Tasse vom Regal und schenkte sich grünen Tee aus der Glaskanne ein. »Das ist alles ein bisschen überstürzt, ich weiß, aber wir müssen jetzt handeln.« Suna schluckte. »Er hat nicht mehr viel Zeit.«

Ihre Mutter nickte nur und drückte ihr wortlos die Hand.

Der Tag des Abschieds war gekommen. Suna streichelte Elara über den Kopf und gab ihr einen dicken Kuss. Sie umarmte ihre Eltern und hatte Tränen in den Augen. Außer ihrer Handtasche hatte sie kein Gepäck. Sie verneigte sich vor dem großen Buddha, der am Eingang neben dem Geisterhäuschen stand und über die Lodge wachte. Sie kniete nieder und sprach ein Gebet. Nach ein paar Minuten erhob sie sich wieder, zupfte ein paar Blüten aus der hohen Hibiskus-Hecke und steckte sie in ihre Tasche. Sie drehte sich ein letztes Mal um, als sie auf das Holztor zuging, winkte und warf Elara und ihren Eltern eine Kusshand zu. »Ich bin bald zurück! Versprochen!«

KAPITEL 27

KAPSTADT/HERMANUS, DIENSTAG, 27. NOVEMBER 2018

Bei strahlend blauem Himmel und angenehmen zweiundzwanzig Grad joggte Malik an der Küste entlang und beobachtete ein paar Buckel- und Glattwale bei ihren lustvollen Sprüngen in der Walker Bay. Der zwölf Kilometer lange Cliff Path, der auf Stelzen gebaut war, bot einen atemberaubenden Ausblick auf den tosenden Atlantischen Ozean. Meistens startete Malik seine morgendliche Laufrunde im alten Hafen, wich manchmal vom Weg ab, um zum Strand zu gelangen, doch fünfzehn Grad Wassertemperatur schreckten selbst ihn ab. Wieder auf dem Pfad, der über die Felsen führte, sah Malik gerade noch einen Wal, der ihm zum Abschied mit seiner Schwanzflosse zuzuwinken schien, bevor er endgültig in den Tiefen des Meeres verschwand.

Er bog in die kleine Seitenstraße ab, in der sich das Hotel befand, in das sich Malik eingemietet hatte, um nachzudenken und zu Kräften zu kommen. Wieder der Alte zu werden.

Zurück im Zimmer, stellte er sich schnell unter die Dusche, denn zwischen zehn und elf Uhr war er täglich erreichbar, das hatte er HPL zugesichert. Auch wenn sein einziger Mitarbeiter und Vertrauter bislang davon keinen Gebrauch gemacht hatte. Malik sollte es recht sein. Er hatte zur Abwechslung genug mit sich selbst zu tun. Mehrere Tage hatte es gedauert, bis sich so etwas wie Ruhe und Entspannung wenigstens zeitweise bei ihm eingestellt hatten.

Malik trocknete sich gerade ab, als sein Handy klingelte. Wenn man vom Teufel spricht, dachte er.

»So, Alter, jetzt habe ich dich fast zwei Wochen in Ruhe gelassen, weil mir klar war, dass auch du dich mal erholen musst, aber jetzt solltest du dich langsam mal wieder mit den Realitäten befassen. Wo bist du überhaupt?«

Malik rubbelte sich mit seinem Handtuch über den Kopf. »Südafrika.«

»Auch schön!«

»Schön weit weg! Leg los! Muss ich was tun?«

»Seit du den Istanbul-Fall gelöst hast, laufen hier die Drähte heiß. Die gesamte Textilbranche scheint außer Rand und Band zu sein. Keine Ahnung, was dieser Bühler über dich erzählt hat. Wahrscheinlich giltst du als der neue Heilsbringer im Kampf gegen die Markenpiraterie!«

Malik hatte das Gefühl, dass HPL in erster Linie Dampf ablassen wollte, schaute auf die Bay hinaus und ließ ihn reden.

»Wenn du mir sagst, dass du in spätestens einer Woche wieder hier aufschlägst, lass ich dich noch mal ein paar Tage auf den Tafelberg wandern oder an der Waterfront sitzen. Aber dann ist Schluss mit lustig, und du erklärst deinen Kunden, was Sache ist und welche Aufträge du übernehmen kannst.«

Langsam ging Malik zum Kleiderschrank und holte sich ein T-Shirt heraus. »Wenn das das einzige Problem ist, dann haben wir keins. Keine Drohbriefe, keine gehackten Webpages, keine russischen Killerkommandos?«

»Ich habe mich brav durch deine Korrespondenz gearbeitet, die Pages nach verdächtigen Aufrufen gecheckt, aber nein, von der Front gibt's nichts zu vermelden.«

»Die Müll-Mafiosi haben sich also nach der Verhandlung auch wieder beruhigt – dann ist doch alles im Lack!« Von Maliks Körper tropften kleine Wasserperlen auf den Boden.

»Sag mal, wie geht's dir überhaupt?«, wollte HPL wissen. »Kommst du langsam runter? Was ist mit deinen Panikattacken?«

»Die sind weg. Seit dieser Mega-Attacke auf dem Schiff vor der türkischen Küste und der anschließenden Sitzung bei Florentine Fuchs haben sie sich in nichts aufgelöst.«

»Was diese Frau mit dir gemacht hat, musst du mir irgendwann auch noch verraten.«

Wenn ich das so genau wüsste, dachte Malik und lächelte in sich hinein.

»Hör zu, HPL, gib mir noch bis Ende der Woche Zeit, dann lass ich dich wissen, wann ich zurückkomme. Okay?«

»Wann du zurückkommst? Oder ob du zurückkommst?«, insistierte HPL. »Vielleicht machst du ja den Laden dicht?«

»Oh, auf die Idee bin ich noch gar nicht gekommen. Könnte ich aber mal drüber nachdenken.«

»Na dann«, antwortete HPL leicht süffisant, »kann ich dir doch nur noch einen schönen tiefenentspannten Tag wünschen.«

Malik war zur Waterfront gefahren, um dort ganz gemütlich ein Mittagessen einzunehmen. Seit er in Südafrika angekommen war, hatte es ihm die vegane Küche angetan. Obwohl er große Portionen aß, fühlte er sich körperlich bedeutend fitter. Leistungsstärker. Das könnte doch jetzt alles mal eine Zeit so bleiben, dachte er, als er in einem der hippen Restaurants mit herrlichem Blick aufs Meer zur einen und auf den Tafelberg zur anderen Seite Platz genommen hatte. Er studierte das Menü und gab seine Bestellung auf.

Den Laden dichtmachen. Ja, warum eigentlich nicht, kam es ihm in den Sinn, als er in die Sonne blinzelte und auf sein Essen wartete. Er setzte seine Sonnenbrille auf und lehnte sich entspannt zurück. Vielleicht sollte er alles hinschmeißen? Sich hier in der Hafengegend ein cooles Appartement mieten und es sich eine Weile gut gehen lassen. Sport treiben, Motorrad fahren, lesen. Regelmäßig aufs Meer hinausschippern. Wie ein Echo drang das Ächzen der Segelmasten zu ihm herüber.

Aus dir wird mal ein echter Detektiv, fiel ihm plötzlich der Satz seines Vaters ein. Malik hatte im Alter von zehn Jahren voller Faszination eine Krimiserie nach der anderen im Fernsehen angeschaut und beim Entlarven der Täter eine hohe Trefferquote erreicht.

Sein Vater hatte recht behalten – Malik war einer der erfolgreichsten Privatermittler geworden. Mittlerweile war er in seinen frühen Vierzigern, vollkommen frei, ein Einzelgänger, besaß einen kleinen feinen Freundeskreis, aber keine Familie, das war in seinem Job bisher undenkbar gewesen. Würde er jemals eine haben? Wollte er eine haben? Dazu bräuchte es erst mal die richtige Frau. Und die gab's auch nicht an jeder Ecke. Wieder geisterte Florentine Fuchs durch seine Gedanken.

Die freundliche Bedienung mit den langen Rastalocken servierte ihm einen riesigen Teller Mango-Avocado-Salat und ein dampfendes Süßkartoffel-Curry. Zur Feier des Tages bestellte er sich ein Savanna Dry – der südafrikanische Cider war das perfekte Getränk für diesen Tag.

KAPITEL 28

FRANKFURT, DIENSTAG, 4. DEZEMBER 2018, MITTAGS

Suna ging in ihrem Appartement umher wie ein Tiger im Käfig. Der weiße Fellteppich vor dem Kingsize-Bett diente dabei als magische Grenze. Sie umklammerte ihr Handy, als würde es sich in nichts auflösen, sobald sie es losließe. Ihre Mutter hatte vor einer Stunde versucht, sie zu erreichen. Doch Suna hatte einen Kunden gehabt und konnte nicht drangehen. War etwas mit Elara? Oder mit ihrem Vater? Wie von Sinnen presste sie seit einer halben Stunde die Wiederwahltaste. Sie stellte sich an das große Fenster. Die ersten Schneeflocken rieselten aus einem grauen wolkenverhangenen Himmel und ließen die Niederrader Bürostadt noch trister wirken als gewöhnlich.

Ihre Eltern und Elara würden jetzt hoffentlich beim Abendessen sitzen, die letzten Sonnenstrahlen des Tages erhaschen und einfach das Handy nicht beachten.

Einen Monat. Einen verdammten Monat lang musste sie das alles noch ertragen. Dann hätte sie, wenn alles gut ging, endlich das Geld für die Operation zusammen. Ein Wettlauf mit der Zeit, denn ihrem Vater ging es immer schlechter.

Für den frühen Nachmittag hatte sich Wolf angekündigt, der in den letzten beiden Monaten zu einem Stammkunden geworden war. Er saß im Vorstand einer Privatbank und kam normalerweise immer mittwochnachmittags um vier, blieb eineinhalb Stunden und fuhr dann nach Hause, um mit Frau und Kindern den wöchentlichen Familienabend zu verbringen.

Zu ihrer Überraschung hatte er ein schwarzes Latextuch und Handschellen geordert.

ließ er sie in seiner knappen SMS wissen.

Ob sie das auch wollte, stand auf einem anderen Blatt. Sie hatte sich die SM-Szene bisher im wahrsten Sinne des Wortes vom Leib gehalten. Sie wusste nicht, was sie davon halten sollte, aber eines wusste sie genau: Es gab nichts, was Männer mit gekauften Frauen nicht auslebten. Suna holte eine Jogginghose aus dem Schrank und warf sich einen weiten Wollpullover über, denn Isabell wollte noch auf einen Sprung vorbeikommen, ehe sie morgen »in den wohlverdienten Urlaub« flog.

Es klingelte. Das musste sie sein, der erste vertraute Mensch, den sie traf, seit sie vor einer Woche aus Bangkok zurückgekommen war. Suna hatte sich am Flughafen mit ein paar Lebensmitteln eingedeckt und war direkt hierher in ihr Studio gefahren. Seitdem hatte sie es nicht mehr verlassen. Auch aus Angst davor, von jemandem gesehen zu werden. Alexanders Ex-Frau Sabine war der beste Beweis dafür, wie der Zufall spielen konnte.

Niemand außer Isabell wusste, dass Suna zurück in Frankfurt war. Sie hatte ihr gleich am Telefon gebeichtet, dass sie Elara in Thailand gelassen hatte und allein zurückgekommen war. Sie hatten letzte Woche keinen Termin für ein Treffen gefunden. Alexander hingegen bekam von ihr regelmäßig SMS, in denen sie ihn weiter im Glauben ließ, sie würde mit Elara Zeit bei ihren Eltern in Ayutthaya verbringen und nach einer Lösung für ihren kranken Vater suchen.

Als es klopfte, merkte Suna, dass sie vergessen hatte, die Wohnungstür zu öffnen.

»Hello my dear!« Isabell drehte sich einmal um die eigene Achse. »Habe ich gerade erstanden.« Sie strich an einem eleganten grauen Kaschmirmantel entlang.

Mit ihrem klassischen Kleidungsstil entsprach sie überhaupt nicht dem Stereotyp einer Domina. Die langen blonden Haare hatte sie zu einem strengen Pferdeschwanz gebunden.

»Schön!«, sagte Suna in gedämpftem Ton. »Komm rein!«

»Was ist los?« Isabell zog einen Rollkoffer hinter sich her und ging auf das rote Ledersofa zu, das als Raumteiler zwischen Miniküche und Wohnraum diente. Sie legte ihre Handtasche darauf ab, hievte den Koffer auf den Couchtisch davor und ließ sich aufs Sofa fallen. »Ich freu mich auf jeden Fall, dich zu sehen.«

Suna setzte sich zu ihr. »Ich freu mich auch, dass du da bist. Aber meine Mutter hat vor einer Stunde versucht, mich zu erreichen. Und jetzt ist sie wie vom Erdboden verschluckt.«

»Na komm, das kann alles Mögliche sein.«

»Ich mache mir schreckliche Sorgen. Um Elara. Um meinen Vater, dem es seit gestern deutlich schlechter geht.«

»Oje, das tut mir leid.« Isabell nahm ihre Freundin in den Arm. »Denk nicht gleich das Schlimmste! Du bist so kurz vor dem Ziel, Suna. Alles wird gut.«

»Alexander hat sich vorhin auch schon wieder gemeldet.« Sie zeigte Isabell die Textnachricht:

ICH WILL UNBEDINGT TELEFONIEREN UND ENDLICH MIT EUCH SPRECHEN!!!

»Vielleicht hat er Verdacht geschöpft?« Suna blickte ins Leere.

»Niemals!«, meinte Isabell. »Er hat einfach Sehnsucht nach euch. Alexander allein zu Haus«, witzelte sie.

»Meine Güte, mir graut richtig vor morgen. Wenn ich sozusagen offiziell nach Hause komme und Elara nicht bei mir habe.« Suna zog die Beine an und legte ihre Arme darum. »Ich habe hin und her überlegt, ob ich es Alexander schon vorher ankündigen soll?«

»Keinesfalls!«, antwortete Isabell brüsk. »Du wirst ihm sagen, dass es ein ganz spontaner Entschluss war, um deinem sterbenskranken Vater eine Freude zu bereiten. Daran ist nichts Verwerfliches.«

Suna hielt weiter ihre Beine umklammert und wippte ein wenig vor und zurück.

»Was will er denn machen?«, fragte Isabell herausfordernd. »Er kann dir doch nicht verbieten, Elara mal eine Weile bei deinen Eltern zu lassen! Er könnte höchstens wütend sein, weil du ihn vor vollendete Tatsachen stellst.«

»Ja, er wird stinksauer sein.« Suna legte ihren Kopf auf die Knie. »Aber wie mache ich das nur während der nächsten vier Wochen? Wenn er rauskriegt, dass ich weiter im Geschäft bin, wird er alles tun, um mich kaltzustellen.«

»Jetzt komm mal runter, Suna!« Isabell stand auf, zog ihren Mantel aus und warf ihn über den Sessel am Fenster. »Du verhältst dich einerseits so normal wie möglich. Und verdrehst ihm andererseits ein bisschen den Kopf. Verwöhnst ihn – if you know what I mean.« Isabell grinste zweideutig. »Zeig ihm, was es bedeutet, wenn ihr beide mal wieder ohne Kind seid.«

Suna sah Richtung Fenster. »Und was mache ich mit Keno?«

Sie hatte bei ihrem letzten Treffen mit Keno Isabell zwar als Alibi benutzt, hatte sich ihr jedoch noch nicht hundertprozentig anvertraut. Zu frisch war das Ganze noch und wühlte sie zu sehr auf.

»Eins nach dem anderen.« Isabell setzte sich wieder neben sie. »Ich verstehe, dass du dich verknallt hast, aber du musst jetzt Prioritäten setzen.«

»Ja, ich weiß. Mein Leben gleicht gerade wirklich einer Achterbahn. Es reißt mich von schwindelerregenden Höhen in absolute Tiefen. Ich kann manchmal wirklich keinen klaren Gedanken mehr fassen.« Sie stöhnte. »Heute ist einfach ein Scheißtag!«

»Immerhin bin ich da und habe aufregende Sachen in meinem kleinen Köfferchen angeschleppt.«

Isabell war mittlerweile schon über zwanzig Jahre im Geschäft und arbeitete in einem klassischen Domina-Studio – dunkler Raum, schwarzes Leder, rote Samttapeten, überall hingen Fesseln, Handschellen und Peitschen. In der Mitte des Raums stand ein großes rundes, mit lilafarbenem Samt bezogenes Bett. Bei der Arbeit trug sie einen knallengen roten Latexdress und hatte mit Anfang vierzig noch immer eine makellose Figur. Das Einzige, bei dem sie nachgeholfen hatte, waren ihre Brüste.

»Dass ich mich jetzt auch noch mit SM beschäftigen muss«, jammerte Suna. »Ich will diesen verdammten Monat nur noch hinter mich bringen.« Wenn doch wenigstens dieses bescheuerte Handy endlich einen Laut von sich geben würde, dachte sie verzweifelt.

»Du bist wirklich die attraktivste Frau, die ich in diesem Gewerbe kenne. Wunderschönes Gesicht, seidenglattes schwarzes Haar, Top-Körper, gebräunte Haut, intelligent, gebildet, die Liste ist endlos. Du kannst dir die Typen doch aussuchen. Die liegen dir zu Füßen.«

»Jetzt übertreib mal nicht«, sagte Suna und ging zum Kühlschrank. »Möchtest du was trinken?«

»Einen Weißwein, bitte. Mit Eiswürfeln, wenn du hast. Ich bin schon im Urlaubsmodus. Mauritius, ich komme!«

Suna goss Weißwein in ein Glas, ließ ein paar Eiswürfel hineinfallen und nahm eine Flasche Mineralwasser aus dem Schrank. Sie stellte alles auf ein Tablett und deponierte es auf dem Sofa zwischen ihnen, während Isabell den Verschluss des Koffers öffnete.

»Ich bin froh, dass du langsam Vernunft annimmst. Du verdienst als Domina einfach doppelt so viel, vier- bis fünfhundert Euro pro Stunde sind immer drin. In deinem Fall sowieso«, versicherte sie. »Und wenn's gut läuft und du ab und an einen Special Deal vereinbarst, hast du die zwanzigtausend Euro, die dir noch fehlen, in einem Monat locker drin, und das Beste ist, richtigen Sex gibt's bei uns nicht, aber das weißt du ja.«

»Aber diesen ganzen perversen Dreck.« Suna reichte Isabell das Weinglas. »Männer fesseln, ihren Schwanz auspeitschen, ihre Hoden mit Schnüren so stark abbinden, dass sie zu platzen drohen ... Himmel.« Suna trank einen großen Schluck Wasser.

»Das stimmt«, sagte Isabell ruhig. »Das ist eine der beliebtesten Behandlungen. Was Männer daran scharf finden, ist mir allerdings bis heute schleierhaft.«

»Mir erzählt ein Freier wenigstens ab und an mal von seinen Eheproblemen und will einfach nur quatschen, weil ihm zu Hause die Worte dazu fehlen.«

»Okay, wenn er dich dafür bezahlt?« Isabell strich sich eine Haarsträhne aus dem Gesicht, die sich aus ihrem Zopf gelöst hatte.

»Na ja, meistens besteht er darauf, mich mit dem Namen seiner Frau anzusprechen und mich dann so ranzunehmen, wie er es sich bei ihr nicht trauen würde.«

»Das ist doch nicht weniger pervers«, konterte Isabell. »Und dein Körper wird in Mitleidenschaft gezogen.« Sie schüttelte den Kopf. »Und überhaupt, ist Perversion nicht Ansichtssache?«

»Dieses Sex-Business verändert deine Persönlichkeit.« Traurigkeit lag in Sunas Worten. Sie dachte an Elara und spürte einen Kloß im Hals.

»Mir macht es nach zwanzig Jahren immer noch Spaß. Es befriedigt meine sexuelle Experimentierfreude. Und ich bin selbstbestimmt.«

Das wollte Suna lieber nicht kommentieren. »Ich will nur raus. Lieber heute als morgen.« Sie blickte auf den Inhalt des Koffers. »Trotzdem bin ich froh, dass du mir ein paar deiner Utensilien borgst, solange du weg bist«, sagte sie dankbar und lächelte ihre Freundin an.

»Dann lass uns mal mit unserer kleinen SM-Nachhilfestunde beginnen.«

Sunas Handy klingelte. Sie erschrak. Leider war es ihr Geschäftshandy. Einer ihrer Kunden fragte, ob sie Zeit für eine schnelle Nummer hätte. Er wollte in einer halben Stunde da sein. Der zweite Spontanbesuch heute. Was war nur los? Aber er gehörte zu denen, die am besten bezahlten. Ohne große Sonderwünsche. Leicht verdientes Geld. Den zwanzigtausend Euro schon wieder einen Schritt näher.

Sie verabschiedete sich von ihrer Freundin und meinte, dass sie mit dem Sexspielzeug schon klarkäme.

»Das Starterkit für Anfänger«, verabschiedete sich Isabell mit einem Grinsen. »Wer weiß, vielleicht hast du ja Spaß daran.«

Das bezweifelte Suna. »In vier Wochen bin ich zurück, my dear. Meld dich, wenn irgendwas ist.« Und schon rauschte sie ab in ihrem edlen grauen Designermantel.

Suna räumte die Gläser in die Spülmaschine und ging danach ins Bad, um ein paar Vorkehrungen zu treffen. Ständig das Handy im Blick, um die ersehnte Nachricht ihrer Mutter nicht zu verpassen. Das Waxing im Intimbereich hatte leider seine Spuren hinterlassen. Sie hatte immer noch vereinzelt kleine Pickelchen. Sie rollte die schwarzen Netzstrümpfe nach oben und befestigte sie an den Strapsen. Sie prüfte den Sitz ihres roten BHs und schlüpfte in die roten Pumps. Das exakte Wechselspiel zwischen Rot und Schwarz turnte ihn an. Da klingelte es auch schon. Er kam früher als angekündigt.

Sie drückte auf den Knopf der Sprechanlage und öffnete die Wohnungstür einen Spalt. Ihr Kunde wollte das Gefühl haben, nach Hause zu kommen.

Suna huschte schnell zum Bett und setzte sich, wie er es wünschte, in einer aufreizenden Pose hin. Sie hörte seine Schritte, fasste sich noch einmal ins Haar und schaute erwartungsvoll kokett nach oben.

Die Tür wurde aufgestoßen. Suna gefror das Blut in den Adern.

KAPITEL 29

FRANKFURT,
DIENSTAG, 4. DEZEMBER 2018,
FRÜHER NACHMITTAG

»Komme ich ungelegen?« Sabine zog sich die Pudelmütze vom Kopf, schüttelte ein paar Schneeflocken ab, die sich darin verfangen hatten, und steckte sie in die Manteltasche. »Ach, das tut mir aber leid! Du hast wahrscheinlich einen Freier erwartet. So ordinär, wie du aussiehst.«

Suna sprang auf, schnappte sich die Satindecke vom Bett und warf sie sich über. »Was willst du hier? Verschwinde!«

Sabine schaute sich in dem großen hellen Raum um und pfiff anerkennend durch die Zähne. »Nicht schlecht, Herr Specht! Hätte nicht gedacht, dass eine Nutten-Bude so mondän eingerichtet sein kann.«

Suna atmete aus und blickte Sabine regungslos an. »Verlass sofort die Wohnung!«

Sabine schlenderte ungerührt herein und blieb vor dem Sofa stehen. »Na ja, das rote Ledersofa ist dann doch an der Grenze zum billigen Klischee.« Sie setzte ihre Sporttasche darauf ab. »Aber die Vasensammlung auf dem Tisch da drüben ist ja wirklich hübsch.«

Suna folgte ihrem Blick.

»Boomt das Geschäft?« Sie sah Suna herausfordernd an. »Bestimmt, wenn man sich so eine adrette Zweitwohnung leisten kann«, beantwortete sich Sabine die Frage selbst. Sie blieb stehen und lehnte sich lässig an die weiße Schrankwand. »Was verdient man so als Hure?« Sie steckte die Hände in die Taschen ihres schwarzen Trenchcoats und musterte Suna eingehend. »Und wie kommt so ein zartes Persönchen eigentlich mit den hünenhaften und schmerbäuchigen Typen klar, die sich hier die Klinke in die Hand geben? Fragen über Fragen.«

»Verlass sofort die Wohnung, oder ich rufe die Polizei.«

»Ha, dass ich nicht lache. Hast du dein kleines Gewerbe überhaupt angemeldet?«

»Was willst du von mir?« Suna ging auf die Provokation nicht ein.

»Erst mal einen Drink. Ist zwar noch ein bisschen früh am Tag, aber was soll's! Man muss die Feste feiern, wie sie fallen.« Sie blickte sich um. »Gibt's hier so was wie 'ne Minibar? Oder müssen die geilen Böcke, die hier täglich ein und aus gehen, verdursten?«

Suna reagierte nicht.

»Aus einer Laune heraus habe ich mich entschieden, einfach mal vorbeizukommen.« Sabine öffnete die Knöpfe ihres schwarzen Trenchcoats und taxierte Suna. »Ich dachte, wir sollten uns mal unterhalten.«

»Ich habe dir ganz sicher nichts zu sagen.« Suna stand vor dem großen Bett und hielt die Decke mit einer Hand unter ihrem Kinn fest.

»Das werden wir ja noch sehen.« Sabine zog den Mantel aus und warf ihn achtlos auf die Sporttasche.

»Du weißt ja, dass ich dir auf die Schliche gekommen bin. Ich nehme an, Alexander hat dich aufgeklärt. Dabei hatte ich tatsächlich kurz überlegt, mein kleines Geheimnis zuerst dir anzuvertrauen«, sagte sie mit einem boshaften Lächeln. »Wäre dir das lieber gewesen?«

»Warum spionierst du mir hinterher? Das ist eine bodenlose Frechheit!«

»Oh! Ausgerechnet du kleines Miststück nimmst in meinem Zusammenhang das Wort Frechheit in den Mund.«

Suna schwieg.

»Wo habt Alexander und du euch eigentlich kennengelernt?« Sabine neigte den Kopf zur Seite. »Da rückt er bis heute nicht so richtig mit der Sprache heraus.«

»Er wird seinen Grund haben«, meinte Suna lapidar. »Von mir wirst du es jedenfalls nicht erfahren.«

»Was ist jetzt mit dem Drink?«, fragte Sabine und ging Richtung Fenster, als sie auf einem kleinen Sideboard zwei Kristallkaraffen entdeckte. »Oh, wie nobel!« Sie zog den Glasverschluss ab und schnupperte daran. »Ich tippe auf Whisky. Aber natürlich keinen Laphroaig. Den bevorzugt Alexander ja. Hat er das erste Mal an seinem Fünfzigsten getrunken.« Sabine schnappte sich ein Glas. »Da war unsere Welt noch in Ordnung.« Versonnen blickte sie aus dem Fenster. In der Zwischenzeit fielen dicke Schneeflocken vom Himmel, und sie konnte kaum die gegenüberliegenden Häuserwände erkennen. Sie schenkte sich das Glas mit der honigbraunen Flüssigkeit randvoll und leerte es zur Hälfte. »Willst du auch einen?« Sabine hielt Suna die Karaffe hin.

Suna starrte sie an und schüttelte dann wortlos den Kopf.

»Pah, vielleicht wär's nur ein Ausrutscher gewesen!«, stieß Sabine hervor. »Aber du miese kleine Schlampe hast dir von ihm ja gleich ein Kind machen lassen. Hast es drauf angelegt, was? Sexarbeiterin ohne Skrupel! Es gab Zeiten, da hat man Frauen wie dich auf dem Scheiterhaufen verbrannt.« Der Alkohol, der durch ihre Adern strömte, zeigte Wirkung.

Suna rührte sich nicht, ließ die Sätze an sich abprallen.

»Warst du sexuell frustriert, oder warum veranstaltest du diesen ganzen Zirkus hier?« Sabine drehte sich einmal um die eigene Achse und musste sich dann an der Wand festhalten, um des Schwindels Herr zu werden.

»Wenn du jetzt fertig bist mit deinen infamen Anschuldigungen …«, sagte Suna ruhig, als es plötzlich klingelte. Sie drehte den Kopf zur Tür.

»Alle weiteren Termine verschieben sich heute leider«, sagte Sabine und sah Suna angriffslustig an. »Ficken die jungen Typen eigentlich besser als die alten Kerle? Dieser asiatische Schönling aus der Bar ist doch bestimmt fünfzehn Jahre jünger als Alexander?«

»Jetzt werde mal nicht banal.« Suna ließ die Decke fallen und kam auf Sabine zu. Ihren makellosen Körper in Szene setzend. »Ich will, dass du jetzt sofort verschwindest.«

»Es geht mir komplett am Arsch vorbei, was du willst. Dich hat ja auch noch keine Sekunde lang interessiert, was ich will«, fauchte Sabine. »Haben dich deine abgefuckten Kunden emotional so verarmen lassen, dass du nichts mehr spürst und dich deshalb so gefühllos verhältst?« Sie trank das Glas mit einem Schluck leer und wollte sich nachgießen, als sie mit der Flasche in der Hand innehielt. »Du hast meine Familie in Stücke gerissen! Du hast mir alles genommen, was mir lieb und teuer ist!« Sabine bebte.

Voller Verachtung drehte sich Suna wortlos um. Ihr langes, schwarzes, seidiges Haar schwang um ihre Hüften.

»Du widerwärtiges Flittchen, du!« Sabines Zorn war überschäumend.

Plötzlich luden sich sämtliche Nervenbahnen in ihrem Gehirn elektrisch auf, und sie erlebte alles wie im Zeitraffer. Sie holte aus und schlug mit voller Wucht zu. Die massive Kristallkaraffe traf Suna am Hinterkopf. Suna gab einen erstickten Laut von sich und fiel mit einem dumpfen Schlag kopfüber auf das Bett. Blut sickerte aus ihrem schwarzen Haar auf das weiße Laken. Blut. Viel zu viel Blut.

Mit einem Mal war nur noch rauschende Stille. Sabine hechelte. Fühlte Schmerzen. Am ganzen Körper. Wie ein waidwundes Tier. Wusste nicht, was geschehen war.

Sie schreckte hoch. An der Tür klingelte es. Wieder und wieder. Suna lag bewegungslos auf dem Bett. Warum rührte sie sich nicht? Was sollte sie tun? Sabine wollte losschreien. Irgendetwas hielt sie davon ab.

Wieder klingelte es. Hektisch blickte sie sich um. Hastete zur Tür. Wieder zurück. Schnappte ihren Mantel und die Sporttasche und stürzte aus der Wohnung. Jagte die fünf Stockwerke nach unten, öffnete die Haustür und stürmte nach draußen.

»Hey, können Sie nicht aufpassen«, blaffte sie ein kleiner Mann an, seinen Hut tief ins Gesicht gezogen. Sie hätte ihn fast über den Haufen gerannt.

»'tschuldigung«, hörte sie sich sagen und verschwand in einem nassen Gestöber aus dichten dicken Flocken.

KAPITEL 30

FRANKFURT, MITTWOCH, 5. DEZEMBER 2018

Alexander bewarb gerade einige neue Kunstwerke auf seiner Website, als Marianne Heinze vom Verkaufsraum nach oben rief.

»Besuch für Sie, Herr Bergmann!«

Er hatte gar nicht mitgekriegt, dass jemand in die Galerie gekommen war, so vertieft war er in seine Arbeit gewesen. Er ging nach unten, und da stand Florentine und hielt ihm seinen schwarzen Stockschirm entgegen.

»Dieses noble Accessoire wollte ich dir doch lieber gleich zurückbringen.«

»Hallo, meine Liebe«, begrüßte er sie herzlich, »das ist nett von dir, wäre aber nicht nötig gewesen. Ich habe noch einen schäbigen Knirps für Notfälle im Wagen liegen.«

Florentine und er hatten sich gestern Abend spontan bei Luigi getroffen, ihrem Stamm-Italiener hier ums Eck. Als sie gegen dreiundzwanzig Uhr das Restaurant verlassen hatten, waren die Graupelschauer in einen strömenden Regen übergegangen. Da Alexander immer mit und Florentine grundsätzlich ohne Schirm unterwegs war, hatte er ihr seinen geliehen.

»Möchtest du einen Kaffee, oder hast du es eilig?«, fragte Alexander.

»Nein danke! Bei mir hat sich ein Termin verschoben, und ich habe nur die Gunst der Stunde genutzt, um rasch ein paar Besorgungen zu machen. Und jetzt geht's gleich wieder weiter.« Sie schaute sich bewundernd im Ausstellungsraum um. »Wirklich schöne Sachen. Ich muss mal wieder in Ruhe vorbeikommen. In meinem Praxisraum habe ich ein Plätzchen im Auge, da würde sich so eine kleine Skulptur sehr gut machen.« Sie deutete auf ein tanzendes Paar aus Bronze in der Auslage.

»Kommen Sie nächste Woche vorbei«, meinte Marianne Heinze. »Die neue Lieferung aus Südafrika ist schon avisiert. Herr Bergmann hat wunderschöne Unikate bestellt – Vasen, Skulpturen, kleinformatige Bilder.«

»Gute Idee!«, erwiderte Florentine. »An afrikanisches Kunsthandwerk habe ich sowieso beste Erinnerungen aus meiner Zeit in Kapstadt.« Sie stülpte sich die Kapuze ihres langen dunkelblauen Daunenmantels über den Kopf. »Dieses Wetter lässt wirklich keine Wünsche offen. Gestern Graupelschauer, heute stürmischer Wind.« Sie band sich ihren Schal fester um den Hals. »Bis bald«, verabschiedete sie sich und verließ den Laden. Alexander sah durch das Schaufenster, wie eine heftige Windböe die welken Blätter durch die Luft wirbelte und Florentine die Kapuze vom Kopf fegte.

»Was für eine attraktive Frau«, sagte Marianne Heinze und setzte sich wieder hinter ihren PC. »Sie sind umgeben von Schönheiten, Herr Bergmann. Ihre Frau, Ihre Tochter, Florentine Fuchs …«

»Ganz zu schweigen von Ihnen, Frau Heinze«, säuselte er.

»Sie alter Charmeur.« Sie hob den Zeigefinger und lachte.

»Ich widme mich mal wieder meiner Webpage«, meinte Alexander und lief die Treppen nach oben.

Florentine und er hatten sich in den letzten beiden Wochen gleich zwei Mal gesehen und die Gelegenheit genutzt, endlich mal wieder ausgiebig zu reden. Da er gerade ein Strohwitwer-Dasein fristete, war zumindest einer von ihnen in puncto Zeiteinteilung flexibel gewesen. In den letzten Monaten hatten sie beide so viel um die Ohren gehabt, dass ihre fest vereinbarten Mittagessen leider ins Wasser gefallen waren.

Seit Florentine in Frankfurt war, hatten sie sich wieder regelmäßig getroffen. Sie war seine einzige »platonische Freundin«, wie er es immer nannte, und neben seinem besten Freund Günther der

Mensch, mit dem er sich am besten austauschen konnte. Sie war die Einzige, die von seinen Eskapaden während seiner Ehe mit Sabine wusste und der er gebeichtet hatte, wie er Suna kennengelernt hatte. Auch dass sie in den letzten Wochen viel gestritten, sich aber Gott sei Dank vor Sunas Abreise wieder versöhnt hatten. Obwohl ihn ihr Escort-Ausflug wirklich tief getroffen hatte.

Alexander schätzte Florentine sehr. Dass sie nach ihrer Affäre vor vielen Jahren, als sie sich beide aus schwierigen Beziehungen gelöst und sich für kurze Zeit wie zwei Ertrinkende aneinandergeklammert hatten, die Kurve in Richtung freundschaftliche Verbundenheit gekriegt hatten, lag eindeutig an ihr und ihrer Fähigkeit, den Dingen auf den Grund zu gehen und einen klaren Blick zu behalten. Nicht umsonst war sie Therapeutin geworden. Und es hatte ihn sehr gefreut, dass sie seinen Vorschlag, die psychologische Praxis einer Bekannten hier in der Altstadt zu übernehmen, in die Tat umgesetzt hatte. Nach ihrem privaten Schicksalsschlag war das die rettende Lösung gewesen. Das Leben spielt einem manchmal wirklich übel mit, dachte Alexander.

Er blickte auf das Display seines Handys. Oh, schon kurz vor zwölf. In der nächsten Viertelstunde musste er Richtung Flughafen aufbrechen.

Er machte die letzten Eingaben am PC, schloss alle Dateien und nahm seinen schwarzen Wintermantel vom Haken an der Tür. Warum hatte sich Suna bloß nicht mehr gemeldet? Gestern Morgen hatte er die letzte SMS bekommen. Der Flieger sollte mitten in der Nacht in Bangkok starten und heute um dreizehn Uhr fünfzehn in Frankfurt landen. Da hätte sie doch wenigstens vor dem Abflug noch eine kurze SMS schicken können, dass alles okay war. Alexander schüttelte den Kopf. Na ja, er wollte sich jetzt nicht mehr unnötig aufregen. In knapp zwei Stunden würde er seine beiden Frauen wieder in die Arme schließen. Wie er sich auf seine kleine Prinzessin freute! Mit ihrer unbändigen Energie! Und dass Suna jetzt wieder zugänglicher geworden war, freute ihn doppelt.

Nervös wanderte Alexander in der Ankunftshalle des Flughafens auf und ab. Bereits vor einer Stunde war die Maschine aus Bangkok gelandet. Von Suna und Elara war weit und breit nichts zu sehen. Warum dauert das denn dieses Mal so lang?, fragte er sich. Erneut wählte er Sunas Nummer: »... temporarily not available.« Er konnte es nicht mehr hören. Gab es Probleme bei der Passkontrolle? Hatte Suna irgendetwas verbummelt? Typisch! Oder hatte sie in Thailand etwas eingekauft, das sie hätte verzollen müssen? Waren die Koffer vielleicht verloren gegangen? Er hatte seine Hände tief in den Manteltaschen vergraben und starrte immerzu auf die Menschenmenge, die stetig durch den Ausgang auf ihn zuströmte. Keine Suna. Keine Elara. Hatten sie sich womöglich verpasst? Alexander war plötzlich verunsichert.

Halb drei – jetzt reichte es! Er marschierte geradewegs zum nächstgelegenen Informationsschalter, wo man ihm nur mitteilte, dass die Maschine komplett geräumt sei und bereits alle Koffer bei der Gepäckausgabe abgeholt worden seien.

Beunruhigt blickte er sich um. Er schickte Suna zum x-ten Mal eine SMS. Zum Teufel noch mal, wo steckten die beiden? Ihn beschlich ein ungutes Gefühl.

Er überlegte, was er tun konnte, und lief zum Emirates-Schalter, um prüfen zu lassen, ob seine Frau und seine Tochter überhaupt an Bord der Maschine gewesen waren. Meine Güte, jetzt musste man hier auch noch anstehen! »Warum geht denn das hier nicht voran?«, rief er in die Warteschlange hinein und reckte den Kopf an dem älteren Ehepaar vorbei, das vor ihm stand. Endlich war er an der Reihe.

»Was heißt das, Sie können die Namen auf der Passagierliste nicht finden?« Er schaute die Frau am Desk völlig perplex an.

»Das heißt, dass sich Suna und Elara Bergmann nicht an Bord der Emirates-Maschine befanden, die um dreizehn Uhr fünfzehn gelandet ist.«

»Das ist nicht möglich! Sind Sie sicher? Überprüfen Sie das

noch mal.« Hektisch klopfte Alexander mit den Fingern auf das Desk.

»Beruhigen Sie sich bitte«, sagte die Dame vom Bodenpersonal. »Vielleicht haben Sie sich im Datum oder in der Zeit geirrt. Das kann ja vorkommen.«

»Ich habe mich weder im Datum noch in der Zeit geirrt«, antwortete Alexander erzürnt und entfernte sich vom Schalter, um nochmals zum Ausgang D in der Ankunftshalle zurückzukehren. Ich muss sofort in Bangkok anrufen, dachte er, scrollte seine Kontakte nach unten und wählte die Nummer von Sunas Eltern. Er wollte schon auflegen, als er endlich eine Frauenstimme in thailändischer Sprache vernahm.

»Hello, this is Alexander Bergmann speaking. Suna's husband! Do you speak English?« Er ließ hektisch seinen Blick schweifen, um einen ruhigeren Platz ausfindig zu machen, und bewegte sich auf einen Kiosk am hinteren Ende der Halle zu. »Hello, is Suna still with you? Are Suna and Elara still in Bangkok?«, sagte er mit lauter Stimme.

Keine Reaktion am anderen Ende. Die Person sprach offensichtlich kein Englisch. Sie hatte aufgelegt. Unbegreiflich!

Alexander spürte, wie er langsam den Boden unter den Füßen verlor.

Plötzlich klingelte sein Handy.

Doch nicht Suna, sondern Anton meldete sich am anderen Ende. Auch das noch! Alexander presste das Telefon ans Ohr. »Hör zu, Anton, ich kann jetzt nicht. Ich bin auf dem Flughafen und suche nach Suna und Elara.«

Sein jüngerer Sohn war völlig aufgelöst. »Ich bin vorhin von der Schule nach Hause gekommen. Mum sitzt völlig apathisch auf dem Sofa. Sie ist kaum ansprechbar. Ich glaube, sie ist ziemlich betrunken. Faselt ständig was von ›Blut‹ und ›tot‹«, meinte er atemlos. »Dad, ich weiß nicht, was ich tun soll!«

»Anton«, setzte Alexander an.

»Bitte, komm vorbei!«

»Ich habe wahrlich gerade andere Sorgen, als mich um deine alkoholisierte Mutter zu kümmern«, schnauzte Alexander. »Hol sie mal ans Telefon.«

Dass sich diese Frau einfach nicht im Griff hat, dachte Alexander wütend. Er würde ein ernsthaftes Wort mit ihr reden müssen. Sie sollte sich gefälligst um ihren halbwüchsigen Sohn kümmern. Das war ja nicht zu fassen, dass sie schon am frühen Nachmittag besoffen auf der Couch lag.

»Sabine, hier ist Alexander.«

»Hilfe!«, schrie Sabine völlig hysterisch ins Telefon. »Blut! Überall Blut!«

»Sabine, jetzt reiß dich mal zusammen!«, brüllte Alexander sie an. War diese Frau denn völlig übergeschnappt?

»Dad, bitte, du musst sofort kommen!«

KAPITEL 31

STEINBACH,
MITTWOCH, 5. DEZEMBER 2018,
NACHMITTAGS

Auf dem Weg ins Parkhaus versuchte Alexander noch einmal, seine Schwiegereltern ans Telefon zu kriegen, landete aber nur auf ihrer Mailbox. »This is Alexander speaking. Could you call me back, please! This is urgent!«

Er steuerte seinen Wagen aus dem Parkhaus und fuhr auf die Autobahn auf. Stop-and-go – es war zum Verrücktwerden. Einsetzende Graupelschauer brachten den Verkehr fast völlig zum Erliegen. Ein Autofahrer vor ihm bremste grundlos abrupt ab, und Alexander hätte ihn fast gerammt. Gab es eigentlich nur Idioten um ihn herum?

Er musste Ruhe bewahren. Ihm war plötzlich fürchterlich kalt, und er schaltete die Heizung auf Hochtouren. Wo waren Suna und Elara? Warum waren sie nicht an Bord der Maschine, verdammt noch mal? Waren sie in Bangkok geblieben? Ohne ihm Bescheid zu geben? Das konnte er sich nicht vorstellen. Vielleicht hatten sie beim Zwischenstopp in Dubai den Flieger nach Frankfurt verpasst?, schoss es ihm durch den Kopf. Das könnte sein! Er atmete aus. Und wenn ihnen doch etwas zugestoßen war? Seine Gedanken rotierten unaufhörlich. Er schlug mit der flachen Hand auf das Lenkrad ein. Dass er sich nicht mal mit seinen thailändischen Schwiegereltern verständigen konnte. »Das gibt's doch nicht?«, schrie Alexander die Windschutzscheibe an.

Im Schritttempo näherte er sich der Ausfahrt und bog einen halben Kilometer später in die kleine Seitenstraße ein. Sein SUV pflügte durch den Matsch, der nach allen Seiten weggeschoben wurde. Als er vor der Garage den Motor abstellte, überprüfte er sofort sein Handy, um definitiv keine Nachricht verpasst zu haben. Nichts! Es war unerträglich! Er spürte einen stechenden Schmerz in seinem Kopf.

Anton kam angelaufen und riss die Wagentür auf.

»Dad, ich bin so froh, dass du da bist. Ich glaube, wir müssen einen Arzt rufen, mit Mum ist echt was nicht in Ordnung«, redete er verzweifelt auf Alexander ein. »Sie dreht völlig ab.«

»Jetzt lass uns erst mal reingehen, mein Junge. Ich werde sie schon zur Vernunft bringen. Seit wann ist sie denn in diesem Zustand?«

»Ich weiß es nicht genau. Ich hab sie gestern Morgen das letzte Mal gesehen, weil wir gestern Abend in Köln trainiert haben und gleich von der Schule aus dorthin gefahren sind.« Er hatte ratlos die Hände in die Hosentaschen gesteckt. »Wir haben im Hostel übernachtet, und ich bin heute Morgen vom Coach direkt in die Schule gefahren worden.« Er fror in seiner Sportjacke und tappte von einem Fuß auf den anderen.

»Du weißt natürlich nicht, wo sie gestern war?«, fragte Alexander.

»Ne. Vielleicht hatte sie einen Einsamkeitsanfall, weil keiner da war, und hat sich deshalb einen hinter die Binde gekippt«, sagte Anton und zuckte im Gehen die Schultern. »Das hat sie ja schon öfters gemacht.«

Als die beiden den Hausflur betraten, drang ein herzzerreißendes Wehklagen aus dem Wohnzimmer. Alexander schaute Anton an und stürzte hinein.

»Du meine Güte, was ist denn hier los?«

Polster und Kissen waren auf dem Boden verstreut. Die Türen des alten Bauernschrankes standen sperrangelweit offen. Zwei leere Weinflaschen lagen auf dem Couchtisch, Scherben, die wohl von einem heruntergefallenen Glas stammten, auf dem Boden im Küchenbereich in einer Lache. Überall waren benutzte Tempotaschentücher in Knäueln verteilt. Sabine kauerte in ihrem schwarzen Trenchcoat und Pudelmütze auf dem Kopf in einer Ecke des Sofas. Ihre Augen waren rot unterlaufen, und ihr Gesicht war völlig verquollen. Rotz hing an ihren Wangen. Ihr Blick glich dem eines gehetzten Tieres.

»Sabine?« Er setzte sich neben sie und fixierte sie. »Was ist passiert?«

Sie sah ihn verängstigt an und schloss die Augen.

»Sabine? Verstehst du mich?«

Sie öffnete die Augen. »Blut! Überall Blut. So viel Blut!«, nuschelte sie und kaute auf ihren Lippen herum, die ganz rissig waren.

Anton war an der Wohnzimmertür stehen geblieben und beobachtete sie völlig verunsichert.

»Bring mal ein Glas Wasser«, bat Alexander ihn, ehe er sich wieder Sabine widmete. »Was ist passiert, Sabine?«, fragte er nochmals laut und deutlich.

Sie senkte den Blick. Rieb die Hände an den Oberschenkeln auf und ab. »Blut. Haare. Viele Haare. Überall Blut.« Sie riss sich die Mütze vom Kopf und warf sie auf den Boden. Räusperte sich, schien husten zu wollen. Plötzlich schoss sie nach vorn, ihre Finger krallten sich in Alexanders Arm. »Suna ist tot!« Begleitet von einem gellenden Schrei, brachen die Worte aus ihr heraus. »Ich habe sie umgebracht!« Sabine nahm die Hände vors Gesicht und begann, hemmungslos zu schluchzen.

Alexander starrte sie an. Starrte Anton an. Er hatte sich verhört. Er musste sich verhört haben. »Ich verstehe dich nicht, Sabine. Suna ist in Bangkok … War in Bangkok … Ist auf dem Weg …« Im selben Augenblick spürte er, wie etwas in seinem Inneren explodierte. Sein Leben genau in diesem Moment in tausend Einzelteile zerbarst. Seine Augen brannten. Sein Magen rebellierte – er rannte zum Klo und kotzte sich die Seele aus dem Leib.

Als er sich aufrichtete, zitterte er am ganzen Körper. In seinem Kopf formten sich Puzzleteilchen zu Bildern und brachen schlagartig wieder auseinander. Suna ist tot! Von Sabine umgebracht?

Nein, nein, nein, das ist nicht möglich! In seinem Kopf drehte sich alles. Das muss ein Irrtum sein. Suna und Elara sind auf dem Rückweg von Bangkok. Elara?, blitzte es vor seinem geistigen Auge auf. Wo ist das Kind? Erneut jagten Schockwellen durch seinen Körper. Die Angst, dass ihr ebenfalls etwas zugestoßen sein könnte, raubte ihm schier den Verstand. Er brauchte Hilfe. Dringend! In seinen Hosentaschen tastete er nach seinem Handy und wählte wie besessen Florentines Nummer. Er brauchte jemanden, der ihm einen klaren Blick auf die Situation verschaffte. Anrufbeantworter! »Florentine, bitte ruf schnell zurück! Dringend!«

Als er ins Wohnzimmer zurückkam, kniete Sabine am Boden und hatte den Kopf aufs Sofa gelegt. Sie wimmerte.

»Sabine!« Alexander rüttelte sie grob. »Sabine? Wo ist das passiert? War Elara bei Suna?«

Sabine rang nach Atem. »In … in Dings … in Sunas Appartement.«

Die Worte ergaben keinen Sinn. »War Elara bei euch?«, schrie er sie an.

Sabine drehte, ohne aufzublicken, den Kopf hin und her. »Nein«, stammelte sie. »Nein!«

Anton stand das blanke Entsetzen ins Gesicht geschrieben.

Alexander ging zu ihm und drückte ihn fest an sich. Dann packte er ihn an beiden Armen. »Anton, ich muss Hilfe holen!« Seine Stimme überschlug sich fast. »Kann ich dich mit deiner Mutter hier allein lassen? Schaffst du das?« Er blickte seinem Sohn fest in die Augen. »Wo ist dein Handy? Ich melde mich gleich wieder bei dir. Okay?«

Anton sah seinen Vater angsterfüllt an, nickte jedoch stumm.

Er klopfte ihm auf die Schulter. »Ich bin so schnell wie möglich wieder da.«

Alexander rannte aus dem Haus und wuchtete mit seinen Armen den schweren nassen Schnee von den Scheiben. Der Motor des SUV heulte auf, und er raste los Richtung Innenstadt.

KAPITEL 32

FRANKFURT,
MITTWOCH, 5. DEZEMBER 2018,
FRÜHER ABEND

»Sie sind tatsächlich das letzte Mal hier zur Tür hinausgegangen und direkt in den Flieger nach Kapstadt gestiegen?«

»Das könnte man so sagen«, bestätigte Malik Martens. »Ich musste natürlich noch kurz in meinem Büro vorbeifahren und ein paar Dinge regeln, aber die Maschine flog um zweiundzwanzig Uhr, und ich saß an Bord.«

Florentine schüttelte ungläubig den Kopf, und Malik Martens ließ sich nicht bremsen. »Da sehen Sie mal, was Sie für einen Einfluss auf mich hatten«, sagte er lachend. »Sie mit Ihrem Auszeit-Tipp! Und ich habe vor, noch einen Monat dranzuhängen.«

»Umso besser! Und dass Sie das organisatorisch so schnell hinbekommen haben, beeindruckt mich schwer.«

»Ich bin Vielflieger, und mein Leben passt in einen Koffer. Das hat immer mal wieder Vorteile.«

»Im Ernst? Ihr Leben passt in einen Koffer? Darf ich fragen, was da alles drin ist?«

»Zwei Anzüge, fünf Hemden, zwei Jeans, zwei Sakkos, fünf T-Shirts, fünf Unterhosen, fünf Paar Socken, zwei Paar Sneaker, eine Sporthose, eine Badehose, ein Paar Lackschuhe, ein Paar Flip Flops, zwei Krawatten, eine Fliege, zwei Gürtel, eine Baseballkappe, eine Sonnenbrille, eine Uhr …« Malik Martens zählte staccatomäßig den Inhalt auf.

»Ich staune«, sagte sie lachend, um dann einen Moment innezuhalten, weil ihr ihre eigene Reise nach Südafrika vor einigen Jahren in den Sinn kam. Und die Energie, die sie mit diesem Ort verband. »Ich hoffe, Sie haben nur schöne Momente erlebt und haben die Reise zu sich selbst genossen. Südafrika ist ein wundervoller Ort dafür.«

»Ich hatte auf jeden Fall seit dem Vorfall auf dem Segelboot vor der türkischen Küste keine Panikattacke mehr.« Er blickte sie offen an. »Aber das wird Sie wahrscheinlich nicht wundern, denn das haben Sie mir ja fast prophezeit.«

»Das freut mich sehr!«

»Und ich habe mir eingestanden, dass ich mich in den letzten Jahren überlastet habe. Nicht nur bis, sondern über meine Grenzen gegangen bin.«

Florentine nickte. »Das Gefühl hatte ich auch. Sie verlangen sich unglaublich viel ab. Haben so ein Lonesome-Rider-Syndrom.«

»Ein Lonesome-Rider-Syndrom?«, wiederholte er und lächelte. »Kann man dagegen etwas unternehmen?«

»Das könnte das Thema für die heutige Sitzung sein«, meinte Florentine und schaute irritiert zur Tür. »Sie müssen mich aber kurz entschuldigen. Warum auch immer sich jemand erdreistet, hier Sturm zu klingeln.« Sie stand auf. »Einen Moment, bitte.«

Florentine durchschritt den Raum, um die Tür zu öffnen. In solchen Augenblicken vermisste sie einen kleinen Flur, der den Praxisraum wenigstens ein bisschen vor den Augen anderer Menschen abschirmte. Sie würde doch noch mal einen Raumteiler aufstellen müssen. Am besten ein Bücherregal. Florentine wollte sich gerade beschweren, als Alexander hereinstürmte, sie fast umrannte, um mitten im Raum stehen zu bleiben. Ungeachtet der Tatsache, dass sie arbeitete, ein Klient da saß und er eine Sitzung störte, schrie er: »Hilf mir, Florentine, bitte hilf mir! Es ist etwas ganz Schreckliches passiert!«

Seine Haare standen feucht vom Kopf ab, sein Gesicht war von der Aufregung ganz gerötet, und Regenwasser tropfte an seinem Wollmantel herunter. Unter seinen Schuhen hatte sich bereits eine kleine Pfütze gebildet.

»Ich weiß nicht mehr weiter!«

Florentine erkannte Alexanders Stimme kaum wieder. Hoch und heiser, wie die eines alten Mannes. Sie versuchte, die Bedeutung seiner Worte zu erfassen, und warf Malik Martens, der völlig reglos in seinem Sessel saß und dem Geschehen folgte, einen entschuldigenden Blick zu.

»Alexander, beruhige dich erst einmal.« Sie ging in das kleine Badezimmer im hinteren Teil des Raumes und holte ein Handtuch. Sie reichte es ihm. »Gib mir deinen Mantel und setz dich hin.«

»Nein, keinesfalls! Du musst mit nach Steinbach kommen!« Er rieb sich mit dem Handtuch über Gesicht und Haare und schaute sie mit flehendem Blick an. »Wir müssen sofort los!«

»Alexander, ich bin mitten in einer Sitzung. Was ist denn passiert?«

»Sabine muss verrückt geworden sein«, berichtete er atemlos. »Wenn es stimmt, was sie erzählt, dann hat sie Suna umgebracht«, sagte er mit tränenerstickter Stimme. »Wenn das wahr ist, dann … dann … dann …« Seine Stimme versagte, und er sackte auf einem ihrer Sessel zusammen.

»Wie bitte?«, rief Florentine erschrocken und sah erst Alexander und dann Malik Martens entsetzt an.

»Und Elara ist verschwunden! Ich habe keinen blassen Schimmer, wo mein Kind ist.« Seine Nerven lagen blank. »Ich kann nicht mehr! Ich bin am Ende! Bitte, hilf mir! Anton ist mit dieser Wahnsinnigen allein in Steinbach.«

»Darf ich mich kurz einschalten?« Malik Martens wandte sich zunächst an Florentine und stand auf, um dann Alexander die Hand entgegenzustrecken. »Ich bin Malik Martens. Privatermittler.«

Alexander schaute auf, reichte ihm die Hand und schaute ihn entgeistert an.

»Keine Sorge, ich bin nicht von der Polizei, aber mit polizeilicher Ermittlungsarbeit vertraut«, erklärte Malik Martens. »Und wenn ich das richtig verstanden habe, gibt es irgendwo eine Tote und jemanden, der die Tat begangen hat? Und verstehe ich das richtig, Ihre kleine Tochter ist verschwunden?«

»Stimmt«, antwortete Alexander nur.

Malik Martens nahm seine schwarze Lederjacke vom Sessel und nickte Florentine zu. »Sie sollten in diesem Fall keine Zeit verlieren und schnell handeln.«

»In Ordnung«, meinte sie mit Blick auf Alexander. »Dann lass uns gleich losfahren.«

»Wollen Sie, dass ich mitkomme?«, fragte Martens unvermittelt. »Falls Sie Beistand benötigen, bevor Sie irgendwelche wichtigen Entscheidungen treffen.«

»Das würden Sie tun?«, fragte Alexander überrascht.

Florentine atmete ein und aus. Malik Martens war ihr Klient und nicht im Einsatz. Er hatte beschlossen, eine Pause einzulegen. Sie wusste nicht, was sie davon halten sollte, musste aber zugeben, dass es ihr ebenfalls lieber war, wenn er sie begleitete. Sie befürchtete das Schlimmste. Das alles klang nach einer absoluten Katastrophe.

Sie wandte sich ihm zu. »Vielen Dank!«, sagte sie leise. Nahm ihren Daunenmantel von der Garderobe und schnappte ihre Tasche. »Wo steht dein Auto?«, fragte sie Alexander.

»Vor der Haustür. Mit Warnblinker.«

»Ich fahre mit meinem Wagen«, erklärte Martens. »Wie lautet die Adresse in Steinbach?«

»Im Grund 7.« Alexander nickte ihm dankbar zu.

KAPITEL 33

STEINBACH, MITTWOCH, 5. DEZEMBER 2018, ABENDS

Es hatte endlich aufgehört zu nieseln, aber die Temperaturen waren auf unter null Grad gesunken, und die Straßen hatten sich in spiegelglatte Eisflächen verwandelt. Der städtische Winterdienst arbeitete auf Hochtouren, räumte und streute ununterbrochen Fahrbahnen, Geh- und Radwege, Plätze und Fußgängerzonen.

Kurz nachdem sie losgefahren waren, reichte Alexander Florentine sein Handy mit der Bitte, Anton eine SMS zu schicken, dass er wieder auf dem Rückweg sei. Er musste sich höllisch konzentrieren, und Florentine wagte es kaum, Fragen zu stellen. Sie hatte noch überhaupt keine Vorstellung vom Ausmaß dieser Tragödie und war froh, dass sich Alexander ihr anvertraut hatte und im Moment einfach zu funktionieren schien. Eine normale Reaktion in seinem Zustand.

»Ich weiß ja, dass du Suna und Elara heute Mittag vom Flughafen abholen wolltest.«

Alexander nickte nur und hielt den Blick starr geradeaus auf die Straße gerichtet. »Suna soll tot sein, Florentine, das glaube ich nicht! Das glaube ich einfach nicht!« Er stöhnte. »Und Sabine will sie umgebracht haben, wenn es stimmt, was sie in ihrem Wahn behauptet. Stell dir das mal vor!« Alexander blickte kurz nach rechts zu Florentine. »Das würde ja bedeuten, dass sie eine Mörderin wäre! Niemals! Meine Ex-Frau, die Mutter meiner Söhne – eine Mörderin! Das wäre doch der pure Wahnsinn! Was, zur Hölle noch mal, ist denn in diese Frau gefahren, Florentine? Sag's mir! Sag's mir, bitte!«, beschwor er sie und bremste jäh an einer Ampel, die gerade auf Rot gesprungen war. Sie schlitterten ein wenig.

Florentine entfuhr ein Zischlaut, und sie hielt sich instinktiv am Griff der Beifahrertür fest. Sie würde zunächst nicht antworten, Alexander sollte seinen Emotionen freien Lauf lassen.

»Und Elara ist verschwunden. Meine kleine Tochter ist weg! Einfach weg! Das kann doch alles nicht wahr sein!«, rief er aus. »Wo ist meine kleine Prinzessin? Ich werde wahnsinnig!«

»Das werden wir schnellstmöglich herausfinden.«

»Wenn ihr etwas zugestoßen ist, weiß ich nicht, was ich mache!«, sagte er verzweifelt. »Kannst du dir vorstellen, was das bedeutet?«

»Ich weiß zumindest, was es bedeutet, wenn ein Kind plötzlich nicht mehr da ist«, antwortete Florentine und ließ sich nicht aus der Ruhe bringen. »Lass uns jetzt Schritt für Schritt vorgehen.«

»Du hast Suna und Elara offensichtlich nicht am Flughafen angetroffen«, fuhr sie fort.

»Sie waren nicht an Bord der Maschine.«

»Okay. Das hast du wahrscheinlich gleich am Schalter in Erfahrung bringen können«, meinte Florentine und warf einen Blick in den Seitenspiegel, um zu erkennen, ob sich Malik Martens noch hinter ihnen befand.

»Genau«, antwortete Alexander. »Ich habe dann sofort versucht, bei meinen thailändischen Schwiegereltern anzurufen, die mir, wie du auch weißt, völlig fremd sind, und bin kläglich gescheitert. Sie sind nicht erreichbar, sprechen kein Englisch. Was weiß ich!« Er schüttelte nur den Kopf, und Florentine ließ ihn weiterreden. »Kurz darauf hat sich Anton gemeldet und mich gebeten, sofort zu kommen, weil Sabine völlig von der Rolle sei.« Er wischte sich eine feuchte Haarsträhne aus der Stirn. »Ich bin nach Steinbach gefahren. Sabine hat diesen Irrsinn von sich gegeben. Den Rest kennst du. Ich begreife das alles nicht, Florentine!«

Sie kamen fast gleichzeitig vor Alexanders ehemaligem Domizil in Steinbach an. Malik parkte seinen Mercedes am Straßenrand auf der gegenüberliegenden Seite. Anton erwartete sie schon an der Haustür.

»Sie ist eingeschlafen«, sagte er zu seinem Vater, als sie alle zusammen ins Haus gingen.

Alexander erklärte seinem Sohn kurz, wer Florentine und Malik Martens waren, und führte sie ins Wohnzimmer, wo Sabine wie ein kleines Kind mit angewinkelten Beinen auf dem Sofa lag und leise schnarchte.

Florentine und Martens betrachteten das Chaos um sich herum, während sich Alexander um Anton kümmerte, dem die Anspannung deutlich ins Gesicht geschrieben stand.

»Was hat ihre Emotionen derart entgleisen lassen?«, fragte Florentine mehr sich selbst als Malik Martens. »Eine tief greifende Bewusstseinsstörung, wie wir in der Psychologie sagen.« Sie atmete tief ein und aus und klärte Malik kurz über Alexanders Familienverhältnisse und die neuesten Ereignisse auf. »Hier war ein ganzes Bündel von Emotionen am Werk – Verlustangst, verschmähte Liebe, gekränkte Eitelkeit. Daraus kann sich eine gefährliche Mischung aus Wut und Verzweiflung entwickeln.«

»Wenn es dafür kein Ventil gibt«, bestätigte Malik Martens.

»Nichts ist so kompliziert und unberechenbar wie die menschliche Psyche«, seufzte Florentine, öffnete den Reißverschluss ihres Mantels und wandte sich dann an Alexander, der mit Anton noch am Küchentresen stand. »Du solltest Sabine jetzt wecken.«

»Anton, geh du doch am besten in dein Zimmer, okay? Ich komme nachher gleich noch mal nach oben.« Alexander brachte ihn zur Treppe.

Als er zurückkam, ging er zum Sofa, beugte sich über seine Ex-Frau und rüttelte sie an der Schulter. »Sabine, hörst du mich? Wach auf!«

Sie stöhnte, wälzte sich von der einen auf die andere Seite und öffnete die Augen. Sie richtete sich auf und blickte verwirrt in die Runde.

»Das ist Florentine Fuchs, die Psychologin, von der ich dir schon erzählt habe.«

»Hallo Sabine«, lächelte Florentine sie an.

»Und das ist Malik Martens. Ein ...«, er räusperte sich und suchte nach Worten, »... ein Freund von Florentine.«

»Was wollen Sie von mir?«, fragte Sabine mit ängstlichem Blick, aber klarer Stimme.

»Alexander kam zu mir, um Hilfe zu holen«, antwortete Florentine möglichst freundlich und setzte sich zu Sabine aufs Sofa. »Hilfe für Sie! Können Sie sich erinnern, was in den letzten Stunden geschehen ist?«

Sabine nickte, und Tränen traten ihr in die Augen. »Ich ... ich kann ... ich kann es mir nicht erklären«, stammelte sie. »Ich kann es mir einfach nicht erklären.« Die Tränen liefen ihr über die Wangen, und ihre Finger bohrten sich in die Polster. »Es kam plötzlich über mich, wie ... wie eine zerstörerische Welle«, sagte sie mit tränenerstickter Stimme.

Florentine öffnete ihre Handtasche, holte eine Packung Taschentücher heraus und reichte sie ihr.

Sabine putzte sich die Nase.

»Wo und wann haben Sie Suna denn getroffen?«

»Ich bin gestern Mittag zu ihr gefahren. Nach Niederrad. In ihr Appartement.« Sabines Stimme hatte jetzt etwas Trotziges. »Ich habe Alexander schon erzählt, dass sie dort eine Wohnung hat.«

»Und warum sind Sie dorthin gefahren?«

»Ich weiß es nicht genau.« Erneut schossen ihr Tränen in die Augen. »Vielleicht weil ich einfach mal mit ihr sprechen, Antworten auf all das finden wollte.« Sie riss das Taschentuch in kleine Fetzen.

»Antworten worauf?«, fragte Florentine und zog ein frisches Taschentuch aus der Packung, um es ihr zu geben.

»Was so toll an ihr ist«, sagte sie dann schluchzend. »Warum Alexander mich verlassen hat. Die Familie verlassen hat.«

Florentine sah sie mitfühlend an. »Und woher wussten Sie, dass Suna dort war?«

Sabine blickte Alexander an, der zusammengesunken am Türrahmen lehnte, als wolle sie ihn um Erlaubnis bitten. Nach einer kurzen Pause antwortete sie. »Ich habe Suna eine Woche lang beobachtet und herausgefunden, dass sie dort als Prostituierte arbeitet. Deshalb wusste ich ungefähr, wann sie dort war.« Sabine schluckte.

»Aber Suna war doch bis gestern Nacht in Bangkok, verdammt noch mal«, meinte Alexander wütend und stellte sich an die Rückenlehne des Sofas, um Sabine zu konfrontieren, die einen ungläubigen Ausdruck im Gesicht hatte.

»Offensichtlich nicht«, unterbrach Malik Martens ihn. »Offensichtlich hat sie den gestrigen Tag in Niederrad verbracht. Ich nehme an, Suna war allein in ihrer Wohnung«, fuhr er weiter fort und schaute Sabine an.

»Es war kein Freier da, falls Sie das meinen.« Sie schnäuzte sich. »Sie erwartete jemanden, aber er war noch nicht da.«

»Das kann nicht sein! Das darf nicht sein!«, schrie Alexander. »Suna hat mir versprochen, dass sie mit dem Escort aufgehört hat. Sie hat es mir doch versprochen.« Voller Verzweiflung schaute er Florentine an. »Sie ist nach Bangkok geflogen, um mit ihren Eltern eine Lösung für die Operation zu finden. Sie hat Elara mitgenommen, um ihrem Vater eine Freude zu machen.« Er schlug auf die Sofalehne. »Sie hat es mir versprochen! Sie hat es mir versprochen«, schlug er immer wieder mit der flachen Hand auf die Sofalehne ein. Bis er weinend zusammenbrach.

Florentine tat es in der Seele weh, was sie hier erlebte, und sie musste all ihre Selbstschutzmechanismen wirken lassen, um die Situation im Griff zu behalten.

Malik Martens nickte wissend, als ob jeder Satz von Alexander ihm bekannt vorkäme, ihm Hinweise liefern könnte. »Kommen

Sie.« Er half ihm auf die Beine und führte ihn zu einem Stuhl, der an dem langen Esstisch stand. Er setzte sich ihm gegenüber und schaute ihn durchdringend an. »Herr Bergmann, Sie sagen, Ihre Frau sei mit Ihrer Tochter in Bangkok beziehungsweise auf dem Rückweg nach Frankfurt. Haben Sie die beiden persönlich zum Flughafen gebracht?«

Alexander schaute ihn fassungslos an und nickte nur.

»Hatten Sie in den letzten Tagen Kontakt zu beiden?«

»Gestern Morgen mit meiner Frau.«

»Das letzte Mal?«, fragte Martens.

»Ja«, bestätigte Alexander.

»Und mit Ihrer Tochter?«, insistierte Martens.

Alexander senkte den Blick. »Mit ihr habe ich während der ganzen zwei Wochen nicht gesprochen, weil Suna immer eine andere Ausrede parat gehabt hat und Elara mal mit ihrem Großvater im Garten, mal mit ihrer Großmutter auf dem Markt gewesen ist.«

Malik Martens atmete tief ein. »Diese Wohnung in Niederrad, von der Ihre Ex-Frau gesprochen hat, haben Sie dafür einen Schlüssel?«

Alexander schüttelte den Kopf.

»Wir sollten so schnell wie möglich herausfinden, ob Sabine Bergmann die Wahrheit sagt. Und ob sich womöglich Ihre Tochter doch in besagtem Appartement aufhält. Es scheint zwei Möglichkeiten zu geben: Suna und Elara waren beide in dem Appartement in Niederrad, oder Elara ist noch bei ihren Großeltern in Bangkok. Lassen Sie uns die nächstliegenden Schritte zuerst in Angriff nehmen. Wissen Sie die Adresse?«

»Fragen Sie Sabine«, sagte Alexander verächtlich.

»Wir sollten an dieser Stelle eine Pause machen, Herr Martens«, schaltete sich Florentine ein, stand vom Sofa auf und nahm ebenfalls am Esstisch Platz. »Wir müssen mehrere Dinge klären. Zum einen: Wer fährt in die Wohnung nach Niederrad, macht sich ein Bild von der Situation vor Ort und schaut, ob sich Elara dort befindet? Und zum anderen: Wie sollen wir vorgehen, damit Sabine Bergmann den bestmöglichen Beistand bekommt?« Sie nahm aus dem Augenwinkel wahr, wie Alexanders Ex-Frau zusammenzuckte. »Und drittens: Wer kümmert sich um dich, Alexander, und Anton? Ganz abgesehen vom Rest der Familie. Was meinen Sie, Malik?«

Er überlegte nicht lang. »Ich habe einen Kontaktmann bei der Frankfurter Polizei, der aufgrund eines anonymen Tipps eine Wohnungsdurchsuchung veranlassen kann. Wenn es stimmt, was Sabine Bergmann sagt, gibt uns das einen kleinen zeitlichen Vorsprung, bis sie die Tat der Polizei gestehen muss. Und ich kann bei der Suche nach Ihrer Tochter behilflich sein, Herr Bergmann, falls Sie das wünschen?«

»Ich will nur …«, sagte Alexander völlig erschöpft, »… meine Tochter wieder bei mir haben.« Er schien immer noch zu verarbeiten, was der Privatermittler in den Raum gestellt hatte.

»Außerdem bin ich mit einem Juristen befreundet, den ich informieren würde – Hans-Peter Langendorf. Er könnte sicherlich schnellstmöglich vorbeikommen.«

»Das klingt alles sehr hilfreich«, sagte Florentine und schaute Malik Martens dankbar an. »Dann kümmere ich mich um die restlichen Angelegenheiten.«

KAPITEL 34

STEINBACH,
MITTWOCH, 5. DEZEMBER 2018,
SPÄTER ABEND

HPL traf um einundzwanzig Uhr in Steinbach ein und stapfte durch den Schneematsch auf Malik zu. »Von null auf hundert, kann ich da nur sagen! Kaum hast du in Frankfurt Boden unter den Füßen, schon stürzt du dich in den nächsten Fall – oder wie muss ich das alles hier verstehen? Ich dachte, du wolltest 'ne sanfte Landung nach deiner Auszeit? Jetzt beschäftigst du dich gleich mit einem Mordfall. Geht's noch?« Er schaute nach unten. »Verflucht noch mal, jetzt sind auch noch meine Füße nass!«

»Ich hatte Sehnsucht nach dir«, begrüßte ihn Malik, blieb mit ihm in dem kleinen Windfang stehen und schilderte ihm, was sich bisher ereignet hatte. Noch während sie sprachen, klingelte sein Handy: Sein Kontaktmann von der Polizei war dran und bestätigte, was Sabine Bergmann bereits gestanden hatte. Wieder einmal wurde Malik klar, wie wertvoll jeder einzelne Kontakt seines Netzwerks war, das er sich in den letzten fünfundzwanzig Jahren aufgebaut hatte.

»Suna Bergmann ist mit einem schweren Gegenstand erschlagen worden, hat Kommissar Meyer mir unter der Hand berichtet.«

»Verstehe«, meinte HPL. »Und was ist mit dem Kind?«

»Bleibt verschwunden.«

»Dein Part.« HPL fuhr sich über die Bartstoppeln. »Und ich werde mich jetzt mal mit Sabine Bergmann unterhalten.«

Sie betraten das Wohnzimmer. Malik stellte den Juristen kurz vor, und HPL zog sich daraufhin mit Sabine in das Gästezimmer zurück, um sie über ihre Rechte aufzuklären und sich selbst ein Urteil über das Geschehen zu bilden.

Malik blickte zu Florentine, sie regelte zusammen mit Alexander, soweit er dazu in der Lage war, die wichtigsten familiären Belange. Als Erstes hatte er seine Ex-Schwiegereltern angerufen, die allerdings seit Monaten in ihrem Haus auf Mallorca überwinterten und erst am nächsten Morgen zurückfliegen konnten. Sabines Mutter hatte am Telefon einen Weinkrampf bekommen. Daraufhin hatte Florentine das Telefonat übernommen und ihr geraten, dringend einen Arzt aufzusuchen, der ihr eine Beruhigungsspritze geben sollte.

Alexanders Eltern waren bereits unterwegs, sie wohnten im nicht weit entfernten Bad Homburg. Florentine hatte empfohlen, dass Alexander erst in den kommenden Tagen mit seinem älteren Sohn in Australien telefonieren sollte. »Keiner von uns kann nachempfinden, was du gerade durchmachst.« Sie drückte seine Hand. »Aber ich unterstütze dich, wo ich nur kann.«

Alexander nickte. »Danke!«

Es klingelte. Das mussten Alexander Bergmanns Eltern sein, die Anton für die nächste Zeit in ihre Obhut nehmen würden. Kaum hatte Alexander die Tür geöffnet, fiel ihm seine fast achtzigjährige Mutter auch schon um den Hals, während sein Vater hilflos danebenstand.

»Mein Junge, wie entsetzlich! Was für eine Katastrophe! Dein Vater und ich sind fassungslos.«

Alexander räusperte sich und wand sich aus der Umarmung seiner zierlichen Mutter. »Danke, dass ihr so schnell gekommen seid.«

In einer abgeschiedenen Ecke lehnte Malik an der Wand, telefonierte und beobachtete das Geschehen, als HPL aus dem Gästezimmer kam und ihm bedeutete, dass er kurz mit ihm sprechen wollte.

»Ich hab Sabine Bergmann davon überzeugt, sich noch heute Nacht der Polizei zu stellen«, sagte er leise. »Mit etwas Glück bekommen wir sie in ein psychiatrisches Krankenhaus eingeliefert. In meinen Augen hat sie den Mord im Affekt begangen, ich rechne mit mildernden Umständen. Aber bis wir da sind, dauert es noch eine Weile.«

»Okay. Ich würde allerdings vorschlagen«, fuhr Malik fort, »dass wir mit dem Anruf bei den Freunden der Mordkommission warten, bis die Eltern und der Junge weg sind.«

»Und so lange soll Sabine Bergmann im Gästezimmer bleiben, um jedes weitere Drama zu verhindern«, bestimmte HPL.

»Genau!«

»Wo ist denn Anton?«, fragte Uta Bergmann, als sie energischen Schrittes ins Wohnzimmer kam und sich irritiert umsah. »Das Kind muss doch beschützt werden«, sagte sie in barschem Ton. »Und wer sind all diese Leute hier?«

Florentine übernahm es, sich und alle anderen vorzustellen, während Alexander die Treppen nach oben ging und Anton holte.

»Sie sind Psychologin«, wandte sich Uta Bergmann an Florentine. »Was ist denn bloß in Sabine gefahren? Das ist alles so furchtbar, so furchtbar!« Sie schaute ihren Mann an. »Nicht wahr, Winfried! Das muss man doch fragen dürfen«, entrüstete sie sich. Bergmanns Vater schwieg beharrlich und schien mit der ganzen Situation völlig überfordert zu sein. Der groß gewachsene Mann mit dem schlohweißen Haarschopf saß zusammengesunken auf einem Küchenstuhl und knetete nervös den Autoschlüssel mit seinen knorrigen Fingern.

»Kümmern Sie sich bitte um Ihren Enkel«, antwortete Florentine. »Das wäre für Alexander im Moment sicherlich eine große Hilfe. Für alles andere sind die Fachleute zuständig.«

»Ja, aber …«

Alexander kam die Treppen herunter. Anton, dessen Augen ganz klein und rot gerändert waren, trottete hinter ihm her, hielt seine Sporttasche in der einen Hand und fuhr sich mit der anderen ständig durchs Haar.

»Anton, mein Junge«, rief seine Großmutter und ging auf ihn zu, »jetzt bleibst du erst mal eine Weile bei uns.« Sein Großvater war aufgestanden und nahm ihm die Sporttasche ab. »Am besten, wir fahren jetzt auch gleich.«

»Wo ist Mama?«, fragte Anton und wandte sich an seinen Vater.

»Im Gästezimmer. Sie spricht mit dem Anwalt.«

Anton drehte sich wortlos um und verschwand, um nach ein paar Minuten völlig aufgelöst und mit verweinten Augen aus dem Gästezimmer zu kommen. Er riss seinen Anorak von der Garderobe und stürmte nach draußen.

Alexander folgte ihm.

Als Uta und Winfried Bergmann es ihnen gleichtun wollten, hielt sie Florentine noch einen Augenblick zurück. »Geben Sie Vater und Sohn noch kurz Zeit, um sich zu verabschieden.«

HPL hatte die Frankfurter Mordkommission verständigt, und zwei Beamte waren wenig später eingetroffen. Ohne großes Aufsehen wurde Sabine Bergmann, nachdem alle Formalitäten erledigt waren, von zwei Polizisten abgeführt. Als sie an der offenen Haustür stand und sich hilflos umdrehte, ging Alexander zu ihr. Leicht berührte sie seinen Arm. Er wich zurück. Ein beklemmendes Schweigen breitete sich zwischen den beiden aus. Mit ausdruckslosen Augen sah sie ihn an. Trotz ihrer Größe wirkte sie so zerbrechlich, als ob auch aus ihr jedes Leben gewichen wäre. Dann gab einer der Polizisten ihr zu verstehen, sich Richtung Polizeiwagen zu bewegen. Wortlos, mit hängendem Kopf verließ sie ihr Haus.

Alexander Bergmann hatte die Nachricht, dass sich Elara nicht im Appartement in Niederrad befand, nicht gut aufgenommen. Bleich war er auf dem Sofa zusammengesunken. Während Florentine Kaffee und Tee für alle kochte, hatte Malik über sein Netzwerk den Kontakt einer Dolmetscherin in Frankfurt besorgt. Alexander sollte schnellstmöglich mit seinen thailändischen Schwiegereltern sprechen, um in Erfahrung zu bringen, ob sich seine Tochter bei ihnen aufhielt.

»Was mach ich nur, wenn Elara nicht bei ihnen ist?« Der verzweifelte Ausdruck in seinen Augen traf selbst Malik ins Herz.

»Lassen Sie uns erst einmal abwarten, was bei dem Gespräch herauskommt. Dann wissen wir mehr und können die nächsten Schritte überlegen.«

Es war mittlerweile kurz vor Mitternacht, und endlich war etwas Ruhe eingekehrt.

»Ich geh dann«, verabschiedete sich HPL und stellte seine Tasse in die Spüle. »Ich meld mich, wenn's was Neues gibt.«

»Danke!« Malik brachte ihn zur Tür.

Für den morgigen Vormittag hatte Malik ein Treffen mit der Dolmetscherin in Alexanders Wohnung organisiert.

»In meinem Kopf ist nur noch Nebel«, murmelte Alexander entschuldigend, »ich muss mich kurz hinlegen.«

Er streckte sich auf dem Sofa aus und schloss die Augen. Binnen Sekunden war er in einen unruhigen Schlaf gefallen.

Nach einer Weile entschied Florentine, ihn nicht zu wecken, sondern mit Malik Martens in die Stadt zurückzufahren.

KAPITEL 35

FRANKFURT,
MITTWOCH, 5. DEZEMBER 2018,
NACHTS

»Wie verzweifelt muss Sabine Bergmann gewesen sein, um so zu handeln?«, fragte Malik, als er mit Florentine gegen Mitternacht auf der Rückfahrt von Steinbach nach Frankfurt war. Vereinzelt kamen ihnen ein paar Autos entgegen, aber um diese Zeit waren die Straßen fast menschenleer. Die Wetterverhältnisse veranlassten die meisten ohnehin dazu, ihre Wagen stehen zu lassen und zu Hause zu bleiben.

»Es muss diesen einen apokalyptischen Moment gegeben haben, das auslösende Ereignis, das jeder Beziehungstat zugrunde liegt«, antwortete Florentine nachdenklich und rieb sich die Schläfen. Sie wirkte angestrengt.

»Explosionsgefahr lauert da, wo besondere Nähe herrscht.« Malik verlangsamte das Tempo seines Mercedes zur Sicherheit noch ein wenig, obwohl die Straßen frei von Eis und geräumt waren.

»Genau«, bestätigte Florentine. »Für eine Beziehungstat gibt es zwar verschiedene Gründe, aber das entscheidende Motiv ist, dass das Selbstwertgefühl des einen Partners durch den anderen verletzt wird.«

»Was bedeutet das in diesem konkreten Fall?«, fragte Malik.

»Ich würde sagen, Sabine fühlte sich als betrogene Versagerin, fühlte sich nicht mehr liebenswert. Und im Vergleich zu Suna, die eine bildschöne Frau war, vielleicht auch nicht schön genug«, erklärte Florentine. »Da ich aber mit Sabine heute Abend das erste Mal persönlich gesprochen und davor nur von Alexander hin und wieder über die Problematik erfahren habe, kann ich nur mutmaßen und Vergleiche ziehen.« Florentine griff sich in die Haare und öffnete ihren Zopf. Sie schüttelte den Kopf, sodass ihr Haar über die Schultern fiel.

»Verstehe.« Malik merkte, wie seine Gedanken auf Abwege gerieten. Suna Bergmann kannte er nicht, aber zweifellos fand er, dass Florentine Fuchs eine bildschöne Frau war. Mit ihren blauen Augen, so dunkel und tiefgründig wie ein Bergsee, und den roten langen Haaren. Eine Kombination, die einem nicht oft begegnete.

»Wenn wir verheiratet sind oder in einer stabilen Beziehung leben, ist das durchaus eine gute Grundlage für unser Selbstwertgefühl«, redete sie weiter. »Verlässt ein Partner den anderen, wird dessen Selbstwertgefühl dadurch ins Wanken gebracht. Es handelt sich um eine narzisstische Kränkung.« Sie schaute ihn von der Seite an und schien voll und ganz in ihrem Element zu sein. »Im Wesentlichen geht es um die Frage: Warum tut mir mein Partner das an? Und kaum denkt man darüber nach, gerät man in einen Abwärtsstrudel von negativen Gedanken und Gefühlen, der das Selbstwertgefühl bedroht.«

»Aber dann hätte Sabine doch Alexander töten müssen«, konterte Malik.

»Vielleicht wollte sie das auch.« Florentine hielt inne und überlegte laut, »und hat es mit dem Mord an Suna in übertragenem Sinne auch getan.«

Malik spürte ihren intensiven Blick. »Nach dem Motto: Wenn ich dich nicht haben kann …«

»… dann auch keine andere«, sagte sie und beendete den Gedanken.

»Ist die Tat dann nicht geplant?«

»Nein. Beziehungstaten sind fast ausschließlich Affekttaten. Und ›sthenische Affekte‹, wie sie im Fachjargon genannt werden, also zum Beispiel Wut oder starke Eifersucht, können ebenfalls Ursache einer Affekttat sein.«

Malik schaute in den Rückspiegel, weil er geblendet wurde. Er rechnete jedoch nicht mit einem Verfolger, und der Fahrer des Wagens schien auch schon bemerkt zu haben, dass er das Fernlicht eingeschaltet hatte, denn er blendete unverzüglich ab.

»Wenn man von ihrem momentanen desaströsen Zustand absieht, ist Sabine, objektiv betrachtet, ja eine durchaus attraktive Frau«, stellte er fest.

»Ja, das finde ich auch, aber sie war Ende vierzig, als Alexander sie wegen einer Jüngeren, dazu noch einer exotischen Thailänderin verlassen und dann auch noch ein Kind mit ihr bekommen hat. Das ersehnte Mädchen.« Florentine schluckte und schwieg.

Malik drehte ihr den Kopf zu, um herauszufinden, ob es einen Grund für ihr Schweigen gab, als sie auch schon fortfuhr.

»Sabine fühlte sich verschmäht, abgelehnt, gedemütigt. Ihr Lebenskonzept war vernichtet.«

»Es leuchtet mir ein, dass Suna die Rivalin war, die Sabines Glück zerstörte. Aber deshalb einen Mord zu begehen …« Malik schüttelte den Kopf und schaute wieder auf die Straße.

»Zu morden ist eine völlig irrationale Handlung, wenn man von einem geistig gesunden Menschen ausgeht. Danach ist die Person in der Regel völlig ratlos und kann nicht verstehen, was passiert ist.«

»Da haben wirklich alle menschlichen Mechanismen versagt«, bestätigte Malik entschieden.

»Letztendlich hat sich diese Tragödie über die vergangenen sechs Jahre aufgebaut. Und soviel ich weiß, wollte sich Sabine auch nie helfen lassen.« Florentine seufzte. »Dabei können wir Psychologen und Therapeuten eine so wertvolle Hilfe in diesem Zusammenhang leisten. Ich bin mir sicher, eine therapeutische Begleitung in der Trennungsphase hätte Sabine vor dem Schlimmsten bewahrt.« Florentine straffte ihren Rücken, während Malik über ihren letzten Satz nachdachte und in die Saalgasse einbog, um zu Florentines Haus zu gelangen.

»So, da wären wir.« Er stoppte den Wagen vor dem Eingang.

»Darf ich fragen, woher Sie Hans-Peter Langendorf kennen?«, fragte Florentine unvermittelt.

»Das ist eine lange Geschichte. Aber kurz gesagt, berät er mich in allen juristischen Belangen. Und nicht nur das. Er hat mir auch Sie wärmstens ans Herz gelegt.«

Florentine lachte. Das erste Mal, seit er sie kannte. »Das hat aber ein bisschen gedauert, bis die Wärme in Ihrem Herzen angekommen ist.«

Sie hatte wunderschöne Zähne. Wie Perlen, die aneinandergereiht waren. »Und darf ich jetzt fragen, woher Sie Alexander Bergmann kennen?«

»Wir haben uns zu Studienzeiten in München kennengelernt, dann wieder aus den Augen verloren und bei einer Vernissage Jahre später zufällig wiedergetroffen. Ihm habe ich es zu verdanken, dass ich vor einem Jahr hier in Frankfurt die Praxis einer Kollegin, die sich in den Ruhestand verabschiedet hat, übernehmen konnte.«

»Kennen Sie sich näher?« Die Frage war Malik herausgerutscht, so hatte er sie nicht stellen wollen. Nun war es passiert.

Florentine schien kurz nachzudenken. »Das ließe sich besser bei einem Gin Tonic an einem lauen Sommerabend als bei Minusgraden in einer verschneiten Winternacht beantworten. Und das dauert ja noch ein bisschen.« Sie bedachte ihn mit einem Blick, den er nicht zu deuten wusste. »Gute Nacht, Malik, vielen Dank für alles!« Sie stieg aus und warf ihm noch mal einen Blick zu.

»Gute Nacht, Florentine. Schlafen Sie gut!«

Er lehnte sich zurück und beobachtete, wie sie die wenigen Treppenstufen zu ihrem Haus nach oben lief, die Tür aufschloss und das Licht anknipste. Dabei bemerkte er, dass sie knallgelbe Sneakers trug. Das war ihm erst jetzt aufgefallen. Dunkelblaue Augen, tizianrote Haare, knallgelbe Sneakers – was für ein unwiderstehlicher Mix!, dachte er und spürte immer deutlicher, dass seine Lebensgeister zurückkehrten und er langsam wieder der Alte zu sein schien.

KAPITEL 36

FRANKFURT,
DONNERSTAG, 6. DEZEMBER 2018

»Somchai Meephuk sagt, Elara sei nicht da«, erklärte Ailin Miller mit unbewegter Miene.

»Was soll das heißen?« Alexander schaute verzweifelt von einem zum anderen. »Sagen Sie meinem Schwiegervater noch einmal, dass ich sofort mit meiner Tochter sprechen will!«

Sie saßen zu dritt um den langen Esstisch aus hellem Buchenholz in Alexander Bergmanns Wohnung. Es war elf Uhr deutscher und siebzehn Uhr thailändischer Zeit, und sie versuchten nun schon seit einer Viertelstunde, brauchbare Antworten von Alexanders Schwiegereltern zu bekommen. Malik hatte sein Handy in der Mitte des Tisches platziert, den Lautsprecher eingestellt, und die thailändischen und deutschen Sätze flogen wie Ping-Pong-Bälle hin und her. Er hatte entschieden, das Telefonat mit seinem Handy führen zu lassen, weil Alexander Bergmann außer Namen und Mobilnummer keine Daten von seinen Schwiegereltern hatte. So waren sicherheitshalber schon mal diese Koordinaten in seinem System gespeichert.

Erneut übersetzte Ailin Miller pflichtbewusst, was Somchai Meephuk in ruhigem Gleichmut von sich gab: »Elara ist nicht da.«

Nun wandte sich Malik an die Dolmetscherin. »Sagen Sie ihm, dass er und seine Frau sich strafbar machen würden, wenn sie das Kind ohne die Erlaubnis des Vaters bei sich behalten.«

Wieder ließ Ailin Miller die Worte auf Thailändisch aus ihrem Mund fließen, und wieder kam dieselbe stoische Antwort.

Plötzlich schlug Alexander mit der Faust auf den Tisch, sodass Maliks Handy von der Tischplatte hüpfte, und schrie wie von

Sinnen auf das Telefon ein: »Your daughter is dead! Understood? Suna! Is! Dead!« Seine Stimme überschlug sich. »Your daughter was murdered. And you have to tell me, for God's sake, where MY daughter is!«

Sowohl am anderen Ende der Leitung als auch in Alexander Bergmanns Esszimmer herrschte absolute Stille. Man hätte eine Stecknadel fallen hören können.

»Sawatdii Kah«, verabschiedete sich Ailin Miller der Form halber ein paar Sekunden später in die Stille hinein, obwohl die Verbindung am anderen Ende bereits unterbrochen war.

Alexander stand ruckartig auf. Der Stuhl, auf dem er gesessen hatte, kippte um. »Ich setze mich in den nächsten Flieger nach Thailand.«

»Sie beruhigen sich jetzt erst einmal, Herr Bergmann«, sagte Malik in scharfem Ton und gab ihm zu verstehen, dass man mit Tobsuchtsanfällen bei asiatischen Menschen gar nichts bewirken konnte. Wobei er sich nicht auszumalen vermochte, wie sich Eltern fühlten, wenn sie so vom Tod ihrer Tochter erfuhren.

Er bedeutete der Dolmetscherin, dass sie sie nicht mehr bräuchten, und begleitete sie zur Tür. »Vielen Dank, dass Sie den Termin so schnell möglich gemacht haben«, verabschiedete er sich von Ailin Miller, die weiterhin unbewegt freundlich wirkte. »Rechnung, wie immer, an mein Büro«, rief er ihr noch nach und schloss die Wohnungstür.

Ailin Miller war absolut zuverlässig und immer schnell zur Stelle. Sie hatte in Frankfurt Wirtschaftswissenschaften studiert und war mittlerweile mit einem deutschen Banker verheiratet. Sie versteckte jedoch, wie die meisten Asiaten, ihre Gedanken und Gefühle hinter einer höflichen Maske.

Während Malik den langen Altbau-Flur entlanggging, dachte er darüber nach, welche Vorgehensweise jetzt am sinnvollsten war. Er durchquerte das geräumige Wohnzimmer, das mit einer cremefarbenen Sofagruppe ausgestattet war, die mitten im Raum stand. An den Wänden hingen großformatige, expressionistische

Bilder – nicht unbedingt sein Geschmack, aber sehr eindrucksvoll. An der Wand, die das Wohn- mit dem Esszimmer verband, waren links und rechts der Flügeltür hohe Bücherregale angebracht. Alles sehr stilvoll, dachte Malik, aber es wirkt kühl.

Alexander stand reglos am Fenster.

»Herr Bergmann?« Malik blieb am Tischende stehen und spürte ein leichtes Ziehen im Nacken.

»Heute ist Nikolaustag«, sagte Alexander Bergmann, weiter den Blick aus dem Fenster gerichtet. Draußen fielen erste Schneeflocken. »Normalerweise würde hier ein Adventskalender hängen und ein Stiefel vor der Tür stehen. Suna hat sich nie viel daraus gemacht, aber Elara und ich haben das zusammen zelebriert.« Er drehte sich um. Seine Haut war blass, Bartstoppeln sprossen an Kinn und Wangen, und seine Augen waren blutunterlaufen. »Ich bin psychisch und physisch am Ende, Herr Martens.« Er stützte sich auf dem Sofa ab. »Bitte, helfen Sie mir! Was geht hier vor? Wo ist meine Tochter?«

Malik überlegte einen kurzen Moment. »Lassen Sie uns zunächst ein paar Fakten zusammentragen. Fühlen Sie sich in der Lage dazu?« Alexander rieb sich die Augen. »Wollen Sie auch einen Kaffee?«

»Nein danke! Kamillentee, wenn Sie haben, sonst ein stilles Mineralwasser.«

Alexander blickte ihn erstaunt an, ging aus dem Zimmer, um dann mit einer Flasche Mineralwasser und zwei Gläsern zurückzukommen. »Tut mir leid, es gibt weder Kamillentee noch Kaffee.« Er schenkte ihnen ein.

Sie setzten sich an den Tisch, Malik öffnete sein iPad und trank einen großen Schluck. »Sie haben Ihre Frau und Ihre Tochter, als Sie sie vor zwei Wochen zum Flughafen gebracht haben, das letzte Mal gesehen. Sie hatten vorgestern, also am Dienstagmorgen, das letzte Mal einen SMS-Kontakt mit Ihrer Frau und die ganze Zeit über keinen direkten Kontakt zu Elara. Richtig?«

Alexander nickte. »Worauf wollen Sie hinaus?«

»War der Thailand-Urlaub schon länger geplant?«, fragte Malik, anstatt eine Antwort zu geben.

»Suna fuhr zwei bis drei Mal im Jahr nach Thailand, aber zu diesem Aufenthalt hatte sie sich spontan entschlossen.«

»Warum?«

»Wir hatten in der letzten Zeit öfter Streit, weil Sunas Vater schwer krank ist und eine Spenderniere braucht. Eine Transplantation muss in Kürze stattfinden, sonst hat er wohl keine Überlebenschance. Das hat Suna extrem belastet.« Alexander Bergmann starrte ins Leere. »Das habe ich vielleicht unterschätzt. Sie wollte, dass ich das Ganze finanziere.« Er machte eine Pause. »Wozu ich nicht bereit war. Ganz abgesehen davon, dass ich es auch finanziell gar nicht kann. Ich habe drei Kinder, für die ich bereit bin, alles zu geben. Aber ich wollte keine Almosen für einen Wildfremden beisteuern. Deshalb ...«

»Deshalb kam es immer wieder zu Streitereien, das kann ich mir gut vorstellen. Wenn Sie eine Thailänderin heiraten, heiraten Sie immer deren ganze Familie mit. Haben Sie sich vor Ihrer Ehe über die thailändischen Konventionen informiert?«, fragte Malik. »Das machen leider die wenigsten Männer, die mit einer Thailänderin eine Beziehung eingehen.«

Alexander schluckte.

»Liege ich mit meiner Vermutung richtig, dass Sie so gut wie nichts über die Familie Ihrer Frau wissen?«

Alexander senkte beschämt den Blick.

»Wie haben Sie Ihre Frau denn kennengelernt, Herr Bergmann?«

Alexander leerte das Glas Wasser in einem Zug. Rückte mit seinem Stuhl zurück, stützte die Ellbogen auf die Schenkel und legte das Kinn in die Hände. »Nach vielen entbehrungsreichen Jahren, in denen ich meinen Kunsthandel vorangetrieben, mich als Maler etabliert und meiner Familie ein gutes Leben ermöglicht hatte, war ich eine Zeit lang viel auf Messen und Ausstellungen unterwegs und hatte mir meistens eine attraktive Begleiterin organisiert, um mir die Abende und Nächte ein wenig zu versüßen.« Alexander räusperte sich. »Ist das verwerflich?«

Es schien Malik, als wolle Alexander Bergmann Abbitte leisten. »Ich vertrete hier keine moralische Instanz, sondern sammle lediglich so viele Informationen wie möglich, um Licht ins Dunkel zu bringen und die nächsten Schritte mit Ihnen zu besprechen«, erwiderte Malik gelassen.

Daraufhin setzte sich Alexander Bergmann wieder aufrecht hin. »Alles seriös, diskret und immer über ausgewiesene Escort-Service-Agenturen«, redete er weiter. »Auch 2012 in München, wo ich Suna alias Joy, wie sie sich damals genannt hatte, kennengelernt habe. Sabine und ich lebten wie viele Paare, die lange zusammen sind, schon eine geraume Zeit nebeneinanderher.«

Bergmann machte eine kurze Pause, als ob er auf eine Antwort wartete. Doch Malik ließ ihn weitersprechen.

»Die Affären und Abenteuer hatten alle nichts zu bedeuten, bis Suna vor mir stand. Sie war eine Attraktion, eine asiatische Schönheit, fleischgewordene Versuchung. Sie zog mich völlig in Bann.« Alexander bedachte Malik mit einem verschwörerischen Blick. »Können Sie das verstehen? Ich meine … ähm … so von Mann zu Mann?«

»Von Mann zu Mann?«, wiederholte Malik gedehnt und lächelte Alexander süffisant an: »Der Anblick einer schönen Frau hat immer etwas Erhebendes.« Er dachte an Florentine Fuchs, an ihre dunkelblauen Augen, ihren federleichten Gang, ihre samtweiche Stimme. Und an die langen roten Haare.

Alexander fuhr fort: »Aus einem Abendessen und einer Nacht wurden drei Tage und drei Nächte, und das Zusammensein mit ihr war für mich weit mehr als ein erotischer Kick. Die Tage mit Suna veränderten mich, und ich verliebte mich in sie. Ein halbes Jahr lang trafen wir uns regelmäßig. Verbrachten sogar einmal einen einwöchigen Urlaub auf Sizilien zusammen. Mit jedem Treffen fühlte ich mich mehr zu ihr hingezogen. Bis sie mir eröffnete, dass sie schwanger war.« Alexanders Lippen umspielte ein Lächeln. »Ich war erst völlig perplex, hab aber dann nicht lange nachgedacht und beschlossen, Sabine zu verlassen und mit Suna einen Neuanfang zu wagen.«

»Das klingt wirklich nach einer rasanten und einschneidenden Veränderung. Wusste jemand von der Escort-Vergangenheit Ihrer Frau?«

»Suna und ich hatten vereinbart, weitgehend Stillschweigen darüber zu bewahren. Im Familien- und Freundeskreis erzählten wir, dass wir uns auf der Kunst&Antiquitäten-Messe in München kennengelernt hätten, da Suna im weiteren Umfeld der Familie des thailändischen Königs gedolmetscht hätte, der schon damals häufig Bayern besucht hatte und mittlerweile ja auch ein Domizil am Starnberger See besitzt. Eine sehr plausible Notlüge, wie wir fanden.« Alexanders Mundwinkel zuckten ein wenig, und Malik folgte seinem Blick, der an einem Triptychon hängen blieb, das an der Wand zum Wohnzimmer hing und eine wildromantische Küstenlandschaft zeigte. »Sizilien – die Königin der Mittelmeer-Inseln – das Hochzeitsgeschenk für meine Frau.«

»Wahrlich beeindruckend«, sagte Malik und nickte anerkennend.

»Wir hatten eine kleine standesamtliche Trauung«, fuhr er fort, »nur mit Trauzeugen: Isabell, Sunas beste Freundin, und Günther, mein bester Freund.«

»Kannten die beiden Ihr kleines Geheimnis?«

»Isabell ja, Günther nicht. Aber Florentine habe ich irgendwann davon erzählt. Vor ihr habe ich keine Geheimnisse.«

Interessant zu wissen, dachte Malik und verzog keine Miene. Aber es ärgerte ihn. »Haben Sie die Kontaktdaten von Isabell?«

Alexander schaute Malik überrascht an.

»Ich gehe davon aus, dass jede Information irgendwann von Bedeutung ist«, erklärte Malik. »Erlauben Sie, dass ich an dieser Stelle Ihre Geschichte weitererzähle? Suna hat wieder als Escort gearbeitet, um das Geld für die Operation ihres Vaters zu verdienen. Sabine hat herausgefunden, dass Suna ihr Business in der Wohnung in Niederrad betreibt, hat es Ihnen verraten, was zu erneuten Streitigkeiten zwischen Ihnen und Suna geführt hat. Liege ich so weit richtig?«

Alexander nickte.

»Wie hat Sabine Suna entlarvt?«

»Zufall oder schicksalhafte Fügung«, sagte Alexander leicht ironisch. »Sie hat Suna mit einem Kunden in einem Restaurant gesehen und dann gestalkt.«

»Gestalkt?«, fragte Malik nach, rief sich jedoch kurz die gestrige Situation in Steinbach ins Gedächtnis und ließ es auf sich beruhen. »Was ist dann passiert?«

»Ich habe Suna mit Trennung gedroht. Und damit, dass ich Elara bei mir behalten würde.«

»In diesem Moment muss in Ihrer Frau der Plan gereift sein, Ihnen Elara wegzunehmen. Und am Ende ist sie dann unter einem falschen Vorwand mit dem Kind nach Bangkok gereist, um Ihnen das Mädchen zu entziehen.«

Alexander blickte ihn entsetzt an.

»Kindesentzug, Kindesmitnahme oder Kindesentführung – mit den verschiedenen Begriffen wird lediglich zwischen der Entführung durch fremde Täter und der Tat eines Vaters oder einer Mutter unterschieden. Die Grenzen sind allerdings fließend. In jedem Fall handelt es sich um eine widerrechtliche Handlung und damit eine Straftat«, erklärte Malik.

Alexander schüttelte nur den Kopf und sank immer tiefer in seinen Stuhl.

»Eine Kindesmitnahme liegt vor, wenn ein Elternteil ohne Wissen und Einwilligung des anderen Elternteils das Kind ins Ausland bringt. Wird das Kind nach einem Aufenthalt nicht zurückgebracht, handelt es sich um Kindesentführung. So ist die Rechtslage.« Malik ließ Alexander nicht aus den Augen. »Das Bundesamt für Justiz zählt jährlich siebenhundertfünfzig neue Fälle, in denen Eltern ihre Kinder über deutsche Grenzen verschleppen. In der Regel sind Trennungskonflikte der Auslöser. Dabei ist das Kind immer das Druckmittel.«

»Unfassbar! Ich hatte irgendwie ein merkwürdiges Gefühl am Flughafen, als ich Suna mit dem vielen Gepäck gesehen habe. Warum habe ich nicht mehr insistiert? Aber niemals wäre ich auf die Idee gekommen, dass Suna Elara entführen würde!«

»Kindesentführungen passieren in Krisen und sind meist mehr oder weniger gut geplant. Jemand, der sein Kind entführt, befindet sich in der Regel in einer psychischen Ausnahmesituation.«

Alexander schien nachzudenken und fragte dann nach einer Weile verzweifelt: »Was kann ich denn um Gottes willen jetzt tun?«

»Sie können Anzeige erstatten. Wegen Entziehung Minderjähriger kann die hiesige Staatsanwaltschaft einen Haftbefehl ausstellen, in Ihrem Fall einen internationalen Haftbefehl, ermitteln kann sie aber nicht. Sie können beim Bundesamt für Justiz in Berlin einen Antrag auf Rückführung des Kindes stellen, da Thailand das HKÜ, das Haager Übereinkommen über die zivilrechtlichen Aspekte internationaler Kindesentführungen, unterzeichnet hat.

Aber die Mühlen mahlen langsam, und die Behörden sind in solchen Fällen oft machtlos. In Ihrem Fall sowieso. Ihre Frau ist tot. Ich würde Ihnen empfehlen, Anzeige gegen unbekannt zu erstatten. Und gegen das Ehepaar Meephuk. Und Sie müssen Ihre Tochter als vermisst melden.«

Alexander ging zum Fenster, um es einen Spaltbreit zu öffnen, und wandte sich dann an Malik: »Wie schätzen Sie das alles ein, Herr Martens? Wie kann ich jemals erfahren, wo sich meine kleine Tochter aufhält? Wie kann ich sie wiederbekommen?«

Malik besann sich einen Moment. »Aufgrund meiner Erfahrung glaube ich tatsächlich, dass Ihre Schwiegereltern Elara in Thailand versteckt halten. Thailänder sind schwer zu durchschauen und gelten als ein sehr verschlossenes Volk. Sie werden auch weiterhin jeden Kontakt mit Ihnen verweigern.«

»Aber es kann doch nicht angehen, dass sie mir mein Kind wegnehmen!« Alexander war entsetzt.

»Ihre Schwiegereltern kommen dem Wunsch ihrer Tochter nach. Vielleicht wollte Suna mit Elara in Thailand leben.«

»Suna hat mich getäuscht. Sie hat mir mein Kind gestohlen! Meine kleine Prinzessin ist weg. Einfach weg!« Alexander versuchte, nicht die Beherrschung zu verlieren. »Selbst wenn es der Plan war, in Thailand zu leben, es ist doch verdammt verantwortungslos, Elara aus ihrem Umfeld zu reißen! Elara hat hier ihre Freunde. Geht hier in den Kindergarten. Ihr Leben findet hier statt! Was hat sich Suna dabei gedacht? Elara kennt ihre Großeltern doch nur aus Urlauben. Man kann doch nicht einfach ein Kind in eine fremde Kultur verpflanzen. Das verkraftet es doch nicht!« Die pure Verzweiflung sprach aus seinem Blick, und er ließ sich wieder auf seinen Stuhl fallen.

»Es bedeutet auf jeden Fall einen großen Einschnitt im Leben eines Kindes«, beschrieb Malik die Situation ein wenig neutraler, um Alexander Bergmann etwas zu beruhigen.

»Sie haben gesagt, dass Sie mir bei der Suche meiner Tochter helfen könnten. Was können Sie tun?«

Malik legte beide Hände auf den Tisch und sah Alexander durchdringend an. »Ich bin Privatermittler und habe zwei Spezialgebiete: Wirtschaftskriminalität und Kindesrückführungen. Ich habe schon Kinder aus Thailand, Sibirien, Libyen und Ägypten zurückgeholt. Ich werde in der Regel dann beauftragt, wenn es sich um besonders schwierige Fälle handelt.«

»Bringen Sie mir mein Kind zurück, Herr Martens. Bitte bringen Sie mir Elara zurück!«

Alexander Bergmann tat Malik leid. Das Verschwinden eines Kindes – war es nicht das Schlimmste, was Eltern passieren konnte? Ganz zu schweigen davon, wie das kleine Mädchen mit der ganzen Situation zurechtkommen würde. Darüber konnten sie im Moment ohnehin nur spekulieren. »In Anbetracht Ihrer komplizierten Situation würde ich auch keine Zeit verlieren wollen, Herr Bergmann. Denn schließlich steht das Wohl des Kindes auf dem Spiel. Wenn ich in solchen Fällen in Aktion trete, ist das mein Hauptanliegen«, betonte er.

»Was würde mich die Kindesrückführung kosten?«, fragte Alexander.

»Eine professionelle Rückführung kostet im Schnitt zwischen hundert- und hundertfünfzigtausend Euro. Normalerweise bekomme ich ein Budget, das all meine Kosten abdeckt: zusätzliche Mitarbeiter, Fahrzeuge, Flugtickets, unter anderem. Das bedeutet: eine Hälfte sofort, die andere Hälfte bei erfolgreicher Durchführung.«

Alexander Bergmann blieb der Mund offen stehen.

Malik kannte derartige Reaktionen und kommentierte sie nicht. Genau an dieser Stelle durfte das Mitleid nicht mehr regieren, sondern es ging darum, sachlich zu verhandeln und zu einem klaren Ergebnis zu kommen. »Lassen Sie mich schnellstmöglich wissen, ob ich eine Rückführung für Sie in die Wege leiten soll.«

Malik stand auf. Das Ziehen im Nacken verstärkte sich.

KAPITEL 37

AYUTTHAYA,
FREITAG, 7. DEZEMBER 2018,
FRÜHER MORGEN

Bun Ma brühte frischen Jasmintee auf und blickte sorgenvoll auf Somchai, der niedergeschlagen auf der Holzbank vor dem Küchentisch saß, auf dem sie gestern noch Kerzen, Räucherstäbchen und Blumen aufgestellt hatte, während er die Buddha-Statue am Eingang schmückte. Sie konnte es immer noch nicht glauben. Suna sollte tot sein? Ihre Tochter sollte tot sein? Jetzt, da sich alles gefügt zu haben schien? Was war nur geschehen? Bun Ma zog die Nase hoch. Sie trug ihre schwarze Baumwollhose und hatte dazu heute Morgen ein dunkelgraues Poloshirt angezogen. Im Oktober letzten Jahres war König Bhumibol verstorben, und das ganze Land hatte fast ein Jahr lang Trauer getragen. Und jetzt sollte es gerade so weitergehen? Sie schüttelte den Kopf. Sie hatte Rama IX. sehr verehrt und hatte tagelang im Regen gestanden, um einen guten Platz für die Prozession zu ergattern. Aber er war immerhin achtundachtzig Jahre alt geworden und hatte sich nicht mit Mitte dreißig aus dem Leben verabschieden müssen.

Es war halb sechs Uhr in der Früh, und die Luft fühlte sich noch angenehm frisch an. Somchai und sie hatten die ganze Nacht fast kein Auge zugetan. Hoffentlich würde Elara heute ein bisschen länger schlafen, nachdem ihre Enkeltochter in den letzten beiden Tagen mit einem wandernden Magen zu kämpfen gehabt hatte, wie sie hier in Thailand sagten. Von Brechdurchfällen war sie geplagt worden, und der Notarzt war da gewesen. Sie schien sich immer noch nicht ganz an das thailändische Essen gewöhnt zu haben, war jedoch insgesamt keine gute Esserin, wie

Bun Ma in den letzten beiden Wochen festgestellt hatte. Sie seufzte.

Das gestrige Telefonat mit Sunas Ehemann hatte sie in ihren Grundfesten erschüttert, und sie waren sich der Tragweite dessen, was passiert war, noch immer nicht bewusst. Suna war nicht mehr am Leben, und ihr musste etwas Schreckliches widerfahren sein – so weit waren Somchai und sie der englischen Sprache mächtig und hatten die Bedeutung der Worte nachvollziehen können, die Alexander Bergmann ins Telefon geschrien hatte. Nachdem er immer lauter geworden war, hatte Somchai den Hörer einfach weggelegt und Bun Ma mit schmerzvollen Blicken bedacht. Schweigend hatte sie seine Hand genommen, während er nur stumm dasaß. Nur mit Mühe hatte sie sich aufrecht halten können und zu ihrer Enkeltochter hinübergesehen, die erschöpft mit ihren Plüschaffen auf dem Sofa lag, vertieft in eine Kindersendung im Internet. In stiller Übereinkunft hatten Somchai und sie in diesem Augenblick entschieden, Elara zunächst nichts von dem tragischen Vorfall zu erzählen.

Während sie den Jasmintee noch ziehen ließ, rührte Bun Ma immer wieder in der Suppe, die auf dem Herd vor sich hin köchelte. Unaufhörlich kreisten die Gedanken in ihrem Kopf und waren nicht mehr zur Ruhe zu bringen. Sie würde nachher in den nahe gelegenen Tempel gehen und zu den Göttern sprechen. Für die ganze Familie beten. Denn Sunas Tod hatte alles verändert.

Sie musste ihre Sinne beisammenhalten und überlegen, was nun das Wichtigste war. Sie würde beim Kräuter-Mönch erneut für Somchais Genesung und ein langes Leben bitten. Aber sie musste den richtigen Tag auswählen und ihre Bitten besonders genau formulieren. Dazu würde sie einen der Wahrsager befragen. Am besten *Thefuntong*. Ihm vertraute sie am meisten. Bun Ma entfuhr ein leises Stöhnen. Ihre einzige Tochter war tot, und das Leben ihres Mannes hing an einem seidenen Faden. Mit Sunas Tod war auch Somchais Schicksal besiegelt. Wer sollte nun das Geld für die Operation aufbringen? Vielleicht könnte Liem, der nachher vorbeikommen würde, doch noch helfen. Endlich sah sie heute ihren Sohn nach langer Zeit wieder. Sie fieberte dem Wiedersehen entgegen.

Gestern Abend hatte Somchai wie versteinert über seiner Suppe gesessen, und heute Morgen ging es ihm nicht besser. Er war unfähig, auch nur ein Wort zu sagen, und Bun Ma hatte das Gefühl, dass es ihm auch körperlich wieder schlechter ging.

Nachdem Elara gestern beim Abendessen ständig gefragt hatte, was mit ihrem Ta: los sei und er nicht wie sonst auf sie reagiert hatte, hatte sie die Buntstifte aus der Schublade am Schreibtisch geholt und ein Bild gemalt, um ihn aufzuheitern. Immerhin hatte ihm das ein kleines Lächeln abringen können. Kurz darauf war er jedoch wieder in seinem Schmerz versunken. Morgen musste er zur Dialyse. Vielleicht sollte sie ihn schon heute ins Krankenhaus bringen, dachte Bun Ma.

Schon ihr ganzes Leben lang kannte sie Somchai. Er war ihr so vertraut wie kein anderer Mensch, denn sie waren beide im selben Waisenhaus groß geworden und hatten es beide zur selben Zeit verlassen. Ein einziges Mal hatte Bun Ma ihn in einer ähnlichen Verfassung erlebt. Als die kleine Suna von einem auf den anderen Tag plötzlich weg gewesen war, hatte er tagelang nichts mehr zu sich genommen und kein Wort mehr von sich gegeben. Damals brach ihm das Herz, als die Frau von der Adoptionsbehörde ihre Tochter mitgenommen und in ein fremdes Land gebracht hatte. Die Wunde hatte endlich heilen können, als sie sich nach Jahren wiedergefunden hatten. Auch das Glück schien nun auf ihrer Seite gewesen zu sein, da sich Suna entschieden hatte, mit Elara hier in Thailand zu leben und mit ihnen zusammen die Lodge in Ayutthaya zu führen. Doch nun war sie tot. Für immer fort. Bun Ma kämpfte mit den Tränen. »Was haben sich die Götter nur dabei gedacht?«, flüsterte sie, als sie sich den frischen grünen Tee einschenkte. Ihre Lippen bebten, und ihre Hand zitterte, als sie die Tasse zum Mund führte.

Eltern wünschten sich, dass ihre Kinder erfolgreich und glücklich wurden. Und wenn man aus zerrütteten Verhältnissen stammte wie Somchai und sie, dann wünschte man sich das umso mehr. Lange Zeit waren sie damals völlig im Ungewissen gewesen, wie es mit ihrem Leben weitergehen würde. Sie hatten zwei kleine Kinder, und mit knapp zwanzig war Bun Ma schwer an Krebs erkrankt und wäre bei der Operation um ein Haar gestorben. Maximal ein Jahr hatten ihr die Ärzte noch gegeben. Aber Bun Ma war zäh, hatte sich ihrem Schicksal nicht beugen wollen. Dennoch wäre es mit einem Kind leichter als mit zweien, hatte sie eines Nachts im Krankenhaus gedacht, als der Krebs zurückgekommen war, sie auf ihrer Pritsche gelegen hatte und vor quälenden Schmerzen nicht einschlafen konnte. Da hatte sie das erste Mal über Adoption nachgedacht.

Suna war anders gewesen als die kleinen Mädchen in ihrem Dorf. Sie war neugierig, hatte einen wachen Verstand und war äußerst unternehmungslustig. Obwohl sich Bun Ma bemüht hatte, sich um beide Kinder gleichermaßen zu kümmern, war Liem träge gewesen, weniger ehrgeizig als Suna. Vielleicht auch weniger clever. Es fiel ihr schwer, sich das einzugestehen. Liem kann Mönch werden und wäre auf diese Weise versorgt, hatte sie sich damals vorgestellt. Bereits Jungen konnten ins Kloster gehen und erste Erfahrungen sammeln. Denn es war Brauch, dass junge Männer ein paar Jahre als Mönche lebten. Und auf dem Land war das gesamte Dorf an einer Ordination beteiligt. Es kam für die Robe und die Bettelschale auf. Auf diese Weise konnten sie sich seinen Aufenthalt auch leisten. Das schien ihr für Liem die vernünftigste Lösung zu sein.

Abwesend rührte Bun Ma in der *Tom Yam Gung*, und durch die monotone Bewegung beruhigte sie sich ein wenig. Manche Mönche entschieden sich dann bewusst gegen eine Heirat und für das Leben als Ordinierter. So war es bei Liem gewesen, der sein Leben Buddhas Lehren verschrieben hatte. Dass sie ihm jetzt die Nachricht vom Tod seiner Schwester überbringen mussten, überstieg Bun Mas Kräfte fast.

Sie hatte mit aller Macht verhindern wollen, dass Suna wie viele Töchter armer Familien früher oder später in die Arme eines *Farangs*, eines westlichen weißen Ausländers, getrieben wurde. Oder schlimmer noch, in die Prostitution. Das werde ich nicht zulassen, hatte sich Bun Ma geschworen. Meine Tochter soll eine gute Zukunft haben und etwas aus ihrem Leben machen. Dazu braucht sie eine gute Ausbildung. Und das will ich ihr ermöglichen. Wenn ich selbst nicht dafür sorgen kann, muss es jemand anderer tun.

In jener Nacht, in der es ihr damals besonders schlecht gegangen war, hatte sie zusammengekrümmt dagelegen, und Somchai hatte ihr den Rücken gestreichelt. »Ich schaffe es nicht«, hatte sie unter Tränen gesagt. Und in diesem Moment hatten sie endgültig beschlossen, Suna zur Adoption freizugeben. Sich um ein Kind zu kümmern war schon mehr als genug in ihrer Situation. Somchai hatte damals keine feste Anstellung gefunden und sich nur mit Gelegenheitsarbeiten durchgeschlagen. »Bitte lasst meine Kinder nicht in einem Waisenhaus enden«, hatte sie in jener Nacht die Götter angefleht.

Bun Ma räusperte sich, nahm die Suppe vom Herd und füllte damit die beiden Schalen, die sie aus dem Regal genommen hatte. Sie setzte sich zu Somchai, der traurig zum Khlong hinüberblickte.

»Wir müssen doch einen Sarg mit Blumen haben«, sagte er mit trauriger Stimme. »Eine Zeremonie veranstalten dürfen. Suna um Vergebung bitten, ihre Seele beruhigen, damit sie frei werden und gehen kann, wohin sie will.«

»Ja«, beteuerte Bun Ma. »Eine Trauerfeier mit unseren Ritualen. Liem könnte die Gebete sprechen und eine Predigt halten. Wenn wir wenigstens die Chance bekommen würden, sie in einem Tempel in Baan Klang einzuäschern.« Sie faltete die Hände vor der Brust. Aber Sunas Leichnam befand sich in einem fremden Land, und sie wussten nicht, was man dort damit machte und ob er jemals nach Thailand überführt werden konnte. »Ihre

Seele muss in den Himmel aufsteigen, und wir müssen ihre Asche im Meer verstreuen können. Ein Teil davon muss doch bei uns auf dem Buddha-Altar stehen.«

Somchai nickte. »Wir brauchen irgendeine Erinnerung an unser Kind.« Er fing zu weinen an.

»Warum weinst du denn, Ta:?«, fragte Elara, die plötzlich vor ihnen am Küchentisch stand.

Somchai blickte sie völlig überrascht an und antwortete geistesgegenwärtig: »Mir ist nur eine Mücke ins Auge geflogen, deshalb tränt es.«

Wir dürfen uns auf keinen Fall etwas anmerken lassen, mahnte sich Bun Ma innerlich, warf ihrem Mann kurz einen strengen Blick zu und wandte sich dann an Elara. »Guten Morgen, meine Kleine, du bist ja schon wach. Hast du gut geschlafen? Geht es dir heute besser? Hast du Hunger?« Sie überhäufte ihre Enkeltochter mit Fragen, um sie von ihrem schniefenden Großvater abzulenken.

Elara nickte, rieb sich die Augen und setzte ihren Plüschaffen, den sie unter dem Arm getragen hatte, auf den Hocker am Empfangstresen.

»Ich möchte bitte Toastbrot. Keine Suppe«, antwortete sie. »Und einen kalten Kakao. Und ich möchte heute endlich mit meiner Mami telefonieren. Und mit meinem Papi.«

Bun Ma schluckte. Wie sollten sie das alles nur ihrer Enkeltochter erklären? Am Dienstag noch hatte sie versucht, Suna zu erreichen. Auch da hatte Elara gedrängt, mit ihrer Mami sprechen zu wollen. So wie sie in den letzten Tagen auch immer wieder nach ihrem Papi gefragt hatte. Lange würden sie sich nicht mehr mit der Zeitverschiebung herausreden können oder damit, dass ihr Papi angeblich angerufen hätte, als sie gerade beim Spielen mit den Nachbarskindern gewesen war. Es war nur noch eine Frage der Zeit, bis Elara dagegen aufbegehren würde. Und wenn Sunas deutscher Ehemann wirklich nach Thailand kommen und vor der Tür stehen würde? Was sollten sie dann machen? Sie würde Elara nicht hergeben. Ein zweites Mal würde sie sich ein Kind nicht wegnehmen lassen! Rasch erhob sie sich.

»In Deutschland schlafen die Menschen doch noch«, antwortete Bun Ma. »Wir versuchen es heute Nachmittag«, log sie in der Hoffnung, dass ihr bis dahin eine passende Ausrede einfallen würde, und ging in die Küche, um ihrer Enkeltochter ein Frühstück zuzubereiten. Hoffentlich hatte sie noch eine Schokoladenmilch aus der Packung.

Elara zog traurig ihren Pinky vom Stuhl und trottete Richtung Khlong. Dort parkte ein kleines grünes Boot am Ufer, wo sie manchmal spielen durfte.

Somchai nahm seine ganze Kraft zusammen und folgte ihr zu dem kleinen Fluss hinunter.

Vor der hohen Dattelpalme blieb sie stehen. »Schau, Ta:«, rief Elara aufgeregt, »der lange Gartenschlauch kringelt sich wie eine Riesenschlange um den Baum.« Sie lief auf ihn zu und hüpfte an ihm hoch. Somchai nahm sie auf den Arm und vergrub seinen Kopf in ihrem Haar.

»Mähst du heute wieder den Rasen?«, fragte sie in sein Ohr.

»Wenn du mir hilfst«, sagte er lächelnd.

»Klaro, du bist ja krank, und ich soll dir doch bei der Gartenarbeit helfen, wenn es dir nicht gut geht.«

Gerührt beobachtete Bun Ma die beiden von der Küche aus. Sie hatten sich auf Anhieb blind verstanden, und wäre es ihm möglich gewesen, hätte sich Somchai noch viel mehr um seine Enkelin gekümmert.

Vorsichtig setzte er Elara wieder auf der Erde ab und griff sich an den unteren Rücken. Er scheint Schmerzen zu haben, dachte Bun Ma und wollte schon zu ihnen gehen. Doch sie hielt inne, wollte die Vertrautheit der beiden nicht stören und kümmerte sich weiter um Elaras Frühstück.

Den Rasenmäher und den Gartenschlauch hatte Somchai zwischen zwei länglichen Steinblöcken deponiert, am Ende des Gartens vor der Hecke, die das Nachbargrundstück abschirmte.

»Ist das hier eigentlich deine Rasenmähergarage?«, fragte Elara, als sie langsam hinübergingen. »Soll ich da meinen Roller dazustellen? Dann ist der Rasenmäher nicht so allein.«

»Gute Idee.« Somchai lächelte. »Dann hat er endlich mal Gesellschaft.«

Kurz darauf fing der Rasenmäher an zu rattern, den die beiden Hand in Hand und Bahn um Bahn gemächlich vor sich herschoben.

Somchai und Elara hielten Mittagsschlaf, und Bun Ma fegte gerade den Küchenboden, als sie ein Tuk-Tuk heranfahren hörte. Es war ein Uhr. Das musste Liem sein. Sie hatte ihn von Sunas kurzfristiger Abreise nach Deutschland zwar noch unterrichten wollen, war aber dann mit Elara und Somchai so beschäftigt gewesen, dass sie es versäumt hatte. Und nun war Suna …

Das Gartentor wurde geöffnet, und Liem kam in langen Schritten den gepflasterten Weg entlang. Er war groß gewachsen, schlank und sah in seiner orangefarbenen Robe erhaben und würdevoll aus.

Als er vor ihr stand, begrüßte Bun Ma ihn mit einem *wai*. Auch er legte die Hände in Höhe der Nase zusammen und verneigte sich.

»Guten Tag, Bun Ma.«

Sie war den Tränen nahe. Es war über ein Jahr her, dass Liem sie hier in Ayutthaya besucht hatte. In den letzten Jahren war er nicht mehr nach Baan Klang gekommen, weil die Lodge näher an seinem Kloster lag. Immerhin hatte sie noch ein Kind, auch wenn er als Mönch selten genug Kontakt zu ihnen haben konnte.

»Wie geht es dir? Bist du ganz allein?«, fragte er verwundert und schaute sich um.

»Nein, dein Vater und Elara ruhen sich ein wenig aus.«

Liem lächelte. »Heute sehe ich ja zum ersten Mal meine kleine Nichte. Darauf bin ich sehr gespannt.«

»Ja, sie ist ein aufgewecktes kleines Mädchen und spricht sehr gut unsere Sprache.«

»Und Suna? Wo ist sie?«

Bun Ma wand sich. »Nimm doch auf dem Sofa Platz. Ich hole Wasser und Gläser.« Bun Ma wollte ein wenig ihre Gedanken sortieren, bevor sie Liem die Schreckensnachricht überbrachte.

Es hatte sie nie verwundert, dass er in der Meditationspraxis sein Heil gefunden hatte. Er hatte nie viel gesprochen, war im Gegensatz zu Suna eher scheu. Aber Menschen in ihrem Herzen, in ihrem Innersten zu berühren, indem er ihnen das Wesen der Meditation näherbrachte, bedeutete für ihn Glückseligkeit. Er strebte nach der Erleuchtung, die Buddha erreicht hatte. Und es erfüllte sie mit Stolz, dass Meditationsmönche ein hohes Ansehen in der thailändischen Gesellschaft genossen. Bun Ma hatte wirklich immer nur das Beste für ihre Kinder gewollt. Obwohl sie einen hohen Preis dafür bezahlen musste.

»Wie lange kannst du bleiben?«, fragte Bun Ma, als sie ihm Wasser in ein Glas goss und sich zu ihm setzte.

»Zwei Stunden. Warum fragst du?«

»Wir haben große Sorgen«, fing sie an.

»Geht es Somchai schlechter?«

»Ja, das auch.« Sie schluckte. »Aber … aber … es ist etwas Furchtbares passiert.« Sie rang um Fassung. »Deine Schwester … deine Schwester … ist tot.«

Liem blieb ruhig und sah sie prüfend an. »Was ist geschehen?«

»Wir haben vor zwei Tagen einen Anruf aus Deutschland bekommen, dass sie nicht mehr am Leben ist.«

Einen Augenblick zögerte er. »Aber sie war doch hier.«

Unter Tränen berichtete Bun Ma, was sich in den letzten beiden Wochen zugetragen hatte. »Und Suna hat Elara bei uns gelassen, weil sie schnellstmöglich wieder zurückkommen wollte, um alles in die Wege zu leiten«, sagte sie und wischte sich mit dem Handrücken eine Träne weg.

Liem nickte und trank einen Schluck Wasser. »Wie soll es jetzt weitergehen?«

»Wenn ich das wüsste«, jammerte Bun Ma. »Wir müssen schnellstmöglich eine Lösung für Elara finden. Und wir können keinesfalls hierbleiben. Ohne Suna können wir die Lodge nicht übernehmen.« Sie rückte ihre Brille zurecht.

»Das bedeutet, ihr kehrt bald nach Baan Klang zurück?«, fragte Liem.

»Ich fürchte schon. Aber ich habe Angst, dass Sunas Ehemann plötzlich dorthin kommt und uns Elara einfach wieder wegnimmt«, sagte sie leise und schaute sich um, um sicherzugehen, dass ihre Enkeltochter nicht in der Nähe war. »Suna wollte, dass Elara in Thailand aufwächst. Und daran halte ich mich.«

Liem betrachtete sie mit ernstem Blick und schwieg.

»Elara muss auch irgendwann in den Kindergarten und in die Schule. Suna hatte sich schon nach einer internationalen Schule erkundigt«, erzählte Bun Ma weiter.

Ganz aufrecht saß Liem da und hörte zu. Seine Haltung vermittelte ihr ein Gefühl von Sicherheit.

»Aber das hat ja sicher noch ein bisschen Zeit.« Er ließ seinen Blick schweifen und wählte seine Worte mit Bedacht: »Ich werde sehen, ob ich etwas tun kann.«

Bun Ma schaute ihn mit großen Augen an und war erleichtert, weil er Verantwortung zu übernehmen schien.

»Buddha sagte: ›Lauf nicht der Vergangenheit nach und verlier dich nicht in der Zukunft. Die Vergangenheit ist nicht mehr. Die Zukunft ist noch nicht gekommen. Das Leben ist hier und jetzt.‹« Aus der kleinen Innentasche seiner Robe kramte er ein Handy hervor. Er stand auf, ging ein wenig abseits und suchte einen Schattenplatz unter der Kokospalme.

Bun Ma starrte ihm wie gebannt nach. Nach wenigen Minuten kam er zurück. »Wir sollten …«

»Ya:y, Ya:y, komm schnell!« Elaras Stimme tönte aus dem Hintergrund. »Ta: macht so komische Geräusche und wacht gar nicht mehr richtig auf.« Sie sprang die letzten Stufen der Holztreppe herunter und wäre fast über ihre eigenen Füße gestolpert, so eilig hatte sie es. Erschrocken blieb sie stehen, als sie Liem entdeckte.

KAPITEL 38

FRANKFURT,
FREITAG, 7. DEZEMBER 2018,
SPÄTER NACHMITTAG

Der Winter hatte Einzug gehalten, den ganzen Tag schneite es fast schon ununterbrochen. Florentine schloss die Haustür und fröstelte. Soeben hatte ihre letzte Klientin für heute die Praxis verlassen. Na ja, wie man's nimmt, dachte Florentine, später wollten sowohl Malik als auch Alexander noch vorbeikommen, die sich beide heute Morgen gemeldet hatten mit der Bitte, sie zu treffen.

Der gestrige Abend hatte sie enorm viel Kraft gekostet, und sie war vollkommen erschöpft. Ihr Magen meldete sich mit einem Knurren, kein Wunder, er hatte heute noch nicht viel Nahrhaftes bekommen. Tee und Müsli mussten jetzt allerdings genügen, denn sie hatte mit Alexander verabredet, dass sie für ihn kochen würde.

Sie löschte das große Deckenlicht im Praxisraum und ließ nur die kleine Wandlampe brennen, um dann die weiß gekalkten Eichenstufen nach oben in ihren Wohnraum zu gehen, der Küche, Wohn- und Esszimmer vereinte. Sie mochte jeden Raum ihres kleinen Hauses, weil sie alle mit viel Liebe gestaltet hatte, die mittlere Etage jedoch besonders, die ein wildes Sammelsurium aus antiken und modernen Möbelstücken vereinte und dennoch Klarheit ausstrahlte. Doch auf einmal fühlte sie sich in diesem Raum verloren. Eine unermessliche Traurigkeit überwältigte sie.

Wie doch das Leben manchmal spielte. Alexander, Suna, Sabine – beängstigend, wie ein Stein den anderen ins Rollen gebracht hatte. Dramatisch, dass Sabine ihren Trennungsschmerz mit sich allein ausgemacht hatte. Ihr psychologisches Gespür sagte Florentine, dass Sabine bereits ein großes Verlustthema in sich getragen haben musste, sonst wären ihre Emotionen in dieser Intensität nicht aus ihr herausgebrochen.

Angst hat viele Facetten, und die Angst vor Verlust gehört zu den stärksten Ängsten. Was wir erreicht haben, wollen wir erhalten. Unser Glück und unsere Sicherheit stehen über allem, dachte Florentine. Sie holte die Karaffe mit dem gefilterten Wasser aus dem Kühlschrank und goss den Wasserkocher voll. Schade, sie hatte keine frischen Pfefferminzblätter mehr. Sie griff nach der marokkanischen Schatulle mit den Teebeuteln.

Und was hatte Suna so weit getrieben, dass sie keinen anderen Ausweg mehr wusste, als Alexander das Kind wegzunehmen? Es brach ihr im Nachhinein noch das Herz, ihn so leiden zu sehen, seine Hilflosigkeit zu spüren. Es erinnerte sie an ihren Schmerz, den Verlust ihres Kindes. Ein unbeschreibliches Loch, das sie fühlte, seit dem Moment, als ihr Kind nicht mehr da gewesen war. Tränen liefen ihr über die Wangen, die sie mit dem Handrücken rasch fortwischte. Sie schniefte und hielt die Hände über den warmen Wasserdampf, der dem Kocher entwich.

Und dass Malik Martens sie gleich angerufen hatte, weil er Halswirbelschmerzen hatte, war erstaunlich. Seit den Gesprächen mit Ihnen weiß ich ja, dass das nicht unbedingt eine körperliche Ursache haben muss, hatte er am Telefon gesagt. Schnell hatte er ihren Ansatz verstanden und sich darauf eingelassen. Das war nicht selbstverständlich, wenn sie daran dachte, dass viele ihrer Kollegen sie belächelten und nicht müde wurden zu betonen, dass sie mit ihren Methoden vom rechten Weg abgekommen sei. Nach ihrem ersten Treffen hatte sie bezweifelt, dass der Privatermittler nochmals auftauchen würde. Wie souverän er die schwierige Situation in Steinbach gemanagt und was er in Windeseile alles in die Wege geleitet hatte!

Durch das Fenster beobachtete sie, wie Schneeflocken in einem dichten Treiben vom Himmel fielen.

Sie würde erst eine Viertelstunde meditieren, ehe sie sich etwas zu essen machte. Sie musste ihre Gedanken beruhigen. Florentine stieg die Wendeltreppe zu ihrem Schlaf- und Ruhebereich nach oben, setzte sich auf ihr Sitzkissen, nahm den Yogasitz ein und ließ die Außenwelt draußen.

»Vielen Dank, dass ich heute noch kommen konnte«, sagte Malik zur Begrüßung, streifte seine schwarzen Lederboots an der Fußmatte ab und reichte ihr seine Lederjacke, die sie an einem der Garderobenhaken hinter der Eingangstür aufhängte. Seinen Schal behielt er an.

»Was hat es eigentlich mit diesen Farben hier auf sich? Vor allem mit der dunkelblauen Wand? Das wollte ich Sie schon die ganze Zeit fragen.« Er ging zu dem runden Tisch und nahm heute in dem gelben Sessel Platz.

»Es steckt kein ausgeklügeltes Konzept dahinter. Ich liebe Farben, dadurch wird alles viel lebendiger, und die Atmosphäre in einem Raum hängt entscheidend davon ab, wie man sie komponiert. Aber für die blaue Wand habe ich mich aus dem Bauch heraus entschieden.« Sie lächelte ihn an. »Natürlich kenne ich mich ein bisschen mit Farbpsychologie aus: Blau ist die Farbe der Ferne, sie schafft Raum und Perspektive, und das sind doch sehr passende Kriterien für ein psychologisches Umfeld.«

»Und das Dunkelblau hat die Farbe Ihrer Augen, und wenn Sie auf dem grünen Sessel sitzen, der vor der Wand steht, bilden Ihre roten Haare einen sagenhaften Kontrast dazu«, sagte Malik mit seiner melodischen Bassstimme.

Florentine war angenehm berührt. »Blaue Augen und rote Haare – ein Stigma«, sagte sie und rollte mit den Augen. »Nur ein Prozent der Weltbevölkerung hat rote Haare und blaue Augen. Meine Eltern haben sich gesucht und gefunden. Beides sind rezessive Merkmale, daher müssen beide Elternteile rote beziehungsweise rotblonde Haare haben, damit sie die Haarfarbe weitervererben können.« Sie schaute ihn an und lachte. »Nun wissen Sie, was bei mir in der Familie los ist.«

»Sie leuchten und gehen nicht verloren«, erwiderte Malik und stimmte in ihr Lachen ein.

»So habe ich das noch gar nicht gesehen. Aber Sie sind ja nicht gekommen, um mit mir über Farben zu philosophieren, sondern weil Sie Schmerzen im Halswirbelbereich haben. Ziemlich starke, wenn ich Sie am Telefon richtig verstanden habe?«

»Ja, das stimmt. Und ich habe mich erinnert, dass Sie gesagt haben, bestimmte Themen – oder waren's Probleme? – werden über den Körper ausagiert.«

»Oft drücken sich Probleme oder auch Widerstände in Form von Schmerzen oder auch Krankheiten über den Körper aus, verschaffen sich darüber eine Stimme. Der psychosomatische Hintergrund. Wann sind denn die Halswirbelschmerzen aufgetreten?«, fragte sie.

»Angefangen hat es gestern Mittag mit einem leichten Ziehen im Nacken, das sich im Lauf des Tages verstärkt und über Nacht ziemlich verschlimmert hat.« Malik rieb sich automatisch mit der Hand am Nacken entlang.

»Dafür, dass Sie Ihre Auszeit verlängern wollten, sind Sie ja ziemlich in die Eisen gestiegen in den letzten beiden Tagen. Haben einen Notfalldienst der besonderen Art geleistet, wenn ich das mal so nennen darf. Sowohl vorgestern in Steinbach als auch gestern bei Alexander, wie er mir bei einem Telefonat kurz angedeutet hat. Können Sie sich vorstellen, dass es da einen Zusammenhang gibt?«

Malik sah auf die blaue Wand und dann wieder zu ihr. »Ich kann es zwar nicht logisch erklären, kann es mir aber tatsächlich vorstellen.«

»Dann erklären Sie es doch mal unlogisch.«

Er dachte kurz nach. »Alexander Bergmann tut mir leid, und ich möchte ihm natürlich helfen.« Er blickte wieder auf die blaue Wand. »Aber gleichzeitig sträubt sich in mir etwas und lässt mich zögern, diesen Auftrag anzunehmen.«

»Obwohl Sie ja schon angefangen haben.«

»Ja, weil mich Menschen in Not antreiben. Und weil ich immer der Wahrheit auf die Spur kommen will. Ich bin ein Wahrheitsjäger.«

Florentine lehnte sich nach vorn. »Was sträubt sich dann in Ihnen?«

»Nach der Sibirien-Rückführung hatte ich beschlossen, Fälle dieser Art nicht mehr anzunehmen. Und ich habe auch beschlossen, eine längere Auszeit zu machen. Wie Sie wissen.«

Sie nickte.

»Fälle mit Kindern sind emotional besonders belastend. Ich trage eine große Verantwortung für die Sicherheit des Kindes und die involvierten Mitarbeiter. Und ich trage ein hohes persönliches Risiko, denn eine Rückführung, und oftmals ist es ja eine Rück-Entführung, ist immer gefährlich und zudem eine Straftat.«

Florentine überlegte einen Augenblick. »Könnte man den Widerstand oder den Konflikt, den Sie spüren, ›Auszeit kontra Helfersyndrom‹ nennen?«

Er drehte seine Uhr am Handgelenk. »Verwegen, aber möglich.«

»Auf der psychosomatischen Ebene bedeuten Halswirbelschmerzen oft, dass man eingefahrene Bahnen verlassen und eine neue Richtung einschlagen sollte«, fuhr Florentine fort. »Das wissen Sie sicherlich noch von unserem ersten Treffen.«

»Allerdings: Sie reiten ja auf dem Thema Veränderung herum.«

»Weniger ich als vielmehr Ihr Unterbewusstsein.«

»Dass ich mal derartige Thesen in Betracht ziehen würde, hätte ich nicht gedacht.«

»Vielleicht haben sie schon etwas bei Ihnen bewirkt.« Sie hielt kurz inne. »Wäre es sinnvoll, wenn Sie die Rückführung einmal anders angehen würden als sonst? Könnte das ein Hinweis sein?« Malik überlegte, während Florentine weitersprach: »Da Sie offensichtlich noch keine Lösung für das Problem gefunden haben, schlägt es sich als Schmerz in Ihrem Körper nieder.«

»Eine vogelwilde Behauptung«, kommentierte Malik. »Aber nichts anderes hätte ich von Ihnen erwartet.«

»Ihr Körper spricht eine eindeutige Sprache.«

Maliks Blick wanderte zur dunkelblauen Wand.

»Unter welchen Umständen würden Sie denn die Rückführung übernehmen?«

»Ich möchte Alexander Bergmann wirklich helfen.« Malik sah sie an. »Wie wäre es, wenn Sie mein Back-up sind?«

»Wie meinen Sie das?«

»Wäre es möglich, mit Ihnen in Kontakt zu bleiben, auch während ich in Thailand bin? Falls mich Alexander Bergmann beauftragt. Unsere Gespräche, Sitzungen, wie Sie es nennen, fortzuführen? Per Telefon? Über Skype?«

Es klingelte. Florentine schaute überrascht auf die Uhr. Zum ersten Mal hatte ihre innere Uhr nicht verlässlich mitgetickt. Sie hatte nicht bemerkt, wie die Zeit vergangen war. Und den kleinen Wecker, der bei ihren Behandlungen immer in Sichtweite stand, nicht beachtet. »Unsere Stunde ist um, Malik. Es ist schon fast halb neun.«

»Erstaunlich, wie schnell die Zeit mit Ihnen vergeht.«

Florentine lächelte. »Das liegt an den spannenden Themen, die wir besprechen.« Sie stand auf. »Ich öffne Alexander rasch die Tür. Mit ihm bin ich zum Abendessen verabredet.«

Malik spürte erneut ein leichtes Ziehen im Nacken.

Alexander betrat den Praxisraum. Sein Wollmantel und seine Mütze waren voller Schneeflocken, er machte einen abgekämpften Eindruck.

»Ich habe ein wenig überzogen«, entschuldigte sich Florentine, als Alexander Malik bemerkte.

»Das ist ja gut, dass ich Sie hier sehe«, begrüßte Alexander ihn und legte sofort los. »Ich habe einen Behördenmarathon hinter mir, das können Sie sich nicht vorstellen. Ich war bei der Polizei, habe Anzeige erstattet, wie Sie mir geraten haben. Dann musste ich zur Gerichtsmedizin, die Leiche meiner Frau identifizieren.« Er schluckte und atmete mehrere Male ein und aus. »Ich habe den ganzen Tag mit irgendwelchen Paragrafenreitern, Aktenwühlern und Sesselfurzern telefoniert. Ich muss die Wohnung in Niederrad auflösen, die Beerdigung organisieren. Das übersteigt alles meine Kräfte!« Er zog seinen Mantel aus. »Wenn das so weitergeht, werde ich Elaras Rückkehr nicht mehr erleben«, schloss Alexander verzweifelt.

»Alexander, ich bitte dich! Malik Martens ist mein Klient. Du kannst seine Hilfe nicht automatisch in Anspruch nehmen.«

»Ist schon gut, Florentine«, erwiderte Malik beschwichtigend und wandte sich an Alexander. »Mit wem haben Sie wegen des Kindesentzugs telefoniert? Es gibt einige Anlaufstellen für sogenannte grenzüberschreitende Kindschaftskonflikte, ob das HKÜ, Elterninitiativen vermisster Kinder oder auch Online-Suchportale sind, die beim Wiederfinden eines Kindes unterstützen können.«

»Ich habe bei der HKÜ-Behörde in Berlin angerufen. Die hatten Sie gestern erwähnt.«

»Das HKÜ ist grundsätzlich eine gute erste Anlaufstelle«, meinte Malik. »Sein Ziel ist generell die Rückführung von Kindern, die jemand widerrechtlich ins Ausland gebracht hat beziehungsweise dort zurückhält. Aber dabei geht es in erster Linie um das Sorgerecht. Das ist in Ihrem Fall nicht das Thema.«

»Herr Martens, ich weiß mir keinen Rat mehr. Das Schlimmste ist die Unsicherheit, wo sich meine kleine Tochter befindet. Das treibt mich schier in den Wahnsinn. Auch wenn ich im Moment noch nicht weiß, wie ich Sie bezahlen soll – Sie müssen mir helfen!« Alexander setzte sich auf den Sessel neben Malik. »Können Sie mir bitte genauer erklären, wie so eine Rückführung abläuft?«

Florentine holte drei Gläser und die Wasserkaraffe und setzte sich zu den beiden Männern.

»In der Regel läuft eine Kindesrückführung in drei Phasen ab.

Die erste Phase dient der Informationsbeschaffung. Letztlich haben wir gestern schon damit begonnen, als ich Sie zu Ihren Lebensumständen befragt habe. Ich habe ein wenig vorgegriffen, wenn Sie so wollen.«

Alexander nickte.

»Bevor ich in das Land reise, in dem ich das Kind vermute, verschaffe ich mir so viel Hintergrundwissen wie möglich. Normalerweise spreche ich mit allen Familienmitgliedern, den engsten Freunden und Menschen aus dem näheren Umfeld über den Vorfall beziehungsweise die Situation. Ich mache das sehr diskret, und die Menschen merken nicht, dass ich sie aushorche. Aufgrund der besonderen Umstände in Ihrem Fall würde ich mich zuerst auf die Familie Ihrer Frau in Thailand konzentrieren.«

Alexander und Florentine hörten aufmerksam zu.

»In der zweiten Phase ermittele ich den Aufenthaltsort des Kindes, der in Ihrem Fall, zumindest wie es gerade aussieht, relativ schnell zu identifizieren ist. Aus diesem Grund habe ich das Gespräch mit Ihren Schwiegereltern gestern auf meinem Handy führen lassen. Ich lasse bereits die Nummer überprüfen, und ich hoffe, wir haben in Kürze die ersten Daten von Somchai und Bun Ma Meephuk. All das läuft über mein Netzwerk in Bangkok.«

Alexander schaute Malik ungläubig an. »Aber ...«

»Wenn ich weiß, wo sich Elara aufhält, beginnen wir mit der Observation. Die führe ich mit einem Team vor Ort durch. Wir eruieren Elaras Tagesablauf, finden heraus, mit wem sie regelmäßig Kontakt hat, welche Wege sie geht, ob sie irgendwelche Einrichtungen besucht, eine Schule, einen Kindergarten, wo und mit wem sie spielt. All das dient dazu, die optimalen Fluchtbedingungen zu schaffen.« Malik hielt kurz inne, sein Blick schweifte zur blauen Wand. Dann sah er zu Florentine, die gebannt lauschte.

»In der dritten Phase beschäftige ich mich ausschließlich mit der Flucht. Wenn wir die Observation abgeschlossen haben, erarbeite ich immer mehrere Fluchtwege, mindestens drei, um flexibel zu bleiben, falls wir bei einem Fluchtweg unerwartet mit Problemen konfrontiert werden. Ich arbeite mit unterschiedlichen heimischen Leuten zusammen, die ich entsprechend einsetze. Außerdem benötige ich mehrere Fluchtautos und in Thailand zur Sicherheit ein Boot. All das ist ziemlich zeitaufwendig und kostet eine Menge Geld.« Er machte eine kurze Pause. »Und last but not least muss ich eine nicht unerhebliche Summe für Bestechungsgelder einplanen.«

»Bestechungsgelder!«, rief Alexander erstaunt aus.

»Oft geht es nur auf die harte Tour, das habe ich Florentine vorher schon angedeutet. Das heißt, das Kind muss rückentführt werden, und damit begehe ich eine Straftat.«

»Was bedeutet das denn, um Himmels willen?«

»Gemäß Paragraf 235 StGB steht auf eine Kindesentführung eine Freiheitsstrafe bis zu fünf Jahren oder eine Geldstrafe. Allein der Versuch ist strafbar. Und das Gleiche gilt, wenn ich das Kind für Sie aus Thailand zurückhole.«

Die Verzweiflung war Alexander wieder anzusehen, und Malik hätte ihm gern Mut zugesprochen. Aber hier ging es um ein riskantes Geschäft, und da waren Emotionen fehl am Platz.

»Warum, warum, warum nur hat mir Suna meine kleine Prinzessin weggenommen?« Er warf die Hände vors Gesicht.

Florentine legte den Arm um ihn.

Malik schwieg eine Weile, um dann fortzufahren: »Wir müssen bei allem, was wir tun, das Augenmerk auf das Kind legen. Für alle Beteiligten muss immer das Wohl des Kindes im Zentrum stehen.«

»Können Sie mir bei einer derartigen Summe denn garantieren, dass Sie mir Elara zurückbringen?«

»Garantien gibt es leider keine im Leben, Herr Bergmann. Aber ich kann Ihnen versprechen, dass ich alles in meiner Macht Stehende tun werde, damit Sie Ihre kleine Tochter bald wieder in die Arme schließen können.«

»Herr Martens, ich bin bereit, für Elara alles zu geben. Die Hälfte der Summe kann ich Ihnen sofort zur Verfügung stellen. Um die andere Hälfte kümmere ich mich umgehend.«

»Da müssten Sie bitte ein bisschen genauer werden«, sagte Malik unbeirrt.

»Ich habe Rücklagen gebildet für meine drei Kinder. Das Geld muss ich abrufen. Sechzigtausend Euro kann ich Ihnen in spätestens einer Woche überweisen.«

»Und haben Sie schon eine Vorstellung, wie Sie an die restliche Summe kommen?«

»Ich bin mir sicher«, meldete sich nun Florentine zu Wort, »Alexander wird etwas einfallen, er wird das restliche Geld auftreiben.«

Malik schaute sie an, und sie nickte ihm unauffällig zu. Wenn sich Florentine Fuchs darum kümmerte, dann würde er dem Deal zustimmen. Am Ende ihr zuliebe. Er musste aufpassen, dass er hier nichts vermischte.

Er reichte Alexander Bergmann die Hand. »In Ordnung.«

»Ich lege das Schicksal meiner Tochter in Ihre Hände, Herr Martens!« Alexander schlug ein.

»Ich gebe mein Bestes! Mein Büro wird Ihnen schnellstmöglich die Unterlagen zukommen lassen. Was ich allerdings sofort brauche, sind drei bis fünf aktuelle Fotos von Elara. Und eine Sprachnachricht oder eine Videobotschaft, in der Sie ihr alles sagen, was sie in Sicherheit wiegt und ihr die Angst nimmt. Sobald ich Kontakt mit ihr habe, werde ich ihr das vorspielen. Schicken Sie mir das alles per Mail. Und ein paar ihrer Lieblingsspielsachen, vielleicht auch noch ein Kuscheltuch, sollten Sie mir zukommen lassen.« Malik überreichte ihm seine Karte und notierte die Hoteladresse darauf. »Sobald ich Neuigkeiten habe, hören Sie von mir.«

Er stand auf, und Florentine begleitete ihn nach draußen.

»Sie haben wirklich all das schon in die Wege geleitet?«

»Wahrheitsjäger mit Helfersyndrom lässt grüßen.«

»Aber hoffentlich ohne Panikattacken und Halswirbelschmerzen«, antwortete Florentine scherzhaft. »Melden Sie sich, wann immer Sie meine Hilfe brauchen, Malik. Ich bin für Sie da. Versprochen!« Florentine sah ihn an. »Danke für alles.«

Er betrachtete sie und nahm sie spontan in den Arm, und schon war er im wilden Schneetreiben verschwunden.

Florentine ging zurück in den Praxisraum, wo Alexander gedankenverloren in dem roten Sessel saß und auf seinem Handy Fotos von seiner Tochter auswählte.

»Lass uns nach oben gehen. Ich habe uns ein Kichererbsen-Curry vorbereitet.« Sie reichte ihm die Hand, um ihn aus dem Sessel zu ziehen. »Du erzählst mir, was heute passiert ist, und wir machen uns Gedanken, wie du an das restliche Geld kommst. Ich habe da auch schon eine Idee.«

KAPITEL 39

FRANKFURT,
FREITAG, 7. DEZEMBER 2018,
SPÄTER ABEND

Mit einem Mal spürte Malik, wie hungrig er war, als er in der Lobby des Hotels eintraf. Er checkte rasch die Flüge nach Bangkok, buchte sich auf die Maschine kurz vor Mitternacht, ehe er sich im Bistro in der Lobby eine doppelte Portion Gemüseeintopf und einen Kamillentee bestellte. Dann schickte er eine Sprachnachricht mit allen relevanten Informationen an HPL und bat ihn, den Vertrag für Alexander Bergmann aufzusetzen.

Eine Kindesrückführung gehörte zu den schwierigsten Unterfangen, und Malik stand dabei unter einem enormen Druck. Am Ende stimmten die meisten Betroffenen den Konditionen zu, auch dem damit verbundenen Honorar. Bei Alexander Bergmann war es nicht anders. Die Not, der Schmerz, die Ohnmachtsgefühle waren immens, sodass eine professionelle Rückführung für viele die letzte Hoffnung, der letzte Ausweg war.

Seine hohe Erfolgsquote lag in Maliks weltweitem Netzwerk aus Informanten begründet und in seiner herausragenden Fähigkeit, Kontakte zu knüpfen. Da übertraf er alle anderen. Wie recht sein Mentor gehabt hatte! Ulf Rossi, ein berühmter Strafverteidiger aus München, der ihm schon in jungen Jahren den Hinweis gegeben hatte, dass ein gut funktionierendes Netzwerk einen unschlagbaren Wettbewerbsvorteil darstellte, und der ihm beigebracht hatte, wie man es aufbaute und pflegte. Zu Beginn seiner Karriere hatte Malik das Kontakten regelrecht geübt. Hatte, egal, wo er sich gerade aufhielt, Leute ausgesucht, sie gezielt angesprochen, Reaktionen getestet, Feldforschung betrieben, seine Methoden und sein System immer weiter perfektioniert, um dann bei seinen Einsätzen noch zielgerichteter vorzugehen.

Während Malik auf das Essen wartete, entschied er, dass er sich in Bangkok zuerst mit Nawin treffen würde, einem seiner Top-Leute in Thailand, der Inhaber einer kleinen Reiseagentur war und ebenfalls über sehr gute Kontakte verfügte. Malik hatte ihn während eines längeren Aufenthalts auf Koh Samui bei einer Tour durch den Mu Ko Aang Thong National Park kennengelernt und sich mit ihm angefreundet. Bewusst angefreundet. Vertrauen schaffen, Kontakt halten. Netzwerk erweitern. Das war, was er in den letzten fünfundzwanzig Jahren bis zur Perfektion betrieben hatte. In mittlerweile über fünfzig Ländern. Sein unschätzbares Kapital. Es brauchte viel Zeit, ein solches Netzwerk aufzubauen, weil eine Vertrauensbasis entstehen musste: Seine Informanten mussten ihm vertrauen, und er musste seinen Informanten vertrauen können. Doch mit Nawin verband ihn in der Zwischenzeit ein wirklich freundschaftliches Verhältnis. Sie kontaktierten sich mehrmals im Monat, und Malik war mittlerweile ein gern gesehener Gast bei Nawins Familie. Dank seiner Hilfe hatte er schon einige Fälle in Thailand gelöst. Er schrieb ihm gleich eine SMS:

KOMME MORGEN NACHMITTAG
UM 15 UHR IN BKK AN.
KÖNNTEST DU MICH ABHOLEN?
M

»Ihr Gemüseeintopf, Herr Martens.« Die junge Bedienung servierte ihm eine dampfende Suppenterrine. »Guten Appetit!«

»Herzlichen Dank!« Malik schenkte der jungen hübschen Frau ein strahlendes Lächeln, und sie errötete leicht. Gut so!, dachte er. Man wusste nie, welche Information man ihr eines Tages noch entlocken könnte. Malik löffelte genüsslich seinen Eintopf.

In der Zwischenzeit hatte Alexander Bergmann eine Videobotschaft sowie die Fotos von Elara gemailt. Außerdem hatte er ihm die Nachricht zukommen lassen, dass die Spielsachen auf dem Weg seien. Malik klickte die Anhänge auf und blieb an einem Bild hängen, auf dem Bergmann seine kleine Tochter im Arm hielt und einen fast glückseligen Ausdruck in den Augen hatte. Man sah ihm an, wie sehr er sie liebte. Das Mädchen lachte fröhlich in die Kamera, wobei ein langer Fransenpony fast die gesamte Augenpartie bedeckte. Sie sah aus wie eine Asiatin. Wie doch die mendelschen Gesetze der Genetik so spielen, dachte Malik. Einer seiner japanischen Informanten war mit einer Deutschen verheiratet. Sie hatten drei Söhne. Der älteste sah der Mutter ähnlich, der mittlere Sohn war eine Mischung aus beiden. Und der jüngste war seinem japanischen Vater wie aus dem Gesicht geschnitten.

Malik lehnte sich zurück und trank den letzten Schluck seines Tees. Der weihnachtlichen Hoteldekoration konnte er nicht viel abgewinnen. Dafür umso mehr Florentine Fuchs, die seit Neustem in seinen Gedanken herumgeisterte, und das öfter, als er sich eingestehen wollte. Sie faszinierte ihn, gab ihm neuen Lebensmut. Seine Energie kam zurück. Und das Erstaunlichste war, er hatte einen anderen Blick auf die Dinge gewonnen. Dieser psychosomatische Ansatz beschäftigte ihn. Da ist wirklich etwas dran, überlegte Malik, als er mit dem gläsernen Aufzug in den zwölften Stock fuhr.

Kaum hatte er die Tür zu seiner Suite geöffnet, kam auch schon der Concierge mit schnellen Schritten im Gang auf ihn zu und hielt ihm eine rosarote Umhängetasche entgegen. »Die ist gerade für Sie abgegeben worden.« Er lächelte verschmitzt.

»Herr Sörensen, mal beglücken Sie mich mit Blumen und Wein und nun mit einer rosaroten Umhängetasche. Ich bin sprachlos.«

»Und ich bin gespannt, was es das nächste Mal ist. Einen schönen Abend noch, Herr Martens.«

Malik bedankte sich und drückte ihm einen Schein in die Hand. Dann packte er schnell alles zusammen. In zwei Stunden ging sein Flieger. Mit dem Inhalt der Umhängetasche, dem Video und den Sprachnachrichten würde er sich später beschäftigen. Er hoffte, dass bei seiner Ankunft in Bangkok auch schon die ersten Daten zu den Meephuks vorlagen. Wen er für diesen Fall sonst noch ins Team einband, würde er auf dem zehnstündigen Flug nach Bangkok entscheiden.

KAPITEL 40

BANGKOK,
SAMSTAG, 8. DEZEMBER 2018

»Sawatdii Krab«, sagte Malik und wischte sich den Schweiß von der Stirn, als ihn Nawin kurz nach sechzehn Uhr freudestrahlend auf dem Suvarnabhumi International Airport empfing.

»Willkommen in good old Siam. Ist dann doch ein bisschen wärmer hier«, begrüßte ihn Nawin.

»Bin mal kurz von null auf dreißig Grad hochgeschossen«, meinte Malik. Sein T-Shirt und seine Jeans klebten ihm bereits am Körper, seine Muskeln zeichneten sich einzeln ab. Er bahnte sich mit seinem Rollkoffer einen Weg durch die Touristenmenge und folgte Nawin zum Parkplatz, bis sie vor einem nagelneuen Toyota stehen blieben. »Wo ist denn deine alte Klapperkiste abgeblieben?«

Überhaupt hatte sich Nawin verändert. Sein cooler Haarschnitt und seine modische Hornbrille hatten etwas Nerdiges.

»Die hat leider den Geist aufgegeben. Da war nichts mehr zu machen.« Der groß gewachsene, schlanke Thai zuckte mit den Schultern.

Sie hatten sich länger nicht gesehen, und Mails und WhatsApp-Nachrichten auszutauschen war eine Sache, sich gegenüberzustehen eine andere.

»Freu mich, wieder hier zu sein«, sagte Malik. »Bangkok ist nicht nur die heißeste, sondern auch die schönste Stadt der Welt.«

»Wem sagst du's!«, erwiderte Nawin grinsend. »Der Tourismus boomt. Bangkok war jetzt drei Mal hintereinander die meistbesuchte Stadt der Welt, und letztes Jahr hatten wir zwanzig Millionen Übernachtungsgäste.«

Futuristische Wolkenkratzer, Wellblechhütten und glitzernde goldene Tempel neben weißen Sandstränden und stinkenden Khlongs, vollgestopfte Marktstände neben schicken Malls, laute Tuk-Tuks neben leisen Luxuslimousinen – der Kontrast konnte größer nicht sein, doch das machte die Stadt der Engel, wie die Einheimischen sie nannten, so einzigartig. Obwohl Malik den Wechsel vom deutschen Winter in den thailändischen Sommer gerade etwas anstrengend fand, konnte er den Reiz der Thai-Metropole doch immer nachvollziehen: Hier pulsierte das Leben, und mit ihrer Unbeschwertheit konnten die Thais als echte Lebenskünstler bezeichnet werden.

Er deponierte seinen Koffer auf dem Rücksitz und setzte sich neben Nawin. »Was ist das denn für ein Zeug hier?« Malik deutete auf die goldenen Papierstückchen, die am Armaturenbrett klebten, und die bunten Bänder am Rückspiegel. »Und diese Sauerei hier auf dem Boden? Jetzt hast du ein neues Auto und lässt es gleich vergammeln.«

»Das ist keine Sauerei, das ist gesegneter weißer Puder.«

»Gesegneter Puder! Bist du übergeschnappt?«, fragte Malik.

»Nein, ganz und gar nicht. Ich habe nur ein neues Auto, wie du schon richtig bemerkt hast. Und das sind die Blessings des Mönchs, den ich gebeten habe, seinen Segen dazuzugeben. Das machen wir Thailänder so«, entgegnete Nawin. »Ob du ein Haus erwirbst, ein Geschäft eröffnest oder eben ein Auto kaufst, du bittest immer einen Mönch, seinen Segen dazuzugeben, damit du mit deinem Neuerwerb friedvoll und glücklich in die Zukunft blicken kannst.«

»Ihr Thailänder und euer Aberglaube.«

»Kannst froh sein, dass das Ganze schon eine Woche her ist, denn die Vordersitze waren zwei Tage nass, weil das Weihwasser ausgelaufen ist.« Nawin lachte.

»Sonst noch irgendwelche magischen Gepflogenheiten?«

»Ja, ich habe für drei Monate ein rotes Nummernschild, bevor ich ein weißes bekomme.«

»Damit's auch ja keinem entgeht, dass du einen neuen Wagen hast.« Malik schüttelte belustigt den Kopf.

Während der einstündigen Fahrt ins Hotel tauschten sie die wichtigsten Informationen aus. Nawin war einer seiner zuverlässigsten Mitstreiter. Nach dem Desaster mit Jinjin in Shanghai tat es gut, einem Informanten zu hundert Prozent vertrauen zu können. Ein beruhigendes Gefühl. Nawin hatte in der Zwischenzeit herausgefunden, dass sich Suna nur eine knappe Woche in Bangkok aufgehalten hatte und allein zurückgeflogen war. Und dass die kleine Elara während der drei Wochen, die sie nun dort war, einmal vom Notarzt hatte versorgt werden müssen. Die Diagnose war azetonämisches Erbrechen gewesen. Nicht ungewöhnlich für ein Kind, das dieser Situation ausgesetzt war. Außerdem hatte sich Suna über internationale Schulen in Bangkok und Umgebung informiert. Da waren seine »guten Freunde«, wie Malik sie nannte, bei den Behörden und beim Flughafenpersonal ziemlich hilfreich gewesen.

Die weniger erfreuliche Nachricht, mit der er allerdings gerechnet hatte: Für Elara war eine Grenzsperre verhängt worden. Das war immer einer der ersten Schritte, die Menschen veranlassten, wenn sie ihr Kind ins Ausland brachten. Für Malik der Beweis, dass Suna Bergmann in der Absicht nach Thailand gereist war, ihre Tochter hier anzusiedeln. Er streckte seine Gliedmaßen und atmete durch. Das Entscheidende im Moment jedoch war: Er hatte die Adresse von Bun Ma und Somchai Meephuk und wusste nun, dass Suna einen Bruder hatte, der als Mönch zurückgezogen in einem Kloster lebte. Das war ihm noch zu dünn, da sollte Nawin noch mal recherchieren, aber insgesamt hatte er wirklich hervorragende Arbeit geleistet. Mit Unterstützung seiner Mutter, die am Konsulat in Bangkok arbeitete und beste Beziehungen zu den einzelnen Behörden unterhielt. All dies fand natürlich in einem Graubereich statt, aber das musste nicht Maliks Problem sein, wenn sie ihrem einzigen Sohn keine Bitte abschlagen konnte.

Nawin setzte ihn am Hilton Millennium ab, das direkt am Ufer des Chao Phraya lag. Früher war der mächtige Fluss mit seinen Nebenadern die wichtigste Verkehrsstrecke der Stadt gewesen, die schmalen Wasserstraßen mit den schwimmenden Märkten hatten einst das Stadtbild entscheidend geprägt. Doch viele der Khlongs wurden nach und nach zugeschüttet und befestigt, wichen manchmal achtspurigen Straßen. Sie fuhren die Auffahrt entlang, die von ineinanderfließenden Wasserbecken und Wasserspielen gesäumt war. Malik buchte immer dasselbe Zimmer im dreißigsten Stock, was ihm einen sensationellen Blick über die Stadt bot. Zum Tempel Wat Arun, dem sogenannten Tempel der Morgenröte, waren es nur wenige Minuten, und auch das Asiatique, eine exquisite Open-Air-Mall, war bequem zu Fuß zu erreichen.

Sie saßen auf der Terrasse, und jeder nippte entspannt an seinem Drink. Malik hatte sich mit Nawin für den Abend im Mandarin Oriental zum Essen verabredet. Ausgezeichneter Service und Sterne-Küche mit traumhaftem Blick auf den Fluss. Was will man mehr! An so einem Abend tat sich Malik auch selbst etwas Gutes. Sie bestellten jeder zwei Vorspeisen und entschieden sich für eine große Fischplatte als Hauptgang. Seit seiner Auszeit aß er hauptsächlich vegan, bei hervorragendem Fisch machte er allerdings eine Ausnahme. Und wenn er seine Informanten zum Essen einlud und sie auf diese Weise schon entlohnte, zeigte sich Malik generell sehr großzügig.

»Eine Sache würde mich schon interessieren«, sagte Nawin, doch anstatt weiterzusprechen, lud er sich eine ordentliche Portion grünen Papaya-Salat auf seine Stäbchen, um sich dann erst einmal über die Vorzüge der Frucht auszulassen. Das war Malik ohnehin viel lieber, als Fragen zu beantworten.

»Sehr lecker, dieser Salat!«, lobte er. »Die Papaya wird in den USA als Wunderfrucht bezeichnet. Hast du das gewusst?« Nawin sprach ein hervorragendes Englisch, denn er hatte in Boston Informatik und Touristik studiert.

»Nein, aber ich wusste, dass Papayas sehr gesund sind, weil sie viele Vitamine enthalten und bestimmte Enzyme«, antwortete Malik.

»Papain«, erklärte Nawin, »ein Enzym, das vor allem in der unreifen, grünen Frucht vorkommt. Fünftausend Prozent mehr als in der reifen Frucht.«

»Aha, davon hatte ich zum Beispiel keine Ahnung.«

»Daher ist grüner Papaya-Salat, so wie wir ihn in Thailand zubereiten, sehr gesund.« Er kaute genüsslich vor sich hin. »Also: Warum wusste dein Auftraggeber die Adresse seiner Schwiegereltern nicht?«

Malik zögerte kurz mit einer Antwort, denn sosehr er an den Informationen anderer interessiert war, so wenig gab er seine preis. »Das habe ich mich auch gefragt. Er hatte einfach kein Interesse an ihrer Familie. Wobei das bei vielen europäischen Männern, die mit Thai-Frauen zusammenkommen, kein seltenes Phänomen ist. Das Testosteron, das im Überfluss durch ihre Blutbahnen schießt, weil sie offensichtlich nur noch Sex im Sinn haben, wenn eine Thai-Frau an ihrer Seite ist, lässt sie alles vergessen. Auch den Anstand.«

Nawin lachte. »Kein Wunder bei den wunderschönen Frauen!«

»Hinter denen sich ja auch ganz gern mal ein Mann versteckt.«

»Wir haben einfach alles, auch ein drittes Geschlecht.« Nawin grinste ihm frech ins Gesicht. »Im März findet der Ladyboys-Contest hier statt.«

»Und bei welchem Contest hast du mitgemacht?«, fragte Malik und versuchte, das Gespräch in eine andere Richtung zu lenken. »Du hast ja einen völlig neuen Look: neue Brille, neue Frisur, coole Klamotten. Siehst echt gut aus!«

»Neue Freundin. Neues Glück. Geile Zeit!«

»Deine Boston-Zeit hat dich schon sehr geprägt«, gab Malik zurück. »Was für ein Typ ist sie?«

»Sie wird dir gefallen. Sie kommt aus New York. Da gibt's auch tolle Frauen. Aber wie geht's jetzt weiter mit dem Fall? Was machst du als Nächstes?«, ließ Nawin nicht locker.

Nawin war ihm sympathisch, er mochte ihn, keine Frage, aber er war sein Informant, auch wenn sie einen freundschaftlichen Kontakt pflegten. Malik betrachtete die meisten Menschen als Informanten. Das war eine Berufskrankheit. Was den Fall anging, würde er sich weiter bedeckt halten und nur preisgeben, was unmittelbar wichtig war. Das bedeutete jedes Mal aufs Neue eine Gratwanderung.

»Ich werde heute Nacht alle Informationen sondieren und mir meine Gedanken machen.« Er versuchte, mit dieser schwammigen Erklärung die Diskussion zu beenden. »Wie wär's noch mit einem Absacker?«, fügte er hinzu, obwohl ihm nicht danach zumute war und er sich lieber in sein klimatisiertes Hotelzimmer zurückziehen wollte.

»Sehr gute Idee!«, erwiderte Nawin begeistert. »Lass uns ins Havana Social gehen. Das hat vor Kurzem neu eröffnet«, erklärte er. »My favourite spot! Da habe ich Kathryn kennengelernt. Man braucht einen speziellen Code, um reinzukommen.«

»Da bist du ja mit dem richtigen Mann unterwegs.«

Sie verließen das Hotel und nahmen ein Taxi. Nawin dirigierte den Taxifahrer durch die Straßen, bis sie vor einem leuchtenden Telefonschild anhielten, unter dem sich eine kleine Kabine mit einem Telefon befand.

»Hier ist es.«

Malik sah sich um, weil er keinen Eingang entdecken konnte. »Und wo geht's rein?«

»Jetzt bist du an der Reihe.« Nawin freute sich diebisch. »Dazu braucht's einen Trick.«

Malik musste zugeben, dass er sich herausgefordert fühlte. Aber kaum hatte Nawin zu Ende gesprochen, kam ein drahtiger Kerl auf sie zu und überreichte ihnen eine Telefonnummer. Nawin ging zu der Kabine, wählte die Nummer, und wie von Zauberhand öffnete sich eine Wand: Lateinamerikanische Rhythmen, exzellente Drinks, dampfende Zigarren empfingen sie. Willkommen in Havanna!

Sie setzten sich an den Tresen, und Nawin orderte zwei Siam Sunrays. »Das neue thailändische Nationalgetränk: Wodka, Kokosnuss, Thai-Chilis und Lemongrass – Cheers!«

Die Musik war ohrenbetäubend. Sie konnten nicht viel miteinander sprechen, worüber Malik einerseits froh war, andererseits hatte er wirklich genug für heute. Er nippte zum Schein noch eine Weile an seinem Cocktail und gab Nawin dann ein Zeichen, dass er bald gehen würde. Die Panikattacken der letzten Wochen saßen ihm doch noch in den Gliedern – wenn er sich selbst gegenüber ehrlich war. Und das sollte er sein. Der erste Schritt zur Besserung. Das hatte Florentine Fuchs schon in ihm verankert. Es half. Unglaublich! Dass er sich etwas beibringen ließ, grenzte schon an ein Wunder.

»Ich melde mich«, rief er in Nawins Ohr, zog ein Bündel Geldscheine aus seiner Hosentasche und steckte sie ihm für seine bisherigen Bemühungen zu. Es würden im Lauf dieser Ermittlungen noch einige folgen – sowohl Scheine als auch Bemühungen, da war sich Malik sicher.

Nawin nahm sie dankbar, jedoch mit großer Selbstverständlichkeit entgegen. In Thailand spielte Geld eine herausragende Rolle. Dann drängte Malik sich zum Ausgang, um der stickigen Luft und der brüllenden Meute zu entfliehen.

KAPITEL 41

BAAN KLANG, SONNTAG, 9. DEZEMBER 2018

Malik stellte sich unter die Dusche und ließ den kühlen Wasserstrahl eine Zeit lang über seinen Körper prasseln. Danach legte er sich nackt aufs Bett. Das leise Rauschen der Klimaanlage ließ ihn in einen leichten Schlaf fallen, aus dem er zwei Stunden später halbwegs erfrischt erwachte. Noch in der Nacht arbeitete er einen Plan aus.

Es war klar, dass er zuerst das Haus der Meephuks in Baan Klang observieren würde. Wer sollte ihn bei der Observation begleiten? Nawin oder Chad, der Unauffälligere von beiden, was ihm in diesem Fall lieber wäre. Außerdem brauchte Chad immer Geld, weil er eine große Familie und ein kleines Laster hatte – die thaiübliche Spielsucht war bei ihm stärker ausgeprägt. Für Malik ein Risiko, das er einkalkulieren musste.

Chad wusste bereits, dass er hier in Bangkok war, denn er war Maliks Kontaktmann beim Flughafenpersonal und hatte ihn über Sunas Reisedaten informiert. Es war kurz nach zwei Uhr in der Früh, als er Chad eine SMS schrieb:

KANNST DU HEUTE MIT MIR AUF TOUR GEHEN?
M

Keine zehn Minuten später hatte er eine Antwort:

WANN SOLL ICH DICH ABHOLEN?

Mit der Arbeitsmoral stand es in Thailand nicht zum Besten, aber mit der Zuverlässigkeit seiner Informanten hatte Malik bisher großes Glück gehabt. Wie Chad es regelte, dass er so spontan abkömmlich war, hatte Malik noch nicht verstanden. Er hatte den Job bei der Security am Flughafen, noch ein paar Nebenjobs und fünf Kinder, die er groß kriegen musste. Nach den beiden älteren Mädchen bekam Chads Frau Drillinge, drei Jungs, für deren Schuluniformen Malik das Geld spendierte, nachdem er erfahren hatte, dass sich Chad nur eine Uniform leisten konnte und die Jungs deshalb abwechselnd zur Schule gingen, weil das Tragen von Schuluniformen Pflicht in Thailand war. Für die ärmere Bevölkerung war Bildung sekundär. Die Hauptsache war, gut zu essen und Spaß zu haben. Chad jedoch, das spürte er, wollte seinen Kindern eine gute Ausbildung ermöglichen. Und Malik wäre der Letzte, der ihm da nicht unter die Arme greifen würde.

Am nächsten Morgen verließ Malik um sieben Uhr dreißig das Hotel, um vom hoteleigenen Bootssteg auf die andere Seite des Chao Phraya zu gelangen, wo Chad an der Skytrain Station auf ihn wartete. Er besorgte in einem kleinen Laden noch ein paar Flaschen Wasser und zwei Cola light und lief dann zu dem Parkplatz, der nur ein paar Gehminuten entfernt lag. Als Malik um die Ecke bog, sah er schon den Lieferwagen, einen alten dunkelroten, verdreckten Toyota. Chad winkte ihm aus dem Fenster heraus zu. Er war so ziemlich das Gegenteil von Nawin. Ein ruhiger Zeitgenosse, der den ganzen Tag über am liebsten Cola trank und süßen Klebreis mit Mangostückchen aß.

Malik öffnete die Beifahrertür und stieg ein. Er verfrachtete die Flaschen und seinen schwarzen Rucksack auf den Rücksitz und legte seine Nikon Spiegelreflexkamera vorsichtig neben sich ab. »Meine wichtigste Begleiterin, wie du weißt. Und hier ist deine«, lachte er Chad an und reichte ihm eine Flasche Cola.

Chad grinste und startete den Motor. »Wohin fahren wir?«

»Baan Klang.« Malik hielt ihm sein Handy mit den genauen Adressdaten unter die Nase. So fit, wie Nawin mit den kulturellen Gepflogenheiten von Bangkok war, so vertraut war Chad mit den geografischen Verhältnissen.

Im Wagen war es nur unwesentlich kühler als draußen. Als sich nach ein paar Minuten noch immer keine Kühlung einstellte, wurde Malik ungeduldig und drehte an den Knöpfen der Klimaanlage herum. »Was ist denn mit dem Ding los?«

»War kaputt. Hab sie repariert. Dauert halt ein bisschen länger, bis sie geht.« Chad sprach ein gebrochenes Englisch und konnte mit Nawins Sprachkenntnissen nicht mithalten. Kein Problem für Malik, der es gewohnt war, sich auch mit Händen und Füßen zu verständigen, wenn es die Situation erforderte.

Der morgendliche Berufsverkehr war eine Katastrophe. Eine Blechlawine schob sich durch die Rama IV Road, eine der meistbefahrenen Straßen in der Millionenmetropole. Malik hatte das Gefühl, die abgasgeschwängerte Luft würde durch die Fensterritzen des alten Toyota hereinkriechen, und er atmete nur ganz flach.

Sunas Eltern lebten in der Provinz Pathum Thani, ungefähr fünfundvierzig Kilometer nördlich von Bangkok. Sie fuhren an endlosen Häuserschluchten entlang, um endlich auf die Autobahn zu gelangen. Der Verkehr geriet immer wieder ins Stocken. Motorräder und Tuk-Tuks drängten sich in waghalsigen Überholmanövern an ihnen vorbei. Malik hielt die Lider halb geschlossen und dachte nach. Chad schwieg. Er fragte nie irgendetwas. Und das war Malik besonders sympathisch.

Nach einer halben Stunde verließen sie die Autobahn und erreichten kurz darauf Baan Klang, eine kleine Fünftausend-Seelen-Gemeinde. Sie kurvten durch die engen Gässchen des Ortes, der aus einem Tempel, einem Markt mit mehreren Garküchen, einer Schule und farbigen Wohnhäuschen bestand. Sie mussten einen günstigen Platz finden, um unbeobachtet observieren zu können. Das kleine Haus der Meephuks lag an einem der Khlongs, die die gesamte Provinz durchzogen und sowohl die zahlreichen Reisfelder bewässerten wie auch als Transportweg dienten. Es stand auf Stelzen, wie alle Häuschen, die am Wasser lagen, und hatte einen kleinen Innenhof. Ganz in der Nähe befand sich der Golfplatz Muang Ake. Sunas Vater war dort für die Gärtnerei verantwortlich gewesen, bis er krank geworden war. Ihre Mutter hatte aushilfsweise als Köchin in dem Restaurant gearbeitet, das dem Clubhaus angeschlossen war.

»Park den Wagen auf der gegenüberliegenden Seite an der Baustelle«, sagte Malik schließlich, nachdem sie einmal im Kreis herumgefahren waren.

»Hier arbeitet gerade sowieso keiner«, stellte Chad fest.

»Und wer weiß, wofür das Gerüst gut ist«, meinte Malik. »Könnte uns als Aussichtspunkt dienen.«

Sie würden mit Chads altem Toyota nicht auffallen, so wie Malik auch sonst alles vermied, was Aufmerksamkeit erregte – er war unauffällig gekleidet, trug seine Baseballkappe und Sonnenbrille zur Tarnung und war mit einem Einheimischen unterwegs.

Er packte seine Kamera aus, schraubte das Teleobjektiv darauf fest und schoss das erste Foto. Wenn er einen neuen Fall bearbeitete, war dieses erste Klicken jedes Mal wie Musik in seinen Ohren. Die unterschiedlichen Phasen, in die er eintauchte, wenn er sich seinen Zielpersonen näherte, sie immer besser kennenlernte, sich immer tiefer in ihr Leben bohrte, waren wie ein Rausch. Er observierte sie, bis sie gläsern für ihn waren. Manchmal schien er zu wissen, was in einer Zielperson vorging, allein wenn er die einzelnen Aufnahmen analysierte, und er fühlte sich damit in der Lage, ihre nächsten Handlungen vorherzusagen.

Malik hatte seine Augen überall. Wenn er jemanden beschattete, dann verlor er nichts und niemanden aus seinem Blick, ob er aß, trank, seine Nachrichten checkte, auf seinem I-Pad recherchierte oder pinkelte. Selbst wenn Malik vor sich hindämmerte, bekam er alles mit, registrierte kleinste Veränderungen in seiner Umgebung.

Vor dem Innenhof des Hauses waren zwei Frauen stehen geblieben. Malik hielt die Kamera drauf. Eine davon deutete auf das Geisterhäuschen, das vor jedem thailändischen Haus an einem gut sichtbaren Platz auf einem Pfahl in Augenhöhe stand und den Hausgeist beherbergte.

»Hat es eine Bedeutung, dass in dem kleinen Schrein dort keine frischen Lebensmittelopfer sind?«, fragte Malik Chad.

»Kein Respekt für den Hausgeist.«

»Das kann ich mir hier bei eurem Aberglauben nicht vorstellen.«

»Vielleicht auch, weil keiner da ist.«

»Das wäre nicht gut!«, sagte Malik nachdenklich.

Hinter ihnen huschte ein Mönch vorbei, als sich die beiden Frauen trennten und in verschiedene Richtungen davoneilten.

Chad fragte nicht, warum Malik diesen ganzen Aufwand mit den Fotos betrieb. Er schüttelte nur immer wieder den Kopf und zockte dann auf seinem Handy weiter.

Rechts von ihm jagten ein paar Jungs in Schuluniform einem Ball hinterher. Malik lächelte. Eigentlich hatte er Profifußballer werden wollen und war auf dem Weg dorthin bis in die bayerische Auswahl gekommen. Dann verletzte er sich am linken Bein – aus der Traum! Doch er hatte einen anderen Traumjob gefunden. Seine Berufung. Und hatte der Fußballerkarriere keine Träne nachgeweint.

»Noch eine Cola?«, fragte er Chad, während er die Flaschen aus seinem Rucksack kramte. Er leerte seine Wasserflasche in einem Zug. Scheußlich, aber aus ayurvedischer Sicht war warmes Wasser ja gesund. Wenn's hilft, dachte Malik.

Chad tat es ihm nach und sagte lapidar: »Kühlschrank wäre gut!«, schlurfte dann zu dem kleinen Stand an der Ecke und holte sich ein Reisgericht.

Maliks T-Shirt war mittlerweile nass geschwitzt. Drei Stunden waren vergangen. Fünfzehn Uhr. Er konnte nur hoffen, dass sich bei dieser Höllenhitze überhaupt jemand aus dem Gebäude bewegte. Gefühlte fünfundvierzig Grad im Wageninneren, draußen herrschten gerade einmal zehn Grad weniger. Malik war das stundenlange Warten ja gewohnt, aber für Chad bedeutete es eine Tortur. Dennoch blieb er am Ball. Ein Hoch auf Sticky Rice und Coca-Cola.

Von ihrem Parkplatz aus hatten sie das Haus der Meephuks auf der anderen Straßenseite gut im Blick. Aber es tat sich nichts. Einfach nichts.

Malik betrachtete die beiden Passfotos, die Nawin ihm von Sunas Eltern geschickt hatte. Bun Ma hatte kinnlange schwarze Haare, und die Brille mit dem feinen silbernen Rahmen ließ sie wie eine Lehrerin aussehen. Somchai hatte eher weiche Züge und trug einen kleinen Spitzbart. Er wirkte sehr sympathisch. Dann scrollte sich Malik ein erneutes Mal durch die Fotos, die ihm Alexander Bergmann gesendet hatte. Elara schien ein wirklich aufgewecktes kleines Mädchen zu sein, sie machte auf jedem Bild einen glücklichen Eindruck. Und immer wieder war sie mit einem pinkfarbenen Plüschaffen abgelichtet. Nun war ihre heile Welt komplett aus den Fugen geraten. Nichts würde jemals wieder so sein, wie es gewesen war. Das alles würde nicht ohne traumatische Folgen für das Mädchen ausgehen. Man brauchte kein Psychologe zu sein, um das zu erkennen.

Um zwanzig Uhr schickte Malik Chad nach Hause. Er würde noch in einer der Garküchen zu Abend essen und dann in einem kleinen Hotel in der Nähe übernachten, um am nächsten Tag schneller vor Ort zu sein.

Den dritten Tag in Folge observierten sie nun schon, hatten mehrere Male die Positionen gewechselt, damit sie keine Gefahr liefen, irgendjemandem aufzufallen. Malik hatte sich auf dem Baustellengerüst hinter ein paar Brettern verschanzt, Chad hatte den Toyota auf der gegenüberliegenden Seite des Marktes auf einem Parkplatz abgestellt, doch das Haus von Sunas Eltern in Baan Klang schien im Moment nicht bewohnt zu sein. Wo, verdammt noch mal, waren die Meephuks? Auch von Nawin gab es keine Neuigkeiten auf die Nachfrage, ob die Adresse denn die richtige sei. Es war nicht zum Aushalten! Natürlich könnte er in eine seiner unzähligen Rollen schlüpfen, dachte Malik, und die Nachbarn befragen, aber das war ihm im Augenblick noch zu riskant. Er durfte keine schlafenden Hunde wecken und würde mindestens noch einen Tag abwarten, bevor er eine Entscheidung traf. Wenn alle Stricke reißen, dachte er, muss ich noch mal Geld in die Hand nehmen, um das Handy der Meephuks orten zu lassen.

Plötzlich bog in rasantem Tempo ein Tuk-Tuk um die Ecke und bremste scharf im Innenhof des kleinen Hauses ab.

Malik spürte, wie die Energie in seinen Körper schoss. Er nahm die Kamera und drückte mehrere Male auf den Auslöser. »Kein Zweifel«, sagte er, »das sind sie. Bun Ma und Somchai Meephuk.« Er beobachtete, wie sie zwei Taschen aus dem Tuk-Tuk hievten, während der Fahrer erst einen und dann einen zweiten Rollkoffer neben ihnen abstellte. Bun Ma wechselte ein paar Worte mit Somchai, bis er dem Fahrer ein paar Geldscheine in die Hand gab. Mit seinem Objektiv war Malik den beiden so nah, als würde er neben ihnen stehen.

Chad hatte sich aufrecht hingesetzt und blickte gebannt zu dem kleinen Haus hinüber. »Aber wo ist das Mädchen?«, fragte er, als das Tuk-Tuk wieder losgefahren und Bun Ma und Somchai im Haus verschwunden waren.

»Das frage ich mich auch!«, antwortete Malik und starrte zu der verschlossenen Tür hinüber in der Hoffnung, dass Elara doch noch auftauchte. »Wir brechen die Aktion ab«, sagte er nach zwei weiteren Stunden vergeblichen Wartens. »Das bringt heute nichts mehr.« Langsam bezweifelte Malik, dass sich die Kleine bei ihren Großeltern aufhielt.

Während er sich von Chad ins Hotel zurückfahren ließ, schickte er ein Foto von den Rollkoffern an Alexander Bergmann, um sicherzustellen, dass es sich um Sunas Koffer handelte. Außerdem versuchte er, ihm schonend beizubringen, dass er Elara noch nicht aufgespürt hatte.

»Wir finden sie! Machen Sie sich keine Sorgen«, munterte er ihn per Sprachnachricht auf und hoffte, dass er dieses Versprechen auch einhalten konnte.

Dann schrieb er seinem alten Kumpel Erwin eine SMS:

BIN GERADE IN BKK;
ZEIT UND LUST AUF EINEN DRINK
IN DEINER LIEBLINGSBAR IN PATTAYA?
M

KAPITEL 42

PATTAYA, FREITAG, 14. DEZEMBER 2018

Gestern hatte Malik einen Tag allein in Baan Klang observiert, um Chad eine Verschnaufpause zu gönnen. Am Abend hatte er wieder mit leeren Händen dagestanden. Somchai wurde ins Krankenhaus zur Dialyse gebracht, und Bun Ma hatte das Haus nur verlassen, um in den Garküchen des kleinen Marktes Essen zu besorgen und in der nahe gelegenen Tempelanlage die Götter anzubeten.

Für ein paar Extrascheine hatte sich Chad bereit erklärt, heute den Job ohne ihn zu machen, wobei sich Malik mittlerweile sicher war, dass sich die kleine Elara nicht bei ihren Großeltern aufhielt. Die Frage war, wo war sie dann?

Malik erreichte um die Mittagszeit Pattaya. Über das Hotel hatte er sich einen Fahrservice organisiert und nach knapp zwei Stunden den bekannten Badeort am Golf von Siam erreicht. Über fünfzehn Kilometer erstreckte sich Pattaya an der Küste entlang und wirkte auf den ersten Blick wie jede andere südostasiatische Großstadt: Es war heiß, stickig, laut, und es stank.

In den letzten Jahren war es Malik zusehends wichtiger geworden, Erwin zu besuchen, wenn er in Bangkok zu tun hatte. Gerade hatte der alte Herr seinen achtzigsten Geburtstag gefeiert.

Erwin hörte das Gras wachsen. Und so jemanden brauchte Malik jetzt. Dringend! Wenn er mit ihm zusammenkam, fragte er sich oft, was Erwin für ihn war – Informant, Mentor, väterlicher Kumpel? Vielleicht von allem etwas und früher einmal Vorbild. Denn Erwin war ebenso wie Malik Privatermittler und hatte eine eigene kleine Detektei in einem Vorort von München betrieben, unweit von Maliks Elternhaus. Der Beruf verband sie miteinander – die Leidenschaft fürs Ermittlerdasein. Für Malik war Thomas Magnum das, was Philip Marlowe einmal für Erwin gewesen war, und die Krimiserien mit den beiden Detektiven waren die Initialzündungen für ihre beruflichen Laufbahnen gewesen. Jede zu ihrer Zeit.

Ihr Kennenlernen war legendär. Als Zwölfjähriger hatte sich Malik so lange vor Erwin Blicks Detektei herumgetrieben, bis er herausgefunden hatte, welches Auto er fuhr, welche Kleidung er bei welchem Wetter trug, zum Beispiel im Sommer den Humphrey-Bogart-Hut in Beige, und welche Leute bei ihm aufkreuzten. Ob Malik sie vielleicht sogar kannte?

»Kann ich dir irgendwie helfen, mein Junge?«, hatte Erwin Blick ihn eines Tages angesprochen.

»Ich möchte Detektiv werden«, hatte Malik freiheraus erklärt. »Ich habe Sie beobachtet.«

Diese Antwort hatte Erwin imponiert, und er hatte ihm ein paar abenteuerliche Geschichten aus seinem Leben als Detektiv erzählt. »Menschenkenntnis und Durchhaltevermögen sind entscheidend. Und du musst stundenlang observieren können, ohne die Geduld zu verlieren. Aber das hast du ja schon unter Beweis gestellt«, hatte er lachend gesagt.

Erwin Blick hatte ihn ermuntert, jederzeit in der Detektei vorbeizukommen, was er hin und wieder auch getan hatte, doch für Malik kam irgendwann der Punkt, an dem er sich zwischen seinen Traumberufen entscheiden musste: Detektiv oder Fußballer. Der Fußball hatte das Rennen gemacht, und sie hatten sich aus den Augen verloren. Bis sich Malik beim Training jenen komplizierten Knöchelbruch zuzog und seine Fußballkarriere ein jähes Ende fand.

Eines Abends hatte er Erwin Blick erneut einen Besuch abgestattet. Nun würde es doch die Ermittlerlaufbahn sein – und das Know-how würde er sich zunächst einmal über eine Ausbildung bei der Polizei aneignen.

»Gute Idee«, hatte Erwin Blick geantwortet und ihn bestärkt. »Und irgendwann kommst du zurück und übernimmst meinen Laden.« Wie ernst Erwin das damals gemeint hatte, war Malik nie so ganz klar gewesen.

Ein paar Jahre später hatte Erwin Blick Deutschland den Rücken gekehrt, um in Pattaya mit Anfang sechzig ein neues Leben zu beginnen. Seine Frau hatte ihn kurz zuvor für einen jüngeren Mann verlassen. Das hatte ihm einen Schock versetzt, den er nie ganz überwand. Er hatte in Thailand jedoch wie unzählige andere pensionierte Europäer schon ein paarmal überwintert und wusste, was ihn dort erwartete.

»Jeder Mann sollte diesen Ort einmal gesehen haben, um mitreden zu können. Ich glaube, hier kann man alles erleben, was man sich als Mann wünscht und erträumt«, hatte Erwin eine Lobeshymne auf Pattaya gesungen.

»Wenn's einer wissen muss, dann du«, hatte Malik ihm zugestimmt und gelacht, als sie sich das letzte Mal gesehen hatten und Erwin in Begleitung einer jüngeren attraktiven Thailänderin erschienen war.

»Junges Gemüse kostet immer ein bisschen mehr«, raunte Erwin ihm zu. »Wäre also nicht schlecht, wenn ich meine Rente regelmäßiger mit Bakschisch aufbessern könnte. Gut, dass du da bist.« Er hatte ihm frech ins Gesicht gegrinst.

Nirgendwo sonst in Thailand reihten sich Clubs, Bars und Bordelle so dicht aneinander wie hier. Pattaya war ein öffentlicher Puff. Es machte seinem Ruf, der Sündenpfuhl Thailands zu sein, alle Ehre. Prostitution, in Thailand zwar gesetzlich verboten, war ein profitabler Wirtschaftszweig – jährlich über fünfundzwanzig Milliarden Dollar Umsatz und damit etwa vierzehn Prozent des Bruttoinlandsprodukts, hatte Malik gelesen. Knapp dreißig Prozent der Einkommen in Nordthailand stammten von Frauen, die in den Städten und touristischen Zentren als Prostituierte arbeiteten. Kein Anlass also für die thailändische Regierung, diesen Zustand einzudämmen, denn damit war nicht nur viel Geld zu verdienen, sondern auch Polizei und Regierung profitierten davon. Klar, dass das keiner verändern wollte!

Mit dem Fahrer hatte Malik vereinbart, dass er gegen sechzehn Uhr die Rückfahrt plante und er ihn am Ende der Soi Buakhao, wo sich Erwins Bar befand, wieder abholen sollte. Er überquerte die stark befahrene Beach Road, die an einem schmalen Strandstück entlangführte. Liege an Liege, Schirm an Schirm, vom Sand war fast nichts mehr zu erkennen. Bierbäuchige Farangs mittleren Alters, in Feinripp oder oberkörperfrei, schon um die Mittagszeit leicht angetrunken, bevölkerten die Strandpromenade auf der Suche nach willigen Thai-Frauen. Und zuhauf boten sie sich ihnen in High Heels, Hotpants oder Miniröcken dar, die nichts darunter vermuten ließen.

Malik zog die Stirn kraus. Er war weder Kostverächter noch Moralapostel, aber diese Szenerie stieß ihn ab. Er ging durch eine kleine zugemüllte Straße, um zu Erwins Lieblingsbar zu gelangen.

Als er eintrat, sah er ihn schon am Tresen stehen, ein Bier in der einen, den *Farang*, das deutschsprachige Nachrichtenorgan für Auswanderer und Touristen, in der anderen Hand.

»Hallo Erwin!«, rief Malik ihm zu.

Sein alter Freund bemerkte ihn nicht gleich, denn er trug ein Hörgerät, sah aber für seine achtzig Jahre bemerkenswert gut aus. Sein Haar war silbergrau und noch ziemlich voll, und seine dunklen Augen mit den buschigen Augenbrauen blickten hellwach in die Welt. Als Malik auf ihn zuging, wandte er sich um.

»Alter Schwede, siehst du gut aus!«, begrüßte Erwin ihn. »Fast so gut wie Thomas Magnum.« Sie lachten beide. Magnum und Marlowe – immer noch ein Running Gag zwischen ihnen. »Eigentlich hättest du zu mir kommen müssen. Ich bin gerade noch mal umgezogen und wohne jetzt in einer Apartmentanlage mit großen Zimmern und Terrassen und einem Pool, der regelmäßig mit schön viel Chemikalien geklärt wird.«

»Das ist doch schon mal was«, sagte Malik. »Schön, dich so agil zu sehen.«

»Das tropische Klima in Thailand wirkt so einigen Wehwehchen entgegen, kann ich nur empfehlen. Überleg dir's«, frotzelte er. »Die medizinische Versorgung ist bestens, und die Ärzte sprechen Deutsch – was will man mehr?« Er führte Malik zu einem roten Ledersofa, über dem ein Ventilator summte.

»Ich fühl mich wohl in meinem kleinen deutschsprachigen Altersheim.« Er lachte aus voller Kehle. »Und wenn ich die Segel streiche, dann wird mein Körper auch noch fachgerecht entsorgt. Von einem Bestattungsservice, der extra für Deutsche ins Leben gerufen wurde.«

Malik setzte sich hin und schaute ihn entgeistert an. »Jetzt mach mal halblang! Noch bist du ja recht fidel!«

»Kann sich schneller ändern, als es einem lieb ist«, konterte Erwin. »Im Schnitt stirbt in Thailand pro Tag ein Deutscher, wenn du von ungefähr dreißigtausend Landsleuten ausgehst, die laut deutscher Botschaft hier leben. Es ist hier üblich, dass die Leiche in einem buddhistischen Tempel mit Benzin übergossen und verbrannt wird. Benzin ist teuer, und für eine Leiche braucht man gut achtzig Liter. Da ist ein Massengrab billiger. Und da will ich definitiv nicht landen.«

»Erwin, komm runter! So schnell stirbst du nicht.«

»Komm du mal in mein Alter, da rauscht dir so einiges durch die Birne«, verteidigte sich Erwin und redete weiter. »Eine Bestatterin aus Düsseldorf organisiert nun Einäscherungen für Deutsche, die in einem Tempel mit einer kleinen Feier samt buddhistischen Mönchen stattfinden. Und wenn's bei mir so weit ist, mein Junge, musst du mir versprechen, dass du vorbeikommst.«

»So weit sind wir aber noch nicht, Kumpel! Wie wär's jetzt erst mal mit einem kühlen Getränk?«, sagte Malik und beendete Erwins Rede.

»Trinkst du immer noch dieses langweilige Mineralwasser?«, fragte der zurück.

»Ja«, antwortete Malik. »Solltest du auch tun, dann dauert's noch 'ne Weile mit der Bestattungszeremonie.«

Erwin lachte. »Ich fange erst mal mit der Nudelsuppe an. Die ist gesund und schmeckt hervorragend hier. Dafür verbürge ich mich.« Hinter dem Tresen stand ein lustiger kleiner Thailänder mit Nickelbrille, bei dem Erwin Wasser, Suppe und ein frisches Bier orderte.

»Jetzt aber zu dir.« Er schaute Malik an. »Wie geht's dir, mein Junge?«

Malik nahm seine Baseballkappe ab. »Ich habe ein bisschen geschwächelt in den letzten Wochen«, gestand er ehrlich.

»Mach mir keine Sorgen!« Erwin hob warnend den Zeigefinger. »Arbeitest du wieder zu viel?«

»Wie man's nimmt.«

»Wie sieht's aus an der Frauenfront?« Erwin versuchte, ihn aus der Reserve zu locken, und deutete auf eine bildhübsche junge Thailänderin, die weiter vorn am Tresen lehnte und an ihrem Cocktail nippte.

Malik überging die Frage und ließ ihn weiterschwelgen.

»Mach dir mal die Denke der Thais zu eigen und beschäftige dich mit ein paar schönen Dingen, die *sanuk* bringen«, riet er. »Hier gibt's ein schönes Hilton, da kannst du dich ein bisschen entspannen, und für dein Vergnügen sorge ich«, meinte Erwin süffisant. »Wir besteigen den Buddha Mountain – und nicht nur den …« Erwins dreckige Lache schallte durch die ganze Bar. »Gehen ins 3-D-Museum und lassen den Tag im Alcazar mit einer Ladyboy-Show ausklingen. Da sind die wahren Schönheiten am Start! Da kommt selbst einer wie ich ins Straucheln.«

»Ich merke schon, du bist auf deine alten Tage endgültig zum Thailänder mutiert.«

»Ich vermisse nichts«, bekräftigte Erwin. »Keine zehn Pferde würden mich nach Deutschland zurückbringen. Jetzt aber mal zum Geschäft, woran arbeitest du gerade?«

»Eine Kindesrückführung.«

»Deine Spezialität. Worum geht's genau?« Erwin durfte so etwas fragen - Malik vertraute ihm wie keinem anderen.

»Das Übliche. Einerseits. Ziemlich prekär, andererseits. Eine Thailänderin hat ihre kleine Tochter unter falschem Vorwand nach Bangkok zu ihren Eltern gebracht. Zumindest gehe ich davon aus. Ihr deutscher Ehemann wollte kein Geld für die Operation ihres kranken Vaters beisteuern, und deshalb ist die Dame wieder ins Escort-Business eingestiegen, wo sie vor der Heirat schon mal gearbeitet hat. Als der Ehemann davon erfuhr, hat er gedroht, ihr das Kind wegzunehmen.«

Erwin schüttelte den Kopf. »Das ist immer wieder schwer verständlich für einen Farang, dass seine Frau ihre Angehörigen im fernen Thailand finanziell unterstützen will. Hinzu kommt, dass die Thais eine völlig andere Denkweise und andere Wertvorstellungen haben, was Beziehungen betrifft. Das dauert, bis ein Farang das kapiert hat. Und das kann ganz schön schmerzhaft sein. Ich weiß, wovon ich rede«, meinte er und widmete sich seiner Suppe.

Erwin hatte »sein Herz und sein Gewissen verloren«, wie er immer sagte, als er sich bedingungslos in eine Thai-Frau verliebt hatte. Nach drei Monaten Zusammensein hatte es eines Nachts heftig an die Tür geklopft, beim Nachsehen hatte er jedoch niemanden angetroffen. Seine Freundin aber hatte in Windeseile ihre Koffer gepackt, weil das Klopfen offensichtlich das Signal einer Freundin war, dass ein reicher Freier aus Deutschland in der Stadt angekommen war. Erwin hatte dies im Nachhinein erfahren – sein zweiter Schock in puncto Frauen. Seitdem behielt er seine Gefühle unter Kontrolle und konzentrierte sich auf ein »Verwöhnprogramm«, wie er es nannte.

»Gefühle sind eine schöne Sache, aber ein Farang versteht darunter etwas völlig anderes als eine Thai, bei der Gefühle ziemlich fest an materielle Bedingungen geknüpft sind. Und Thais leben den Moment, sie tragen sich nicht mit der Vergangenheit herum, denn an die kann man sich nicht erinnern und sie schon gar nicht ändern«, hatte er erklärt. »Spätestens nach dieser Entdeckung wird man als kopfloser, hormongesteuerter Farang wieder nüchtern.«

Gerade war die hübsche junge Frau von der Bar aufgestanden und stolzierte nun aufreizend an ihnen vorbei. Sie warf Malik einen vielsagenden Blick zu, den er ignorierte.

»Und was ist an deinem Fall prekär?« Erwin kam nun auf ihr Gespräch zurück.

»Die Thailänderin ist ermordet worden«, antwortete Malik.

Erwin schaute ihn an. »Ganz schön harter Tobak!«

»Stimmt! Die Ex-Frau des Ehemanns ist komplett ausgerastet und hat sie umgebracht. Ich erspare dir die Details.«

»Es handelt sich also nicht um den klassischen Sorgerechtsstreit?«

»Nein. Aber die Großeltern verweigern jeden Kontakt und verstecken das Kind. Ich gehe davon aus, dass Suna, so heißt die Tote, ihren Mann verlassen und mit ihrem Kind in Bangkok leben wollte.«

»Und der war vollkommen ahnungslos«, fügte Erwin hinzu.

Malik nickte. »So sieht's aus.«

»Wie weit bist du? Weißt du schon, wo das Kind ist?«

»Das ist aktuell mein Problem«, erklärte Malik und legte die Stirn in Falten. »Wir haben jetzt eine Woche lang das Haus der Großeltern in Baan Klang observiert. Und von dem Mädchen fehlt jede Spur.«

»Okay«, sagte Erwin. »Was hast du sonst noch?«

»Die Meephuks sind am dritten Tag aufgetaucht. Waren voll bepackt, mit zwei größeren Rollkoffern und zwei kleineren Taschen.«

»Was vermuten lässt, dass die Rollkoffer nicht ihre sind.«

»Deshalb habe ich Fotos an den Ehemann geschickt, der sie gleich als Sunas Koffer identifiziert hat.«

»Was ja schon mal gut ist. Weiter.«

»Somchai Meephuk liegt seit gestern Morgen im Krankenhaus, er hängt an der Dialyse. Es geht ihm anscheinend nicht gut, sagen meine Informanten. Der Tod seiner Tochter muss ihm schwer zugesetzt haben. Und Bun Ma Meephuk ist nur auf den Markt gegangen und hat im Tempel Räucherstäbchen angezündet.« Malik schüttelte den Kopf. »Machen Thais eigentlich den lieben langen Tag nichts anderes, als sich in ihren vierhundert Tempelanlagen und Tausenden von Garküchen die Zeit zu vertreiben?«

»Und von dem Mädchen keine Spur?«

»Nein! Es ist zum Verrücktwerden!« Malik trank seine Wasserflasche wieder einmal in einem Zug leer. »Wo könnte sie sein? Wo, verdammte Tat, könnten sie das Kind versteckt halten?« Malik wischte sich den Schweiß von der Stirn.

»Die Suche nach der berühmten Nadel im Heuhaufen«, meinte Erwin. »Aber so ist's doch immer. Das mögen wir doch an unserem Job«, sagte er und grinste.

Malik nickte gedankenverloren.

»Gibt's keine weiteren Familienangehörigen? Und was ist mit dem näheren Umfeld?«

»Fehlanzeige. Das Paar ist wohl ziemlich auf sich fixiert und lebt recht zurückgezogen, meinten meine Leute. Außer zu Lee Kantawong, Somchais Arbeitgeber, haben sie wenig Kontakt.«

»Hast du in dessen Umfeld schon recherchiert?«

»Die Recherchen laufen gerade.«

»War Suna ein Einzelkind? Eher ungewöhnlich bei den Thais«, stellte Erwin fest.

»Nein. Sie hat noch einen Bruder.«

»Ja, und wo ist der?«, fragte Erwin nun sichtlich aufgeregt.

»Lebt seit seiner Kindheit als Mönch in einem Kloster. Hat wenig Kontakt zu seinen Eltern. Was ihn angeht, stochern wir leider im Nebel.« Malik lehnte sich zurück. »Was für eine Familie«, sinnierte er. »Die Tochter haben die Eltern im Alter von fünf Jahren zur Adoption freigegeben und den Sohn wohl schon bald danach in ein Kloster gebracht.«

Erwin dachte nach. »Ein Tempel wäre zumindest ein sicherer Ort, um ein Kind zu verstecken«, sagte er plötzlich.

Malik stutzte. »Wie kann man ein Kind in einem buddhistischen Tempel verschwinden lassen? Noch dazu ein Mädchen?«

»Das weiß ich auch nicht.« Erwin zuckte mit den Schultern. »War nur eine spontane Idee.« Er aß weiter seine Suppe und schmatzte genüsslich vor sich hin.

Malik beschlich ein diffuses Gefühl, und er wusste, dass er diese Fährte aufnehmen musste.

KAPITEL 43

BAAN KLANG, MONTAG, 17. DEZEMBER 2018

Draußen wurde es langsam hell, und die Hochhäuser der Skyline von Bangkok waren in ein rosafarbenes Licht getaucht. Malik wollte sich in einer Stunde mit Chad treffen, um erneut eine Observation in Baan Klang durchzuführen. Heute sollte Somchai wieder aus dem Krankenhaus entlassen werden, vielleicht würde das eine Veränderung bedeuten.

Erwins Idee hatte ihm keine Ruhe gelassen. Malik hatte sich gestern auf der Rückfahrt von Pattaya sofort mit Nawin in Verbindung gesetzt, ob er mittlerweile mehr über Sunas Bruder wusste. In welchem Tempel er lebte? Wie lang er schon dort war? Wann er zuletzt seine Eltern besucht hatte? War er in den vergangenen Wochen und Monaten einmal mit Suna in Kontakt gewesen? Nawin hatte gerade einen Exklusiv-Auftrag und begleitete ein deutsches Ehepaar auf Tour, wollte sich aber so schnell wie möglich darum kümmern.

Auf einer kleinen Anhöhe hatten sie einen guten Aussichtspunkt gefunden, wo ihnen Mangobäume, Bananenstauden und Bougainvilleen ausreichend Sichtschutz boten. Malik lehnte an einer Bananenstaude und fotografierte zwischen den Ästen hindurch jeden, der sich dem Haus näherte, egal, ob er hineinging, vorbeilief oder herauskam. Somchai war gegen Mittag nach Hause gekommen, er sah ziemlich krank aus, wie Malik durch das Objektiv erkennen konnte. Von Elara fehlte weiter jede Spur. Das ging ihm gerade alles zu langsam. Ob er sich direkt mit Nawins Mutter in Verbindung setzen sollte? Nein. Er durfte den Kontakt zu seinem Informanten nicht gefährden. Dass sich Familie Meephuk auch einfach nicht bewegte, machte ihn wahnsinnig. Wo hatten sie das Kind versteckt? Verdammt noch mal! Er trank einen Schluck Wasser und warf die Plastikflasche zurück ins Wageninnere, wobei er Chad aus Versehen am Oberkörper traf und unsanft aus seinem Nickerchen weckte. »Man kann nicht spurlos verschwinden, man hinterlässt immer irgendwelche Spuren!« Genervt schlug Malik mit der flachen Hand auf die Motorhaube.

»Warten. Warten. Warten. Wie lange noch?«, jammerte Chad. Das stundenlange Nichtstun zermürbte auch ihn.

Plötzlich hielt Malik die Luft an. Bun Ma verließ das Haus. Sie trug eine Reisetasche. Malik machte mehrere Aufnahmen. Die Reisetasche schien ein ordentliches Gewicht zu haben. Bun Ma ging eilig die Straße entlang, ohne sich umzusehen.

Malik riss die Wagentür auf. »Los, starte den Wagen. Wo will sie hin?«

Der Motor des Lieferwagens gab nur ein Ächzen von sich und erstarb.

»Lass die Kupplung los«, befahl Malik, »und lass die Karre einfach die Straße runterrollen. Wir dürfen sie nicht verlieren!«

Chad versuchte immer wieder, den Motor zu starten, doch ohne Erfolg. Er steuerte den Toyota im Leerlauf die Anhöhe hinunter, bis Malik rief: »Ich folge ihr von hier aus zu Fuß. Brems ab!« Er schnappte seinen Rucksack und sprang in dem Moment auch schon aus dem fahrenden Auto.

Bun Ma ging schneller als gedacht. Sie drehte sich kein einziges Mal um, spürte Maliks Blicke nicht. Plötzlich hielt sie ein heranfahrendes Tuk-Tuk an und stieg ein.

Adrenalin durchflutete Malik; er rannte dem Fahrzeug hinterher und achtete, so gut es ging, auf seine Deckung. In letzter Sekunde erwischte er ein Tuk-Tuk und instruierte den kaum Englisch sprechenden Fahrer, die Verfolgung aufzunehmen.

In den Kurven glaubte er, sie würden umkippen. Sein Fahrer hielt sich immerhin genau an seine Instruktionen. Bun Ma durfte ihm nicht entwischen. Vor ihnen rauschte plötzlich ein Motorrad aus einer Einfahrt, und der Fahrer bremste abrupt ab. Malik kippte nach vorn. Er sah gerade noch, wie sich Bun Ma zwischen zwei Gemüseständen hindurchschlängelte und auf der anderen Seite des Marktes in ein Taxi stieg.

Malik folgte ihr, stoppte ein heranfahrendes Motorradtaxi und überzeugte einen weiteren Fahrer von seiner Mission. Sie rasten auf die Autobahn.

Bald darauf rollten sie eine schmale Straße entlang, die von hoch aufragenden Bambushalmen gesäumt war, immer in ausreichendem Abstand zum Taxi vor ihnen. Die Tempelanlage, die sich vor ihnen ausbreitete, war riesengroß und erstreckte sich bis zum Waldrand. Was wollte Bun Ma dort? Mit dieser schweren Tasche? Plante sie einen Meditationsaufenthalt? Wollte sie ihren Sohn besuchen, den sie doch gerade erst gesehen hatte? Oder kam Malik seinem Ziel tatsächlich ein Stück näher? Hatte Erwin mit seiner Vermutung ins Schwarze getroffen, dass ein Tempel ein sicheres Versteck für das Kind sein könnte? Malik schwankte zwischen Hoffen und Bangen. Der Motorradfahrer setzte ihn einige Meter vom Haupteingang entfernt ab, und Malik entlohnte ihn großzügig.

Rasch schoss er ein paar Bilder von der Anlage, verstaute dann die Nikon in seinem schwarzen Rucksack und zog seine Baseballkappe tief in die Stirn. Schnellen Schrittes schloss er zu einer Touristengruppe auf, die eine Tempelführung machte – Bun Ma mit ihrer schweren Reisetasche immer im Blick. Sie blieb vor dem großen goldenen Buddha stehen, der in der Mitte des Pagodenschreins in die Höhe ragte, und zündete ein paar Räucherstäbchen als Opfergabe an. Im Schatten eines heiligen Bodhi-Baumes verharrte Malik und beobachtete, wie sie in Begleitung eines Mönchs in einem der angrenzenden flachen Gebäude verschwand.

Malik lief zum Souvenirstand, drängte sich an mehreren Touristinnen vorbei, die gerade Räucherwerk und Postkarten erwerben wollten, und fragte den Mönch an der Kasse: »Was befindet sich hinter dem Schrein? Die Wohnquartiere?« Der Mönch schaute ihn verdutzt an, nickte jedoch.

Malik lief an der Längsseite des Tempels entlang, am Meditationsraum der Mönche vorbei und erreichte schließlich den Tempelgarten. Gehetzt sah er sich um. Er wollte sich schon abwenden, als er im hinteren Teil des Gartens ein Wasserspiel entdeckte, das seitlich von üppig bepflanzten Beeten eingerahmt war. Auf der unteren Stufe saß einsam ein kleines Kind. Malik wagte es kaum, sich zu bewegen, duckte sich unter eine Kokospalme, holte seine Nikon aus dem Rucksack, machte die ersten Aufnahmen. Dann zoomte er das Kind heran. Das Mädchen hielt einen pinkfarbenen Plüschaffen im Arm. Tränen kullerten an ihren Wangen herab.

KAPITEL 44

FRANKFURT, DONNERSTAG, 20. DEZEMBER 2018

In Alexanders Galerie wimmelte es von Besuchern. Bis in die hinterste Ecke war jeder Zentimeter besetzt. Auch auf der Treppe zum oberen Stockwerk drängten sich die Gäste und versuchten, einen Blick auf Alexander zu erhaschen. Er hatte sich spontan entschlossen, noch ein paar Worte zum Abschied zu sprechen, und stellte sich auf den ersten Treppenabsatz.

»Seit fast drei Wochen befinde ich mich nun in diesem emotionalen Ausnahmezustand, liebe Freunde und Freundinnen der Kunst.« Er schaute einzelne Gäste an, und es entstand eine kurze Pause. »Müttern wird es generell nachgesagt, dass sie wie Löwinnen um ihr Kind kämpfen, aber es gibt auch Väter, die das tun.« Er strich sich eine Haarsträhne aus dem Gesicht. »Ich will mein Kind zurück, und ich werde alles dafür tun. Der Privatermittler Malik Martens ist meine letzte Chance, Elara wiederzubekommen.« Er schluckte. »Ich danke Ihnen und euch für die großartige Unterstützung!« Er blickte durch das große Schaufenster auf die Einkaufsstraße mit den hell erleuchteten Weihnachtssternen. »Eure Hilfe wird mich den entscheidenden Schritt weiterbringen. Nochmals herzlichsten Dank!« Er verneigte sich, und die Gäste applaudierten. Einige klopften ihm auf die Schulter oder umarmten ihn, um sich dann nach und nach in die klirrend kalte Winternacht und die bevorstehenden Weihnachtstage zu verabschieden.

»Das tut mir alles so unendlich leid«, sagte Lena und nahm seine Hand. »Ich weiß immer noch nicht, was ich sagen soll.« Sie sah ihn an, rang um Worte, räusperte sich. »Auch die Tragödie, die Sabine …« Lena blickte verlegen zu Boden, als fände sie dort den Gedanken, den sie formulieren wollte, um dann mit klarer Stimme fortzufahren: »Niemand, aber auch gar niemand aus ihrem Umfeld hätte Sabine diese Tat zugetraut«, sagte deren beste Freundin.

»Ja, es ist unvorstellbar«, antwortete Alexander betreten. »Eine Tragödie, auch für die Jungs.« Er rang um Fassung. »Ich habe gestern Anton gesehen. Wir haben ihn bis zum neuen Jahr vom Unterricht befreien lassen. Er verlässt die Wohnung nur fürs Basketballtraining, und er spielt wie ein Besessener.«

»Seine Art, das Ganze zu bewältigen«, stellte Lena fest.

»Wahrscheinlich im Moment die beste Strategie. Aber ich will ihn schnellstmöglich zu mir holen«, fuhr er fort. »Paul kommt übermorgen aus Australien zurück, und dann werden wir drei in Ruhe beraten, wie es weitergehen soll, und eine Lösung finden.«

»Das wünsche ich euch von Herzen.« Lena setzte ihren schwarzen Hut auf die blonden Locken. »Besinnliche Weihnachtsfeiertage, Alexander, und alles erdenklich Gute für das neue Jahr. Ich drücke die Daumen, dass du Elara bald wieder bei dir hast.« Sie wandte sich um, und ihre hohen Absätze hinterließen ein klackerndes Geräusch in der mittlerweile fast menschenleeren Galerie.

»Sie schaffen das!« Die Stimme von Dieter von Löwenstein drang an sein Ohr. »Meine Hochachtung, wie Sie mit diesem Schicksal umgehen, Herr Bergmann.« Sein Blick wanderte suchend an den Wänden entlang. »Wo ist Ihr letztes Kunstwerk aus dieser Serie?« Er deutete zum Treppenaufgang, wo ein großformatiges Blumenbild hing. »Das ist das vorletzte, das Sie gemalt haben, wenn ich mich richtig erinnere. Bevor Sie in die Malabstinenz gegangen sind. Bedauerlicherweise.« Eine künstlich weiße Zahnreihe blitzte aus seinem Vollbart hervor. »Besagtes Bild habe ich vermisst heute Abend. Sie wissen, wie sehr es mir gefällt. Diese berauschende Farbintensität. Brillant!« Er gestikulierte mit den Händen wie ein Dirigent.

Dieter von Löwenstein war einer seiner treuesten Kunden, ein leidenschaftlicher Kunstsammler und aufrichtiger Bewunderer seiner Gemälde, besonders seiner Landschaftsmalerei. Alexander hatte ihm viel zu verdanken, weil von Löwenstein ihm in seinen Anfangszeiten gleich mehrere Kunstwerke abgekauft hatte, die auf große Bewunderung in »seinen Kreisen« gestoßen waren, wie er es einmal genannt hatte. Das war der Türöffner und Startschuss für seinen Kunsthandel gewesen, und er bediente mittlerweile die wohlhabende Klientel im gesamten Rhein-Main-Gebiet.

»Aber Sie wollten es ja nicht verkaufen, und ich hoffe sehr, dass Sie es in der Zwischenzeit auch nicht getan haben.« Von Löwenstein tippte mit seinem Zeigefinger auf Alexanders Brust. »Wissen Sie, welches ich meine?«

»Herr von Löwenstein, natürlich weiß ich, von welchem Bild Sie sprechen«, antwortete Alexander, der einen Kopf größer war und einen kleinen Leberfleck auf von Löwensteins glänzender Glatze prangen sah. »Es hängt im Zimmer meiner Tochter. Sie hat es bei ihrem letzten Besuch hier entdeckt, als wir zusammen im Lagerraum nach Farben gesucht haben, und wollte es unbedingt haben.«

»Ah, ich verstehe. Guter Geschmack, der Apfel fällt nicht weit vom Stamm!« Der Kunstsammler kraulte seinen Bart. »Besteht die Chance, dass ich es jetzt erwerben kann?« Er verzog die Lippen zu einem süffisanten Grinsen. »Das würde ich mir was kosten lassen.« Von Löwenstein schaute Alexander erwartungsvoll an.

Alexanders Magen krampfte sich zusammen. »Ihr Lob ehrt mich wirklich sehr! Vielen Dank für das Angebot. Ich schlafe darüber und gebe Ihnen morgen Bescheid. In Ordnung?«

»Aber natürlich, mein Freund!«, meinte von Löwenstein gespreizt. »Sie würden mir damit eine ganz besondere Freude bereiten. Ein unvorhergesehenes Weihnachtsgeschenk für mich selbst sozusagen.«

Er schlüpfte in die Ärmel seines Lodenmantels, den er über den Schultern getragen hatte, und stolzierte aus der Galerie.

Alexander sah ihm hinterher. Er hatte ein gespaltenes Verhältnis zu diesem Mann, weil er doch noch ein gewisses Abhängigkeitsgefühl verspürte. Er dimmte das Licht im Verkaufsraum. Die Galerie hatte mit ihren sechzig Quadratmetern eine überschaubare Größe, und das große Schaufenster bot ausreichend Tageslicht. Und er hatte keinen Cent bereut, den er für das Lichtdesign ausgegeben hatte, um auch an trüben Tagen und Abenden perfekte Lichtverhältnisse zu generieren. Die Vernissage war ein Erfolg auf ganzer Linie gewesen. Niemals hätte er mit einer solchen Anteilnahme gerechnet.

Er stieg die Treppe nach oben und blieb auf halber Höhe stehen, um das vorletzte Bild seiner aktiven Schaffensperiode in Augenschein zu nehmen. Es war nach der Trennung von Sabine entstanden. Alexander hoffte, dass er genügend eingenommen hatte und nicht in Erwägung ziehen musste, auch noch das letzte, Elaras Bild, zu verkaufen. Er hatte es kurz nach ihrer Geburt gemalt. Es war ein Vermächtnis an seine Tochter, auch in übertragenem Sinne, falls er selbst keinen Pinsel mehr in die Hand nehmen sollte. Denn sie hatte als einziges seiner Kinder sein Talent geerbt.

Im Büro saß Marianne Heinze und sah die Bestellungen durch, während Florentine Gläser und Geschirr der Catering-Firma zusammenräumte.

»Florentine, ich weiß gar nicht, wie ich dir danken soll!« Alexander ging auf sie zu. »Was für eine geniale Idee, diese Vernissage auszurichten, um das restliche Geld für Malik Martens zusammenzubekommen – aktuelle Artefakte kombiniert mit meinen alten Bildbeständen.« Er umarmte sie und drückte ihr einen Kuss auf die Wange. »Und Ihnen, Frau Heinze, danke ich von ganzem Herzen für Ihr tolles Engagement im Vorfeld.« Er ging um den Schreibtisch herum und umarmte seine gewiefte Mitarbeiterin ebenfalls.

»Es ist immer wieder beeindruckend, wie sehr die Menschen Ihre Werke mögen«, antwortete Marianne Heinze.

»Das finde ich auch«, bestätigte Florentine und stellte einen Karton mit Gläsern auf der kleinen Küchenzeile ab.

»Vielleicht sollten Sie doch wieder anfangen zu malen, obwohl ich Ihnen damals zugeredet habe, den Fokus auf den Kunsthandel zu richten«, sinnierte Marianne Heinze. Sie schaute ihn mit einem entschuldigenden Blick an. »Aber erst müssen alle anderen Dinge ins Lot kommen.«

»Da haben Sie recht. Haben Sie schon einen Überblick, wie viel Geld wir eingenommen haben?«

»Über vierzigtausend Euro«, sagte sie prompt.

»Das ist überwältigend!«, entfuhr es Florentine.

»Das stimmt.« Alexander setzte sich auf einen der Bürostühle und rieb sich die müden Augen. »Auch wenn es leider nicht ganz reicht.«

Marianne Heinze sah ihn mitleidsvoll an. »Ich muss mich jetzt leider verabschieden. Mein Mann wartet auf mich.« Sie nahm Mantel, Schal und Tasche von der Garderobe und eilte die Treppe hinunter.

»Eine echte Perle«, meinte Florentine.

»Ohne sie hätte ich nach der Trennung von Sabine den Bettel hingeworfen.« Alexander lehnte sich zurück, schloss erschöpft die Augen und sagte: »Florentine, ich gehe durch die Hölle! Meine Ex-Frau hat meine Ehefrau umgebracht, und die hat mir mein Kind weggenommen. Wann wache ich endlich aus diesem Albtraum auf?« Er fuhr sich mit der Hand übers Gesicht. »Ich werde wahnsinnig, wenn ich nicht bald ein Lebenszeichen von Elara bekomme.«

»Ich bin überzeugt davon, dass Malik Martens sie findet.« Florentine kam zu ihm und drückte seine Hand. »Wenn jemand Elara zurückbringen kann, dann er!«

»Ich wollte … Ich wollte …« Alexander versagte die Stimme. »Ich wollte … Suna mit meiner Drohung doch nur eins auswischen. Ich war so wütend, weil sie wieder als Escort arbeitete. Nach unserem Streit hat sie fluchtartig die Wohnung verlassen, kam aber mitten in der Nacht zurück. Angeblich, um sich mit mir auszusöhnen.« In seine Stimme hatte sich Spott geschlichen. »Sie hat mit mir geschlafen und musste da bereits den Plan geschmiedet haben, mir Elara wegzunehmen.« Er fuhr sich mit den Händen durchs Gesicht. »Wie perfide kann man sein?«

Florentine schwieg. »Das Kind wird als Waffe eingesetzt, um das eigene Machtspiel zu gewinnen. Das habt ihr beide gemacht«, sagte sie nach einer Weile relativ nüchtern und holte eine Flasche Wasser aus der Kiste neben der Küchenzeile. »Wie weit bist du denn mit den ganzen behördlichen Dingen?«, wollte sie dann wissen.

»Die Wohnung in Niederrad habe ich zum nächstmöglichen Termin gekündigt. Ich lasse sie komplett ausräumen, da setze ich freiwillig keinen Fuß rein.«

»Verständlich. Weiß eigentlich Sunas engster Freundeskreis Bescheid?«

»Ihre Freundin Isabell ist gerade in Urlaub und meldet sich, sobald sie wieder zurück ist. Sunas Tod wird ein Schock für sie sein. Die beiden waren schon seit Studienzeiten befreundet.« Alexander atmete aus. »Gestern habe ich von der Polizei Sunas persönliche Sachen zurückbekommen. Doch darum konnte ich mich in diesem ganzen Trubel noch nicht kümmern. Auch die Beerdigung liegt mir wie ein Stein im Magen.«

»Das musst du aufschieben, bis Elara wieder zurück ist. Das ist eine Angelegenheit, die du nicht ohne deine Tochter in Angriff nehmen darfst. Das würde sie dir in späteren Jahren nicht verzeihen.«

Er setzte zu einer Antwort an, da klingelte plötzlich sein Handy, und sie schreckten beide hoch. Alexander schaute aufs Display.

»Herr Martens!«, rief er aufgeregt ins Telefon, »haben Sie Elara gefunden?« Er hielt den Atem an. »Was sagen Sie da? In einem buddhistischen Tempel!« Er konnte nicht glauben, was er gehört hatte, stöhnte jedoch erleichtert auf. »Wie geht es meinem Kind?«

»Stell bitte das Handy auf laut«, bat Florentine.

»Hallo Malik!«, sagte sie in den Raum hinein. »Wir sind gerade bei Alexander in der Galerie. Sie haben Elara gefunden! Habe ich das richtig verstanden? Das ist ja fantastisch!«

»Guten Abend, Florentine!«, sagte Malik mit erfreuter Stimme. »Ja, genau. Sie wird in einer Klosteranlage versteckt gehalten. Eineinhalb Stunden von Bangkok entfernt. Sunas Bruder lebt dort als Mönch.«

»Suna hatte einen Bruder?«, fragte Alexander überrascht. »Sie hat nie von ihm erzählt.« Er hatte das Gefühl, dass Suna immer mehr zu einer Fremden für ihn wurde.

»Ja, er lebt schon viele Jahre in diesem Tempel und hat wenig Kontakt zu seiner Familie gehabt«, berichtete Malik Martens. »Meine Leute versuchen gerade, noch mehr über ihn herauszufinden.«

»Wie geht es meiner Tochter?«, fragte Alexander noch einmal aufgeregt nach.

»Soweit ich das beurteilen kann, geht es ihr den Umständen entsprechend.«

»Haben Sie mit ihr geredet?«

»Nein, das war noch nicht möglich.«

»Was wollen Sie damit sagen, Herr Martens?« Alexander spürte, wie sofort wieder eine unerträgliche Nervosität von ihm Besitz ergriff.

»Damit will ich sagen, dass ich nun den Aufenthaltsort von Elara kenne und mich ab sofort auf die Fluchtmöglichkeiten konzentriere«, meinte Martens sachlich.

»Das sind wirklich positive Nachrichten«, schaltete sich Florentine jetzt ein.

»Wann kann ich mit Elara sprechen? Oder sie sehen? Wie sind die nächsten Schritte, Herr Martens?« Alexander wurde hektisch.

»Als Nächstes eruiere ich die Wege ins Ausland, und sobald ich den idealen Fluchtweg erarbeitet habe, können Sie sich in den Flieger setzen und kommen. Sie werden Ihr Kind voraussichtlich in Kambodscha in Empfang nehmen, so viel kann ich schon einmal vorausschicken.«

»In Kambodscha? Aber mein Kind ist doch in Thailand«, erwiderte Alexander irritiert.

»Ihre Tochter hat einen thailändischen Pass. Wussten Sie das?«, fragte Malik Martens völlig überraschend.

»Wie bitte? Einen thailändischen Pass?« Alexander schüttelte den Kopf. »Davon weiß ich nichts. Das muss Suna ohne mein Wissen arrangiert haben.« Er schaute Florentine entgeistert an und dachte ein weiteres Mal, dass ihm Suna fremd geworden war. »Ist das ein Problem?«

»Ihre Tochter kann nicht ohne Weiteres aus Thailand ausreisen, weil eine Grenzsperre verhängt worden ist. Ich muss also Alternativen finden.«

»Um Himmels willen, was bedeutet das denn?«, fragte Alexander verzweifelt.

»Ich werde Elara, wie gesagt, ins benachbarte Kambodscha schleusen, die Grenzsituation dort ist überschaubarer für mich.«

»Warum muss denn dieser Umweg gemacht werden?«, meldete sich Florentine zu Wort. »Das verstehe ich nicht ganz.«

»Meist ist es so: Sobald ein Elternteil ohne Wissen des anderen ein Kind ins Ausland bringt, benachrichtigt sie oder er dort die Behörden, dass das Kind bis auf Weiteres das Land nicht verlassen darf. Aus Sicherheitsgründen wird dann eine sogenannte Grenzsperre verhängt. Das hat Suna Bergmann bei ihrem letzten Aufenthalt veranlasst, und deshalb darf Elara nicht aus Thailand ausreisen. Ich muss sie also zurückentführen und begehe damit eine Straftat, wie Sie wissen. Um aus Thailand herauszufliegen, müsste ich mich am Flughafen durch ein Dickicht an Kontrollen arbeiten. Das ist viel zu riskant und birgt eine Menge Unsicherheiten. Wir würden ständig Gefahr laufen, festgenommen zu werden.«

»Das klingt alles scheißgefährlich«, jammerte Alexander. »Ich habe schreckliche Angst um mein Kind!«

»Es ist nicht ungefährlich, das ist richtig. Aber die Grenzübergänge nach Kambodscha sind auf dem Landweg gut passierbar und werden nur von wenigen Zollbeamten bewacht. Die Situation ist dort insgesamt kontrollierbarer für mich und mein Team. Sobald wir kambodschanischen Boden unter den Füßen haben, können Sie Ihre Tochter in die Arme schließen und mit ihr nach Deutschland zurückfliegen.«

Alexander stöhnte erleichtert auf. »Herr Martens, ich bin Ihnen so dankbar!«

»Vergessen Sie nicht, sich um alle Dokumente zu kümmern. Prüfen Sie, ob Sie noch im Besitz gültiger Ausweispapiere sind. Wenn nicht, lassen Sie schnellstmöglich einen Kinderreisepass nachmachen. Ich nehme an, Ihre Frau hat alle Papiere mit nach Thailand genommen. Sie benötigen auch Geburtsurkunde und Meldebescheinigung. Und vergessen Sie die Anzeige nicht, die Sie erstattet haben. Alles muss ebenfalls auf Englisch vorliegen.«

»In Ordnung«, sagte er und blickte Florentine an. »Ich kümmere mich darum. Kann ich noch etwas tun?«

»Schicken Sie mir noch zwei weitere Sprachnachrichten mit beruhigenden Worten für Ihre Tochter, bis zu zehn Minuten, dass sie Vertrauen fasst, keine Angst zu haben braucht. Und packen Sie eine Tasche mit weiteren Spielsachen. Ich melde mich, sobald ich die Fluchtmöglichkeiten ausgelotet habe. Bleiben Sie erreichbar!«

»Malik, warten Sie, geht es Ihnen denn gut?«, wollte Florentine noch wissen. »Sie können sich, wie besprochen, sehr gern melden. Das wissen Sie«, betonte sie.

»Ja, das weiß ich. Danke! Einen guten Abend Ihnen beiden.«

Malik Martens hatte aufgelegt.

Alexander stützte sich mit den Ellbogen auf der Schreibtischplatte auf und merkte, wie die Anspannung aus seinem Körper wich. Durchatmen. Endlich Licht am Ende des Tunnels. Einen Schritt aus der Düsternis heraus. Er wünschte sich so sehr, dass die qualvollen Stunden der Verzweiflung bald ein Ende hätten.

»Das ist doch eine hoffnungsvolle Botschaft«, meinte Florentine. »Mir ist nach einem Rotwein. Möchtest du auch ein Glas?«

»Ja, gern.« Fast zweiundzwanzig Uhr. Er schaute aus dem Fenster in die dunkle Nacht hinaus und sah im Licht der Straßenlaternen feine Schneeflocken tanzen. Alexander nahm sein Handy und durchforstete die Kontakte nach Dieter von Löwensteins Nummer. Ohne große Erklärung teilte er ihm mit, dass er sich morgen Nachmittag sein Weihnachtsgeschenk abholen könnte.

KAPITEL 45

SIEM REAP, MONTAG, 24. DEZEMBER 2018

Eine knappe Flugstunde nur lag Siem Reap von Bangkok entfernt. Für die meisten diente die Stadt als Ausgangspunkt, um zu der weltberühmten Tempelanlage von Angkor zu gelangen. Sie gehörte neben der Hauptstadt Phnom Penh zu den wichtigsten touristischen Zentren Kambodschas. Doch Malik war in einer anderen Mission hierhergereist.

Die Eingangshalle des kleinen internationalen Flughafens beeindruckte ihn jedes Mal aufs Neue: die menschenleere Halle, der blitzblanke Boden und der riesige dunkelrote Buddha. Kurz blieb er davor stehen, atmete bewusst ein und aus und rieb seinen verschwitzten Nacken, der seit gestern wieder leicht schmerzte. Wäre das einen Anruf bei Florentine Fuchs wert? Im Moment waren seine Gedanken ganz und gar darauf ausgerichtet, wie er sich Zugang zu dem Tempel verschaffen sollte, in dem Elara anscheinend seit geraumer Zeit lebte, und wie er das Kind unbemerkt herausschaffen konnte. Eine Herausforderung, an der er Gefallen gefunden hatte. Er spürte, wie es ihn in den Fingern juckte und er kurz davor war, eine Idee zu gebären. Der Fall lag ihm, sein Kaliber – brisant und doch lösbar –, aber sein Körper schien ihm neuerdings Botschaften zu schicken, die es zu entschlüsseln galt. Mit Florentines Hilfe. Wenn sich seine Halswirbelschmerzen verschlimmerten, würde er sie kontaktieren.

Ein kambodschanischer Zollbeamter wies mit einstudierten Gesten und strenger Miene ihn und die ankommenden Fluggäste vor die jeweiligen Schalter. Nur ein junges Touristenpärchen mit Rucksäcken befand sich vor ihm. Automatisch holte er sein Handy aus der Innentasche seines Sakkos, überflog die Info seines Providers, loggte sich ins örtliche WLAN ein und wartete, bis sich seine Nachrichten aktualisierten. Sein Informant hatte ihn per WhatsApp informiert, dass er im Innenhof des Hotels bereits auf ihn wartete. Gut! Auf Phirun war Verlass. Er schätzte den hochrangigen Beamten sehr.

Der Zollbeamte an Schalter fünf nickte ihm auffordernd zu.

Phirun nippte an seinem Eistee, als Malik ihm lächelnd auf der Innenhofterrasse des Hotels entgegenging. Es war früher Nachmittag, und die meisten Hotelgäste waren unterwegs, besuchten die Tempelanlagen oder eroberten die Märkte in Siem Reap.

In einer fließenden Bewegung erhob sich der asketische ältere Herr, faltete die Hände zum landesüblichen Gruß: »Herzlich willkommen in Kambodscha, mein Freund!«

»Danke, Phirun. Schön, dich wiederzusehen. Wie lange ist unser letztes Treffen jetzt schon her?«, fragte Malik und nahm auf einem der mit anthrazitfarbenem Samt bezogenen Kolonialstühle Platz. Ein leichter Blumenduft lag in der Luft, Deckenventilatoren surrten leise vor sich hin.

Bevor Phirun antworten konnte, tauchte aus dem Hintergrund ein livrierter Kellner auf, der mit dezentem Lächeln Maliks Bestellung entgegennahm und sich dann lautlos wieder entfernte.

»Es dürfte bald zwei Jahre her sein.« Phirun schaute ihn durchdringend an. »Du hast dich ein wenig verändert, wirkst erschöpft, der Job fordert wohl auch bei dir seinen Tribut?«, bemerkte er mit geschliffenem Akzent, wie ihn nur die alten Briten beherrschten. Phiruns Liebe zum Empire hatte sie vor vielen Jahren in einer britischen Nobelherberge in Vietnam zusammengebracht. Er beeindruckte Malik jedes Mal mit seiner Aufmerksamkeit. Wenn einer ihm bei der Überquerung der thailändisch-kambodschanischen Grenze mit einem kleinen Kind helfen konnte, dann dieser kluge alte Mann.

Phirun fuhr fort, ohne mit einer Antwort gerechnet zu haben:

»Ich konnte deiner Bitte nachkommen, aber es gibt eine Änderung, die dir nicht gefallen wird.« Er nahm einen Schluck von seinem Eistee und rückte den Ärmel seiner grünen Uniform zurecht.

Malik ließ sich keinerlei Reaktion anmerken und verfolgte schweigend, wie der Kellner ihm kunstvoll den Kamillentee am Tisch zubereitete und ihnen stilles Wasser einschenkte. »Du weißt, dass mir nur drei bis maximal fünf Stunden bleiben, um meinen Auftrag zu erledigen. Der Erfolg hängt davon ab, dass ich freies Geleit an der Grenze habe«, sagte er und fasste sich unbewusst an seinen schmerzenden Nacken.

»Selbstverständlich. Ich habe auch bereits alles in die Wege geleitet, doch wird es diesmal Poipet sein, und nicht, wie von dir gewünscht, Koh Kong. Bevor du jetzt protestierst, sei versichert, es gab zwingende Gründe, warum du diesmal den stärker frequentierten Grenzübergang nehmen musst. Nur dort konnte ich wirken und die entsprechenden Männer zur Verfügung stellen. Zwei Zeitfenster hast du zur Auswahl.«

Phirun war ein Meister der Worte, noch kein einziges Mal in all den Jahren ihrer sogenannten Freundschaft hatte er sich in eine kompromittierende Situation gebracht. Stets formulierte er in einer Grauzone, die ihn nie in Schwierigkeiten bringen würde. Egal, wer sie hören oder gar abhören würde. Je weniger Malik von seinen Machenschaften wusste, desto besser. Die Summe der Bestechungsgelder sprach eine eigene Sprache und gab Aufschluss über das Ausmaß seines Tuns.

Während Phirun ihn mit den Details für den reibungslosen Grenzübergang nach Poipet vertraut machte, trank Malik in kleinen Schlucken den frisch gebrühten Kamillentee und notierte sich die genaue Uhrzeit für den Übertritt, die Erkennungsmerkmale der involvierten Zöllner und die wichtigsten Details in seinem Handy.

Phirun saß nach wie vor bewegungslos in seinem Sessel. »Zuletzt noch die Nummer eines meiner Vertrauten, der sich bei dir melden und dir während der Reise nach Poipet die aktuellen Informationen übermitteln wird. Im absoluten Notfall bin ich für dich erreichbar. Aber du weißt, mit welchen Risiken das verbunden ist und welcher Gefahr du uns dann aussetzt.« Mit diesen Worten erhob er sich, rückte seine steife grüne Uniform gerade und verabschiedete sich, indem er die Handflächen aneinanderlegte und sich verneigte. Ohne sich noch einmal umzublicken, verschwand er im dunklen Entree des Luxushotels.

Malik lehnte sich zurück, schloss für einen Moment die Augen und genoss die Stille, die ihn in dieser kleinen Oase umfing.

Mit großer Selbstverständlichkeit breiteten sich plötzlich die Möglichkeiten vor ihm aus, wie er sich unauffällig Zutritt zu dem Tempel verschaffen und die Flucht in die Wege leiten konnte. Er öffnete seinen Rollkoffer, holte das iPad heraus, schmiedete einen Plan und erarbeitete eine Legende.

Nach einer Stunde winkte er den Kellner heran, ließ die Getränke auf seine Suite buchen und ging Richtung Aufzug. Morgen früh würde er nach Poipet fahren und die ersten Vorkehrungen treffen.

KAPITEL 46

WAT DURIAN MONTHONG, DONNERSTAG, 27. DEZEMBER 2018

Kies knirschte unter den Sohlen seiner Turnschuhe, als Malik gemächlich unter dem dichten Blätterdach des Bambushains zur Tempelanlage schlenderte. Er war mit leichtem Gepäck unterwegs – in seinem Rucksack befanden sich bequeme weiße Kleidung, Flip-Flops, eine Taschenlampe und Insektenspray. Und seine Arbeitsmaterialien. Von den Touristen, die beschlossen hatten, eine gewisse Zeit im Kloster zu verbringen, um dem europäischen Winter oder auch der Weihnachtszeit zu entfliehen und sich den existenziellen Fragen des Lebens zu widmen, unterschied sich Malik rein äußerlich in nichts. Doch er war hoch konzentriert, sein Gehirn arbeitete wie eine Maschine, und seine Intention war eine ganz andere: Wie könnte er in der Kürze der Zeit das Vertrauen eines kleinen Mädchens gewinnen und es in einem unbeobachteten Moment aus dem Kloster entführen? Seine Nerven waren zum Zerreißen gespannt!

Sein Blick wanderte nach oben, um die gigantische Wuchshöhe der immergrünen Riesengräser, die nur aufgrund des dauerhaft warmen Tropenwetters möglich war, zu bestaunen. In den frühen Morgenstunden hatte er sich von Chad hierherbringen lassen, um mit ihm das Gelände vorab nach möglichen Fluchtwegen auszuspionieren, ehe er sich in den kommenden Tagen dem Tempelalltag unterordnen, sein inneres Tempo drosseln und den äußeren Gegebenheiten anpassen müsste.

Am Tag der Flucht sollte Chad am oberen Ende des Bambushains auf dem kleinen Parkplatz mit seinem Wagen bereitstehen, um Malik und das Mädchen zur Grenze nach Kambodscha zu begleiten. Datum und Uhrzeit würde er ihn baldmöglichst wissen lassen. Zwei seiner Leute hatten die Anlage in den letzten Tagen observiert, und es waren keine Veränderungen eingetreten, sodass Malik davon ausgehen konnte, dass sich Alexander Bergmanns Tochter noch immer hier aufhielt. Allerdings konnte er sich keinen Reim darauf machen, wie das Kind in den Klosteralltag integriert worden war.

Wat Durian Monthong befand sich einhundertzwanzig Kilometer nordöstlich von Bangkok in der Provinz Nakhon Nayok. Die Klosteranlage war von Wäldern und einer malerischen Hügellandschaft umgeben und lag fernab jeglicher Zivilisation.

In den letzten Tagen war Malik äußerst ungeduldig geworden, weil Nawin mit den Informationen zu Sunas Bruder auf sich warten ließ. Heute Morgen hatte er sich dann endlich gemeldet und berichtet, dass Liem Meephuk seit seinem vierzehnten Lebensjahr in Wat Durian Monthong lebte und mittlerweile zu den gefragtesten Meditationslehrern des Landes gehörte.

»Was? Dann lebt er doch gar nicht so zurückgezogen«, hatte Malik festgestellt.

»Ja und nein. Er verlässt den Tempel nur, um bei anderen buddhistischen Orden Meditationstechniken zu lehren. Ansonsten lebt er zurückgezogen im Kloster und hält die meisten Kurse dort ab.«

»Wieso kommst du erst jetzt damit?«

»Das Problem war, dass Liem Meephuk nur unter seinem Geburtsnamen gemeldet ist und der Name ›Anuwat‹ erst später auftaucht. Wir konnten die Verbindung nicht gleich herstellen«, hatte Nawin fast entschuldigend erklärt. »Erst nach seiner Ordination und dem Beschluss, als Meditationsmönch sein Dasein zu fristen, hat er sich seinen zweiten Namen zugelegt – Bhante Anuwat. Deshalb hat sich seine Spur etwas verloren, und wir haben auch erst jetzt erfahren, dass er vor einem Monat das Kloster verlassen hat, um seine Eltern in einer Lodge in Ayutthaya zu besuchen.«

»In einer Lodge in Ayutthaya?«

»Ja, die Meephuks haben sich darum gekümmert, solange die deutschen Pächter in Urlaub waren. Das kleine Hotel gehört Lee Kantawong, einem bekannten thailändischen Unternehmer und Arbeitgeber von Somchai Meephuk«, hatte er weiter ausgeführt.

»Weißt du, an welchem Tag Liem, genauer gesagt, Anuwat, seine Eltern besucht hat?«

»Ja, am 7. Dezember.«

»Verstehe!« Malik hatte rekapituliert, dass das der Tag nach dem Telefonat gewesen war, an dem Alexander Bergmann die Meephuks vom Tod ihrer Tochter unterrichtet, ihnen die Fakten entgegengeschleudert hatte. »Dann wird Anuwat an diesem Tag vom Tod seiner Schwester erfahren haben, und die Meephuks haben wahrscheinlich zusammen entschieden, Elara hier im Kloster zu verstecken. Deshalb war das Haus in Baan Klang wohl auch eine Zeit lang verwaist. Danke! Jetzt habe ich eine klare Vorstellung. Ich melde mich wieder.«

Nawin hatte ihm im Anschluss noch eine Reihe von Fotos gemailt, die Bhante Anuwat bei seinen Meditationskursen zeigten.

Als Malik das Eingangstor erreichte, stach ihm als Erstes der reich verzierte funkelnde Altar, der Chedi, ins Auge, eines der Wahrzeichen eines buddhistischen Tempels. Ein Hund, der ein kleines Fahrgestell hinter sich herzog, kam auf ihn zugelaufen. Dem armen Tier fehlte das rechte Hinterbein, es wirkte aber mit seiner rollenden Krücke ansonsten putzmunter. Malik fuhr ihm durch das zerzauste Fell und lächelte. »Mann, was ist denn mit dir passiert?« Dabei scannte er blitzschnell die Umgebung nach dem kleinen Mädchen ab. Die Menschen, die er sah, waren fast alle in helle Gewänder gehüllt und gingen schweigend oder flüsternd an ihm vorüber. In ihren orangefarbenen Roben und mit ihren kahl rasierten Köpfen stachen die buddhistischen Mönche aus der weiß gekleideten Menge heraus. Einige nickten ihm zu.

Malik folgte dem gepflasterten Weg zum Empfangshaus, in dessen Mitte ein geschmückter Schrein aufgebaut war. Ständig musste er sich zur Ruhe ermahnen, denn er wäre am liebsten auf den Empfangstresen zugestürmt, um schnellstmöglich an die nötigen Informationen zu kommen. Ehe er das Podium betrat, auf dem zwei Sofas, einige Tische und Stühle aufgestellt waren, streifte er also stattdessen bedächtig seine Schuhe ab und verneigte sich. Die Nonne hinter dem Schreibtisch winkte ihn herüber, und er stellte sich vor. Bei seiner Legende hatte er sich einiger Attribute des österreichischen Immobilienmaklers bedient, den er bei der Kindesrückführung aus Sibirien mimte. War in die Rolle des gestressten Unternehmers geschlüpft, der dringend eine Auszeit brauchte. Seine Firma stand vor dem Konkurs, und seine Frau war ihm davongelaufen.

Malik hatte nach dem Treffen mit Phirun eine Anfrage an das Kloster gemailt, ob er an einem Meditationskurs teilnehmen könnte, und rasch Anmeldeformular und Kursplan erhalten. Umgehend hatte er sich für einen Kurs eingeschrieben.

Wat Durian Monthong war ein gemischtes Kloster, in dem rund achtzig Mönche und Nonnen lebten. Der Aufenthalt war umsonst, allerdings waren Spenden erwünscht, und Malik zeigte sich sehr großzügig. Wohl wissend, dass auch einige buddhistische Orden ihr Karma für viel Geld verkauften. Bei Bedarf vielleicht auch noch die richtigen Informationen, dachte er.

Mit seiner Anmeldung verpflichtete er sich, die allgemeinen Klosterregeln einzuhalten. Das bedeutete für die Dauer des Kurses, das Gelände nicht zu verlassen, keine elektronischen Geräte zu benutzen, sich der Stille zu widmen und an den Meditationen teilzunehmen. Dieses Thema scheint wie ein Bumerang zu mir zurückzufliegen, dachte er, nachdem er Florentines Einladung, an ihren Meditationsabenden teilzunehmen, geflissentlich ignoriert hatte.

Malik bereitete das schlechte Netz etwas Sorgen. Hier musste er sich ganz schnell etwas einfallen lassen, um mit seinen Leuten kommunizieren zu können.

»Ich habe eine Bitte«, wandte sich Malik auf Englisch an die Nonne. »Meine kleine Tochter hat heute Geburtstag, und ich würde ihr gern noch persönlich gratulieren, bevor ich mich in die Stille verabschiede. Und aufgrund des Zeitunterschieds war das vorher nicht möglich. Hätten Sie für mich einen WLAN-Zugangscode, damit ich sie schnell anrufen kann?« Er lächelte die Nonne freundlich an.

»Eigentlich ist das nicht möglich«, antwortete sie. »Aber für kleine Mädchen machen wir gern einmal Ausnahmen.« Sie gab ihm den Code.

»Das ist sehr nett von Ihnen. Meine Kleine wird es Ihnen danken!« Malik schaute sich um und ging etwas abseits.

»Das Netz hat eine schlechte Reichweite, es funktioniert am besten an dieser Stelle hier«, rief sie ihm hinterher und deutete auf den Verwaltungsbereich.

»Vielen Dank für den Hinweis!« Malik ging zurück zum Desk, führte ein fiktives Gespräch, schickte parallel Nawin und Chad Nachrichten, dass er nur schwer zu erreichen sei, ließ HPL wissen, dass er nun ins Mönchsfach wechselte, versorgte Alexander Bergmann mit Neuigkeiten und hatte die Information, die er wollte.

Mitten in der Nacht schreckte Malik hoch. Drei Uhr dreißig. Was war das? Er brauchte einige Sekunden, um zu realisieren, dass sein Wecker geklingelt hatte. Er hatte eine Holzkammer für sich allein und drehte sich auf seiner Pritsche herum, um sich noch einen Augenblick zu sammeln. Er streckte seine schmerzenden Glieder, stand auf, spritzte sich am Waschbecken kaltes Wasser ins Gesicht, putzte sich die Zähne und zog sich eine weite weiße Leinenhose und ein langärmeliges weißes Baumwoll-T-Shirt an. Draußen war es noch stockdunkel, als er die spartanisch eingerichtete Holzkammer, sein *guti,* verließ und im Schein der Taschenlampe zum Meditationsraum ging, wo sich seiner schnellen Schätzung nach außer den Mönchen und Nonnen noch vierzig bis fünfzig weitere Männer und Frauen versammelt hatten und auf ihren Matten knieten.

Im *wiham,* dem Gebetssaal, standen drei mächtige goldene

Buddha-Statuen, geschmückt mit Lotosblüten, brennenden Kerzen und glimmendem Räucherwerk, das in Schalen mit Sand steckte und einen muffig blumigen Duft verströmte. Malik atmete flach und setzte sich auf eine Matte, während er die sieben Mönche in Augenschein nahm, die erhöht auf einer breiten Stufe saßen. In der Mitte erkannte er Anuwat. Er wirkte sympathisch, hatte einen offenen Blick und gehörte zu den jüngeren der sieben Mönche. Wie auf ein geheimes Kommando hin begannen sie mit ihrem Singsang und rezitierten unverständliche Texte. Punkt vier Uhr dreißig ertönte ein Gong, einige Anwesende räusperten sich ein letztes Mal, ehe sie alle in die Stille, die eigentliche Meditation versanken.

Während die anderen damit beschäftigt waren, ihre Gedanken zu beruhigen, betrachtete Malik unter halb geöffneten Lidern an der gegenüberliegenden Wand eine Reihe von Fresken, die Stationen aus dem Leben Buddhas zeigten. Auch er sollte schleunigst die nächste Station erreichen und hoffte auf ein Ende der Meditation. Ein erneuter Gongschlag erlöste ihn. Vom langen Sitzen waren Maliks Füße eingeschlafen, und er ließ sie kreisen. Sein linker Knöchel schmerzte, seine alte Sprunggelenksverletzung meldete sich wieder. Er würde nur so lange an den Zeremonien teilnehmen, bis er Elara aufgespürt hatte. Er schaute sich um. Sein Verschwinden dürfte bei der Größe der Gruppe kein Problem sein. Und er würde Anuwat im Blick behalten. Inwieweit er sein Vertrauen gewinnen musste, würde sich in den nächsten Tagen entscheiden. Malik musste auf jeden Fall in Erfahrung bringen, was die Familie plante. Stöhnend stand er auf. Ihm ging das alles zu langsam hier.

Inzwischen war es hell geworden, und am Himmel zeigte sich ein zartes Morgenrot. Sie brachen zum *binthabat*, dem Almosengang, auf. Malik hatte sich gleich für den ersten Tag einteilen lassen. Je schneller er die Abläufe kannte, desto besser konnte er beurteilen, zu welchen Zeiten er am ehesten unbeobachtet sein würde.

In zwei Kleinbussen fuhren sie los in die nächste Stadt, um Almosen für die Klosterangehörigen zu sammeln.

»Warum gibt es diese tägliche Almosenrunde?«, fragte Malik auf Englisch völlig unschuldig die kleine Runde von Mönchen, mit denen er im Bus saß. Er würde nichts unversucht lassen, um Kontakt aufzunehmen und an Informationen zu kommen.

»Da wir Theravada-Mönche nur über wenig persönlichen Besitz verfügen dürfen«, fing ein kleiner dünner Kerl an, »sind wir zur Ernährung auf die Unterstützung der Bevölkerung angewiesen.« – »Die morgendliche Almosenrunde unterliegt strengen Regeln«, fuhr ein anderer fort. »Wir dürfen weder durch Geräusche noch durch Rufen oder Singen auf uns aufmerksam machen. Wir gehen ruhig und konzentriert voran und akzeptieren alles, was die Menschen in unsere Schalen legen. Die Almosenschale ist einer der wenigen Gegenstände, die wir besitzen.« Er deutete auf die orangefarbene Tasche, die er bei sich trug.

»Zu diesem Ritual gehört auch, dass wir für die Gaben nicht danken, sondern die Gebenden dankbar sind, weil sie ein gutes Werk tun und gleichzeitig Verdienste für ihr Karma sammeln«, erklärte der Älteste von ihnen abschließend.

Malik nickte mehrmals hintereinander.

»Wir brauchen die Almosenschalen auch, weil wir keinerlei Berührung mit Frauen haben dürfen«, sagte der junge Mönch, der ihm gegenübersaß. »Wir können die Gabe nur über einen solchen Umweg in Empfang nehmen.«

»Okay«, sagte Malik, schaute die Mönche der Reihe nach an und wusste, warum ihm Religion bis heute fremd geblieben war.

Auf dem Markt, wo sie ihre Runde starteten, herrschte ein buntes Treiben. Händler priesen lautstark ihre Waren an, Moped- und Tuk-Tuk-Fahrer rasten an ihnen vorbei, und die Lebensmittelstände brachen unter ihren Auslagen fast zusammen. Schnecken, Schlangen, Kröten, Schweineköpfe – es war alles dabei, was der thailändische Gaumen begehrte, den westlichen im Allgemeinen und seinen im Besonderen jedoch abschreckte. Malik war froh, dass auch Papayas, Mangos, Sternfrüchte, Bananen und Gemüse, wilder Reis sowie ein paar Milchprodukte in den Schalen landeten.

»Es gibt Tage, da sammeln wir für über dreißigtausend Baht Lebensmittel«, berichtete ihm einer der Mönche bereitwillig.

Knapp eintausend Euro, überschlug Malik rasch, um dann mit den anderen die übervollen Körbe und Kisten im Kofferraum ihrer Kleinbusse zu verstauen.

Zurück im Kloster, deichselten sie den Wagen auf einer schmalen unbefestigten Straße zur offenen Garküche, wo die Helferinnen und Nonnen schon bereitstanden, um alle Spenden in Augenschein zu nehmen und zu sortieren.

Es war kurz nach neun, und bis zum Essen um zehn nutzte Malik die Zeit, um das Klostergelände auszukundschaften. Zunächst folgte er den gepflasterten Wegen, kam am Gebetshaus und an der Bibliothek vorbei, passierte die Holzkammern der Mönche, die auf Stelzen standen, und erreichte einen großen Teich, auf dem sich ein paar Enten im Einklang mit bunten Teelichtern, denen die Besucher ihre Wünsche mitgegeben hatten, treiben ließen. Der Aberglaube in diesem Land kennt keine Grenzen, dachte Malik, als er den Verkaufsstand mit allerlei Räucherwerk sah.

Je weiter er vom Chedi weg in den hinteren Teil der Tempelanlage vordrang, desto ungestümer zeigte sich die Natur, und er entdeckte zwischen den Mangobäumen und den Dattelpalmen ein paar farbige Holzhäuschen. Kurzum betrat er die Veranda des ersten, spähte durch die kleinen Fenster und blickte in ein spartanisch eingerichtetes Zimmer, das in seiner Einfachheit etwas Behagliches ausstrahlte. Schnell schoss er mit seinem Handy ein paar Fotos. Als er sich umdrehte und loslaufen wollte, sah er auf der Veranda zwischen zwei Stühlen etwas Farbiges liegen. Er bückte sich und hob es auf: ein pinkfarbener Plüschaffe. Er müsste sich sehr täuschen, wenn das nicht das Stofftier von Elara war, und scrollte seine Fotos auf dem Handy durch. Treffer! Er machte ein paar Aufnahmen und musste sich schließlich sputen, um pünktlich beim Essen zu sein.

Etwas atemlos erreichte er die Garküche und reihte sich in die Schlange der Wartenden ein – die Mönche mussten sich das Essen der klösterlichen Hierarchie folgend nehmen. Nur eine einzige Mahlzeit am Tag, das wird mir zu schaffen machen, ging es Malik durch den Kopf. Er überlegte, ob er an dieser Stelle nicht sofort die Regeln brechen sollte. Aber wie hatte Nawin gesagt, als er über seine mehrmonatige Ordination erzählt hatte, die bei jungen Männern in Thailand zum guten Ton gehörte, ehe sie eine Familie gründeten: »Wenn du dich den Rest des Tages nicht mehr mit Essen befassen musst, bekommst du den Kopf frei für das Wesentliche.« Malik würde zumindest heute guten Willen zeigen.

Als er an die Reihe kam, blickte er plötzlich in ein Gesicht, das ihm so vertraut war, dass er jede Pore hätte einzeln beschreiben können. Und doch hatte er es noch nie wirklich gesehen: Bun Ma Meephuk reichte ihm seinen Teller mit Reis, Gemüse und Früchten.

»Kop khun krap«, sagte Malik, bedankte sich mit einem freundlichen Nicken und versuchte ansonsten, keinerlei Regung zu zeigen. Wo ist Elara?, hätte er ihr am liebsten ins Gesicht geschrien. Kaum hatte er den Gedanken zu Ende gedacht, kam Anuwat um die Ecke gebogen und zog Elara an einer Hand hinter sich her.

Da ist sie!

Malik versuchte zu erahnen, wo sich die beiden hinsetzen würden, und entschied sich für einen Tisch in der Nähe der Essensausgabe. Er stellte seinen Teller hin und wartete ein wenig ab. Wenn die Meephuks das Kind gleich nach dem Anruf von Alexander Bergmann hierhergebracht haben, überlegte er, ist Elara jetzt fast drei Wochen in diesem Kloster. Drei Wochen in einer fremden Umgebung unter fremden Menschen. Ohne echte Vertrauenspersonen. Auch wenn sich die Meephuks sicherlich um Elara kümmerten und für ihr Wohlergehen sorgten, war das zu lange für ein kleines Kind. Viel zu lange. Eine traumatische Erfahrung. Und als Malik das Mädchen aus der Ferne betrachtete, machte es tatsächlich keinen guten Eindruck auf ihn. Kein Vergleich zu den Fotos, die Alexander Bergmann ihm gemailt hatte.

Jetzt ging es darum, Elaras Aufmerksamkeit zu erregen und ihr Vertrauen zu gewinnen.

KAPITEL 47

WAT DURIAN MONTHONG, SONNTAG, 30. DEZEMBER 2018, UND DIE TAGE DANACH

Wo verbrachte Elara die meiste Zeit? Wann stand sie auf? Wann ging sie zu Bett? Hatte sie Spielkameraden? Wann war ihre Großmutter in ihrer Nähe? Wann Anuwat? Kümmerte sich sonst noch jemand um das Mädchen? Malik hatte Elara eine Zeit lang observiert, um ihren Tagesablauf aufzuschlüsseln. Dass Bun Ma ebenfalls hier im Tempel lebte und in der Klosterküche aushalf, war einerseits gut für das kleine Mädchen, bedeutete aber, dass Elara noch stärker unter Aufsicht stand als gedacht. Wo sich Somchai Meephuk aufhielt, ließ Malik gerade von Nawin in Erfahrung bringen. Vermutlich noch im Krankenhaus. Zumindest hatte ihn Malik hier in der Tempelanlage nicht gesichtet.

Der Tagesablauf im Kloster folgte einem strengen Reglement, begann und endete mit einer jeweils halbstündigen Meditation, die morgens um vier und abends um einundzwanzig Uhr stattfand. Diese beiden Termine sowie die Mahlzeit um zehn Uhr am Vormittag waren Maliks Fixpunkte. Daran musste er teilnehmen. Vorerst noch. Ansonsten konnte er sich frei bewegen und Elara unter Beobachtung halten.

An den Mediationen nahm Bun Ma nicht teil, und Großmutter und Enkelin hielten sich, bis Bun Ma ihren Küchendienst anzutreten hatte, in dem kleinen Häuschen im hinteren Teil der Tempelanlage auf. Oft saß Elara draußen auf der Veranda, malte und bastelte oder beschäftigte sich mit ihrem Plüschtier.

Anuwat tauchte dort nicht auf, und Bun Ma brachte, sobald ihr Küchendienst anfing, Elara in den vorderen Teil des Tempels, wo das Kind allein im Klostergarten spielte und meistens von

Anuwat beaufsichtigt wurde. Bis es mit ihm zusammen zum Essen ging, Bun Ma dazukam, dann wieder in der Küche beim Aufräumen half und gegen zwölf ihren Dienst beendete. Eine ziemlich trostlose und einsame Angelegenheit für ein fünfjähriges Mädchen, dachte Malik. Und je länger er Elara beobachtete, desto mehr verstärkte sich sein Eindruck. Er schüttelte nur den Kopf.

Spätestens ab zwölf Uhr dreißig war das Mädchen dann wieder in der Obhut seiner Großmutter, die Elara nicht aus den Augen ließ.

Wenn Anuwat die Aufsicht hatte, ging es wesentlich weniger streng zu, wie sich herausstellte. Hin und wieder überließ er das Mädchen auch sich selbst, um Verwaltungsarbeiten zu erledigen. Malik würde herausfinden, in welcher Regelmäßigkeit er das tat. Denn da würde er ansetzen – am schwächsten Glied der Kette. In diesem Fall war das Anuwat.

Um sich Elara anzunähern, musste Malik das Zeitfenster zwischen dem Ende der gemeinsamen Mahlzeit bis zur Mittagszeit ausnutzen. Es sprach alles dafür, dass dies auch der geeignete Zeitraum wäre, um das Mädchen aus dem Kloster zu bringen, aber es blieb abzuwarten, wann und ob Anuwat das Kind regelmäßig unbeaufsichtigt ließ.

Die erste Kontaktaufnahme mit Elara war nun der entscheidende Schritt. Der musste auf Anhieb gelingen. Von der ersten Minute an musste ihm das Mädchen vertrauen, sonst hätte er verspielt. Keine zweite Chance mehr! Diese Erfahrung hatte er bei Rückführungen von Kleinkindern bisher immer gemacht.

Nachdem er Elara einen weiteren Tag lang observiert hatte, ergab sich am Vormittag des nächsten Tages eine Gelegenheit, sie anzusprechen. Sie war gerade dabei, mit dem kleinen verkrüppelten Hund ein Wettrennen zu veranstalten. Im üppig bepflanzten Tempelgarten sauste sie um die kunstvoll angelegten Beete, aus denen Buchsbäume emporragten, deren Blattwerk zu prächtigen Kugeln geschnitten war. Sie trug Leggings mit rosaroten Blumen, ein weißes T-Shirt und pinkfarbene Sneakers. Ihre Haare waren zu zwei Zöpfen geflochten, die ihr lang den Rücken hinunterfielen. Malik hatte ihr Spiel unauffällig aus der Ferne verfolgt und wartete nun in der Nähe des Fischteichs im Schatten auf einer Bank.

»Na, wer von euch beiden hat denn jetzt gewonnen?«, fragte er bewusst auf Deutsch, um eine erste Vertrauensbasis zu schaffen, als sie an ihm vorbeilief. Er strich dem Hund, der Elara nicht von der Seite wich, über das Fell. »Der ist ja ganz schön außer Atem.«

Sie sah Malik verblüfft an. Wahrscheinlich hatte sie die deutsche Sprache lange nicht gehört. »Yui hat gewonnen.«

»Das war aber ganz knapp, soviel ich gesehen habe.«

»Ich hab gestern gewonnen.«

»Dann steht's ja eins zu eins.« Malik hob beide Daumen nach oben.

Sie lächelte, und er überlegte, was er als Nächstes sagen könnte, um ihr Vertrauen zu gewinnen. Er bemerkte, dass ihr Plüschaffe aus dem flachen Korb zu fallen drohte, der am Fahrgestell des Hundes befestigt war.

»Du musst aufpassen, dass dein kleiner Freund hier nicht verloren geht«, sagte er und deutete auf das Stofftier. »So schnell, wie ihr durch die Gegend rennt, kann er leicht aus dem Korb rutschen. Wie heißt denn dein kleiner Affe?«

»Pinky.«

»Sollen wir Pinky zur Sicherheit festbinden? Was meinst du?«

Elara zögerte kurz und nickte dann. »Ja, das kannst du machen.«

Malik blickte sich suchend um, ging zu einem riesigen Farnbusch, riss ein paar Wedel ab und band das Kuscheltier damit fest.

»So, das müsste halten, wenn ihr noch eine Runde dreht.« Malik lächelte sie an.

»Warum bist du kein Gespenst?«

»Oh, gibt es hier Gespenster?«, fragte Malik verwundert.

»Die Männer ohne Haare mit dem orangen Kleid sind Gespenster.« Sie sah ihn mit großen Augen an. »Vor denen habe ich nämlich Angst.«

»Die Mönche sehen wirklich komisch aus, das finde ich auch. Du brauchst aber keine Angst vor ihnen zu haben. Sie tun dir nichts«, beruhigte er sie. »Wie heißt du denn?« Malik hatte entschieden, sich noch nicht zu erkennen zu geben und erst eine vertrauensvolle Atmosphäre herzustellen.

»Elara.«

»Das ist aber ein schöner Name.« Kaum hatte er den Satz zu Ende gesprochen, lief Anuwat auf sie zu.

»Elara! Elara?«

Sie zuckte zusammen, und Malik drückte ganz schnell ihre Hand.

Das trifft sich gut, dachte er, denn nun konnte er Anuwats Bekanntschaft machen, ihn ein bisschen aushorchen und Elara gleichzeitig in Sicherheit wiegen. Er verneigte sich, nannte vorsichtshalber keinen Namen und erklärte kurz auf Englisch, was ihn bewog, hierherzukommen.

»Bhante Anuwat«, antwortete der Mönch. »Wie erfreulich, dass Sie unsere Meditationstechnik erlernen wollen.« Er faltete die Hände vor dem Gesicht, senkte den Kopf, um dann weiterzusprechen: »Unser Ziel ist es, die Weisheit der Meditation allen Menschen zugänglich zu machen und damit die Weisheit Buddhas überall auf der Welt zu erhalten.«

»Und dann noch auf so einem schönen Fleckchen Erde.« Malik machte eine ausladende Armbewegung und behielt Elara dabei im Blick.

»Dieser Grund und Boden war einst ein Reisfeld, auf dem dann unsere wunderbare Tempelanlage geschaffen wurde.«

»Bewundernswert! Hier lässt sich Kraft tanken, wenn man abschalten und zur Ruhe kommen will. Es tut gut, sich einmal von der materiellen Welt zu verabschieden und durch Meditation den Weg zum eigenen Herzen zu finden.« Malik versuchte, Anuwat nach dem Mund zu reden, und übertraf sich selbst in seinen Plattitüden.

Es schien jedoch Wirkung zu zeigen, denn der junge Mönch redete ohne Unterbrechung weiter, was Malik half, sich auf das Verhalten des Mädchens zu konzentrieren. »Der Buddhismus kann uns dabei helfen, die richtige Sichtweise auf die Welt zu entwickeln. Deshalb steht die buddhistische Lehre in allen Schulen auf dem Stundenplan.« Er blickte auf Elara, die schweigend neben ihnen stand und sich fast schon hinter Malik versteckte. »Ich wusste schon mit drei Jahren, dass ich Mönch werden will.«

»Erstaunlich! So etwas hört man selten.« Malik bewegte sich fast unmerklich in Elaras Richtung, sodass sie das Gefühl haben konnte, er würde sie vor dem vermeintlichen Gespenst beschützen.

»Meine Eltern handelten damals aus der Not heraus und brachten mich in einem Kloster unter, und ich habe sofort Blut geleckt.« Anuwat lachte. »Als ich vierzehn wurde, stimmten sie meinem Wunsch, Mönch zu werden, endgültig zu. Heute bin ich dreiunddreißig und kann sagen, dass es der einzig richtige Weg für mich war und ist.«

Malik nickte anerkennend und stellte fest, dass sich die Aussagen mit Nawins Informationen deckten. »Das können nicht viele in der Deutlichkeit von sich behaupten.«

Anuwat lächelte versonnen und schwieg.

»Was macht so ein kleines Mädchen hier im Kloster?«, fragte Malik und zwinkerte Elara verschmitzt zu.

Anuwat zögerte. »Ebenfalls ein Notfall in meiner Familie.«

»Das tut mir leid! Sie sind also verwandt mit dem Kind?«

»Ja, das ist meine kleine Nichte.«

Elara trat von einem Fuß auf den anderen. Jedes Mal, wenn Anuwat ihren Namen erwähnte, schien sie das einzuschüchtern.

»Während ich schon als Kind von den orangefarbenen Gewändern der Mönche fasziniert war, fürchtet sich Elara davor. Schon von Anfang an.«

»Warum das?«

»Ich nehme an, sie ist den Anblick nicht gewohnt. Sie ist nicht in Thailand aufgewachsen.« Nun drehte er den Kopf zu Elara. »Ich bringe dich zu Bun Ma.«

Traurig, fast ein bisschen hilflos sah Elara Malik an, und er entschied, sich auf Deutsch von ihr zu verabschieden. »Bis morgen!« Denn er war sich sicher, dass sie sich am nächsten Tag im Klostergarten wiedersehen würden.

Malik war mit dem Verlauf der beiden Gespräche zufrieden. Anuwat, der redselige Mönch, würde ihm bald selbst verraten, wann und wo er seinen Verwaltungsarbeiten nachging. Mit Elara würde er morgen die nächste Begegnung suchen. Er musste sehr behutsam vorgehen. Sie machte einen sehr verängstigten und verunsicherten Eindruck auf ihn. Die Zeit in der Fremde hatte Spuren hinterlassen. Was ihr die Meephuks wohl erzählten, warum ihre Eltern nicht zu sprechen waren? Malik war sich ziemlich sicher, dass sie das Kind völlig im Ungewissen ließen. Wieder tat ihm das kleine Mädchen leid. Vielleicht würde er morgen dazu etwas von ihr erfahren.

Sein Magen knurrte. Langsam stresste ihn der Zustand des Hungerns, und er überlegte bereits, wie er Nahrungsmittel horten konnte. Denn es durfte unter keinen Umständen passieren, dass seine Konzentration unter dem Essensentzug litt. Immer mal wieder hatte es sich in den letzten Tagen so angefühlt, als stünde sein Körper erneut vor einer Panikattacke. Das musste er verhindern. Er sollte Florentine Fuchs anrufen. Das Leben im Kloster mochte generell einfach, ruhig und sorglos sein. Aber nicht für ihn.

Als Malik am nächsten Morgen seine Holzkammer verließ, hing eine rosarote Umhängetasche über seiner Schulter. Sein Handy zeigte zehn Uhr fünfundvierzig. Wenn alles nach Plan lief, spielte Elara bereits im Tempelgarten, und Anuwat hielt sich im Empfangsbereich auf und kümmerte sich um seinen Schriftverkehr.

Die Sonne blinzelte durch die Blätter der Bäume, und eine kleine Affenfamilie turnte quietschvergnügt und kreischend zwischen den Ästen der Palmen und Gummibäume, während Eichhörnchen die Baumstämme herauf- und herunterliefen. Die verspielten Tiere verbreiteten gute Laune, was Malik als günstiges Omen wertete, denn er wollte mit Elara heute einen entscheidenden Schritt vorankommen.

Er hatte Glück, sie wartete schon auf ihn mit ihren beiden Spielkameraden Pinky und Yui. Er stellte die Umhängetasche gut sichtbar neben sich auf die Bank.

Sie lief zu ihm. »So eine Tasche haben wir auch zu Hause.«

»Magst du dich mal zu mir setzen? Und einen Blick in die Tasche werfen?« Malik klopfte mit der Hand sanft auf die Bank.

Elara überlegte kurz, aber da schob er ihr bereits die Tasche hin. »Schau mal rein.«

Zögerlich öffnete sie den Verschluss und zog dann ihr rosa-weiß gestreiftes Kuscheltuch und ihren weißen Teddy heraus.

»Woher hast du das?«, fragte sie völlig überrascht.

»Von deinem Papa.«

Sie schaute ihn irritiert an. »Mein Papi hat dir das gegeben?«

»Dein Papi hat mir deine Lieblingssachen gegeben und zu mir gesagt, dass ich dich ganz schnell zu ihm nach Hause bringen soll. Und das habe ich ihm versprochen.«

Elara schaute ihn mit großen dunklen Augen an, aus denen nun Tränen kullerten.

Malik holte aus der Umhängetasche eine Packung Taschentücher heraus und reichte ihr eines. Auch etwas, das er gelernt hatte - im Umgang mit Kindern nie ohne Taschentücher zu sein.

»Du musst nicht traurig sein. Dein Papi hat mich wirklich hergeschickt, um dich zu holen.«

Elara hielt ihren Plüschaffen fest im Arm und sagte dann mit tränenerstickter Stimme: »Ich kenne dich aber gar nicht. Meine Mami und mein Papi haben gesagt, ich darf nie mit Fremden mitgehen.«

»Da haben deine Mami und dein Papi auch völlig recht. Man darf normalerweise nicht mit fremden Leuten mitgehen.«

»Auch wenn sie mich locken wollen, hat meine Mami gesagt. Mit Schokolade oder Spielsachen oder kleinen Tieren.«

Wie auf ein Stichwort bellte Yui los, und Elara streichelte ihn liebevoll. »Es gibt Leute, die gemein zu einem sind, hat mein Papi gesagt.« Sie schniefte.

»Ja, da musst du wirklich sehr aufpassen.« Malik zog sein Handy aus der Hosentasche. »Aber ich kann dir ein Video von deinem Papi vorspielen, damit du siehst, dass ich dich nicht anschwindele und er ganz bestimmt damit einverstanden ist, wenn du mit mir kommst.« Malik schaute nach links und rechts, um sich zu vergewissern, dass niemand in der Nähe war. Er reichte Elara das Handy und spielte das Video ab.

LIEBSTE PRINZESSIN! DU MUSST GANZ SCHNELL NACH HAUSE KOMMEN. ICH VERMISSE DICH SO! DER MANN, DER DIR DAS VIDEO ZEIGT, IST MALIK MARTENS. ER IST SEHR NETT, UND DU BRAUCHST KEINE ANGST VOR IHM ZU HABEN. DU DARFST MIT IHM GEHEN. ER WIRD DICH SO SCHNELL WIE MÖGLICH ZU MIR BRINGEN. TU, WAS ER DIR SAGT!

Elara starrte gebannt auf den Bildschirm. Immer wieder rief sie schluchzend: »Papi! Papi!«

Malik streichelte ihr über den Kopf, während sie das Handy umklammerte. Nun bewegte sich Alexander Bergmann durch Elaras Kinderzimmer, bis er vor ihrem Schreibtisch haltmachte. Er hob ein Blatt Papier in die Höhe.

PRINZESSIN, SCHAU, DAS MUSST DU NOCH FERTIG MALEN. DAS HAST DU SO SCHÖN ANGEFANGEN.

Er hielt das Bild in die Kamera. Reflexhaft fuhr Elara über das Display.

ICH HAB DICH SEHR, SEHR LIEB, MEINE KLEINE PRINZESSIN, UND FREU MICH SO, WENN DU WIEDER DA BIST! BIS GANZ BALD!

Er warf ihr einen Kuss zu und zeigte mit seinen Fingern ein Herz.

»Was hast du denn da gemalt?«, fragte Malik, um sie abzulenken.

»Ich möchte meinen Papi noch mal sehen.« Sie fing wieder an zu weinen, er tupfte ihr mit einem Taschentuch vorsichtig die Tränen ab.

»Wenn du mir das Handy gibst, dann schauen wir uns das Video noch mal an.«

Sie reichte es ihm, und ihr kleiner Körper wurde von Schluchzern geschüttelt.

»Du hast ja ein ganz tolles Kinderzimmer. Ist Rosa deine Lieblingsfarbe?«, fragte er, während er die Videobotschaft erneut startete.

Elara nickte wortlos und schaute gebannt auf das Display, während Malik die Umgebung kontrollierte und hoffte, dass Anuwat nicht so schnell aufkreuzen würde.

Zusehends beruhigte sie sich, und Malik wurde nicht müde, ihr immer und immer wieder den kurzen Film vorzuspielen, parallel Fragen zu stellen und ihr damit die Traurigkeit zu nehmen. Als er am Eingang des Tempelgartens Anuwat erspähte, rief der ihm plötzlich zu: »Könnten Sie noch kurz ein Auge auf Elara haben?«

Mit größtem Vergnügen, hätte Malik am liebsten geantwortet und meinte aber nur: »Lassen Sie sich Zeit, Bhante Anuwat!«

Dann wandte er sich wieder dem Mädchen zu. »Kannst du ein Geheimnis bewahren?«

Elara drückte ihr Stofftier an die Brust und nickte.

»Du darfst niemandem von diesem Video erzählen«, sagte er eindringlich.

»Warum?«, fragte sie und sah ihn mit großen Augen an.

»Weil ich sonst mein Versprechen nicht halten kann, dass du deinen Papi wiedersiehst.«

In den nächsten Tagen traf Malik Elara regelmäßig im Tempelgarten, und sie schien mehr und mehr die Angst vor ihm zu verlieren. Elara wollte zu Beginn der Treffen immer zuerst das Video ihres Vaters sehen. Dabei ließ er sie erzählen, was sie mit ihrem Papi unternahm, welche Spiele sie mochte, wie viel Zeit sie mit ihren Freundinnen verbrachte und was Pinky zu alldem sagte. Sie wurde zutraulicher, schien Malik mehr und mehr zu vertrauen. Mal brachte er Buntstifte und Papier mit, mal rannten sie mit Yui um die Wette, und mal beobachteten sie die Affenfamilie, die sich mittlerweile in den Klostergarten vorgewagt hatte.

»Schau mal!« Sie fasste ihn am Arm. »Der eine Affe hat dem anderen die Kokosnuss geklaut.« Sie lachte aus vollem Herzen und strahlte ihn an.

»Kennst du das Lied von der geklauten Kokosnuss?«, fragte Malik und stimmte es an. »Wer hat die Kokosnuss, wer hat die Kokosnuss, wer hat die Kokosnuss geklaauuut …« Malik konnte nicht singen. Aber Elara juchzte und stimmte in seinen Gesang mit ein.

Kinder scheinen ihren Schmerz ausblenden zu können und tief in ihrem Innern zu vergraben, dachte Malik. Das kam ihm irgendwie bekannt vor.

Sein Bauchgefühl sagte ihm, dass er nun langsam die Fluchtvorbereitungen angehen konnte. Während Elara die Affenfamilie zeichnete, fragte er vorsichtig:

»Kannst du noch ein Geheimnis bewahren?«

Sie nickte und zeichnete weiter.

»Bist du ein großes starkes Mädchen?«

Sie nickte wieder und schaute Pinky an.

»Sollen wir bald zu deinem Papi gehen?«

Sie nickte erneut. »Und was ist das Geheimnis?«

»Niemand darf erfahren, dass wir beide das Kloster verlassen und zu deinem Papi gehen.«

»Aber ich muss doch Oma Tschüss sagen.«

Malik wurde ernst und nahm ihre Hand. »Nein, Elara, das muss wirklich unser Geheimnis bleiben. Nur wir beide dürfen von diesem Plan wissen.«

Sie sah ihn ungläubig an.

»Und Pinky?«

Malik war gerührt. Das ging ihm alles ganz schön an die Nieren. Die verschütteten Gefühle melden sich wieder, würde Florentine Fuchs jetzt sagen. Er atmete mehrmals ein und aus.

»Pinky darf es wissen. Der gehört zu uns. Aber du darfst nicht mit ihm sprechen, wenn deine Bun Ma oder Anuwat in der Nähe sind.« Durchdringend sah er sie an. »Versprochen?«

»Ich schwöre!« Sie hob drei Finger in die Höhe.

Um Mitternacht stahl sich Malik in den Empfangsbereich, kauerte sich hinter den Tresen in eine Ecke und loggte sich ins WLAN ein. Unzählige Nachrichten blinkten auf, aber er konzentrierte sich nur auf die von Nawin, Chad und HPL.

Doch zuerst würde er Alexander Bergmann auf den aktuellen Stand bringen. Es war achtzehn Uhr am Abend in Deutschland. Er wählte die Nummer und ließ es klingeln, bis der Anrufbeantworter ansprang, legte jedoch wortlos auf. Warum ging der Mann jetzt nicht ans Telefon? Er sollte doch erreichbar bleiben! Verärgert klickte er die Nachrichten von Nawin und Chad an.

Somchai Meephuk lag, wie gedacht, wieder im Krankenhaus. Sein Zustand war stabil, aber nicht gut, vermeldete Nawin.

Chad hatte alle vier Fluchtfahrzeuge organisiert und an den vereinbarten Treffpunkten bereitgestellt.

Beiden schrieb Malik, dass sie sich übermorgen um zehn Uhr

vor der Tempelanlage einfinden sollten. Das läuft schon mal, dachte Malik. Sehr gut!

HPL wollte den genauen Fluchtzeitpunkt wissen. Er antwortete:

SONNTAG, 6.01.
11 UHR THAILÄNDISCHE ZEIT

Er wählte noch mal Bergmanns Nummer. Wieder nichts! Jetzt reichte es ihm. Er scrollte durch seine Kontakte.

Neugierig strich ihm eine Katze um die Beine.

»Florentine, hallo, hier spricht Malik Martens«, flüsterte er ins Handy. »Entschuldigen Sie bitte die Störung, aber können Sie mir sagen, wo Alexander Bergmann ist?«

KAPITEL 48

FRANKFURT,
FREITAG, 4. JANUAR 2019,
AM FRÜHEN ABEND

Seltsam, dachte Florentine, als sie das Telefonat mit Malik beendet hatte und ihr Handy auf eines der Beistelltischchen neben dem Sofa legte. Sie schloss die Augen. Es war so weit. Malik würde mit Elara aus dem Kloster fliehen. Vor zwei Stunden hatte ihr Alexander noch eine Nachricht geschrieben, ob sie zusammen abendessen würden, er sei auf dem Rückweg von seinen Eltern und hätte Redebedarf.

Sie hatte eine anstrengende Woche hinter sich. Einen zweitägigen Workshop gegeben, und danach war sie einen Tag in München gewesen, um einen Vortrag über Angststörungen zu halten. Sie wollte sich noch etwas ausruhen, ehe sie sich mit Alexander um zwanzig Uhr bei »Luigi«, ihrem Stamm-Italiener, traf. Fast wäre sie eingenickt, als ihr Handy erneut klingelte. Anonym. Sie war nicht in der Stimmung, mit unbekannten Menschen zu sprechen, nahm das Gespräch jedoch an.

»Florentine, ich bin's, Alexander.«

»Alexander! Wo bist du?« Ruckartig setzte sie sich auf. »Malik Martens versucht dich dringend zu erreichen.«

»Ich weiß. Habe gerade mit ihm gesprochen«, meinte er auffällig atemlos. »Ich hatte einen Unfall, Florentine.«

»Was? Bist du verletzt?«

»Ich liege im Krankenhaus. Stell dir vor, ich habe das Brustbein gebrochen«, stieß er hervor. »Ich bin bewegungsunfähig. Kann nichts tun. Die lassen mich hier nicht raus. Komme gerade aus der Radiologie.« Er war völlig aufgelöst. »Bitte, komm sofort vorbei!«

»Alexander, in welcher Klinik liegst du denn?«

»Unfallklinik in Seckbach.«

»Okay! Ich bin in einer halben Stunde da.« Florentine stöhnte und schälte sich aus ihrer Wolldecke. Dieser Mann zog das Chaos förmlich an.

Rasch ging sie ins Bad, band ihr Haar zu einem Pferdeschwanz, zog sich Jeans und Rollkragenpullover an und lief nach unten. Sie warf sich ihren Daunenmantel über, schnappte ihre Tasche und schlüpfte aus der Haustür. Es war nasskalt und nieselte. In Windeseile lief sie zum Mainufer und winkte ein Taxi herbei.

»Nach endlosen Tagen voller Angst und Bangen ist es am Sonntag endlich so weit, und jetzt das!«, jammerte Alexander. »Der Lieferwagen hat mich mit voller Wucht gerammt. Und dieser Drecks-Airbag hat nicht funktioniert.« Er legte die Hand, in der eine Kanüle für die Schmerzmittel steckte, auf seine Brust, weil ihn das Sprechen anscheinend anstrengte.

»Hauptsache, du lebst, Alexander! Sei froh, dass nicht noch mehr passiert ist.« Florentine rückte mit ihrem Stuhl näher an das Krankenbett heran.

»Die behalten mich unter Beobachtung hier. Es könnten sich Knochensplitter vom Brustbein abgelöst haben und die umliegenden Organe gefährden.« Er stöhnte.

»Im schlimmsten Fall das Herz oder die Lunge treffen. Das muss kontrolliert werden!« Sie schaute ihn mitfühlend an. »Was meint Malik Martens zu alldem?«

Er senkte den Blick, um sie dann voller Verzweiflung anzusehen. »Es gibt für mich nur einen Ausweg, Florentine. Du musst dich in den nächsten Flieger setzen und Elara nach Hause holen. Irgendjemand muss den Boten machen. Martens wartet auf Elaras Papiere und alle anderen Dokumente. Und mehr von ihren Spielsachen. Noch ein paar Anziehsachen.«

Die Ausweglosigkeit seiner Situation, die Sorge um seine Tochter und die Sehnsucht nach ihr raubten Alexander die letzten Kräfte, das war deutlich zu sehen. »Kannst du meine kleine Prinzessin nicht in Empfang nehmen? Sie braucht doch einen vertrauten Menschen um sich«, sagte er mit schwacher Stimme. »Immerhin kennt dich Elara.«

»Alexander, die ein, zwei Mal, die ich ihr begegnet bin, kann man nun wirklich nicht als ›Kennen‹ bezeichnen. Daran hat sie wahrscheinlich nicht mal mehr eine Erinnerung.«

»Ich bitte dich!«, flehte er. »Die Flucht kann auch nicht mehr aufgeschoben werden, meinte Malik Martens. Und auch er fände es gut, wenn du meinen Part übernehmen würdest.« Er lächelte gequält.

»Alexander, jetzt habe ich aber langsam mal ein Wörtchen mitzureden.« Ruckartig stand sie auf. »Es passt mir überhaupt nicht, dass hier zwei Menschen über meinen Kopf hinweg entscheiden, was ich zu tun und zu lassen habe.« Angespannt ging sie vor dem Bett auf und ab. Sie konnten von Glück sagen, dass kein anderer Patient im Zimmer war.

»Florentine, versteh mich doch! Bitte!«

Sie schwieg. Fühlte sich zerrissen, war mit einem Mal traurig und wütend zugleich. Und sie wusste nicht, warum. Schleunigst musste sie hier raus.

Eine Stunde später öffnete Florentine die Tür zu Alexanders Wohnung, drückte auf den Lichtschalter und entdeckte gleich auf der Kommode am Eingang, wie von Alexander beschrieben, das weiße DIN-A5-Kuvert, in dem sich die Dokumente für Elara befanden. Er hatte sie gebeten, noch einmal alles zu überprüfen: Kinderreisepass, Vermisstenanzeige, Geburtsurkunde, Meldebescheinigung, Passfotos sowie alle Dokumente auf Englisch. Das war schon mal in Ordnung.

Einmal hatte sie Alexander in seinem neuen Zuhause besucht, gleich zu Beginn ihrer Frankfurt-Zeit. Suna war damals mit einer Freundin unterwegs gewesen, und Elara hatte sich einen Magen-Darm-Virus eingefangen, weshalb sie ihr Treffen beim

Italiener, anstatt es abzusagen, zu Alexander nach Hause verlegt hatten. Da hatte sie Elara das erste Mal gesehen. Und dann noch mal zufällig im Sommer mit Alexander zusammen an der Eisdiele am Paulsplatz. Ich liebe Schokoladeneis, hatte das kleine Mädchen voller Inbrunst gesagt, genüsslich an der Eiswaffel geschleckt und die klebrige braune Masse bis zu den Ohren hin verschmiert.

Florentine ging ins Kinderzimmer und knipste die Deckenleuchte an. Ein typisches Mädchenzimmer. Alles war in Rosa und Weiß gehalten. Die Spielsachen befanden sich schön geordnet in kleinen Holzkisten, die übereinandergestapelt waren. Auf einem Regal saßen fünf verschiedene Barbie-Puppen, und in den zwei Köfferchen darunter mussten die Kleider verstaut sein, denn an einer Seite hing ein Tüllärmel heraus. Neben dem Kleiderschrank stand ein Schreibtisch, wo Farben in Becher und Schalen sortiert waren und viele bemalte Blätter lagen. Der einzige Platz im Zimmer, der etwas unordentlicher wirkte. An der Wand gegenüber musste das Bild gehangen haben, das Alexander Dieter von Löwenstein verkauft hatte, noch am Abend der Vernissage, als alle Gäste gegangen waren, um das restliche Geld für die Rückführung seiner Tochter zu bekommen.

Sie suchte nach der pinkfarbenen Kinderreisetasche, die Alexander extra gekauft hatte, um die Spielsachen unterzubringen, und öffnete den Kleiderschrank. Lächelnd betrachtete sie die bunte Auswahl an Jeanshosen, Pullovern, Anoraks und Mänteln. Die Sommerkleidung war verschwunden, wahrscheinlich hatte Suna sie mit nach Thailand genommen. Sanft berührte sie ein rosafarbenes Wollkleid mit einem Schmetterling. Ob Charlotte die Farbe Pink genauso geliebt hätte wie alle kleinen Mädchen? Sie schluckte. Es war müßig, darüber nachzudenken. Ihr kleines Mädchen war tot. Tränen rannen ihre Wangen herunter. Den Tod des eigenen Kindes zu erleben ist eine nahezu unmenschliche Erfahrung. Würde diese Wunde jemals heilen?

Noch immer träumte sie von Charlotte, wie sie bewegungslos dalag. Nicht mehr atmete. Einfach nicht mehr atmete.

Florentine setzte sich auf Elaras Bett und schluchzte auf. Vor zwei Jahren hatte sie tagelang nicht mehr aufgehört zu weinen, nachdem sie Charlotte in ihrem Bettchen gefunden hatte. Plötzlicher Kindstod – naiv zu glauben, dass dies nur andere treffen könnte.

Max, ihr Mann, hatte den Schmerz mit sich allein ausgemacht. Sich in seine Arbeit gestürzt. Ganze Nächte durchgearbeitet. Wie im Wahn. Er hatte sie nicht trösten können. Vielleicht wollte sie sich auch von ihm nicht trösten lassen. Die Trauer um ihr verlorenes Kind hatte immer zwischen ihnen gestanden. Bis Max eines Abends nach Hause gekommen war, sich zu ihr gesetzt und ihre Hand genommen hatte und sagte, wir schaffen es nicht. Sie hatte ihn nur angesehen und stumm genickt.

Für Florentine war damals eine Welt zusammengebrochen. Wie sollte sie jemals wieder festen Boden unter den Füßen haben? Sie wollte flüchten, in eine Welt, die nichts mit der Welt zu tun hatte, aus der sie kam. Zunächst fand sie Unterschlupf bei ihren Freunden in Südafrika und entschied sich dann für den Aufenthalt in einem buddhistischen Kloster. Trauer hatte etwas Chaotisches. Und der einfache und klar strukturierte Klosteralltag, dazu die spirituelle Praxis der Meditation, halfen ihr dabei, den unaufhörlichen Gedankenstrom, die Frage nach dem Warum, warum ihr Kind hatte sterben müssen, endlich zur Ruhe zu bringen.

In der Abgeschiedenheit des klösterlichen Lebens hatte sich ihre Seele von den qualvollen Schmerzen des Verlustes erholt. Ein Verlust in doppelter Hinsicht. Sie hatte nicht nur um Charlotte, sondern auch um Max, um das Ende ihrer Liebe getrauert, die so hoffnungsvoll begonnen hatte.

Sie griff nach der Taschentuchbox auf dem Nachttisch und schnäuzte sich. Jetzt ein Kind retten – könnte sie dadurch ihren eigenen Schmerz endlich zum Versiegen bringen? Das Klingeln ihres Handys scheuchte sie aus ihren Gedanken hoch.

»Hans-Peter Langendorf, guten Abend, Frau Fuchs. Ich hoffe, ich störe nicht?«

Sollte sie antworten: Doch! Sie stören! Sie alle stören mich! Sie verfügen über mich und mein Leben. Lassen Sie mich in Ruhe! »Was kann ich für Sie tun?«, antwortete sie stattdessen mit sarkastischem Unterton.

»Ich habe Sie auf eine Maschine der Thai Airways morgen um dreizehn Uhr fünfundvierzig buchen lassen. Ankunft am Sonntag, den Sechsten, um sechs Uhr fünfundzwanzig Ortszeit in Bangkok. Einer von Malik Martens' Mitarbeitern wird Sie abholen und regeln, dass Sie keine Wartezeiten bei der Einreise haben. Bitte nehmen Sie nur Handgepäck mit. Schaffen Sie das zeitlich?«

»Das wissen Sie doch am besten. Sie haben ja schon alles für mich arrangiert.« Sie kam sich vor wie eine Marionette. »Sonst noch was?«

»Malik lässt Sie herzlich grüßen und wird sich noch bei Ihnen melden, sobald sein Empfang besser ist. Gute Reise!«

Kaum hatten sie das Gespräch beendet, vernahm sie auch schon den Nachrichtenton ihres Handys.

KANN LEIDER NICHT TELEFONIEREN.
ES WÄRE MIR EINE GROSSE HILFE,
WENN SIE MICH BEI DER FLUCHT UNTERSTÜTZEN KÖNNTEN.
DAS WÜRDE MICH ENTLASTEN. WILL SAGEN:
ICH KOMME AUF IHR ANGEBOT ZURÜCK!
M

Elara retten. Alexander retten. Malik Martens retten. Jetzt mal eins nach dem anderen, dachte Florentine und rieb sich die Augen. Bei allem Tun gilt es, die innere Ruhe zu finden, in der eigenen Mitte zu verweilen und den Augenblick so wahrzunehmen, wie er wirklich ist, besagte eine Buddha-Weisheit. Sie rutschte vom Bett auf den Boden herunter, zog ihre gelben Sneakers aus, nahm den Lotossitz ein und schloss die Augen.

I am well. I am happy. I am peaceful, stimmte sie sich in Gedanken ein und ließ den Atem durch ihren Körper strömen.

Wir haben es uns zur Aufgabe gemacht, täglich Gutes zu tun und Gutes in die Welt zu bringen. Dadurch wird unsere Seele immer reiner, hatte der junge buddhistische Mönch, der sie damals in Südafrika in die spirituelle Praxis einführte, ihr bei ihrem ersten Spaziergang durch die weitläufige Tempelanlage mit einem Leuchten in den Augen erklärt.

Gutes tun, niemandem Leid zufügen und den Geist reinigen, das waren die drei wichtigsten Grundsätze des Buddhismus. Sie musste ihren Geist vom Schmerz der Vergangenheit reinigen, um in der Gegenwart Gutes tun zu können. Florentine beruhigte sich. Mehrmals atmete sie kräftig ein und aus, reckte und streckte sich. Langsam zog sie ihre Schuhe an und stand auf.

Intuitiv ging sie zu Elaras Schreibtisch und wählte eine Zeichnung aus. Rasch zog sie die Tasche aus dem Schrank, packte ein paar Spielsachen ein, außerdem die wenigen T-Shirts und Leggings, die noch im Schrank lagen, und schnappte sich das Kuvert mit den Dokumenten von der Kommode. Florentine verließ die Wohnung. Den Schlüssel, den Alexander ihr mitgegeben hatte, deponierte sie unter der Fußmatte.

Während sie das Treppenhaus nach unten lief, erhielt sie drei Sprachnachrichten von Alexander, die für Elara bestimmt waren.

MM MEINTE, ICH SOLLTE SIE ZUR
SICHERHEIT AUCH AN DICH SCHICKEN.
1000 DANK FÜR ALLES!

Florentine antwortete:

WIR BRINGEN DIR ELARA WIEDER!

Sie ging schnellen Schrittes die Beethovenstraße entlang und hielt ein Taxi an. Es war nach Mitternacht. Die Zeit lief.

KAPITEL 49

NAKHON NAYOK,
SONNTAG, 6. JANUAR 2019, 11.00 UHR

Malik beugte sich zu Elara hinunter und flüsterte ihrem pinkfarbenen Stofftier verschwörerisch zu: »Pinky, bist du bereit für unser großes Abenteuer? Ja? Aber du darfst keinen Mucks von dir geben, wenn wir jetzt zur Straße gehen und in das große Auto einsteigen, versprochen?«

Elara schaute ihn mit großen dunklen Augen an, nickte ernst und erwartungsvoll zugleich, während sie mit einer Hand ihrem geliebten Pinky den Mund zuhielt.

»Pinky ist ganz brav. Mach dir keine Sorgen. Und ich hab ihm schon erzählt, dass wir jetzt bald wieder zu Hause sind.«

Malik streichelte ihr über den Kopf.

Ein letztes Mal schaute er sich um, vergewisserte sich, dass sie keiner beobachtete. Tagelang hatte er die Arbeitsrhythmen von Anuwat und Bun Ma studiert, um sicherzustellen, dass er die Kleine so unauffällig wie möglich aus dem Kloster führen konnte. Die anstehende Flucht würde aufregend genug für das Kind sein. Genau jetzt war der richtige Zeitpunkt gekommen: Anuwat widmete sich den Vorbereitungen für einen Meditationsworkshop, und Bun Ma war in der Küche mit dem großen Abwasch beschäftigt.

Er griff nach Elaras Hand und ging mit ihr durch den Klostergarten, der um diese Uhrzeit menschenleer war. Am liebsten hätte er das kleine Mädchen auf den Arm genommen und wäre mit großen Schritten davongeeilt, aber er wollte auf keinen Fall unnötige Aufmerksamkeit erregen. Dass er um diese Uhrzeit seinen schwarzen Rucksack trug, war schon auffällig genug. Er mahnte sich innerlich zur Ruhe, zwinkerte Elara zu und passte sich ihren kleinen Schritten an. Die Pforte am Hauptausgang mussten sie meiden und sich zu einem der selten benutzten Seitenausgänge vorarbeiten. Geschafft! Sie kamen an der Bibliothek vorbei, bogen in einen der dunklen kühlen Gänge ab, die an einer Seite von Marmorsäulen gesäumt waren, und konnten die Straße am Ende bereits erkennen.

Malik beschleunigte unbewusst seinen Schritt und spürte zu spät, dass er zu stark an Elaras Hand zog. Das Mädchen stolperte, ihr Plüschaffe rutschte ihr aus der Hand und fiel zu Boden. Erschrocken schaute sie Malik an. In einer fließenden Bewegung hob er ihn auf und nahm Elara auf den Arm. Sein Oberarm wirkte seltsam überdimensioniert im Gegensatz zu den zarten Kinderärmchen. Er lächelte sie beruhigend an und lief mit ihr die letzten Meter den Bambushain entlang, auf den schwarzen SUV mit den getönten Scheiben zu, der, keine zwei Meter von ihnen entfernt, mit laufendem Motor bereits auf sie wartete.

Die hintere linke Tür öffnete sich wie von Geisterhand. Malik setzte Elara im Wagen ab und schaute sich ein letztes Mal auf der Straße um. Niemand verfolgte sie, niemand nahm neugierig Notiz von ihnen. Nawin auf der gegenüberliegenden Straßenseite nickte er unmerklich zu. Gut gelaufen! Es blieben ihm ab jetzt im günstigsten Fall drei bis maximal fünf Stunden, um das Mädchen sicher außer Landes zu bringen. Er stieg ein und stellte den Timer auf seiner Uhr. Der Wettlauf gegen die Zeit hatte begonnen. Elf Uhr fünfzehn.

»Hallo Florentine, ich freu mich sehr, dass Sie gekommen sind!«

Mit Elara setzte sich Malik eilig zu ihr auf die Rückbank, und sie grüßte lächelnd zurück, wirkte jedoch angespannt. Bevor Malik auch nur den Sicherheitsgurt um Elara legen konnte, lenkte Chad den SUV bereits auf die Hauptverkehrsstraße. Immer weiter entfernten sie sich vom Tempel und reihten sich in den Verkehr Richtung Osten ein. Um diese Tageszeit waren weniger

Motorräder, dafür aber viele kleine Lasten-Tuk-Tuks unterwegs, die meisten gefährlich überladen.

Was eben noch wie ein Abenteuer gewirkt hatte, flößte dem fünfjährigen Mädchen jetzt Angst ein. Elara, die zwischen Malik und Florentine auf der Rückbank saß, vergrub ihr Gesicht in dem weichen Fell des Stoffaffen. Sie atmete schwer und fragte weinerlich: »Wo ist meine Mami? Warum bist du hier und nicht meine Mami?« Sie blickte zu Florentine auf, und dicke Tränen rollten ihr die Wangen herab. Besorgt schaute Florentine zu Malik, der ihr mit einem leichten Kopfschütteln andeutete, dass jetzt kein guter Moment für Erklärungen war.

Florentine nahm Elara, so gut es die Sicherheitsgurte zuließen, tröstend in den Arm und murmelte ihr leise beruhigende Worte in ihr langes schwarzes Haar. Entsetzt flüsterte sie über Elaras Kopf hinweg Malik zu: »Sie ist ja ganz heiß. Ich glaube, sie hat Fieber.«

Malik reichte ihr eine der gekühlten Wasserflaschen, die Chad für sie bereitgestellt hatte. Florentine öffnete sie und drückte sie dem Kind in die Hand.

In diesem Moment fing Elara bitterlich an zu weinen. »Wo ist meine Ya:y? Ich will zu meinem Papi!«

Erst als Florentine die Zeichnung aus der Tasche holte und ihr die neuen Sprachnachrichten ihres Vaters vorspielte – er erzählte ihr von einer Pirouetten drehenden Ballerina, deren Bewegungen Elara genau nachtanzte –, beruhigte sie sich. Immer und immer wieder wollte das kleine Mädchen Alexanders Nachricht hören, bis sie irgendwann erschöpft einschlief.

Malik beobachtete, wie sich Florentine vorsichtig streckte, ihr Handy verstaute und den Kopf an die Scheibe lehnte.

»Ist alles in Ordnung?«

»Ja, ich bin nur ziemlich müde. Die Reise steckt mir in den Knochen.«

»Dann ruh dich ein wenig aus.« Er stutzte und meinte dann: »Das Du geht mir jetzt einfacher von den Lippen.«

Florentine lächelte.

Im Wagen war es angenehm kühl, die abgedunkelten Scheiben schirmten sie vor den neugierigen Blicken der Außenwelt ab. Chad war mittlerweile auf den Highway 33 Richtung Sa Kaeo aufgefahren. Auf der zweispurigen Fahrbahn unterschied sich der Verkehr nicht sonderlich von dem auf der Hauptstraße. Drei, sogar vier Fahrzeuge fuhren zeitweise nebeneinander.

»Ich bin froh, dass ich nicht am Steuer sitzen muss, der Linksverkehr ist doch immer gewöhnungsbedürftig.« Florentine gähnte. »Und es wäre ja undenkbar in Deutschland, dass auf einem Motorrad eine ganze Familie sitzt und sich in halsbrecherischen Manövern ohne Helm durch den Verkehr schlängelt.«

Elf Uhr dreißig. Nawin hatte sich noch nicht gemeldet. Sehr gut! Das bedeutete, dass im Kloster noch keiner entdeckt hatte, dass Elara fehlte. Nawin hatte als Maliks Back-up seit den frühen Morgenstunden auf der anderen Straßenseite des Klosters Stellung bezogen und würde ihn über die Vorgänge dort auf dem Laufenden halten. Auch HPL war informiert, wachte über die Zeit und stand ihm zur Verfügung, sollten die Behörden doch schneller Wind von der Entführung bekommen oder sollte es an der Grenze zu einer Festnahme oder gar einer gewaltsamen Auseinandersetzung kommen. Die Grenze war auf der Flucht immer der entscheidende Faktor, der über Erfolg oder Misserfolg entschied. Doch noch war es zu früh, den Fokus und die dazu nötige Energie darauf zu lenken. Sie mussten sich ihre Kräfte gut einteilen.

Nun lag das Mädchen, mit geöffnetem Mund leise schnarchend, halb auf Florentines Schoß, das Stofftier fest in den Arm geschmiegt. Auf ihrer Stirn war ein feiner Schweißfilm zu sehen.

Malik kletterte von der Rückbank vorsichtig nach vorn auf den Beifahrersitz, schnallte sich an und blickte hoch konzentriert auf die Straße. Im Geiste ging er nochmals die einzelnen Schritte an der Grenze durch, als vor ihnen plötzlich ein alter, schwer überladener Viehtransporter ins Trudeln geriet. Eines seiner Hinterräder rollte davon. Wie der Hula-Hoop-Reifen eines Kindes. Der Laster schwankte schwerfällig von einer Seite zur andern, knallte gegen einen kleinen weißen Pick-up, um dann auf die andere Seite zu fallen. Die Querplanken, die das Vieh schützten, zerbarsten.

Chad stieg auf die Bremse. Zu spät! Er rutschte bedrohlich nah an den umgestürzten Laster. Etwas knallte gegen die vordere linke Wagenhälfte, ein schrilles Geräusch war zu hören.

Mit einem Zischlaut atmete Florentine aus.

Der schwarze Geländewagen kam abrupt zum Stehen.

Malik drehte sich intuitiv nach Elara um, deren Kopf Florentine beschützend an sich gezogen hatte, sodass dem Kind der Blick auf das Chaos draußen verwehrt war.

Chad war bereits aus dem Wagen gesprungen und versuchte, sich einen Überblick über die Situation zu verschaffen. Vorne links hatte der SUV ordentlich was abbekommen. Überall liefen verletzte kleine Schweine quiekend zwischen zersplittertem Holz und toten Artgenossen herum. Aus dem Führerhaus krochen zwei Arbeiter. Der Beifahrer hatte eine Schnittwunde am Kopf. Blut tropfte auf seine Wange. Der Fahrer schien auf den ersten Blick unversehrt zu sein, nur sein rechter Ellbogen stand in einem unnatürlichen Winkel ab.

Hinter ihnen staute sich der Verkehr, immer mehr Menschen stiegen aus ihren Fahrzeugen und von ihren Motorrädern und traten neugierig an die Unfallstelle heran, inmitten des schreienden und blutenden Viehs.

»Bleib mit dem Kind sitzen!«, sagte Malik zu Florentine nach hinten. Dann stieg auch er aus und checkte die Lage. Per Fernbedienung hatte er die Zentralverriegelung betätigt und ging zu Chad, der bewegungslos einige Meter entfernt stand.

»Die Männer sind nicht lebensgefährlich verletzt, gib ihnen den Erste-Hilfe-Kasten, und dann lass uns so schnell wie möglich von hier verschwinden. Chad? Hörst du mich?« Malik berührte ihn am Arm.

»Ja, Boss, geht klar«, erwiderte er, schluckte und wandte seinen Blick von dem abgetrennten Schweinekopf ab, der ihn vom Straßenrand her anzuglotzen schien.

In der Zwischenzeit hatte sich eine Menschentraube um die beiden Unfallopfer gebildet, und Chad hatte Mühe, sich mit dem Verbandskasten einen Weg durch die Menge zu bahnen.

Malik sah sich den Schaden an ihrem Fluchtfahrzeug an: Die linke Seite war eingedellt, die Stoßstange verbogen. Ein gewaltiger Blechschaden. Sie würden weiterfahren können, aber mit einem Unfallwagen würden sie zu viel Aufmerksamkeit erregen. Das Letzte, was sie brauchten, war eine übereifrige Polizeikontrolle. Sie mussten so schnell wie möglich von hier weg und sich ein neues Fluchtfahrzeug besorgen. Der umgestürzte Viehtransporter, die Tiere und die Schaulustigen verhinderten jedoch jedes Durchkommen. Gemeinsam mit Chad schleppte Malik das tote Schwein, das sie gerammt hatten, zur Seite. Dann setzte er sich ans Steuer, legte den Rückwärtsgang ein und ließ sich von Chad aus dem Chaos dirigieren. Zentimeter für Zentimeter bewegte er den schweren SUV, um rechter Hand zwischen zwei kleinen Büschen die Autobahn zu verlassen, die weder durch Leitplanken noch Betonpfeiler abgesperrt war.

Maliks Gehirn arbeitete auf Hochtouren. Sie mussten so schnell wie möglich ihren Weg auf der Landstraße fortsetzen, um im nächsten Ort den Fahrzeugwechsel vorzunehmen. Ihnen lief die Zeit davon. Verdammte Scheiße!

Florentine und Elara hatten seit dem Aufprall keinen Laut von sich gegeben und verfolgten angespannt das Geschehen. »Was machen wir denn jetzt?«, fragte Florentine vorsichtig.

Malik musste den Wagen nur noch vorsichtig den Abhang hinunterbugsieren, um auf die Landstraße zu gelangen, die parallel zum Highway verlief. Das hohe Gras und die Büsche verdeckten ihm die Sicht auf die Beschaffenheit des Bodens. Ein heikles Unterfangen, denn der Hang war steil, und stellenweise ragten Steine aus dem verdorrten Gebüsch heraus. Meter für Meter bewegte er das Fahrzeug den Hügel hinunter. Der SUV neigte sich steil nach vorn.

Florentine hatte Elara auf den Schoß genommen und fest in ihre Arme geschlossen. Sie summte ihr eine kleine Melodie ins Ohr.

Malik lächelte Florentine dankbar durch den Rückspiegel an.

Dann konzentrierte er sich wieder auf die nächsten Meter, ließ seinen Blick über den Boden schweifen, justierte seine Position. Er durfte den Wagen jetzt nicht auch noch aufsetzen und sich am steinigen Untergrund die Ölwanne aufreißen. Plötzlich brach ihm der Schweiß aus. Mit einer schnellen Bewegung wischte er ihn sich mit dem Handrücken von der Stirn. Verdammt! Verdammt! Diese Aktion kostete sie viel zu viel Zeit!

Zwölf Uhr dreißig. Fast eine Dreiviertelstunde hatten sie durch den Unfall verloren. Chad studierte bereits die Umgebung per Handy. Nur noch wenige Meter, bis sie wieder auf fahrbaren Boden gelangten. Gut! Malik verschnaufte kurz und sah Chad fragend an: »Welche Richtung? Hast du die kürzeste Strecke rausgesucht?«

»Ja, in Sala Lamduan Mueang Kao können wir den Wagen wechseln.« Er zeigte Malik auf Google Maps die Strecke und dann auf eine kleine geteerte Straße, die von verschlossenen Ladengeschäften gesäumt war. Hunde liefen herrenlos herum, im Schatten einer Palme parkte eine Ansammlung von heruntergekommenen Tuk-Tuks.

»Elara hat Fieber, sie braucht Flüssigkeit und ein fiebersenkendes Mittel«, sagte Florentine und fasste Malik sanft an die Schulter. »Du hast nicht zufällig Kinderzäpfchen dabei? Ansonsten müssen wir an der nächsten Apotheke halten. Die Kleine schwitzt und ist ganz heiß. Der Stress hier tut sein Übriges. Wir müssen schnell etwas unternehmen.«

Malik reichte ihr eine lauwarme Wasserflasche und wechselte einen ernsten Blick mit ihr.

Zwölf Uhr fünfundvierzig. Sie parkten vor einer kleinen Reparaturwerkstatt, die vor lauter Ersatzteilen und Motorrädern kaum begehbar war. Alle stiegen aus. In der heißen, schwülen Luft lag unangenehmer Dieselgeruch.

»Hallo, hallo, ist hier jemand?« Chad machte sich lautstark auf die Suche nach dem Werkstattbesitzer. Seine Handyrecherchen hatten ergeben, dass diese kleine chaotische Kaschemme ihre beste Chance für einen Fahrzeugwechsel war.

»Malik, ist es okay, wenn ich zu dem Obststand da drüben auf der anderen Straßenseite gehe?«

Malik nickte.

Elara, die völlig kraftlos auf Florentines Arm hing, wimmerte. »Wo ist meine Mami, ich hab so Durst, und mir tut der Bauch weh. Ich will zu meiner Mami.« Sie fing an zu weinen.

Florentine strich ihr besorgt über den Kopf und überquerte die kleine staubige Straße.

Aus der Ferne beobachtete Malik, wie sie am Obststand zwei frisch geschnittene Mangos und gekühlte Wasserflaschen erstand. Im Schatten einiger Bougainvilleen-Kübel hockte sie sich mit Elara hin und fütterte ihr in kleinen Stückchen die Frucht. Erstaunlicherweise schien das Mädchen einen ordentlichen Appetit zu haben. Malik seufzte und wandte sich ab.

Chad gestikulierte inzwischen wild mit einem Thai in einem verdreckten blauen Overall, der stetig den Kopf schüttelte. Kein gutes Zeichen!

Dreizehn Uhr. Malik wählte Nawins Nummer. Sein Informant hatte ihm vor fünf Minuten die SMS geschickt, auf die er schon seit einer halben Stunde wartete.

SIE SUCHEN NACH IHR.
GROSSMUTTER IST ZUSAMMENGEBROCHEN.
ANUWAT KOORDINIERT.
POLIZEIWAGEN IST GERADE EINGETROFFEN.
N

Das war zu erwarten gewesen. Nach dem zweiten Klingeln war Nawin dran.

»Alle im Kloster suchen nach ihr und weiten den Radius auf die gesamte Provinz Nakhon Nayok aus. Wo seid ihr?«, fragte Nawin.

»Wir hatten einen Unfall und haben viel Zeit verloren. Dem Mädchen geht es nicht gut. Halt dich bereit, vielleicht brauch ich dich noch.« Malik legte auf und wählte Phiruns Nummer. Er musste so schnell wie möglich herausfinden, ob Polizei und Behörden schon informiert worden waren, dass ein thailändisch-deutsches Kind vermisst wurde. Das würde sein Zeitfenster an der Grenze gefährlich einschränken. Glücklicherweise schienen die Absprachen für die thailändische Seite der Grenze in Aranyaprathet vorerst nicht gefährdet.

Malik lehnte im Schatten des kleinen Werkstatttors an der Wand. Von dort aus konnte er Chad und den thailändischen Besitzer genauso im Blick behalten wie auf der anderen Straßenseite Florentine und das Kind. Gerade hatte er sein Gespräch beendet, als er sah, wie sich Elara erbrach und gelbe unverdaute Mangostücke auf ihrem T-Shirt und ihren Leggings landeten. Erst der Unfall, nun auch noch ein krankes Kind! Es hatte gut angefangen, nun lief nichts mehr nach Plan! Kostbare Zeit rann ihnen wie Sand durch die Finger. Er massierte sich seinen verschwitzten Nacken.

Chad kam auf ihn zu und schüttelte den Kopf. »Er hat kein Fahrzeug. Frühestens in einer Stunde kann er uns einen Wagen …« Malik schnaubte. Höchste Zeit, sich auf seine Qualitäten zu besinnen. Er wäre nicht so weit gekommen im Leben, wenn er nicht immer einen Plan B hätte. Er ließ Chad erst gar nicht ausreden, sondern ging zu dem Werkstattbesitzer und machte ihm mit einem Bündel Geldscheine, das er aus seiner Hosentasche zog, klar, dass er jetzt sofort ein Fahrzeug brauchte. Der alte Mann zeigte nur mäßig beeindruckt auf die Motorräder, die am Werkstatttor den Eingang versperrten.

»Okay, zeig mir das schwarze dahinten«, forderte Malik ihn ungeduldig auf.

Chad eilte herbei und half, aus dem Gewirr der Zweiräder das schwarze Motorrad herauszuschieben.

Aus dem Augenwinkel heraus beobachtete Malik, wie Florentine mit liebevollen Handgriffen Elara von ihren bespuckten Kleidern und Schuhen befreite, aus der mitgebrachten Reisetasche ein frisches T-Shirt und frische Leggings zog und dem Mädchen sogar ein kleines Lächeln aufs Gesicht zaubern konnte.

»Chad, wir trennen uns hier. Wir fahren mit dem Motorrad nach Sa Kaeo und die letzten fünfzig Kilometer mit dem Zug nach Aranyaprathet. Kümmere du dich um den Wagen und das Gepäck. Wir sehen uns in Poipet.«

KAPITEL 50

SA KAEO,
SONNTAG, 6. JANUAR 2019,
13.20 UHR

Sie fuhren mit dem Motorrad auf einer schnurgeraden Landstraße durch Schatten spendende Bambushaine und austauschbare Siedlungen an der Hauptstraße entlang, die gesäumt war von Verkaufsständen, die immer wieder die gleichen Waren anboten: Kleidung, Stoffe, Küchenwaren und Lebensmittel. Florentine hielt Elara eng umschlungen, die geschützt zwischen ihnen saß und ihr Gesicht in Maliks Rücken presste. Der Fahrtwind sorgte für eine leichte warme Brise. Malik hatte Florentine seine Baseballkappe gegeben, unter der ihr rotes Haar weitgehend verschwunden war, bis auf ein paar Strähnen, die hervorlugten. Auf ihrem Rücken trug sie das einzige Gepäck, Maliks schwarzen Rucksack. Nur Elaras Plüschtier und zwei Wasserflaschen hatten noch den Weg dort hineingeschafft.

Die Kleine brauchte dringend Medikamente, und sie suchten den Straßenrand erfolglos nach einem Drugstore ab.

Vor ihrer Abfahrt hatte Malik nach einem Telefonat mit seinen Mitarbeitern Entwarnung gegeben: Bei der Polizei und bei den Behörden war noch keine Nachricht über ein verschwundenes Mädchen eingetroffen. Gott sei Dank!

Die Mittagshitze brannte unbarmherzig auf sie nieder. Florentine spürte, wie sich eine Mischung aus Schweiß und Staub über ihre Haut legte. An der Stelle, an der Elaras heißer Körper ihren Bauch berührte, war ihr blaues T-Shirt ein einziger nasser Fleck, der ihr am Körper klebte. Der Verkehr wurde dichter und die Ortschaften, die sie passierten, städtischer. Malik musste jetzt immer häufiger abbremsen, ausweichen und sich seinen Weg auf der mit Schlaglöchern übersäten Strecke suchen. Sie spürte, dass Elaras Körper immer kraftloser an ihr hing.

»Pass auf!«, schrie Florentine in Maliks Ohr, als er zwei voll beladenen Lasten-Tuk-Tuks ausweichen musste, die ein riskantes Überholmanöver fuhren. Ein Tuk-Tuk-Fahrer hatte ihnen den Weg abgeschnitten, und seine Markise mit Glöckchen und Papierverzierungen hatte sie gestreift.

Plötzlich überrollte sie Angst. Worauf hatte sie sich überhaupt eingelassen? War das noch ein Abenteuer? Oder war es doch ein Verbrechen, Elara in ihre gewohnte Umgebung zurückzubringen, aus der sie Suna einfach so herausgerissen hatte? Hatte sie Malik beim Gespräch mit Alexander richtig verstanden? War es ein Verbrechen, das Kind nach Deutschland zurückzuholen? War sie eigentlich mitschuldig? Was war für Elara das Beste? Denn dem Kind ging es wirklich schlecht. Hatte sie das alles zu Ende gedacht? Florentine spürte einen zunehmenden Druck in der Magengegend.

»Noch fünf Kilometer bis nach Sa Kaeo zur Bahnstation. Wir müssen den Zug um vierzehn Uhr zehn erreichen.«

»Aber vorher müssen wir unbedingt stoppen und Elara versorgen«, sagte Florentine in Maliks Ohr. »Und wir müssen alle etwas trinken.«

Malik nickte, verlangsamte die Fahrt und parkte das Motorrad am Straßenrand vor einem Massageladen. Ein paar Frauen, die auf grellbunten Plastikhockern saßen, diskutierten laut und klickten auf ihren Handys herum.

»Ich hab so Durst, und mein Kopf tut so weh«, jammerte Elara und drückte sich an Florentine.

Während Malik auf die kleine Gruppe zuging, hielt sie das Kind fest im Arm und strich ihr mit einer Hand den feuchten Pony zur Seite, der auf ihrer Stirn klebte. »Gleich kriegst du was zu trinken, kleine Maus.«

»We need some medicine, the girl has a fever«, sprach Malik die Frauen unvermittelt an.

Sie verstummten und betrachteten ihn zunächst skeptisch, bis eine mit einem auffälligen Schulter-Tattoo aufstand und Malik am Arm fasste: »Okay, Mister, come, come. Pharmacy is not far.«

Florentine nahm Elara auf den Arm.

»Da drüben ist ein Supermarkt, ich versorge uns mit Getränken und Essen. Geh du mit der Frau.« Bevor er loslief, drückte er ihr noch ein paar Dollar-Scheine in die Hand. »Hier«, sagte er, »für die Medikamente, den Arzt. Was auch immer.«

Die Frau, die neonfarbene, knappe Shorts und ein enges Tanktop trug, lotste sie in ihren alten hohen Holzsandalen erstaunlich flink in eine Seitengasse, in der sich ein Drogerieladen befand. Während Elaras Kopf immer wieder auf ihre Schulter sank, versuchte Florentine, mit der Frau Schritt zu halten. Elaras Atem ging mittlerweile schnell und unregelmäßig. Sie gingen drei Stufen hoch und betraten den hell erleuchteten, stark gekühlten Laden.

Zwischen zwei Regalen voller Hygieneartikel hindurch führte sie die Frau in den hinteren Teil des Ladens, wo ein älterer Thai in einem angegrauten offenen Kittel vor einem riesigen Arzneischrank stand, der einen Mix aus Medikamentenpackungen und großen beschrifteten Teedosen darbot.

Nach einem Wortschwall auf Thailändisch verschwand er kommentarlos in einem Hinterzimmer. Die Frau schaute zufrieden und sagte erklärend: »Lady comes, she can help, she is doctor.« Sie entblößte eine Reihe schiefer Zähne und rief ungeduldig etwas Richtung Hinterzimmer.

Eine ältere zierliche Grauhaarige erschien in der Tür, vom Aussehen her eine Europäerin. Sie musterte Florentine eindringlich und sprach sie schließlich mit britischem Akzent an: »Was kann ich für Sie tun? Ist das Ihr Kind?« Noch bevor Florentine antworten konnte, wandte sie sich an die Thailänderin und sprach mit ihr, um dann Florentine wortlos das Kind abzunehmen und es auf eine Liege zu setzen.

Elara fing an zu weinen, als sie von der fremden Frau berührt wurde.

»Alles gut, kleine Maus, die Ärztin muss dich nur untersuchen. Ich geh nicht weg«, sprach sie beruhigende Worte. »Das Kind hat Fieber, Kopfschmerzen, und sie hat sich erbrochen«, wandte sie sich an die Frauen.

Mit geübten Handgriffen tastete die Ärztin nach Elaras Lymphknoten, schaute ihr in den Rachen, drückte ihr sanft auf den Bauch, um dann hinter eine Theke zu verschwinden. Kurz darauf kam sie mit einem Fiebersaft und einer milchigen angerührten Flüssigkeit wieder.

»Das Kind hat einen Infekt. Das Fieber ist eine normale Reaktion des Körpers. Doch momentan fiebert es zu stark, vielleicht durch eine übermäßige Anstrengung?« Sie sah Florentine skeptisch an.

Florentine nickte, ließ sich jedoch nicht aus der Ruhe bringen.

»Verabreichen Sie ihr diesen Saft, die Dosis habe ich auf der Packung notiert. Sie muss viel trinken, in kleinen Schlucken, und schlafen. Keine Anstrengung!«, mahnte sie. »Und vermeiden Sie unbedingt direkte Sonneneinstrahlung. Das Mädchen scheint das Klima hier nicht gewohnt zu sein.« Wieder schaute sie Florentine durchdringend an.

»Okay. Vielen Dank für Ihre Hilfe!«, antwortete Florentine und streichelte Elaras Arm, die sich zwischenzeitlich wieder etwas beruhigt hatte.

Dann flößte ihr die Ärztin geschickt die angerührte Flüssigkeit ein. »Das ist eine Elektrolytlösung gegen die Dehydrierung. Das sollte den Magen beruhigen. Ansonsten hilft auch Apfelsaft.«

Florentine bedankte sich, nahm Elara wieder auf den Arm und fragte die Grauhaarige, was sie ihr schuldig sei.

»Geben Sie mir etwas für die Medikamente.«

Florentine überlegte nicht lang, gab ihr einen Fünfzig-Dollar-Schein und verließ mit der Thailänderin zusammen die Drogerie.

Als sie wieder vor dem Massagesalon eintrafen, wartete Malik bereits ungeduldig auf sie, vor seinen Füßen standen eine volle Lebensmitteltüte und zwei große Wasserflaschen. Er bedankte sich wortlos mit einer kleinen Verbeugung bei der Thailänderin und steckte ihr einen Geldschein zu, den sie in ihren Shorts verschwinden ließ.

»Wir müssen los! Wie geht es Elara?«, wandte er sich an Florentine.

»Anscheinend hat sie einen Infekt. Und sie ist völlig überanstrengt. Aber nichts Ernstes«, sagte sie erleichtert.

Malik nahm ihr das Kind ab, das nach der Gabe des Fiebersafts eingeschlafen war.

»Wir können nicht mit dem Motorrad weiterfahren, Malik. Wir brauchen einen Wagen.«

Kaum hatte sie zu Ende gesprochen, gab Malik mit seiner freien Hand einem vorbeifahrenden Tuk-Tuk-Fahrer ein Zeichen. Haarscharf bremste er vor Florentines Füßen ab.

Während sie einstiegen und Elara über ihren Schoß ausgestreckt hinlegten, spürte sie die Blicke der Frauen vor dem Massagesalon. Eine zeigte bewundernd auf ihr Haar. Bevor der Tuk-Tuk-Fahrer losfuhr, warf Malik ihrer thailändischen Helferin den Schlüssel für das Motorrad zu, den sie geschickt auffing.

KAPITEL 51

ARANYAPRATHET/POIPET,
SONNTAG, 6. JANUAR 2019,
13.50 UHR

Auf der kurzen Fahrt zum Bahnhof in Sa Kaeo checkte Malik, so gut es ging, seine Nachrichten. Drei Mitteilungen von Nawin, eine von Phirun und zwei von Chad. Es waren mittlerweile fast drei Stunden vergangen. Er konnte nur noch hoffen, dass sie es im Zeitfenster von fünf Stunden über die Grenze nach Kambodscha schaffen würden.

Nawin hatte ihn informiert, dass man in Wat Durian Monthong nicht nur nach Elara suchte, sondern auch nach einem deutschen männlichen Klosterbesucher um die vierzig. Okay, auch das war zu erwarten gewesen. Er zog Nawin von seinem Posten ab.

Phiruns Kontaktmann bestätigte ihm die verabredeten Grenzdetails, gab aber auch durch, dass die Suchaktionen langsam größere Kreise zogen und die zuständigen Behörden erste Maßnahmen trafen. Welche Maßnahmen genau, schrieb er nicht.

Bevor Malik auch noch Chad kontaktieren konnte, bremste der Tuk-Tuk-Fahrer vor einer Ansammlung von Motorrädern ab und ließ sie in Sa Kaeo aussteigen. Vor dem Bahnhof und den dahinterliegenden Gleisen war die Hölle los. Im allgemeinen Lärm ertönten immer wieder Ansagen auf Thailändisch. Malik hatte Elara auf dem Arm, die, immer noch müde und verängstigt, aber nicht mehr fiebrig, ihre Hände um seinen Hals gelegt hatte. Florentine war dicht hinter ihnen, beladen mit Rucksack und Wasserflaschen. Ihr langes rotes Haar leuchtete in der Masse der schwarzhaarigen Asiaten. Sie geht auf keinen Fall verloren, dachte Malik und lächelte kurz. Er setzte Elara auf einer Bank ab und bedeutete Florentine, hier mit dem Kind auf ihn zu warten. Er überreichte ihr seine Baseballkappe. »Ist sicherer, wenn du nicht so aus der Masse heraussstichst.«

Dann drängte er sich mit den anderen Reisenden zu den beiden Fahrkartenschaltern durch. Ihr Ziel war Aranyaprathet, der thailändische Grenzort, den sie passieren mussten, um auf die andere Seite ins sichere kambodschanische Poipet zu gelangen. Geschickt nutzte er eine Lücke und stellte sich vor einen der Schalter. Keine zwei Minuten später hielt er die Fahrkarten in der Hand.

Die Bahnstrecke nach Aranyaprathet war äußerst beliebt bei den Thais, und die Züge waren fast immer heillos überfüllt. Im Gegensatz zum buddhistisch-strengen Thailand war das Glücksspiel in Kambodscha erlaubt. Poipet war zwar ein Drecksloch, aber für jeden spielsüchtigen Thai ein Eldorado.

Als Malik zu Florentine und Elara zurückkehrte, bemerkte er, wie Florentine mit kritischer Miene die Umgebung betrachtete.

»Keine Sorge, es sind nur gut gelaunte Spieler, die sich auf ein paar sorgenlose Stunden im Casino freuen.« Er nickte ihr aufmunternd zu und streichelte Elara, die auf Florentines Schoß saß, über den Kopf. Er schaute auf seine Uhr. »Der Zug fährt in zehn Minuten auf Gleis eins ein.« Er deutete auf das rechte der beiden Gleise, wo gerade eine lautstarke Männertruppe eintraf.

»Okay, kann ich mit Elara noch schnell aufs Klo?«, fragte Florentine.

»Ja, dahinten sind die Waschräume. Aber ich komme zur Sicherheit mit. Wir müssen uns beeilen.«

In ihrem Abteil war die Luft abgestanden, es roch nach Essen und Schweiß. Florentine hatte Elara auf dem Schoß und saß nah am gekippten Fenster. Fünf Dollar hatte es ihn gekostet, dass eine Frau aufgestanden war und ihren kostbaren Fensterplatz geopfert hatte. Malik grinste. Spieler waren schnell zu vielen Eingeständnissen bereit. Den Blick auf seine Schützlinge gerichtet, stand er im Gang. Ein Ruckeln ging durch den Waggon, und langsam setzte sich der Zug in Bewegung. Vierzehn Uhr zehn. Ihnen blieben noch eine Stunde und fünfundvierzig Minuten, um das letzte Zeitfenster an der Grenze zu nutzen. Er gab Phiruns Kontaktmann erneut ihren aktuellen Standort durch. Eine Kakerlake hetzte die Holzplanken entlang.

Er kontaktierte Chad, um herauszufinden, ob er den demolierten SUV gegen einen anderen, unauffälligen Wagen hatte austauschen können. Mit ihm hatte er vereinbart, dass er sie in Poipet auf dem großen Parkplatz vor dem Casino wieder in Empfang nehmen würde. Auch Chad war ein leidenschaftlicher Glücksspieler und würde für nichts auf der Welt seine Chance versäumen, den heutigen Abend in einem seiner Lieblingscasinos zu verbringen. Sein Einsatz wäre das Honorar, das Malik ihm heute noch bezahlen würde. In der Hoffnung, es mindestens zu verdoppeln. Gut, jeder hat seine eigene Motivation, dachte Malik und schickte die Nachricht ab.

Der Zug verlor an Fahrt, sie erreichten den ersten Zwischenstopp. Florentine unterhielt sich leise mit Elara und anscheinend auch mit Pinky, nebenbei ließ sie Elara abwechselnd von einem Sandwich abbeißen und aus einer der Wasserflaschen trinken. Das kleine Mädchen wiederum fütterte hingebungsvoll ihren Plüschaffen.

Der Zug bremste, und die Türen öffneten sich. Im hektisch entstehenden Gedränge sah Malik aus dem Augenwinkel, wie zwei Polizisten in Uniform den Waggon am hinteren Ende bestiegen. Scheiße! Malik atmete aus. Es konnte tausend Gründe geben, warum die Polizisten hier einstiegen, oder genau den einen, der ihre Flucht hier beenden würde. Denk nach, Martens, denk nach, schoss es ihm durch den Kopf. Er zog seine Baseballkappe auf und verfolgte unter dem Schutz des Sonnenschilds die Bewegungen der Polizisten. Sie verschwanden im ersten Abteil. Er wurde von hinten angerempelt, zwei Verkäufer, die Snacks und Getränke verkaufen wollten. Eine junge Frau wand sich an ihm vorbei und befahl dem alten Mann, der Wasserflaschen in zwei großen abgewetzten Plastiktüten trug, ihr zu folgen. Malik suchte Florentines Blick, doch sie war zu beschäftigt mit Elara. Er wartete. Keine Reaktion. Leise rief er ihren Namen.

Sie blickte auf und lächelte ihn fragend an. Doch als sie seinen Gesichtsausdruck sah, wurde sie schlagartig ernst.

Er suchte sich seinen Weg zu den beiden, beugte sich über sie, um Florentine ins Ohr zu flüstern. »Polizisten sind zugestiegen, ich verschwinde kurz mit Elara. Wir sind gleich wieder da. Wenn sie dich ansprechen, bleibst du ganz ruhig. Du bist Touristin und zeigst ihnen deine Papiere.«

Er nahm Elara auf den Arm, die schnell Pinky an sich drückte und ängstlich Florentine anschaute.

»Ihr geht nur kurz zur Toilette«, sagte Florentine, um Elara zu beruhigen.

»Da will ich aber nicht hin, da war ich doch grade«, quengelte sie.

»Vielleicht muss Pinky aber kurz mal Pipi.«

Malik hatte für solche Erklärungen keine Zeit, wandte sich abrupt ab und drängelte sich rücksichtslos zum anderen Ende des Waggons durch. *Broken!*, war an der Tür des einzigen Klos zu lesen. Er setzte Elara ab und machte sich an dem verrosteten Schloss zu schaffen. Na also! Die Tür sprang auf, und er schlüpfte mit dem Mädchen in die stinkende, verdreckte Kabine. Schnell nahm er sie auf den Arm, legte den Finger auf seine Lippen, um ihr klarzumachen, dass sie jetzt ganz still sein musste. Vorsichtig verriegelte er die Kabine wieder von innen und wandte sich von der stinkenden Kloake ab zur Tür hin. Der Gestank war unerträglich, und die Zeit schien stillzustehen.

»Hier stinkt's«, jammerte Elara. »Ich will zu meinem Papi. Du hast gesagt, du bringst mich zu meinem Papi.«

»Wir haben's bald geschafft.«

Doch sie wurde immer unruhiger auf seinem Arm und erbrach sich schließlich auf den Boden.

Auch das noch!, dachte er. Er nahm einen Zipfel ihres T-Shirts und wischte dem Kind den Mund damit sauber.

Plötzlich wurde an der Tür gerüttelt. Malik hielt den Atem an und bedeutete Elara, keinen Mucks zu machen. Endlich setzte sich der Zug wieder in Bewegung. Fünfzehn Minuten Zeitverlust! Weitere zwei Minuten wartete er ab und öffnete dann vorsichtig die Tür. Es war wieder Ruhe in dem Waggon eingekehrt, die Händler waren verschwunden, die Reisenden hatten irgendwo ihren Platz eingenommen. Er nahm Elara an die Hand und ging mit ihr zurück zu Florentine. Dabei huschte sein Blick von links nach rechts auf der Suche nach den uniformierten Polizisten. Fehlanzeige! Er konnte nur hoffen, dass sie ihren Kontrollgang im nächsten Waggon fortsetzten oder vielleicht sogar wieder ausgestiegen waren. Elara krabbelte auf Florentines Schoß und kuschelte sich leise schluchzend bei ihr ein, Pinky fest im Arm. Florentine kräuselte die Nase, sie nahm anscheinend den Geruch von Erbrochenem und Fäkalien wahr, der an Elara haftete. Beruhigend strich sie ihr über den Kopf und flüsterte ihr etwas ins Ohr, das das Mädchen mit einem Kopfnicken bedachte.

Malik suchte sich wieder einen Platz im Gang und trank in großen Schlucken seine Wasserflasche leer. Da ging die Nachricht von Chad ein, dass er mit dem neuen Fluchtwagen bereits auf dem Weg nach Poipet war. Er würde vor ihnen da sein und sie am verabredeten Ort erwarten.

Fünfzehn Uhr zwanzig. Nach einer gefühlten Ewigkeit in ständiger Anspannung erreichten sie den Bahnhof von Aranyaprathet. Malik beobachtete, wie sich Florentine den Nacken rieb und die feuchten roten Strähnen, die aus ihrem Pferdeschwanz gerutscht waren, wieder in das Haargummi zurückbeförderte.

»Ich bin sehr froh, dass du dabei bist«, sagte er leise und nahm sie am Arm, als sie sich Richtung Ausgang bewegten. »Du bist mir wirklich eine große Hilfe.«

Florentine hatte Elara huckepack genommen, und Malik roch einen unangenehmen sauren Geruch. »Ich habe das Gefühl, sie fiebert wieder leicht«, meinte Florentine. »Aber für eine erneute Fiebersaftgabe ist es noch zu früh.«

Gezielt führte Malik sie über den Bahnsteig durch die Menge, um im Gewühl der ankommenden Reisenden so wenig wie möglich aufzufallen. Unerträgliche Schwüle. Konstant ließ er seinen Blick schweifen. Keine Polizisten, und auch niemand in Zivil, der auf sie zuging. Gut! Von hier war der Grenzübergang nur noch wenige Kilometer entfernt. Dort würden bewaffnete Grenzpolizisten präsent sein. Malik ignorierte die Tuk-Tuk-Fahrer, die sie schon am Gleis mit einer angeblich billigen Grenzfahrt lockten. Noch fünfundzwanzig Minuten. Dann würden die bestochenen Grenzbeamten von der nächsten Schicht abgelöst werden, die nicht mehr unter Phiruns Kontrolle stand.

Sie hatten den Vorplatz des Bahnhofs erreicht. Bevor Malik einen Tuk-Tuk-Fahrer auswählte, der ihm nicht suspekt erschien, stellte er ein letztes Mal per SMS Kontakt zu Phiruns Mittelsmann her.

ANGEKOMMEN.
IN 10 MIN DA.
ALLES BEREIT?
M

Doch die prompte Antwort blieb diesmal aus. Scheiße, das auch noch! Zwanzig Minuten. Bitte keine Spielchen! Malik sah von seinem Handy auf und schickte Florentine und Elara keine zwei Meter von sich entfernt unter ein Blechdach in den Schatten.

»Gleich fahren wir los! Wartet dort kurz.«

»Ja, gut, dann ziehe ich Elara schnell frische Sachen an«, antwortete Florentine, bemüht, ihre Nervosität zu verbergen.

Malik schrieb erneut eine SMS:

PLUS 3 000 DOLLAR CASH –
UP FRONT

Dieses Extra sollte den Zöllner im letzten Moment von einem spontanen Sinneswandel abhalten, und nun kam die Antwort sofort:

LINKER SCHALTER.
ZIEH DEINE BASEBALLKAPPE AUF!

Er winkte einen Tuk-Tuk-Fahrer mit einem älteren Fahrzeug zu sich, bezahlte ihn vorab und nannte ihm das Ziel: »Ban Klong Luk Border Station.«

Elara und Florentine stiegen ein. Auch Elara schien zu spüren, dass der entscheidende Moment ihrer Reise bevorstand. Brav saß sie neben Florentine und hielt ihre Hand. Die letzten acht Kilometer bis zum Grenzübergang fühlten sich endlos an. Malik rief sich noch mal sämtliche Informationen ins Gedächtnis. Er nahm die Ausweispapiere und Passbilder von Florentine entgegen und steckte sechs Fünfhundert-Dollar-Scheine in einen unauffälligen grauen Briefumschlag.

Der große Markt vor dem Grenzübergang war einer der berühmtesten Secondhand-Märkte Thailands, wo der Handel zwischen Thais und Kambodschanern florierte. Unzählige Stände reihten sich hier aneinander, und es stank bestialisch. Händler priesen ihre billigen Waren an. Zwischen internationalen Touristen und thailändischen Glücksspieltouristen tummelten sich heruntergekommene zwielichtige Gestalten. Der Ort strömte eine gewisse Hoffnungslosigkeit aus, und das Gewirr an Motorrädern, Fahrrädern, Müll und Verkaufsständen tat sein Übriges. Sie stiegen aus. Malik zählte vier bewaffnete Grenzpolizisten in Tarnanzügen. Träge beobachteten sie die Menge.

Lockeren Schrittes ging Malik auf den äußeren linken Grenzschalter zu und lächelte Florentine und Elara zuversichtlich an. Nur wenige Leute standen dort an. Innerlich war er hoch konzentriert. Noch zehn Minuten. Er zog seine Baseballkappe auf und blickte sich unauffällig um. Sein Blick blieb für eine Sekunde am Gemälde des thailändischen Kölnigs hängen, das den Grenzübergang zierte. Die Grenzpolizisten bewegten sich nicht, standen weiterhin gelangweilt und demonstrativ breitbeinig in unmittelbarer Nähe. Elara konnte vor Anspannung und Fieber kaum die Augen offen halten. Sie reihten sich ein und wurden durch Absperrungen zum linken Übergang geleitet. Nur noch eine Person vor ihnen, ein Mann um die vierzig, in Badelatschen, grellem Sportshirt und Shorts. In einer Hand einen kleinen Lederkoffer. Er hielt dem Grenzer seinen thailändischen Pass hin, ein prüfender Blick, dann das laute Klopfen des Ausreisestempels, ein weiterer Blick und die Geste: Weitergehen zum kambodschanischen Schalter.

Malik rückte seine Baseballkappe zurecht und legte schweigend ihre Pässe und den Umschlag auf den Tresen. Elaras Pass lag obenauf. Er sagte das verabredete Codewort: »German girl«, und schwieg.

Wortlos schaute ihn der Mann an, nahm die Dokumente und den Umschlag, stand auf und verschwand in einem kleinen Büro. Malik trat Schweiß auf die Stirn. Sie warteten, nichts rührte sich, keine Grenzpolizisten stürmten auf sie zu. Die Zeit stand still. Malik versagte sich jede Bewegung, kein Blick auf die Uhr, nichts. Er spürte Florentines heißen Atem an seiner Schulter. Dann kehrte der kleine untersetzte Grenzbeamte zurück, verzog keine Miene und setzte sich. Dreimal erklang laut das Aufschlagen des Stempels. Er schob ihnen die Pässe zu, wies mit der linken Hand zum kambodschanischen Grenzschalter und rief den Nächsten in der Schlange zu sich.

Von nun an geschah alles wie in Trance. Malik kontrollierte die Ausreisestempel. Alles korrekt. Dann erreichten sie den Schalter. Er zeigte dem kambodschanischen Grenzer erneut ihre Ausweispapiere, reichte ihm die Passbilder für das nötige Visum für Florentine und Elara und wartete. Ein vorsichtiger Blick über die Schulter. Weder Polizisten noch Männer in Zivil, die sich näherten. Gleich waren sie am Ziel.

Zehn Minuten später standen sie auf kambodschanischem Boden in Poipet auf dem Parkplatz.

Er atmete tief durch. Florentine drückte seine Hand, und Elara schaute ihn mit großen glasigen Augen an, Pinky fest im Arm.

Chad verteilte eisgekühlte Wasserflaschen.

Malik schrieb Phirun eine Nachricht, die nur ein Wort enthielt:

DANKE!

KAPITEL 52

FRANKFURT,
FREITAG, 8. FEBRUAR 2019,
ABENDS

Gerade unterhielt sich Malik mit dem Concierge am Empfang, als sein Blick nach draußen auf den hell erleuchteten Vorplatz des Hotels fiel. Er sah Florentine auf einem quietschgelben Fahrrad heranfahren, ihr rotes Haar wehte im Fahrtwind. Für Anfang Februar war es ungewöhnlich warm, und es herrschten frühlingshafte Temperaturen in der Stadt.

»Ah, da kommt mein Gast.«

»Ich habe den Tisch links außen im Restaurant für Sie reserviert, Herr Martens, damit Sie ungestört sind«, sagte der Concierge und zwinkerte ihm zu.

»Danke Ihnen, Herr Sörensen.«

»Gelbes Fahrrad, gelbe Sneaker – hat das farbpsychologisch eine tiefere Bedeutung?«, begrüßte Malik Florentine lachend. Was für eine attraktive Frau, dachte er und spürte, wie ihn eine leichte Nervosität erfasste.

»Das gilt es noch herauszufinden.«

Sie umarmten sich herzlich.

»Ganz am Anfang meiner Ermittlerkarriere besaß ich auch mal ein gelbes Fortbewegungsmittel.« Malik deutete Richtung Eingang, dort hatte Florentine ihr Fahrrad an einen Laternenpfahl angeschlossen. »Die Post hatte damals Autos ausrangiert, und ich kaufte mir einen gelben VW-Käfer. Das war unauffällig … Also, ich meine, unauffällig in puncto Observation, denn ich konnte mich überall hinstellen und galt als Postbote.«

»Da muss man erst mal drauf kommen!« Florentine schüttelte ungläubig den Kopf.

»Irgendwann bin ich dann allerdings entlarvt worden und habe mich schweren Herzens für einen stinknormalen weißen Kleinwagen entschieden.« Malik führte sie zu ihrem Tisch und war froh, dass das Restaurant nicht voll besetzt war. »Schön, dich zu sehen.« Er konnte nicht umhin, sie zu berühren, nahm ihr den flaschengrünen kurzen Ledermantel ab und winkte den Ober heran.

»Wie geht es dir?«, fragte er und schaute ihr in die Augen.

»Ich kann nicht klagen.« Sie nahm auf einem der grauen Polsterstühle Platz. »Allerdings fühlte ich mich am Ende unserer Flucht in Thailand ziemlich … überrumpelt.« Florentine fuhr sich durch die Haare. »Kaum waren wir in Poipet angekommen, warst du auch schon verschwunden. Das hat mich wirklich irritiert, schließlich war das alles ganz schön nervenaufreibend.«

Malik setzte sich ihr gegenüber. »Tut mir leid, dass ich so überstürzt aus Kambodscha abgereist bin, aber ich musste mich doch schneller um meinen nächsten Fall kümmern als gedacht.« Malik sah sie mit festem Blick an. »Und meine Mission war erfüllt. Elara war in Sicherheit und bei dir in besten Händen.«

Er betrachtete sie eine Weile, um dann fortzufahren: »Aber ehrlicherweise durchtrenne ich die Nabelschnur, die mich mit meinen Klienten verbindet, immer sofort, nachdem ich meine Aufgabe beendet habe.«

Florentine sah ihn skeptisch an. »Wenn du tatsächlich immer von einem komplizierten Auftrag zum nächsten rennst, ohne auch nur ein wenig innezuhalten, verstehe ich noch mal mehr, dass dein Körper in Form von Panikattacken rebelliert hat.« Ihre Miene hatte einen ernsten Ausdruck angenommen. »Du solltest auch in der Zukunft nicht vergessen, Schonzeiten und kleine Fluchten einzulegen. So einfach taucht man aus Seelenkrisen nicht wieder auf.«

»Jetzt sei nicht gleich so streng mit mir.« Malik fühlte sich ertappt. »Aber du hast ja recht.« Ich brauche ein Korrektiv, schoss es ihm plötzlich durch den Kopf.

Der Ober reichte ihnen die Karte und fragte nach den Getränken.

Nach einem raschen Blick bestellte Florentine einen Cabernet Sauvignon.

»Kamillentee und eine Flasche Mineralwasser für mich, bitte.«

»Das kann doch nicht sein, dass du tatsächlich immer nur Kamillentee und Mineralwasser trinkst?«, frotzelte sie.

»Meistens.«

»Was hat es eigentlich damit auf sich?«

»Heute Abend gibt's keine psychologische Fragestunde, mein Seelenleben betreffend. Vielleicht sollten wir uns mal um deines kümmern?« Er grinste sie an, lehnte sich zurück und ließ seinen Blick unauffällig durchs Restaurant schweifen. »Wie ist es dir nach der Rückkehr ergangen? Wie geht es der Kleinen in der Zwischenzeit? Was macht Alexander Bergmann?«

Florentine seufzte. »Ich fand es herzzerreißend und beglückend zugleich, Vater und Tochter beim Wiedersehen zu beobachten. Allerdings sind die traumatischen Folgen, die Elara zu bewältigen hat, noch nicht abzuschätzen. Immerhin muss sie auch noch den Tod ihrer Mutter verkraften. Sie ist jetzt in psychologischer Behandlung, und es bleibt abzuwarten, wie sich die Situation entwickelt.«

Malik lag eine Bemerkung auf der Zunge. Er entschied sich jedoch, Florentine weiterreden zu lassen.

»Ich habe Alexander den dringenden Rat gegeben, sich um ein vertrauensvolles Verhältnis zu Sunas Eltern zu bemühen. Man sollte Elaras thailändische Wurzeln nicht einfach so kappen.« Sie machte eine Pause. »Weißt du etwas über die Großeltern?«, fragte Florentine zögerlich.

»Nein. Aber wenn es dir ein Anliegen ist, dann könnte ich eine Ausnahme machen und ein Paar Informationen einholen.«

Florentine nickte. »Alexander hatte eine Aussprache mit seinen beiden Söhnen, und sie haben sich entschieden, bei ihm einzuziehen. Selbst Paul, der ältere, der seit der Trennung eigentlich äußerst zurückhaltend war, will bei ihm bleiben. Er wird seine Work & Travel-Reise in Australien nicht fortsetzen. Und die Familie überlegt, ob sie Anton auf einem Sportinternat anmeldet. Er ist ja ein großes Basketball-Talent.«

»Dann leben alle drei Kinder jetzt erst einmal bei Alexander Bergmann? Das klingt doch vernünftig«, meinte Malik.

»Finde ich auch«, bestätigte Florentine. »Und Sabine ist bis auf Weiteres in einer Klinik für forensische Psychiatrie in der Nähe von Frankfurt untergebracht. Aber das weißt du ja vielleicht von Hans-Peter Langendorf?« Sie blickte ihn fragend an, und er nickte nur mit dem Kopf. »Und last but not least hatte Suna anscheinend doch einen anderen Mann kennengelernt.« Sie räusperte sich. »Alexander hat entsprechende Nachrichten auf ihrem Handy gefunden und sich dann ein Herz gefasst und mit Isabell, Sunas bester Freundin, gesprochen. Die hat es ihm bestätigt.«

Malik und Florentine hingen eine Weile ihren Gedanken nach, sahen in den beleuchteten Park hinaus, bis die Bedienung Wein, Wasser und Tee brachte und die Essensbestellung entgegennahm.

Malik prostete Florentine mit seinem Wasserglas zu. »Ich bin wirklich froh, dass ich dich kennengelernt habe. Du warst mir eine unendlich große Hilfe bei dieser Rückführung.« Er trank einen Schluck. »Ganz zu schweigen davon, dass du mich von diesen Panikattacken befreit hast.«

»Das ist ja nun mal mein Job.« Florentine lächelte ihn an. »Ich danke dir für dein Vertrauen. Das ist bei meiner Art und meinen Methoden nicht selbstverständlich.« Sie führte das Glas mit dem purpurfarbenen Rotwein an ihre zart geschminkten Lippen.

Ihre Speisen wurden serviert. Sie hatten sich beide für vegetarische Gerichte entschieden und plauderten und lachten während des Essens über Gott und die Welt. Malik verlor sich in Florentines Anblick. Wann hatte er eigentlich beschlossen, niemanden mehr so richtig nah an sich heranzulassen? Wäre es an der Zeit, das jetzt zu ändern? Sein Privatleben wieder auf Vordermann zu bringen? Sich dem Vertrauensthema doch noch einmal zu stellen?

Florentine berührte ihn am Arm. »Hörst du mir überhaupt zu?«

»Entschuldige bitte. Ich habe über etwas nachgedacht. Was hast du gesagt?«

»Ruhe und Gelassenheit findet man nur in sich selbst. Vielleicht solltest du es doch noch mal mit Meditation versuchen.«

»Darauf sollte ich einen weiteren Kamillentee trinken. Aber lass uns dazu an die Bar gehen.«

Sie erhoben sich und schlenderten durch die Lounge.

»Ich wusste, dass mich dieses Thema von nun an fest im Griff haben würde«, erwiderte Malik lächelnd und hielt einen Moment inne. »Ich habe eine ganz andere Idee. Wir könnten durch das Zusammenwirken unser beider Kompetenzen zu einem unschlagbaren Ermittlerteam werden. Was meinst du dazu?«

Mittlerweile war es fast Mitternacht.

»Hmm … vielleicht ist das nun genau der richtige Zeitpunkt, einen Gin Tonic zu trinken!« Sie orderte die beiden Drinks.

Malik nahm Florentine in den Arm. Er roch an ihrem Haar, das einen verführerischen Duft verströmte. Für eine freundschaftliche Umarmung hielt er sie ein bisschen zu lange fest. Aber er wollte sie nicht mehr loslassen. Ein Gefühl, das er viel zu lang verdrängt hatte.

NACHWORT UND DANKSAGUNG

TAMER BAKINER

Die Handlung in diesem True-Crime-Thriller um den Privatermittler Malik Martens ist ein Mix aus echten Fällen, wahren Begebenheiten und biografischen Erlebnissen sowie fiktionalen Elementen.

Auf dem Gebiet der Kindesrückführungen gelte ich mittlerweile als ausgewiesener Experte und brachte in den letzten Jahren unter schwierigsten Bedingungen mehrere Kinder aus dem Ausland in ihre Heimat zurück, u.a. ein fünfjähriges Mädchen aus Thailand nach Deutschland. Da ich mittlerweile nur noch auf Empfehlung arbeite, wenden sich entsprechende Anwaltskanzleien an mich, um mir ein Mandat zu übertragen.

Auch Malik Martens' Fälle in den Nebensträngen der Handlung sind weitgehend authentisch: Die Produktpiraterie nimmt weltweit zu, und ich bin den Fälschern regelmäßig für nationale und internationale Firmen auf der Spur. China, Indonesien, Vietnam und die Türkei sind als Metropolen der Produktfälschung bekannt. In Istanbul habe ich tatsächlich jene unterirdische Nähfabrik entdeckt, und in Shanghai wurde ich einmal festgenommen, mithilfe eines befreundeten Anwalts jedoch schnell wieder auf freien Fuß gesetzt.

Zwischen 2005 und 2008 wurden in der Tongrube Vehlitz in Sachsen-Anhalt rund neunhunderttausend Tonnen Müll illegal entsorgt. Der größte Umweltskandal in der Geschichte des Bundeslandes wurde in den Medien breit diskutiert und hat mich zehn Jahre lang intensiv beschäftigt. Manchmal habe ich immer noch den schrecklichen Geruch der Müllhalden in der Nase. Mein Team und ich wurden in jener Zeit von vielen Hotels und Pensionen abgewiesen, weil der Müllgeruch so penetrant an uns haftete, und so mussten wir manche Nacht notgedrungen im Auto verbringen. Außerdem erinnere ich mich noch lebhaft daran, wie ich in siebzig Meter Tiefe hinunterstieg, um Proben zu entnehmen, und fast von einem Radlader erfasst worden wäre. Entdeckt hätte mich dort unten niemand mehr.

Die dargestellten Bedrohungsszenarien in Zusammenhang mit der Müllmafia sind ebenfalls durchaus mit der Realität vergleichbar, und es gab Zeiten, da bin ich nicht selten über Umwege zu meinem Ziel gelangt.

Als kleiner Junge wollte ich tatsächlich Fußballer oder Detektiv werden und war ein großer Fan der Detektivserie *Magnum*. In meinem Heimatort gab es eine Detektei, vor der ich jedes Wochenende stundenlang herumlungerte und alles mit Argusaugen beobachtete, was dort vor sich ging. Einmal stand ich acht Stunden lang im Regen, nur um mir nichts entgehen zu lassen. Am Ende wusste ich alles über den sechzig Jahre alten Mann, dem die Detektei gehörte – der aber weder mit meinem Filmhelden *Thomas Magnum* noch mit Erwin im Roman etwas gemein hatte.

Die kurze Zeitspanne, in der sich die Kindesrückführung im Buch abspielt, ist dem Spannungsaufbau geschuldet: Die Aktion, die wir Ihnen hier auf drei Wochen verkürzt haben, dauert in der Realität mindestens drei bis fünf Monate. Allein die Observation der einzelnen Personen und die Annäherung an das Kind ziehen sich um ein Vielfaches in die Länge.

Mein Informantennetzwerk in über fünfzig Ländern weltweit würde ich als mein größtes Kapital bezeichnen. Die Zusammenarbeit mit meinen Kontaktleuten ist von unschätzbarem Wert, und manche von ihnen kenne ich schon seit meinen Anfängen als Ermittler.

Die Art, wie ich meine Legenden aufbaue, um mich in das Leben meiner Zielpersonen einzuschleusen, ist sicherlich eine weitere Besonderheit meiner Arbeit, die mir bei der Lösung meiner Fälle eine hohe Erfolgsquote garantiert.

Psychologen ziehe ich, vor allem bei komplizierten Fällen wie Kindesrückführungen, immer zurate.

Ob Malik Martens und Florentine Fuchs auf die Dauer zu einem Ermittlerteam werden, lege ich nun in Ihre Hände, liebe Leserinnen und Leser …

Mein besonderer Dank gilt meiner Co-Autorin Matilda Walzer, die sich mit größtem Engagement, Einfühlungsvermögen und Spürsinn in meine Denk- und Arbeitsweisen eingefunden hat und meinen außergewöhnlichen, nervenaufreibenden, oft chaotischen »Arbeitsalltag« zum spannenden Thriller formte.

Dank außerdem allen Beteiligten bei Droemer Knaur und last but not least meiner Familie und meinen engsten Mitarbeitern!

Tamer Bakiner

DANKSAGUNG

MATILDA WALZER

Ich danke Tamer Bakiner für sein Vertrauen, dass er mir Einblick in seine Arbeit und sein Leben als Ermittler gewährt hat. Herzlichen Dank!

Ein großes Dankeschön unseren beiden Lektorinnen Carolin Graehl und Alexandra Löhr – die geballte Ladung an Spannungskompetenz. Tausend Dank für die hilfreichen Anregungen und wertvollen Beiträge zum Text!

Vielen Dank dem gesamten Droemer-Knaur-Team!

Nicht zuletzt gebührt mein Dank meiner Familie und meinen Freunden für ihre Unterstützung und ihr Verständnis dafür, dass ich über Monate keine Zeit für sie hatte. Danke!